SUE HARRISON
VATER HIMMEL, MUTTER ERDE

Aus dem Englischen von
Charlotte Franke

BASTEI-LÜBBE-TASCHENBUCH
Band 12287

Titel der amerikanischen Originalausgabe:
Mother Earth, Father Sky
Erschienen bei Doubleday, a division of Bantam Doubleday Dell
Publishing Group, Inc., New York
© 1990 Sue Harrison
© der deutschen Ausgabe 1993 Paul List Verlag
in der Südwest Verlag GmbH & Co KG, München
Lizenzausgabe: Gustav Lübbe Verlag GmbH, Bergisch Gladbach
Printed in Great Britain 1995
Umschlaggestaltung: Manfred Waller, Reinbek bei Hamburg, unter
Verwendung eines Aquarells von Rita Mühlbauer
Titelillustration: Rita Mühlbauer
Vorsatzkarte: Eduard Böhm
Satz: hanseatenSatz-bremen, Bremen
Druck und Bindung: Cox & Wyman, Ltd.
ISBN 3-404-12287-2

Der Preis dieses Bandes versteht sich einschließlich
der gesetzlichen Mehrwertsteuer.

Für Neil
der mir so viel Lebensfreude vermittelt hat

und unsere Kinder
Neil und Krystal
die uns beide die Liebe gelehrt haben

und in Erinnerung an unsere Tochter Koral

UMNAK ISLAND

Berg Aka

FOX ISLANDS

Chagaks Dorf

PAZIFISCHER OZEAN

Meilen
0 10 20

PROLOG

Der Fischbeinstock in Shuganans Hand war kalt. Er stützte sich darauf, während er ging, und die Spitze des Stockes zeichnete seinen Weg mit einer Linie kleiner Löcher in den dunklen Strandkies.

Shuganans Gelenke waren steif und verformt. Früher war er schlank und groß gewesen, jetzt ging er gebeugt, seine Hände waren gekrümmt, seine Knie geschwollen. Aber dicht am Meer, die Wellen an den Füßen, war er wieder jung.

Am Rande des Wassers, wo Ebbe und Flut einen Teich zurückgelassen hatten, sah Shuganan ein paar Seeigel. Er watete in den Teich und benutzte seinen Stock, um sie in seinen Sammelbeutel zu schieben. Der Beutel war fast voll.

Dann sah er das Elfenbein. Seine Hand zitterte, als er den großen Walfischzahn aufhob, ein seltenes Geschenk, das ihm ein Geist gemacht hatte.

Wieder ein Zeichen, dachte er. Etwas, das mehr war als Träume. Shuganan schloß die Augen und umklammerte die unvollendete Schnitzarbeit, die er an einer Schnur um den Hals trug. Es war nur eine der vielen Schnitzereien, die er gemacht hatte, aber diese schien wie von selbst aus dem Elfenbein entstanden zu sein. Shuganan hatte das Messer gehalten, und während er arbeitete, war ihm, als würden seine Hände von anderen geführt, als würde er nur zusehen, während die Klinge das Bild hervorbrachte.

»Bald«, sagte er. Er lachte vor Freude, und einen Augenblick lang schien sein Lachen so stark wie der Wind, lauter als das Meer.

Teil Eins

SOMMER

7056 v. Chr.

1

Sechs Tage. Die Jäger waren jetzt seit sechs Tagen fort, und während dieser Zeit hatte es einen Sturm gegeben, Regen und Donner, der aus den Bergen zu kommen schien, Wellen, die das Ufer leerfegten.

Sechs Tage. Zu lange, dachte Chagak. Zu lange, und doch saß sie auf dem niedrigen Erdhügel, der das *ulaq* ihres Vaters war, und sah hinaus aufs Meer. Sie strich mit den Händen über die dunklen Federn ihres *suk*. An diesem Morgen hatte ihre Mutter ihr dieses neue Kleidungsstück gegeben, als Ersatz für den Kinderparka mit der Kapuze, aus dem Chagak herausgewachsen war. Das Geschenk war ein Zeichen dafür, daß Chagak jetzt eine Frau war, aber sie wußte, daß es mehr war als das. Es war auch die Art, wie ihre Mutter mit den Geistern sprach, die leise Stimme einer Frau, die sagte: »Seht, meine Tochter trägt einen neuen *suk*. Es ist Zeit, sich zu freuen. Bestimmt werdet ihr keinen Kummer über dieses Dorf bringen.«

Und so streckte Chagak die Arme in den Wind, eine stumme Bitte an die Geister, sie anzusehen, den wunderschönen *suk* zu beachten, den ihre Mutter mit großer Sorgfalt für sie gemacht hatte, aus mehr als zwanzig Vogelhäuten und aus Kormoranfedern, die noch immer den starken Geruch des Öls ausströmten, mit dem sie die Häute weichgemacht hatte.

»Seht mich an«, wollte Chagak den Geistern zurufen, dem großen Berg Aka, der das Dorf bewachte. »Dieses Mädchen ist jetzt Frau. Sicher werdet ihr zu ihrer Freude unsere Jäger vom Meer zurückbringen. Sicher werdet ihr uns nicht zu einem Dorf mit Frauen und Kindern machen.« Aber nur Männer durften die Geister anrufen. So streckte Chagak die Arme aus, hielt aber die Worte zurück, die sich voll und fest an ihre Zunge und den Gaumen preßten.

Vom Meer blies ein Wind, der Kälte und den Geruch von Fisch brachte, und Chagak steckte ihr langes Haar in den hohen Kragen ihres *suk*. Der *suk* hing bis über Chagaks Knie, so daß er, wenn sie sich hinhockte, bis auf den Boden reichte und ihre nackten Füße wärmte. Sie schob die Hände tief in die Ärmel und sah mit zusammengekniffenen Augen zu der grauweißen Linie zwischen Himmel und Meer, wo die schwarzen Punkte der *ikyan* der Jäger zuerst zu sehen sein würden.

Es war Sommer, aber selbst im Sommer war der Himmel meist grau, die Luft dick und naß von der Feuchtigkeit, die aus dem Meer aufstieg. Der Wind, der die Winter erwärmte – mit Regen wie mit Schnee – brachte den Sommern Kälte. Und der Wind blies immer, hörte niemals auf.

Chagak öffnete den Mund und ließ den Wind in ihre Wangen. Glaubte sie es nur, oder war in diesem Mund voller Wind der Geschmack von Seelöwen? Sie schloß die Augen und schluckte. Ja, der Geschmack von Seelöwen, dachte Chagak. Aber warum sollten Seelöwen hier sein, so nah an der Insel der Ersten Menschen? Wieder füllte sie den Mund mit Wind, wieder schmeckte sie Seelöwen. Ja, ja. Wenn sie Seelöwen schmeckte, kamen die Jäger vielleicht zurück, schleppten mit ihren Booten Seelöwen heran, die sie auf ihrer Jagd erlegt hatten. Doch Chagak rief nicht nach ihrer Mutter. Warum Hoffnungen wecken, wenn es vielleicht nur irgendeine List eines Geistes war, der Chagak etwas schmecken ließ, was nicht da war?

Chagak beobachtete den Horizont, hielt die Augen

weit geöffnet, bis sie der Wind mit Tränen füllte. Sie wischte sich das Naß mit dem Ärmel von den Wangen, und als die weichen Kormoranfedern über ihr Gesicht strichen, sah sie das erste *ikyak*, eine dünne schwarze Linie am weißen Rand der See. Dann noch eins und noch eins.

Chagak rief nach unten durch die viereckige Öffnung, die sowohl Eingang als auch Rauchloch war und die durch das Grasdach und die Sparren aus Treibholz in das *ulaq* ihres Vaters geschnitten war. »Sie kommen. Sie kommen.«

Während ihre Mutter aus dem *ulaq* auftauchte, kletterten aus den dunklen Räumen der *ulas* ringsherum die anderen Frauen; sie kniffen die Augen zusammen, um sie vor der grauen Helligkeit des Tages zu schützen.

Schweigend warteten sie, aber Chagak hörte, wie ihre Mutter leise murmelnd die Boote zählte. Zehn *ikyan* waren hinausgefahren. Zehn waren zurückgekehrt.

Eine der Frauen begann mit hoher Stimme ein Loblied zu singen, ein Lied der Dankbarkeit an die See und den Jägern zu Ehren, und von den Klippen und den *ulas* kamen junge und alte Männer und liefen eilig zum Ufer, um den Jägern dabei zu helfen, die *ikyan* an Land zu ziehen.

Die Frauen folgten ihnen, noch immer singend. Chagak, die jüngste Frau, blieb ganz am Ende, hinter den Frauen, aber vor den Mädchen.

Am Heck der ersten beiden *ikyan* waren Seelöwen festgebunden, die Tiere fast so lang wie die Boote.

Einer der Jäger war Rote Sonne, Chagaks Onkel, der andere Robbenfänger, einer der jüngsten Jäger in Chagaks Dorf. In diesem Sommer hatte Robbenfänger schon sechs Pelzrobben mitgebracht, und jetzt einen Seelöwen.

Als sein *ikyak* im flachen Wasser war, sprang Robbenfänger heraus und zog es an Land. Dann schnitt er die Leine durch, die den Seelöwen gezogen hatte.

Chagak bemühte sich, den Blick auf andere Jäger zu richten, um ihr Lied genauso ihrem Onkel wie Robbenfänger zu widmen, aber irgend etwas schien sie zu zwingen, Robbenfänger anzusehen, und während er mithalf, das Tier über den Hang des Kiesufers zu ziehen, begegnete Robbenfängers Blick zweimal dem von Chagak, und beide Male durchfuhr Chagak, während sie weitersang, ein Schauer, der von den Fingern durch ihren ganzen Körper rann, als hätte sie und nicht Robbenfänger das Tier gebracht, als wäre sie es, die geehrt wurde.

Robbenfängers Mutter kam, um den Anteil des Jägers zu holen, die Flossen des Seelöwen und die dicke Fettschicht unter der Haut. Aber plötzlich schüttelte Robbenfänger den Kopf und drehte sich zu Chagaks Vater um, reichte ihm ein langes Jagdmesser mit einer Steinklinge und sagte: »Ich brauche eine Frau. Nimm dieses Tier als erste Anzahlung auf den Brautpreis deiner Tochter.«

Chagaks Vater zögerte, und Chagak bedeckte ihr Gesicht mit den Händen, während die Mädchen hinter ihr zu kichern anfingen. Durch die Ritzen zwischen ihren Fingern sah sie zu ihrem Vater, beobachtete, wie er Chagaks Mutter ansah. Ihre Mutter nickte, als hätte sie schon immer gewußt, was Robbenfänger vorhatte. Chagaks Vater zerschnitt die dicke Haut und begann mit dem Teilen, um jedem Mann ein Stück für seine Familie zu geben. Chagak warf einen Blick zu Robbenfänger, sah dann schnell wieder weg. Ihre Wangen waren plötzlich ganz heiß in dem kalten Wind. Ihre Mutter faßte sie an der Hand, zog sie zu dem Seelöwen, und dort, vor aller Augen, begannen Chagak und ihre Mutter mit dem Schlachten.

Chagak war froh, daß ihr Vater gerade ihr Frauenmesser ausgebessert hatte, so daß die gebogene Klinge leicht durch das Fleisch und das Fett glitt; Chagaks Schnitte waren so schnell und sicher, daß sich Chagaks Mutter bald auf den Boden hockte und Chagak das Zerlegen des Fleisches überließ.

Robbenfänger sah ihr eine Weile zu, und Chagak spürte die Wärme seines Blicks auf ihrem Kopf und in ihrem Nacken, wo ihr schwarzes Haar im Kragen ihres *suk* verschwand. Und einmal sah Chagak, während sie arbeitete, mit klopfendem Herzen zu Robbenfänger auf und lächelte ihn an. Aber am Ende drehte sich Robbenfänger weg, um den anderen Jägern zu helfen und sich seinen Anteil an den anderen Seelöwen zu holen.

Als Chagak und ihre Mutter fertig waren, falteten sie die Haut und rollten sie mit der Fleischseite nach innen zusammen, dann wickelten sie die Knochen in ein altes Robbenfell. Ein paar Frauen halfen ihnen, die Bündel zu ihrem *ulaq* zu tragen.

Chagak hatte erwartet, daß sie jetzt zuerst die Haut abschaben würden. Aber ihre Mutter deutete auf die Frauenboote dicht am Ufer.

»Wir müssen nach den Ottern sehen«, sagte ihre Mutter. Und so trugen sie und Chagak ihr Frauenboot, ein offenes *ik* mit einem Rahmen aus Treibholz, der mit Seelöwenhäuten bespannt war, an den Rand des Meeres.

Chagaks Mutter kletterte hinein, und Chagak schob das *ik* in das tiefere Wasser, die Kälte des Meeres machte ihre Fersen taub, bis sie schmerzten. Als das *ik* weit genug vom Ufer entfernt war, kletterte auch Chagak hinein, ihre Mutter reichte ihr ein Paddel und machte ihr ein Zeichen, daß Chagak das Boot bis dicht an die Flächen mit Seetang lenken sollte, wo die Seeotter lebten.

Zuerst glaubte Chagak, ihre Mutter würde davon erzählen, wie ein Otter ihrem Vater das Leben gerettet hatte. Es war eine Geschichte, die Chagak schon oft gehört hatte, die Geschichte von dem Otter, der Chagaks Vater zurück an Land gebracht hatte, nachdem sein *ikyak* im Sturm zerschellt war. Seit dieser Zeit waren für den Vater die Otter heilig, und er machte keine Jagd auf ihr Fell oder Fleisch.

Mit einem Seufzer schloß Chagak die Augen und wartete, daß sie mit der Geschichte begann, aber ihre Mutter sagte: »Wo gibt es bessere Mütter als bei den Seeottern? Haben sie die Erste Frau nicht gelehrt, für ihre Kinder zu sorgen?«

Und so machte Chagak die Augen wieder auf und betrachtete die Otter, während ihre Mutter davon sprach, daß sie eine Frau war, daß sie ihrem Mann gefällig sein mußte. Sie sprach von den Bräuchen ihres Volkes, den Ersten Menschen. Wie die Welt nur Wasser gewesen war, bis die Otter beschlossen, daß sie trockenes Land brauchten, wo sie sich während der Stürme verstecken konnten, und die Robben wollten Strände, wo ihre Jungen geboren werden konnten. So tauchte jedes Tier tief hinunter bis zum Grund des Meeres, und jedes brachte etwas Erde mit zurück, bis sie genug hatten, um über dem Meer einen langen Landstrich zu ziehen. Dann wuchsen Berge in die Höhe, erhoben sich in Rauch und Feuer, um die Strände zu bewachen. Grünes glänzendes Gras wuchs aus der Erde, den Bergen entgegen, um sie willkommen zu heißen. Heidekraut und alle anderen Pflanzen wuchsen, es kamen Vögel und Lemminge und zum Schluß die Menschen, bis das Land sich gefüllt hatte.

Chagaks Volk war als erstes in dieses Land gekommen, und so hatten sie sich die Ersten Menschen genannt. Der heilige Berg Aka beschützte ihr Dorf, und andere Berge beschützten andere Dörfer im Osten und

Westen von Chagaks Dorf, entlang des ganzen langgestreckten Landes, das bis zum Ende der Welt reichte, von Eis zu Eis.

Während Chagaks Mutter sprach, schienen auch die Otter zuzuhören. Eine Ottermutter brachte ihr Junges, das sich an ihren Rücken klammerte, bis dicht an das *ik*, und eine andere schwamm so nah vorbei, daß Chagak sie anfassen konnte. Aber als sie die Hand nach ihr ausstreckte, tauchte das Tier in eine Welle, wickelte sich in einen langen Strang Seetang und ließ sich mit dem kleinen grauen Gesicht direkt über der Oberfläche mit geschlossenen Augen, als würde es schlafen, dahintreiben.

Chagak spürte ein Kribbeln im Arm, ihr Magen zog sich zusammen, denn eine Stimme, vielleicht die Geisterstimme der Ottermutter, flüsterte: »Bald wirst auch du Kinder haben. Deine eigenen Kinder.«

Am Abend, nachdem Chagak und ihre Mutter zurückgekehrt waren, kam Robbenfänger zu ihrem *ulaq*. Zuerst war Chagak scheu. Obwohl sie Robbenfänger schon immer kannte, war es etwas anderes, ihn als ihren Mann zu betrachten.

Während Robbenfänger mit ihrem Vater redete, von der Jagd und den Waffen erzählte, saß Chagak in einer dunklen Ecke, glättete die Haut einer Pelzrobbe mit einem Stück Lavagestein. Chagak hielt den Kopf gesenkt, aber die Arbeit, die sie verrichtete, hatte sie seit ihrer Kindheit getan, sie mußte dazu nicht hinsehen, sondern benötigte nur ihre Fingerspitzen, die die Oberfläche und die Dicke der Haut prüften. So schien es, als würde ein Geist ihre Augen auf Robbenfänger lenken, und sie sah, daß auch seine Augen, obwohl er mit ihrem Vater sprach, herumwanderten, prüfend über die Wände des *ulaq* glitten, über die Vorhänge der Schlafplätze, die Pflöcke und Nischen, in denen

Stöcke zum Graben und Werkzeuge zum Nähen aufbewahrt wurden.

Ja, dachte Chagak. Robbenfänger interessierte sich für dieses *ulaq*. Er und Chagak würden hier bei ihrer Familie leben, wenigstens bis Chagak ihr erstes Kind bekam.

Es war ein gutes *ulaq*, trocken und fest, und eins der größten im Dorf, hoch genug, daß ein Mann aufrecht darin stehen und die Hände über dem Kopf ausstrecken konnte, und sogar Chagak, die jetzt ihre volle Größe erreicht hatte, konnte in den Schlafplätzen stehen, ohne daß sich ihre Haare in den Balken verfingen. Chagaks Vater konnte von dem Kletterbalken in der Mitte des *ulaq* in jede Richtung fünf große Schritte gehen, bevor er die dicken Wände aus Erde erreichte.

Wir werden hier glücklich sein, dachte Chagak und warf wieder einen Blick zu Robbenfänger. Er sah sie an und lächelte, sagte etwas zu Chagaks Vater, kam dann zu ihr und setzte sich neben sie. Die Lampen mit Robbenöl warfen gelbe Kreise auf Chagaks Mutter und Vater, die beide arbeiteten. Ihr Vater glättete den Schaft einer Harpune, ihre Mutter machte einen Korb fertig, der über einen Webpfahl gestülpt war.

Das *ulaq* war warm, so daß Chagak nur eine gewebte Grasschürze trug, ihr Rücken und ihre Brüste waren nackt. Robbenfänger erzählte von seiner Jagd, seine dunklen Augen wurden größer, während er sprach, sein schulterlanges Haar glitzerte im Schein der Lampen.

Plötzlich zog er Chagak auf seinen Schoß, schlang seine Arme um sie und hielt sie fest. Chagak war überrascht, aber erfreut. Sie hatte Angst, ihre Eltern anzusehen, und war zu schüchtern, um Robbenfänger anzusehen.

Er strich mit den Händen über ihre Arme und ihren Rücken, und Chagak warf einen besorgten Blick zu ihrem Vater. Es schien ihm nichts auszumachen, er schien nicht einmal zu bemerken, daß sie auf Robbenfängers Schoß saß.

Und so schwieg Chagak, saß nur völlig still da und befürchtete, daß ihr Glück, wenn sie sich bewegte, verlorengehen oder den Neid eines Geistes auf sich ziehen könnte.

Chagak pflückte noch eine Brombeere und ließ sie in ihren gewebten Grasbeutel fallen. Der Beutel war so voll, daß die Beeren unten am Boden zerquetscht wurden und Saft aus dem Brei tropfte und ihre nackten Füße befleckte.

Ihre Mutter hatte ihr den Tag zum Geschenk gemacht, um zu tun, was sie wollte, frei von der Arbeit im *ulaq*. Chagak war weit hinauf in die Hügel gegangen, hatte den Platz mit dem Raigras gesucht, den sie vor zwei Sommern entdeckt hatte. Es war gröber als das Gras, das am Meer wuchs, und wenn es getrocknet war, bekam es die gleiche dunkelgrüne Farbe wie Ampferblätter. Chagak verwendete es für das Muster an den Rändern der Vorhänge und Bodenmatten, die sie aus dem verwelkten sonnengebleichten Gras webte, das auf dem Dach des *ulaq* ihres Vaters wuchs.

Sie sah hinauf zum Himmel, und der Stand der Sonne im Nordwesten veranlaßte sie, schneller zu laufen. Ihr Vater würde böse sein, wenn sie zu spät kam, aber das Grasbündel, das sie geschnitten hatte, war sein Stirnrunzeln wert.

Das Gras, das sie sich über die Schulter geschlungen hatte, war schwer, aber Chagak war stark. Sie dachte an die Webstücke, die sie anfertigen würde, neue Vorhänge für den Schlafplatz, den sie sich bald mit Robbenfänger teilen würde, und sie begann, vor sich hin zu summen.

Es war ein ungewöhnlicher Tag, der Himmel war wolkenlos, und die Sonne schien hell. Die Hügel waren dicht mit Pflanzen bewachsen, Moorbeeren, Hartriegel, blaßblättriger Rosenwurz, lange wehende Graswedel, rosablühende Stengel des Afterkreuzkrauts.

Chagak blieb stehen und hängte sich den Beerenbeutel über den anderen Arm. Sie hatte ihr Dorf schon fast erreicht. Sie konnte das Salz schmecken, das von der See hereingeweht wurde, und der Wind trug den Geruch von Fischen und Meerestieren zu ihr.

Sie entdeckte eine Stelle mit Moosbeeren, die glänzenden schwarzen Beeren versteckten sich in einem Gewirr aus Heidekraut. Chagak blieb stehen, um sie zu pflücken. Sie stellte ihren Beerenbeutel auf den Boden und ließ das Grasbündel von der Schulter gleiten.

Chagak rieb sich ihre Armmuskeln, der Arm fühlte sich wund an, denn sie hatte darauf geachtet, den Beutel von ihrem *suk* wegzuhalten. Sie aß langsam die Beeren, genoß die letzten Minuten, die sie allein war, bevor sie in das laute *ulaq* ihrer Familie zurückkehrte. Manchmal tat es gut, allein zu sein. Dann hatte sie Zeit, nachzudenken und Pläne zu schmieden, zu träumen.

Ihre Schultern waren steif, und sie krümmte den Rücken und hängte sich den Beutel über den Arm, aber als sie sich nach dem Gras bückte, hörte sie einen Ruf, fast einen Schrei, der vom Ufer zu kommen schien.

Chagak umklammerte ihr Amulett, hob das Grasbündel und die Beeren auf und lief zum Dorf. Es war jemand gestorben, dessen war sie sich sicher. Wahrscheinlich ein Jäger.

Nicht ihr Vater, nicht Robbenfänger, betete sie.

Als sie sich dem Kamm des letzten Hügels näherte, wurde das Blau und Purpurrot des Himmels von einem Glühen erhellt, und verwirrt von dem, was sie sah, blieb sie auf der Hügelspitze stehen.

Ein *ulaq* stand in Flammen, das Dachstroh flackerte hell auf. Männer liefen von einem *ulaq* zum anderen, Männer mit langem Haar und kleinen untersetzten Körpern. Ihre Parkas hatten nicht die vertraute schwarze Farbe der Kormoranfedern, sondern waren braun und weiß gesprenkelt, als wären sie aus den Häuten vieler Lemminge gemacht, die kreuz und quer zusammengenäht waren.

Sie trugen Fackeln und setzten das Dachstroh in Brand, dann warfen sie die Fackeln in die *ulas*.

Chagaks Füße klebten vor Angst am Boden fest, und ihre Kehle war wie zugeschnürt, so daß kein Schrei herauskam.

Zwei Männer, jeder mit einem großen Behälter aus Robbenmagen, schütteten das Öl, das darin war, in das *ulaq* ihres Vaters und warfen durch das Loch im Dach eine Fackel hinein. Aus dem Inneren des *ulaq* schossen Flammen hoch, setzten das Heidekraut und das Gras auf dem Dach in Brand. Chagak glaubte, durch den Lärm des Feuers die Schreie ihrer Mutter zu hören.

Chagaks älterer Bruder sprang aus dem Dachloch. Er schwang den Robbenschläger aus Walfischbein, der seinem Vater gehörte, und schlug einen der Männer damit nieder, aber der andere packte ihn um die Hüfte und stieß ihn über den Rand des *ulaq*.

Der erste der beiden, der wieder auf die Füße kam, sprang hinter ihrem Bruder her, und als er wieder auf das Dach des *ulaq* geklettert kam, schwenkte er einen Speer mit blutiger Spitze. Chagak spürte ein Brennen in ihrem Mund.

Ihre Mutter kam als nächste heraus. Sie hatte Pup, Chagaks kleinen Bruder, der im Frühling geboren war, auf dem Arm. Sie versuchte zwischen den beiden Männern durchzulaufen, aber sie hielten sie fest. Einer riß ihr das Kind aus den Armen und warf es auf den Boden;

der andere schnitt den Riemen an ihrer Hüfte durch, der die knielange Schürze hielt.

In diesem Augenblick tauchte Chagaks jüngere Schwester aus dem *ulaq* auf, und die Mutter stürzte zu ihr, riß sich von den Männern los, um ihre Tochter zu schützen. Sie standen zusammen, zwei dunkle Gestalten vor dem lodernden Dachstroh, hielten einander fest, während die Männer mit erhobenen Speeren näherkamen. Einer hob seinen Speer bis zum Gesicht des Mädchens, und Chagak preßte beide Hände auf ihren Mund, schluckte, um ihre Schreie zu unterdrücken.

Als der zweite Mann auf sie zuging, schob Chagaks Mutter das Mädchen hinter sich. Der Mann zog ein Messer aus der Scheide an seiner Hüfte, dann stieß er es der Frau in die Brust und faßte nach Chagaks Schwester.

»Aka«, schrie Chagak. »Bitte, Aka. Nein, Aka. Bitte ... bitte.«

Mit einer einzigen schnellen Bewegung riß Chagaks Mutter das Mädchen in ihre Arme und warf sich mit ihm in die Flammen, die vom Dach des *ulaq* aufstiegen.

Chagak sank auf die Knie. Die Schreie, die sie in ihrem Mund zurückgehalten hatte, brachen aus ihr heraus und vereinten sich mit den Schreien ihrer Mutter und ihrer Schwester.

Vom Meer ertönte das Brausen des Windes, der die Flammen wie orangefarbene Wellen in den Himmel trug, und das Dorf war in Rauch gehüllt.

Chagak drückte ihr Gesicht in die Erde, lag da und weinte. Sie klammerte sich am Gras fest, so wie sich der Otter an den Seetang klammerte, um nicht von den Wellen mitgerissen zu werden, um nicht von den Wellen mitgerissen zu werden.

2

Chagak saß zusammengeduckt im hohen Gras und wartete die ganze Nacht. Sie hielt ihr Frauenmesser mit der kurzen Klinge umklammert, rieb den weichen Griff aus Treibholz gegen ihre Wange. Wenn die Männer sie holen kamen, würde sie sich selbst töten, bevor sie bei ihr waren.

Aber schließlich, als die Schreie aufgehört hatten und das Feuer nur noch vereinzelt zwischen den *ulas* glühte, gingen die Männer fort. Chagak sah, wie sie ihre *ikyan* mit Pelzen und Öl aus dem Dorf beluden. Sie sah ihnen nach, bis sie hinter den Klippen verschwanden, die die geschützte Bucht ihres Volkes begrenzten.

Chagaks Brust war vom Bauch bis zu den Schultern von Schmerzen erfüllt, als hätten die Angreifer auch sie mit dem Speer durchbohrt, als wäre ein Messer zwischen ihre Rippen gestoßen worden, das sich jedesmal, wenn sie sich bewegte, tiefer in sie hineinbohrte. Und als sie ihren Kummer nicht länger zurückhalten konnte, weinte sie, bis sich ihr Körper ausgetrocknet und leer anfühlte, und ihr tränenüberströmtes Gesicht vom Wind wund war.

Am Morgen kreisten um jedes *ulaq* dicke Nebel, bedeckten das Dorf mit einem Leichentuch. Aus dem Nebel kräuselte sich Rauch und trug den Geruch von verbranntem Fleisch mit sich fort.

Chagak beobachtete das Dorf lange Zeit, sah aber keine Bewegung, und schließlich kroch sie auf der Rückseite des Hügels nach unten, wo man sie vom Dorf aus nicht sah, dann ging sie zur Spitze der südlichen Klippe, von der sie das Ufer überblicken konnte.

Das Ufer zeigte nach Osten und erstreckte sich in einer weiten, nach innen gebogenen Kurve hinter den

Klippen. Es war ein guter Strand mit feinen versandeten Kieselsteinen und vielen Tümpeln, von den Gezeiten zurückgelassen, in denen Kinder und alte Frauen Seeigel und kleine Fische sammeln konnten. Die Klippen waren ein Brutplatz für Alke und Lunde, und im Frühling kletterte Chagak mit ihren Freunden auf den Klippen herum, oder sie ließen sich an Seilen von der Spitze herunter, um an den Eingängen zu den Nistlöchern der Vögel aus Schnüren Fallen zu legen oder um ihre Sammelbeutel mit weichen weißen Eiern der Papageitaucher und den dunkel gesprenkelten Eiern der Seetaucher zu füllen. Vom Ufer aus erstreckte sich ein Riff ins Meer, und bei Ebbe paddelten die Frauen in ihren großen, offenen *iks* aus Häuten hinaus, um in den Felsen Käferschnecken zu sammeln.

An den hellsten Sommertagen lagen die kleinen Jungen oben auf der Spitze der Klippen, während ihre Väter in ihren *ikyan* unter ihnen warteten. Wenn einer der Jungen eine sich langsam voranbewegende Seekuh das Wasser verdunkeln sah, stieß er einen Schrei aus, und die Männer lenkten ihre schlanken Boote dorthin, wo das Tier lag. Ihre Speere waren mit dem dicken Ende an einer langen Leine seitlich an den *ikyan* befestigt, und wenn alle Männer ihre Speere geworfen hatten, zogen sie die Seekuh mit vielen Leinen an Land. Dann riefen sie die Frauen, damit sie mit dem süßen Fleisch ein Fest vorbereiteten, Fleisch, das, selbst wenn es alt war, selbst wenn es von Maden bedeckt war, seinen guten Geschmack behielt.

Chagak streckte sich auf dem Bauch aus, richtete das niedergedrückte Gras auf, damit sie besser verborgen blieb. Bei Tageslicht fühlte sie sich verwundbarer. Vielleicht war einer der langhaarigen Männer im Dorf geblieben.

Das Ufer schien leer zu sein. Chagak konnte die Linien im Kies sehen, die die *ikyan* der Angreifer mit ihren Kielen hinterlassen hatten. Sie wartete eine lange Zeit, hatte Angst, die Klippen zu verlassen. Wenn die Männer nun ihre Boote versteckt hatten, wenn sie auf all jene warteten, die ihnen entkommen waren? Sicherlich gab es außer ihr noch andere aus ihrem Dorf, die überlebt hatten.

Chagaks Mund war trocken, und sie wünschte, sie hätte ihren Beutel mit Beeren mitgebracht. Die Spitzen der Klippen waren zu felsig, um etwas anderes hervorzubringen als grobe Büschel Sauerampfer und Gras. Sie schnitt eine Handvoll Gras ab und kaute es in der Hoffnung, ein wenig Feuchtigkeit in den Mund zu bekommen, aber das Gras war mit Salz überzogen und verstärkte nur ihren Durst.

Chagak blieb auf der Klippe, bis sie schließlich, als sich die Sonne an der nordwestlichen Seite des Himmels zu neigen begann, aufzustehen wagte, wagte, zurück ins Dorf zu gehen.

Als sie hinunterstieg, hoffte sie, daß alles, was sie gesehen hatte, ein Traum gewesen war, daß das Dorf, wenn sie unten ankam, noch so sein würde, wie es früher gewesen war; jedes *ulaq* grün von dem Gras, das auf seinem Dach wuchs; Frauen, die an den windgeschützten Seiten saßen und nähten; Männer, die aufs Meer hinaussahen; Kinder, die sich Spiele ausdachten, herumliefen und lachten.

Aber der Wind trug noch immer den Geruch von Rauch, so daß Chagak, als sie die Hügelspitze erreichte und die vom Rauch geschwärzten Ruinen sah, keine Überraschung verspürte, nur den schweren Schmerz der Hoffnungslosigkeit.

Als sie ihren Beerenbeutel fand, stopfte sie sich eine Handvoll Früchte in den Mund, und als sie den Saft herausgesaugt hatte, schluckte sie das Fruchtfleisch hinunter. Sie hielt eine lange Zeit Ausschau, wachsam auf jede Bewegung achtend, aber das einzige, was sich bewegte, war der Geist des Windes, der zerfetzte Vorhänge und Matten hochhob, geschwärztes Gras.

Chagak begann sich zu fragen, ob sie allein war, ob sie von ihrem Volk die einzige war, die noch lebte. Der Gedanke ließ sie schaudern, und plötzlich mußte sie weinen, obwohl sie geglaubt hatte, in der vergangenen Nacht alle Tränen vergossen zu haben. Obwohl sie weinte, begann sie, mit einer Hand ihr Frauenmesser und mit der anderen ihr Amulett umklammernd, ihren Abstieg hinunter ins Dorf.

Es war kein gutes Zeichen, dachte Chagak, daß der erste Körper, den sie fand, dem Schamanen gehörte. Er war mit einem Speer oder Messer getötet worden, mitten in seiner Brust war eine klaffende Wunde, aber das Feuer hatte ihn nicht angerührt. Die Flammen hatten einen Kreis aus unversehrtem Gras um ihn herum gelassen.

Die Angreifer hatten seinen Körper nicht in Stücke geschnitten. Chagak war überrascht, aber froh. War ein Körper an allen wichtigen Gelenken zerschnitten, so war der Geist seiner Macht beraubt und konnte keine Rache nehmen, konnte den Lebenden nicht helfen. Warum hatten sie den Schamanen ganz gelassen? Glaubten sie, daß sie so viel mehr Macht besaßen als er? Auf dem Körper saßen schon überall Fliegen, und Chagak verscheuchte sie. Das Gesicht des Schamanen trug noch immer die Grimasse des Todes, und sein Rücken war gekrümmt, als wäre sein Geist durch das Loch in seiner Brust entwichen, hätte den Körper hochgehoben, als er ging.

Eine Hand umklammerte den geschnitzten Stab, einen heiligen Gegenstand, der im Dorf von einem Schamanen zum nächsten weitergereicht wurde. Langsam griff Chagak danach, darauf vorbereitet, die Hand zurückzuziehen, falls seine Berührung sie verbrannte. Denn welche Frau hätte den Stab eines Schamanen haben dürfen? Aber er verbrannte sie nicht, schien sich nicht anders anzufühlen als jeder andere Stab.

Chagak versuchte ihn dem Schamanen aus der Hand zu nehmen, aber die Hand hielt ihn so fest umklammert, daß sie ihr den Stab nicht wegnehmen konnte.

Chagak hoffte, daß sich sein Geist in der Nähe aufhielt und sie hören konnte, und flüsterte: »Ich will ihn nicht für mich, ich will nur den Geistern meines Volks helfen.« Aber der Schamane hielt den Stab noch immer fest. »Wie soll ich sie begraben?« fragte Chagak. Unter Schluchzen kamen die Worte hervor. Sie drehte sich um, und während sie es tat, sah sie dicht bei seinem Körper ein Amulett liegen. Größer noch als das Amulett eines Jägers, war es die größte Quelle der Macht, die der Schamane besaß. Mit zitternden Fingern hob Chagak es auf.

Sie hielt das Amulett hoch über ihren Kopf, drehte sich um und sah zu dem Berg Aka.

»Siehst du das?« rief Chagak, und ihre Stimme erhob sich über den Wind und das Meer. »Wenn du nicht willst, daß ich es habe, werde ich es dem Schamanen zurückgeben.«

Sie wartete auf ein Zeichen, ein Glitzern der Sonne von der Bergspitze, eine Veränderung des Windes, aber der Berg gab kein Zeichen, und so streifte sich Chagak das Amulett über den Kopf, spürte das tröstende Gewicht an ihrer Brust, als würde dicht bei ihrem Herzen noch ein anderes schlagen.

Chagak wollte durch das Dorf laufen, um zu sehen, ob vielleicht Robbenfänger oder ein anderer Angehöriger ihrer Familie überlebt hatte. Aber ein Geist konnte sich erst ausruhen, konnte seinen Platz im Freudentanz der Nordlichter erst einnehmen, wenn dem Körper Ehre erwiesen war, und so mußte erst der Schamane begraben werden.

Neben dem nächsten *ulaq* sah Chagak eine Schlafmatte. Das eine Ende war verbrannt, aber das andere war noch unbeschädigt und fest. Sie breitete sie neben dem Körper des Schamanen aus und legte ihn darauf. Dann zog sie die Matte mit dem Schamanen zu dem *ulaq* der Toten am Dorfrand.

Das *ulaq* der Toten war als Heim für die Toten errichtet oder für irgendwelche Geister, die das Dorf der Ersten Menschen besuchten. Das Rauchloch war mit Treibholzstämmen verschlossen, die in einem Viereck aneinandergebunden waren, und nur der Schamane und der oberste Jäger durften diesen Ort öffnen, um den Körper eines Verstorbenen dorthin zu bringen.

Chagak hatte das *ulaq* der Toten stets gemieden, war nie einen Weg gegangen, der dicht an ihm vorbeiführte, aber sie wußte, daß das Amulett ein Schutz war.

Der Körper des Schamanen war schwer, und sie brachte ihn nur ein paar Stufen hinauf, bis sie sich wieder ausruhen mußte, aber Chagak war stark, daran gewöhnt, jeden Morgen eine volle Haut mit frischem Wasser aus dem Fluß dicht beim Dorf heraufzutragen.

Sie arbeitete, bis ihr selbst in dem kalten Wind heiß war. Rauch verfärbte die Luft, und mit jedem Atemzug schien Chagaks Last noch schwerer zu werden, aber am Ende hatte sie den Schamanen auf das Dach des *ulaq* gebracht. Sie zog den Deckel der Öffnung beiseite, umklammerte das Amulett des Schamanen und überlegte, was die Geister ihr antun würden, wenn sie, eine Frau, es wagte, diesen Ort zu öffnen, aber dann dachte sie: Ist es schlimmer, mein Volk ohne Begräbnis liegenzulassen oder den Ort der Toten zu benutzen? Dieser Gedanke beschwichtigte ihre Ängste.

Chagak hatte keine Totenmatte, in die sie den Körper des Schamanen wickeln konnte, keine heiligen Kräuter, um ihn einzureiben, und so begann sie mit dem Lied, das sie gehört hatte, jedesmal wenn jemand gestorben war, ein Lied der Bitte an Aka, ein Gebet der Stärke für den dahingegangenen Geist. Dann rollte sie den Schamanen bis dicht an die Öffnung und ließ ihn hineinfallen.

Sie rückte den schweren Deckel wieder an seinen Platz und sah in das Dorf zurück. Von dieser Seite des *ulakidaq* waren noch mehr Körper zu sehen, die meisten von Männern, einige bis zur Unkenntlichkeit verbrannt. Plötzlich spürte Chagak ein starkes Verlangen, ihren Vater und Robbenfänger zu finden. Und wenn sie nun geflohen waren? Wenn sich ihre Körper nicht unter den Toten befanden?

Langsam ging sie von einer Leiche zur anderen. Sie gewöhnte sich an den Gestank der Toten, gewöhnte sich an den üblen Geruch, der tief hinten in ihrer Kehle zu stecken schien, und oft, wenn sie Onkel oder Tante, Vetter oder Freund entdeckte, mußte sie wegsehen, schnell zum nächsten Körper laufen.

Sie fand den jüngeren Bruder von Robbenfänger, unterbrach ihre Suche und zog auch ihn auf das Dach des *ulaq* der Toten. Er war acht oder neun Sommer alt und nicht so schwer wie der Schamane, aber Chagaks Kummer schien den Körper schwerer zu machen.

Am *ulaq* der Toten wiederholte sie die Gesänge und ließ den Körper in die modrige Dunkelheit hinunter. Nachdem sie das *ulaq* verschlossen hatte, bemerkte Chagak, daß die Sonne fast untergegangen war, und der Gedanke, während der kurzen, dunklen Nacht im Dorf zu bleiben, ließ Chagaks Herz schneller schlagen.

Wer konnte sagen, was all die Geister tun würden? Inzwischen hätte schon jeder einzelne von ihnen eine heilige Zeremonie haben sollen, eine Totenfeier, aber sie hatte erst zwei begraben. Wie viele Menschen hatten in ihrem Dorf gelebt? Dreimal zehn? Viermal zehn?

»Ich kann sie nicht alle begraben«, rief sie zu Aka. »Verlange nicht von mir, daß ich sie alle begrabe. Es sind zu viele.«

Aber dann kam ihr ein Gedanke: Mach aus jedem *ulaq* ein *ulaq* der Toten. Es sind zu viele Körper für ein *ulaq*.

Und so ging Chagak in der untergehenden Sonne zuerst zum *ulaq* ihres Vaters.

Der eingekerbte Baumstamm, der als Kletterleiter ins Innere gedient hatte, war stark verbrannt, und so ließ sich Chagak schließlich an den Armen hinunter und auf den Boden fallen. Sie tastete sich durch den dunklen Raum und fand eine Öllampe, verwendete das Moos, den Zunder und den Feuerstein, die sie in einem Päckchen an ihrer Hüfte trug. Sie schlug die Steine aneinander, bis ein Funken das Moos anzündete und die Dochte zum Brennen brachte. Das meiste Öl in dem flachen Steinbehälter der Lampe war aufgebraucht, aber es genügte, um das Feuer in Gang zu halten, bis Chagak eine Haut aus der Nische in der Wand gezogen hatte. Nichts in der Nische war verbrannt, und als Chagak Öl in die Lampe goß und die Dochtflammen heller brannten, war sie erstaunt zu sehen, daß die Wände im *ulaq* zwar dunkler geworden und ein paar Vorhänge verbrannt waren, daß aber sonst nur wenig zerstört war.

Sie durchsuchte die mit Vorhängen abgeteilten Schlafräume des *ulaq,* überlegte, ob vielleicht jemand aus ihrer Familie dem Feuer entkommen war. Im Schlafplatz ihres Vaters hinten im *ulaq* sah Chagak eine Gestalt, die an der hinteren Wand lehnte, und erkannte einen ihrer Brüder. Chagak schrie vor Freude auf, aber dann sah sie, daß er, obwohl an seinem Körper keine Anzeichen eines Speeres oder einer Verbrennung zu erkennen waren, wie all die anderen Leute im Dorf tot war. Seine Augen und sein Mund standen offen, damit der Geist entfliehen konnte, sein Bauch war bereits aufgedunsen.

Welche fremde Macht besaß das Feuer? fragte sich Chagak. Wie konnte es die Geister aus den Menschen herausziehen, ohne sie zu berühren? Nahm es den Atem, ließ es das Herz stillstehen, stahl es das Blut?

Chagak stellte die Lampe auf den Boden und rollte eine Schlafmatte um den Körper ihres Bruders, dann legte sie ihn auf die Felle auf dem Bett ihres Vaters. Dieser Bruder war ihr Lieblingsbruder gewesen, seine dunklen Augen hatten immer vor Übermut gefunkelt. Obwohl er nur sechs Sommer alt war, hatte er schon seinen ersten Papageitaucher erlegt, hatte ihn mit einer kleinen Harpune durchbohrt, die der Vater für ihn gemacht hatte.

Chagaks Mutter hatte zu Ehren der Jagd ein Fest vorbereitet, um sie zu feiern. Damals waren sie alle zusammen gewesen, ihre Mutter und ihr Vater, die Tante und der Onkel, die mit ihnen im *ulaq* wohnten, sogar Chagaks Großvater, der zu Beginn des Sommers gestorben war.

Wieder stimmte Chagak das Totenlied an, füllte das *ulaq* mit den Tönen des Heiligen Liedes ihres Volkes, und während sie sang, stapelte sie die versengten Felle in Bündeln übereinander auf, um zu dem Loch im Dach zu gelangen. Draußen fand sie die verkohlten Körper ihrer Mutter und ihrer Schwester und zog sie in das *ulaq,* trug sie, eine nach der anderen, zum Schlafplatz ihres Vaters, ohne sich darum zu kümmern, daß ihre schwarzen Körper die Federn ihres *suk* beschmutzten.

Als Chagak das *ulaq* wieder verließ, nahm sie eine der Jagdlampen ihres Vaters mit, denn die Sonne war untergegangen, zwischen den *ulas* herrschte Dunkelheit.

Sie wußte noch, wo ihr ältester Bruder niedergestreckt worden war, und fand ihn dort, mit offenen Augen, die Brust dunkel gefärbt vom getrockneten Blut. Sie zog ihn in das *ulaq* und legte ihn auf den Schlafplatz ihres Vaters.

In dieser Nacht ging Chagak durch das Dorf, fand schließlich ihren Onkel und ihre Tante und ihren Vater. Sie zog jeden Körper zum *ulaq* und wickelte jeden in Felle oder Matten ein.

Als sie nicht mehr genügend Kraft hatte, aus dem *ulaq* zu steigen, legte sich Chagak neben den Eingang zum Schlafplatz ihres Vaters auf den Boden und schlief.

3

Als Chagak aufwachte, galt ihr erster Gedanke Robbenfängers Schlafmatten, die sie fertigstellen mußte. Aber dann erinnerte sie sich, und mit der Erinnerung kam die Dunkelheit, die in ihr den Wunsch weckte, wieder in den Schlaf zu fliehen. Sie begann zu zittern. Ihre Hände fühlten sich für ihren Körper zu leicht an, die Arme und Beine zu schwer, ihre Brust war so erfüllt von Kummer, daß darin kein Platz für etwas anderes war.

Sie rollte sich von den Schlaffellen und zündete die Öllampen wieder an. Dann grub sie ein paar von den Eiern aus, die sie mit der Mutter im Boden der Eßnische in Sand und Öl vergraben hatte, und machte sich etwas zu essen.

Das Essen hatte den Geschmack von Asche, und Chagak würgte, aber sie wußte, daß sie nicht die Kraft haben würde, die Toten zu begraben, bevor sie nicht etwas gegessen hatte. Sie machte die Augen zu und dachte an grüne Hügel, an den Wind, der vom Meer her wehte, und nachdem sie zwei Eier gegessen hatte, verließ sie das *ulaq*.

Am Abend zuvor hatte sie ihren kleinen Bruder, der noch ein Säugling war, nicht finden können, obwohl sie sicher zu wissen glaubte, wo die Männer ihn hingeworfen hatten. Jetzt, bei Tageslicht, suchte sie weiter, fand ihn aber noch immer nicht. Angst stieg in ihr auf, bohrte sich in ihren Schmerz.

Die Geschichtenerzähler berichteten von Völkern, die die Kinder anderer Stämme, besonders Söhne, mitnahmen, um sie als ihre eigenen aufzuziehen. Vielleicht war ihr Bruder gar nicht tot. Vielleicht hatten ihn die Angreifer mitgenommen und zogen ihn auf, damit er wie sie wurde.

Es wäre besser, wenn Pup tot wäre, dachte Chagak, und eine Weile saß sie auf dem Dach des *ulaq* ihres Vaters, ohne etwas zu tun. Aber dann kam es ihr wieder so vor, als würde sie von den Geistern der Toten gerufen, und sie verließ das *ulaq*, um zu beenden, was sie am Tag zuvor begonnen hatte.

Chagak schleifte Körper, sang Totengebete und gab sich Mühe, bei dem stechenden Geruch und den Fliegen nicht zu würgen. Die Vögel waren das größte Problem. Möwen kamen laut kreischend im Sturzflug angeschossen, um in den Wunden und den offenen Augen der Toten zu picken.

Als die trübe gelbe Sonne hoch am Himmel stand, fand Chagak Robbenfänger.

Zuerst erkannte sie ihn nicht. Sein Gesicht war geschwollen und mit Blut aus einer Wunde am Hals bedeckt, sein Bauch war von der Brust bis zu den Leisten aufgeschlitzt. Tief aus ihrem Innern brach ein Klageschrei hervor und machte sich Luft, noch als sie seinen Körper ansah.

Robbenfänger hielt einen Speer umklammert. Dicht neben ihm lag ein weiterer Körper, der Körper eines Fremden. In der Schulter des Mannes klaffte eine blutige Wunde und eine andere mitten in der Brust. Seine Füße waren schwarz angemalt, und er trug einen Parka aus Robbenfell und Lemminghäuten, der jedoch nicht nach der Art irgendeines Stammes geschmückt war, den Chagak kannte, nicht wie die Händler, die sich Walroßmenschen nannten, und auch nicht wie das Volk ihrer Mutter, die Waljäger. Vielleicht gehörte er zu dem Volk der Karibus, einem weit entfernt lebenden Stamm, von dem die Walroßmenschen erzählt hatten. Aber warum sollten die Karibujäger ihr Land verlassen, um zu den Inseln im Meer zu kommen? Die Karibus waren keine Händler. Sie wußten nichts von den *ikyan* oder den Meerestieren. Und waren die Karibus nicht groß und hellhäutig? Dieser Mann war klein und seine Haut, auch im Tod, dunkel.

Sie sah die beiden Männer an. Robbenfänger, der Mann, den sie hatte heiraten sollen, und diesen Fremden, der ein böser Mann war. »Sie haben sich gegenseitig getötet«, sagte Chagak laut zum Wind, zu den Geistern, die sich vielleicht in der Nähe aufhielten.

Hatte ihr Volk diesen Männern irgend etwas getan? Warum waren sie gekommen, zu stehlen und zu töten? Chagak zog ihr Frauenmesser aus der Scheide, die sie unter ihrem *suk* trug, und begann die Glieder des toten Mannes zu zertrennen. Aber mit jedem Schnitt schienen Chagaks Schmerzen größer zu werden, als hätte ihr Messer zwei Klingen, eine für den Feind, eine für ihren Geist.

Chagak zog Robbenfängers Körper zum *ulaq* ihres Vaters. Sie legte ihn auf den Schlafplatz des Vaters, wickelte ihn in eine der Grasmatten, die sie für ihn gemacht hatte, und wusch das Blut von seinem Gesicht und seinem Hals.

Als sie damit fertig war, schien sie keine Kraft mehr zu haben, um zu arbeiten, kein Verlangen, das *ulaq* zu verlassen. Es war ein großes *ulaq*, groß genug für die Geister ihrer Familie und ihren eigenen Geist.

Chagak war alt genug, um sich daran zu erinnern, wie ihr Vater das *ulaq* gebaut hatte. Er und mehrere Männer aus dem Dorf hatten drei oder vier Tage damit verbracht, eine ovale Grube in die Hügelseite zu graben. Sie selbst, die Mutter, ihre Tanten und ihre Großmutter hatten vom Ufer eines Stromes Lehm herangeschleppt, hatten ihn mit genügend Wasser vermischt, damit er geschmeidig war, und hatten dann den Lehm über der Erde und dem Steinboden verbreitet. Sie hatten ihn geglättet und eingeebnet und ihn mit ihren Füßen gestampft. Dabei hatten sie die ganze Zeit gelacht und gesungen und den Geschichten gelauscht, die ihre Großmutter erzählte.

Anfang des Sommers war ein Wal ans Ufer gespült worden, und der oberste Jäger hatte Chagaks Vater erlaubt, die Rippen und Kieferknochen als Stützen für das Dach zu verwenden. Die Männer kleideten die Wände der Grube mit großen Felsblöcken aus und betteten sie in Erde. Mit den Steinen und den Treibholzstämmen als Stütze brachten sie die Fischbeinbalken an ihren Platz. Dann flochten die Frauen Weidengerten durch die Balken und halfen den Männern, das Dach des *ulaq* mit Grasnarben und Dachstroh fertigzustellen.

Chagak sah hinauf zu dem Licht, das durch das Loch im Dach fiel. Es war noch immer genügend Zeit, andere zu beerdigen, aber Chagak dachte, ich bin zu müde. Das werden die Geister sicher verstehen.

Lange Zeit saß sie im großen Raum des *ulaq*, sperrte alle Gedanken aus ihrem Kopf aus und zündete nicht einmal die Lampen an, als kein Licht mehr durch das offene Loch im Dach drang. Es war ein schwerer Tag gewesen. Die meisten Leichen waren versorgt, nur wenige mußten noch hereingeholt werden, nur wenige Lieder und Trauergesänge noch angestimmt werden.

Ich werde es morgen beenden, versprach sie sich. Dann kam ihr ein Gedanke, der ihr zum ersten Mal durch den Kopf gegangen war, als sie Robbenfängers Leiche gesehen hatte: Auch ich sollte tot sein. Was für eine Freude würde es machen, allein zu leben? Sie würde niemals eine Frau sein, niemals Kinder gebären. Sie würde in Angst vor den Geistern leben, in Angst vor Fremden. Und wie konnte ein Mensch allein vor den Mächten der Erde und des Himmels bestehen? Es wäre besser, tot zu sein.

Chagak dachte in jener Nacht, als sie auf ihrem Schlafplatz lag, an den Tod und an die vielen Möglichkeiten, wie sie sterben könnte.

Am nächsten Morgen beerdigte Chagak die letzten drei Leichen, und nur den Mann, der Robbenfänger getötet hatte, ließ sie liegen, damit er von Vögeln und Tieren gefressen wurde oder verweste.

Einen weiteren Teil des Tages verbrachte Chagak damit, alle Waffen, die sie finden konnte, einzusammeln. Es waren weniger, als die Jäger ihres Stammes besessen hatten. Die Angreifer mußten die Waffen mitgenommen haben, als sie weggegangen waren, dachte Chagak, aber es wäre für die Männer ihres Stammes nicht gut, in der nächsten Welt keine Waffen zu haben. Wie sollten sie jagen?

Chagak verbrachte viel Zeit in den Vorratskammern der *ulas*, nahm jede Waffe, die sie finden konnte, mit und gab den Männern, für die sie keine Speere hatte, schließlich gebogene Messer mit kurzen Klingen sowie Grabstichel, Obsidiane und Hammersteine. Vielleicht konnten sie sich daraus selbst Waffen machen.

Es war Zeit für Chagaks Tod. Sie bereitete sich sorgfältig vor, aß zuerst eine gute Mahlzeit, wusch dann ihr Gesicht und ihre Hände im stillen Wasser eines Tümpels, den die Flut zurückgelassen hatte. Das Bild des Geistes, der sie aus dem Tümpel anstarrte, sah alt und müde aus, nicht wie Chagak, ein Mädchen, das gerade eine Frau geworden war und dreizehn Sommer gelebt hatte.

Sie kämmte ihr zerzaustes Haar, zog ihren *suk* aus und wusch sich Arme und Brüste. Der *suk* war fast völlig zerrissen. Das Aufheben und Schleppen der toten Körper hatte viele Federn umgeknickt. Die noch übrig waren, hatten ihren Glanz verloren und waren von Blut verschmiert, aber sie wusch das Blut ab und zog die Federn wieder gerade. Zuletzt wusch sie ihr Frauenmesser und rieb die Klinge mit dem Amulett des Schamanen ab, das sie noch um den Hals trug.

Für ihren Tod benötigte sie mehrere Dinge, und sie fing an, die *ulas* zu durchsuchen, sammelte alle notwendigen Gegenstände, eine Lampe, die sie zu ihrer Familie bringen sollte, saubere Schlaffelle, einen Robbenmagen mit Öl und einen anderen mit Essen. Sie wußte nicht, wie viele Tage sie, allein wie sie war, brauchen würde, um die Tanzenden Lichter zu finden.

Sie brachte all ihre Vorräte zu ihrem Schlafplatz. Dann setzte sie sich hin und nahm ihr Frauenmesser in die rechte Hand, um die pulsierenden Adern an ihrem Hals zu durchtrennen. In der linken Hand hielt sie ein Gefäß, um das Blut aufzufangen.

Aber dann spürte sie tief in ihrem Innern eine Regung, ein Verlangen, größer als jedes Verlangen, das sie je gespürt hatte, noch einmal den Wind zu fühlen, das Meer zu hören, die Sonne auf ihrem Gesicht zu spüren. Sie legte die Schale und das Messer beiseite und kletterte aus dem *ulaq*.

Chagak ging über den Strand, und trotz ihres Kummers empfand sie große Freude darüber, daß sie nun ein letztes Mal Gelegenheit hatte, die Welt zu sehen, den langen, traurigen Schrei der Seetaucher zu hören, das schrille *Kick-kick-kick* der Seeschwalben.

Sie begann zu singen, zuerst Lieder des Trostes, Wiegenlieder, die man für sie gesungen hatte, als sie noch ein Kind war, dann, nach den Wiegenliedern, Trauergesänge, Todesgesänge für sich selbst. Schließlich, als die Sonne von Wolken getrübt war und ein kalter Wind vom Meer wehte, verließ Chagak den Strand und kehrte zum *ulaq* ihres Vaters zurück.

Sie war schon oben auf dem Dach, als sie einen schwachen Laut hörte, der aus dem Hügel hinter dem Dorf kam. Es klang, als würde außer ihr noch jemand klagen, als wäre es der Schrei eines Lebenden.

Ein Kind? Wie hätte ein Kind zwei, fast drei Tage seit dem Überfall überleben können? Aber sie wurde von einer so starken Hoffnung erfaßt, daß es ihr die Kehle zuschnürte und sie nicht einmal rufen konnte. Sie ging auf den Schrei zu, lauschte angestrengt, kam dem Geräusch immer näher und gelangte schließlich bis auf die Hügelspitze.

Zuerst sah sie nur den Körper der Frau, Schwarzer Flügel, eine alte Frau, die bei einem erwachsenen Enkel wohnte, die sich vielleicht im nächsten Winter dem Berg übergeben hätte, damit die Familie mehr zu essen hatte. Die Frau war noch nicht lange tot. Sie lag auf der Seite, der Körper war nicht geschwollen, die Fliegen begannen sich gerade erst auf den Augen und dem Mund festzusetzen.

Sie trug einen *suk* aus Haarrobbenfell, den sie zweifellos als Totengewand hergerichtet hatte, denn der *suk* war viel zu schön und für das tägliche Tragen unpraktisch. Federn und Muschelschalen hingen in einem breiten Zickzackmuster an den Seiten und an den Ärmeln herunter; am Kragen, den Ärmelenden und dem Saum bildeten Flecken aus verschiedenen Fellen, braun und gold und schwarz und weiß, ein kariertes Muster.

Hatte Schwarzer Flügel die Schreie ausgestoßen? Vielleicht waren es die Schreie von Möwen gewesen. Hatte sich Chagak, weil sie nicht allein sein wollte, eingebildet, daß die Vogelschreie von Menschen kamen?

Chagak seufzte und dachte an den langen, schweren Weg zurück ins Dorf. Noch ein Körper, der in ein *ulaq* gebracht werden mußte. Sie machte kehrt, um den Hügel hinunterzugehen und die Seelöwenhaut zu holen, auf der sie die Körper gezogen hatte, die weit von einem *ulaq* entfernt gelegen hatten.

Aber als sie den Hügel schon halb hinuntergeklettert war, hörte sie den Schrei wieder und war sicher, daß er nicht von einem Vogel war.

Sie lief noch einmal den Hügel bis zur Spitze hinauf und drehte den Körper von Schwarzer Flügel auf die andere Seite. Unter dem *suk* der alten Frau war eine Wölbung, und dann ertönte wieder der schwache Schrei.

»Ein Kind«, flüsterte Chagak, und ihr Herz schlug schneller, schlug so fest, daß sie den Pulsschlag an ihrer Schläfe fühlen konnte.

Sie schob die Hände unter den *suk* und zog das Kind darunter hervor. Es war Pup.

»Ich dachte, sie hätten dich mitgenommen«, sagte Chagak. Dann wurden ihre Beine plötzlich schwach, und sie fiel auf die Knie. Und als hätte sie ihren Bruder tot gefunden, nicht lebendig, begann Chagak zu schluchzen, daß sie am ganzen Körper zitterte, so stark und so heftig, als würde Chagaks Geist aus ihrer Brust gerissen. Sie klammerte das Kind fest an sich und sagte unter Tränen zu Schwarzer Flügel: »Du bist eine mutige Mutter. Großmutter für unser ganzes Volk.«

Chagak steckte Pup unter ihren *suk*, nahm ihn in die Arme und ging zum *ulaq* ihres Vaters zurück.

Sie legte ihn auf ein Haarrobbenfell und säuberte seinen Körper mit Robbenöl. Auf seinen Lippen waren Flecken von Beeren, und immer wenn Chagaks Finger dicht an seinen Mund kamen, versuchte er, daran zu saugen. In den vier Monaten seit seiner Geburt war er dick und rund geworden, aber jetzt schien er kleiner, seine Arme und Beine waren so dünn, wie sie es bei seiner Geburt gewesen waren.

Chagak wickelte den unteren Teil des kleinen Körpers in Moos und Lappen aus Robbenhaut, dann wickelte sie ihn in ein Robbenfell, mit der Pelzseite nach innen.

Sie kaute ein Stück getrocknetes Robbenfleisch, bis es weich war, dann mischte sie es mit Wasser, machte einen Brei und fütterte den Kleinen mit ihren Fingerspitzen. Er aß langsam, und Chagak flößte ihm zwischendurch Wasser ein, obwohl er sich zuerst verschluckte, als sie ihm in einer Muschelschale Wasser gab. Aber schließlich schien er zufrieden zu sein, und Chagak legte ihn in seine Wiege, die Hängematte mit dem Holzrahmen, die von den Balken über dem Schlafplatz ihrer Mutter hing.

Als ihr Bruder schlief, kehrte Chagak zu dem Körper von Schwarzer Flügel zurück. Sie konnte keine Wunde entdecken und kam zu dem Schluß, daß die Frau aus Kummer und aus Altersschwäche gestorben war. Chagak zog die Leiche zum *ulaq* ihres Vaters, denn obwohl es dorthin weiter war, sah Chagak die Frau jetzt als Teil ihrer Familie an. Irgendwie mußte Schwarzer Flügel Pup gefunden und ihn vor den Mördern versteckt haben. Es war richtig, daß sie einen Platz bei Chagaks Familie bekam. Sie würden genauso für die Frau sorgen, wie diese für ihr jüngstes Kind gesorgt hatte.

4

Und was ist nun das beste? überlegte Chagak, als sie in jener Nacht in ihrem Schlafplatz lag. Ich kann nicht sterben und Pup allein zurücklassen, aber soll ich versuchen, ohne unser Volk zu leben?

Was kann ich meinem Bruder geben? Wer wird ihm beibringen, wie man jagt? Männern, die weder Jäger noch Schamanen waren, wurde in der nächsten Welt keine Ehre zuteil.

Sie hatte kein Recht, das Leben ihres Bruders zu beenden, kein Recht, ihn in die Welt der Geister zu schicken, aber vielleicht lag diese Entscheidung gar nicht bei ihr. Vielleicht wurde sie von ihren Eltern getroffen.

Am nächsten Morgen, nachdem Chagak Pup gefüttert hatte, legte sie ihn wieder in seine Wiege, die sie in den Schlafplatz ihres Vaters hängte. Dann verließ sie das *ulaq*.

Den ganzen langen Tag über saß sie draußen auf dem Dach des *ulaq* und ließ den Geistern ihrer Familie Zeit, zu kommen und ihren Bruder zu holen.

Sie tat nichts anderes, als hinaus aufs Meer zu sehen und ihren eigenen Gedanken zu lauschen. Warum nähen, wenn sie und Pup doch bald sterben würden? Warum Seeigel sammeln? Warum weben?

Aber um die Mittagszeit erkannte Chagak, daß etwas in ihr hoffte, die Geister würden nicht kommen, um Pup zu holen, und sie fragte sich: Warum will ich leben?

Chagaks Seele wurde von Schuldgefühlen geplagt, und sie sagte mit lauter Stimme zu dem Wind und allen Geistern, die es hören konnten: »Ich entscheide nicht über mein Leben oder meinen Tod; meine Eltern entscheiden. Wenn Pup stirbt, dann werde auch ich sterben. Wenn er lebt . . .« Sie sah auf die verbrannte Ruine ihres Dorfs, sog den Geruch des Todes ein, der aus jedem *ulaq* strömte.

Hier konnte sie Pup nicht aufziehen. Dies war ein Dorf der Toten. Außerdem kannten die Angreifer diese Bucht und kamen vielleicht zurück, um die Überlebenden zu töten. Sie konnte sich eine andere Bucht suchen, aber sie konnte Pup nicht ohne einen Mann aufziehen, der ihm das Jagen beibrachte.

Es wird das beste sein, wenn ich zu meinem Großvater gehe, dachte Chagak. Er war ein wichtiger Mann, der oberste Häuptling des Stammes der Ersten Menschen, die als Waljäger bekannt waren. Chagak war nie im Dorf der Waljäger gewesen, aber der Großvater hatte ihr Dorf schon mehrmals besucht und im *ulaq* ihres Vaters gewohnt.

Chagak war immer sehr aufgeregt gewesen, wenn er kam, und hatte sich stolz vor den anderen Mädchen ihres Alters gebrüstet. Deren Großväter wohnten in ihren eigenen *ulas* bei ihnen; deren Großväter waren nur Robbenfänger, keine Häuptlinge des wilden und stolzen Stammes der Waljäger. Aber sie behielt es für sich, daß ihr Großvater zwar immer Geschenke für ihre Brüder mitbrachte und ihnen Geschichten vom Jagen erzählte, daß er aber Chagak und Chagaks Schwester keines

Blickes würdigte und ihnen auch niemals Geschenke mitbrachte oder Geschichten erzählte.

Also, wenn ich zu meinem Großvater gehe, dachte Chagak, wird er mich vielleicht nicht aufnehmen wollen. Aber vielleicht würde er Pup aufnehmen, und für Pup wäre es bei den Waljägern besser als hier, an diesem Ufer, mit den Geistern der Toten und einer Schwester, die ihm nicht beibringen konnte, wie man jagte.

Falls Pup lebte, würden die Geister ihres Vaters vielleicht einsehen, wie wichtig es war, daß Pup bei den Waljägern blieb, und Chagak zum Dorf ihres Großvaters führen.

Pups Schreien unterbrach Chagaks Gedanken, aber sie faltete die Hände und zwang sich stillzusitzen. Sie wußte, daß er vielleicht Hunger hatte, aber es konnte auch sein, daß die Geister gekommen waren, um ihn zu holen, und daß Pup vor ihnen Angst hatte. Als er mit dem Weinen aufhörte, wollte Chagak in das *ulaq* gehen und nachsehen, ob er tot war. Aber sie blieb draußen.

Der Kummer in Chagaks Brust schien sich noch tiefer in sie hineinzubohren, und der plötzliche Drang zu weinen, der sie überkam, machte sie wütend.

Warum weine ich? fragte sie. Es ist besser, wenn er bei unserer Mutter ist. Und bald werde ich nicht mehr allein, sondern mit den Menschen meines Dorfes vereint sein. Sie hörte auf zu weinen, aber die Tränen schienen sich in ihrer Kehle zu sammeln und dort zu zittern wie Wassertropfen an einem Blattrand.

Als die Sonne hoch am Himmel stand, ging sie schließlich hinein. Sie sah in alle dunklen Ecken des *ulaq*, konnte aber keine Geister entdecken. Sie hatte das Loch im Dach offengelassen, damit Licht hereinkam, und ließ die Lampen unangezündet. Als sie quer durch das *ulaq* zum Schlafplatz ihres Vaters ging, war sie so leise, als würde ihre Familie schlafen.

Sie öffnete die Türklappe, und bei dem üblen Geruch, der ihr entgegenschlug, stockte ihr der Atem, aber als sie Pups Wiege von den Balken nahm und hineinsah, fing Pup plötzlich zu schreien an.

Der Schrei überraschte sie, und fast hätte sie die Wiege fallen lassen. In diesem Augenblick des Herunterfallens und des Auffangens schossen ihr die Tränen, die sich in ihrer Kehle versteckt hatten, in die Augen, und Chagak begann zu schluchzen. Zum ersten Mal seit dem Tod ihres Dorfes hatte sie einen Grund, den kommenden Tag lebend zu überstehen.

Chagak brauchte drei Tage, um ein *ik* zu reparieren, das die Angreifer zerbrochen hatten. Der Rahmen war nicht beschädigt, aber die Seelöwenhaut, die darübergespannt war, war an vielen Stellen zerschnitten.

Chagak nahm die Häute eines anderen *ik*, sogar von den *ikyan* der Männer, um das Boot instand zu setzen. Ihre sorgfältig ausgeführten doppelten Nähte versiegelte sie mit Fett, dann rieb sie die Seelöwenhäute mit Öl ein, um das *ik* vor dem Wasser zu schützen.

Sie hatte einen der Trageriemen ihrer Mutter gefunden und unter ihrem *suk* befestigt, damit sie Pup mit sich herumtragen konnte, während sie arbeitete. Das breite Lederband führte über eine Schulter und quer über den Rücken. Das Kind lag an Chagaks Brust, sein Kopf und sein Rücken wurden von dem Gurt gehalten.

Chagak schnitt die Halsöffnung ihres *suk* ein Stückchen weiter aus, denn sie war ja keine Mutter, und in ihrem *suk* war eigentlich kein Platz für ein Kind.

Als das *ik* repariert war, füllte es Chagak mit Vorräten, Behältern aus Robbenmägen mit Öl und Wasser, Körben, gefüllt mit getrocknetem Fleisch und Wurzeln, zwei kleinen Jägerlampen und Moosdochten, Matten, Ahlen und Nadeln.

Sie packte zwei zusätzliche Paddel ein, Messer und einen flachen Kochstein, Steinhauer, Schaber und Stapel mit Fellen und Grasmatten. Sie packte auch Pups Wiege ein, obwohl sie ihn, während sie in dem *ik* fuhren, unter ihrem *suk* tragen würde.

Sie würde den *chigadax* ihres Vaters anziehen, einen wasserdichten Parka mit Kapuze, der aus Robbendärmen gemacht war, ein Kleidungsstück, das guten Schutz gegen die See bot. Aber während ihrer Arbeit wurde Chagak von Zweifeln geplagt. Vielleicht war es falsch, Pup von der Insel wegzubringen. Sie wußte nicht viel über das Meer. Sie konnte ein bißchen paddeln, aber selbst das kleine *ik*, das sie ausgewählt hatte, war für eine Person allein schwer zu lenken. Und wenn sie nun das Dorf ihres Großvaters nicht fand? Wenn sie und Pup ertranken? Was war dann? Würden sie den Weg zu den Tanzenden Lichtern finden?

»Vielleicht vermißt dich unsere Mutter«, sagte Chagak zu Pup. »Vielleicht sollte ich den Geistern noch einmal Gelegenheit geben, dich zu holen.«

Chagak trug ihren Bruder zurück in das *ulaq*. Innen war es dunkel, aber Chagak zündete keine Öllampe an. Sie ging langsam durch den großen Raum des *ulaq* und legte ihn an die Tür zum Schlafplatz ihres Vaters. Sie legte ihre Hände auf Pups Bauch und begann zu sprechen, und ihre Worte hallten in dem leeren Raum wider. »Vater, hier ist dein Sohn. Ich will ihn in das Dorf der Waljäger bringen. Ich werde ihn aufziehen, damit er ein guter Mann wird. Ich werde ihm helfen, ein *ikyak* zu bauen, und ihm von unserem Dorf erzählen. Aber wenn du glaubst, daß es für ihn das beste ist, mit dir in die Welt der Geister zu gehen, dann bitte ich dich, ihn jetzt zu holen.«

Ihr Bruder hatte stillgelegen, während sie sprach, aber als sie jetzt aufstand und ihn auf dem blanken Boden liegen ließ, begann er zu weinen. Chagak hob ihn nicht auf, sah sich nicht nach ihm um, als sie nach draußen kletterte.

Sie blieb auf dem Dach des *ulaq*, saß auf ihren Fersen, wartete, ließ keine Hoffnung in ihr Herz. Warum sollte sie versuchen, die Geister mit ihrer Hoffnung zu beeinflussen? Sie schob alle Gedanken weg, ließ nur die einfachen Dinge wie die Farbe des Meeres und die Zahl der Vogellöcher in den Klippen zu. Sie bemühte sich, nicht auf das Weinen ihres Bruders zu hören.

Chagak hatte nicht bemerkt, daß sie eingeschlafen war, aber als sie aufwachte, war es mitten am Nachmittag. Pup weinte immer noch.

Chagak kletterte hinunter in das *ulaq*. Diesmal bemühte sie sich nicht, in der Dunkelheit Geister zu sehen, sondern lief eilig zu der Stelle, an der Pup lag, hob ihn auf und drückte ihn fest an sich. Sie wiegte ihn, bis er zu weinen aufhörte, dann schob sie ihn unter ihren *suk* und machte die Trageschlinge an seinem kleinen Körper fest.

Chagak begann ein stilles Lied des Dankes zu singen und war überrascht, als sie merkte, daß ihre Stimme in Tränen unterging. Bevor sie das *ulaq* verließ, flüsterte sie: »Wir gehen jetzt. Gebt uns Schutz. Bitte, gebt uns Schutz.«

5

Das Paddel war zu einem Teil ihrer selbst geworden, wie auch der Rhythmus der Wellen. Chagak hatte Glück; das Meer blieb ruhig, die Wellen waren riesige aufsteigende Wogen oder schwappten schnell und flach.

Wenn sie zum Dorf zurückblickte, sah sie, daß schon frische grüne Pflanzen die Wunden bedeckten, die das Feuer zurückgelassen hatte. Chagak wußte, daß die Geister der Pflanzen nach all dem Töten noch immer dick und stark um die *ulas* schwebten. Und wenn Chagak vom Meer aus zurückblicken und den Platz eines jeden *ulaq* durch das Grün der Pflanzen unterscheiden konnte, dann würde vielleicht auch ihr Volk, das von den Tanzenden Lichtern zurückblickte, ihr Dorf an den grünen Hügeln seiner *ulas* wiedererkennen.

Einmal sah sie das Aufspritzen eines Wals. Ein Wal war ein Zeichen der Gunst, aber etwas in ihr ließ nicht zu, daß sie sich freute. Welche Gunst konnte ein Wal erweisen: neue Eltern, einen Mann, das Dorf, unbeschädigt und unverbrannt? Selbst wenn das Tier beschließen würde, sich ans Ufer zu werfen, hätte Chagak es nicht ohne Hilfe häuten können.

Einen Augenblick lang, nachdem sie das Tier gesehen hatte, wäre Chagak mit ihrem *ik* fast zum Dorf zurückgefahren. Wie konnte sie glauben, daß sie, eine Frau allein, jemals einen Platz für sich und ihren Bruder finden würde? Warum sollte ihr Großvater sie haben wollen? Ein Kind und eine Frau, zwei mehr, die seine Jäger füttern müßten.

Aber sie paddelte weiter nach Westen, und am Ende des ersten Tages erreichte sie die Spitze von Akas Insel und die Meeresenge, wo sich das Nordmeer mit dem des Südens vereinte. Sie lenkte ihr *ik* ans Ufer und zog es bis weit über die Gezeitenmarke hinauf.

Die Jäger ihres Dorfes hatten immer gesagt, daß die Gewässer des kalten Nordmeeres und die des Südmeeres in der Meeresenge miteinander kämpften. Das Südmeer kämpfte darum, nach Norden zu fließen, und das

Nordmeer kämpfte darum, nach Süden zu fließen. Die Schlacht dauerte schon seit dem Anbeginn der Zeit, hatten sie gesagt, jedes Meer war stark genug, seinen Platz zu behaupten, aber nicht stark genug, um den anderen zu besiegen.

Das Wasser der Meeresenge und selbst der nasse Sand unter Chagaks nackten Füßen schienen plötzlich kalt, und der Wind, der vom Nordmeer blies, ließ sie erzittern. Es war fast ein Winterwind, obwohl der Winter Monate entfernt war, und erinnerte sie an Geschichten über ein Land an den Eisrändern der Welt, wo der Schnee so hoch war wie ein aufrechter Mann und die Menschen ihre *ulas* aus Eis bauten. Chagak erschauderte und zog ihre Knie bis dicht an die Brust.

Vielleicht war sie diesem Ort zu nah, dachte sie. Aber nein, beruhigte sie sich. Ich bin doch erst einen Tag unterwegs. Es dauert ein Jahr, um bis an das Ende der Welt zu gelangen. Und außerdem, wer konnte glauben, daß der Schnee so tief wurde? Der Winter brachte Wind und Eisregen, aber nur soviel Schnee, wie nötig war, um das Gras niederzudrücken und die niedrig wachsenden Moosbeeren zu bedecken. Dann kam der Regen und ließ den Boden nackt zurück, bis der nächste Schnee kam.

Sie schlang die Arme um Pup, fühlte seine Wärme an ihrer Brust und sah hinauf zum Himmel. Die Sonne war hinter ihrem dicken Wolkenschild nur etwas Helles im Nordwesten. »Wir haben keine Zeit, weiterzufahren«, sagte sie zu ihrem Bruder. »Es wird das beste sein, wenn wir hierbleiben.«

Sie drehte das *ik* um und prüfte, ob es unten Schäden hatte. Zweimal hatten Felsen die geölte Haut eingeritzt, aber sie war nicht zerschnitten.

Sie band das *ik* fest, indem sie die ungegerbten Lederstreifen um Felsblöcke schlang. Sie rieb es mit Öl ein, dann öffnete sie ein Bündel mit Vorräten, fütterte Pup und schnitt für sich selbst Stücke von dem getrockneten Fleisch ab, aß, während sie am Ufer Gras schnitt, um damit unter dem *ik* für Pup und sich ein Bett zu richten.

Chagak schlief in dieser Nacht nicht gut. Es kam ihr vor, als wäre sie in einer neuen Welt. Auch wenn sie Aka sehen konnte, so hatte sie noch nie am Nordmeer geschlafen kannte weder die Geister, die in diesem Meer wohnten, noch die richtigen Lieder, die sie beschützen würden. Und so lag sie den größten Teil der Nacht wach, sang zu Aka, sprach mit den Geistern ihres Volkes, umklammerte das Amulett des Schamanen, das sie mitgenommen hatte.

6

Shuganan spießte mit seinem dreizackigen Fischspeer noch einen Stichling auf und legte den zappelnden Fisch in den Korb am Rand des Gezeitenbeckens. Der Himmel war so grau wie Schiefer, Sturmvögel und schwarzbeinige Dreizehenmöwen markierten das Grau mit ihren dunklen Flügeln. Shuganan streckte sich und beobachtete die Vögel, lauschte auf ihre Rufe und begann, ein Lied zu singen, um seine Gedanken von den Schmerzen in seinen Händen und Fingern abzulenken.

Aber dann hörte er eine andere Stimme, den Rhythmus eines anderen Liedes, das durch das Donnern der Brandung drang.

Einen Augenblick lang konnte sich Shuganan nicht bewegen. Wie lange war es her, seit ein anderer Mensch an seinen Strand gekommen war? Wie viele Jahre? Er watete aus dem Tümpel und versteckte sich hinter einem Felsbrocken.

Er sah ein *ikyak*. Nein, ein *ik*. Darin war eine Frau, allein. Shuganans Knie begannen zu zittern. Er umklammerte das Amulett, das um seinen Hals hing. War das die Frau, die ihm die Geister in seinen Träumen gezeigt hatten?

Ja, dachte Shuganan. Aber ein anderer Teil in ihm flüsterte: Das geschieht nicht wirklich. Das ist auch ein Traum. Du glaubst, du wärst am Strand, dabei liegst du auf deinen Schlafmatten. Die Geister geben dir nur etwas zum Nachdenken. Etwas Neues zum Schnitzen.

Er dachte an all die Schnitzereien, aus Holz und aus Elfenbein, die die Wände seines *ulaq* schmückten, und an die unvollendete Schnitzarbeit, die an seinem Hals hing: ein Mann und seine Frau.

Shuganan sah, wie die Frau ihr *ik* an seinen Strand lenkte. Sie schien allein zu sein, ohne andere Frauen, ohne einen Mann.

Als sie das *ik* an Land zog, verließ Shuganan sein Versteck. Wenn er in einem Traum war, was schadete es dann, wenn er ihr half?

Die Frau stand mit dem Rücken zu ihm und zog an dem Bug des Boots, summte ein Lied, während sie zog.

Shuganan streckte die Arme aus, um ihr zu helfen, aber als er seine knochigen Hände neben ihre auf das *ik* legte, schrie die Frau auf und sprang von ihm weg. Ihre Angst erschreckte auch Shuganan, so daß sich sein Herz zusammenzog und er gar nichts zu ihr sagen konnte, aber schließlich streckte er die Hände aus, mit den Handflächen nach oben, und begrüßte sie auf die vertraute Art. »Ich bin ein Freund. Ich habe kein Messer.«

Sie starrte ihn an, in ihren Augen lag Vorsicht, aber

er sah auch Müdigkeit darin, und so sagte er: »Das Boot ist schwer. Ich werde dir helfen.«

Die Frau erwiderte: »Ich bin stark.«

»Ja«, sagte Shuganan, obwohl sie ihm nicht stark erschien. Sie sah nicht einmal aus wie eine Frau, mehr wie ein Kind. Aber seit er selbst alt war, sahen alle jung aus. Die Jäger, die gelegentlich draußen auf dem Meer, weit entfernt von seinem Strand, vorbeikamen, sahen aus der Ferne immer wie Jungen aus, und so kam ihm diese Frau natürlich wie ein Mädchen vor.

Alte Augen sehen überall die Jugend, dachte Shuganan. Als er jung und sein Augenlicht noch gut gewesen war, war ihm alles alt vorgekommen.

»Ich bin stark«, sagte das Mädchen wieder. Diesmal stemmte es sein Gewicht gegen das *ik* und zog es eine Armeslänge ans Ufer.

»Ist das dein Strand?« fragte sie. »Ich werde nur eine Nacht bleiben.« Ihre Stimme zitterte, als sie es sagte, und Shuganan spürte das Echo dieses Zitterns in seinem Geist. Er sah sie genauer an. Sie trug einen großen Schmerz, diese Kindfrau. Er konnte es in ihren Augen sehen, an der Biegung ihres Mundes. Und schon sah er die Flächen ihres Gesichts, die Wölbung ihrer Augenbrauen, die feinen, scharfen Linien ihrer Backenknochen in Elfenbein geschnitzt.

»Du kannst hierbleiben«, sagte er zu ihr. »Dies ist ein guter Platz. Sicher.«

Das Mädchen nickte und lehnte sich an die Seite des *ik*. Sie blickte prüfend über den Strand, und Shuganan beobachtete sie, während ihre Augen den Markierungen der Flut folgten, den Felsen, die eine Quelle mit frischem Wasser begrenzten. Er bemerkte auch die Wölbung unter ihrem *suk*. Die Figur eines Kindes, noch ganz klein.

»Wo ist dein Dorf?« fragte sie.

»Es gibt kein Dorf«, erwiderte Shuganan. »Nur mein *ulaq*.«

»Deine Frau und deine Kinder.«

»Ich habe keine Kinder.«

»Du hast nichts dagegen, daß ich eine Nacht an deinem Ufer bleibe?« fragte sie. »Ich muß schlafen.«

»So lange du willst«, sagte Shuganan. »Du und dein Kind.«

Bei diesen Worten weiteten sich die Augen des Mädchens, und es fuhr mit den Händen über seinen *suk*.

»Wo ist dein Mann?«

Das Mädchen drehte das Gesicht zum Meer: »Er ist dort. Dort draußen. Er wird mich bald holen kommen.« Dann sah es wieder Shuganan an und fügte hinzu: »Er ist sehr stark.«

Aber die Worte klangen dünn, so zerbrechlich wie neues Eis, das sich am Rand einer Wasserpfütze gebildet hat, und so erkannte Shuganan die Wahrheit. Diese Frau hatte keinen Mann, und das war der Grund für ihren Kummer.

»Wenn ich ihn nicht verärgere«, sagte Shuganan vorsichtig, »kannst du mit deinem Kind heute nacht in meinem *ulaq* bleiben.«

Aber sie schüttelte den Kopf.

»Dann bereite dir ein Lager. Ich werde dir etwas zu essen bringen.«

»Ich habe zu essen.«

»Dann werden wir ein Fest feiern.«

Chagak sah dem alten Mann nach, der langsam das Ufer hinaufhumpelte. Aus irgendeinem Grund hatte sie jetzt keine Angst mehr vor ihm. Er schien so weise wie ein Schamane, aber ohne die wilde, fordernde Art eines Schamanen.

Sie entlud das *ik* und legte ihre Vorräte in das Gras

über der Flutmarke. Sie zog das *ik* an einen flachen, sandigen Platz und drehte es um, befestigte Seile mit Pflöcken im Boden und deckte das *ik* zu, damit es nicht vom Wind weggeblasen wurde. Sie legte Felle übereinander, um unter dem Boot einen geschützten Platz zu schaffen.

Treibholz sammelte sie nicht. Sie war zu müde, um ein Feuer zu bewachen, aufzupassen, daß es sich nicht bis zum *ik* oder bis zu ihren Vorräten ausbreitete.

Sie hatte den Tag damit verbracht, gegen das Meer anzukämpfen, hatte versucht, ihr *ik* nach Westen, zur Insel ihres Großvaters, zu bringen, aber die Winde hatten gegen sie gearbeitet. Schließlich hatte sie das *ik* nach Norden gelenkt und war der nächsten Inselküste gefolgt, bis sie eine kleine Bucht fand, einen Platz, wo sie warten konnte, bis der Wind sich wieder legte und sie nach Westen paddeln ließ.

Die Bucht war breit und flach, stieg gegen die Klippen, die sich dahinter am Ufer entlangzogen, leicht an. Es war eine Schieferküste, ein guter Platz, um mit einem *ik* an Land zu gehen, ein guter Platz, um ein Lager aufzuschlagen. Auf dem Schiefer ließ es sich besser schlafen, besser gehen als auf runden Steinen. In der Mitte des Strandes lag ein großer Wassertümpel, und von der Quelle mit dem frischen Wasser wand sich ein Fluß bis ins Meer.

Das wäre ein guter Platz zum Leben, dachte Chagak. Sie konnte verstehen, warum ihn der alte Mann ausgesucht hatte. Aber es machte ihr Sorgen, daß er allein war. Manchmal lebten Geister allein und gaben sich als Menschen aus. Dieser alte Mann – wer konnte sagen, wer er war, warum er hier lebte?

Chagak verwendete ihre Feuersteine, um eine Öllampe anzuzünden. Sie würde ein bißchen Wärme geben. Vielleicht genug für diese Nacht.

Sie machte ihren Bruder von ihrer Brust los, wickelte ihn schnell in Robbenhäute, nachdem sie ihn unter ihrem warmen *suk* hervorgezogen hatte.

In den letzten beiden Tagen war er still gewesen, hatte viel geschlafen, nicht so viel geweint. Als sie ihn jetzt hinlegte, wachte er nicht einmal auf. Ihre Gedanken wurden von Angst durchbohrt, und sie machte sich daran, einen dünnen Brei aus Wasser und Fleisch zuzubereiten.

Sie tauchte die Finger in den Brei und steckte sie Pup in den Mund.

Er machte die Augen nicht auf, begann aber zu saugen, und Chagak fütterte ihn, bis der Brei aufgegessen war. Dann steckte sie Pup wieder unter ihren *suk*, legte sich unter das *ik* und wartete auf den alten Mann. Ihren Grasbeutel mit dem getrockneten Fleisch ließ sie draußen, es war das einzige, was sie ihm anbieten konnte, und sie hoffte nur, daß er nicht soviel davon aß. Sie brauchte genügend Nahrung, um bis zur Insel ihres Großvaters zu kommen.

Der lange helle Abend war fast vergangen, als der alte Mann zum Strand zurückkehrte. An jedem seiner Arme hing ein Beutel aus Häuten, und in den Händen hielt er eine dünne Schieferplatte mit einem dampfenden Stück Heilbutt darauf. Chagak war müde, wollte nur schlafen, aber sie lächelte den alten Mann an und dankte ihm. Sie stand auf, um den Fisch entgegenzunehmen, und wartete dann, während er sich in den Sand setzte.

Er ließ die Beutel von seinen Armen gleiten und öffnete sie. Der eine war voller Beeren, der andere enthielt gekochten Goldenzian, dessen winzige Zwiebeln meistens mit dem kräftigen öligen Robbenfleisch gegessen wurden, aber auch zu Fisch gut paßten.

Der alte Mann trennte ein Stück von dem Fisch ab

und gab es ihr. Das warme Essen tat gut nach dem langen Tag in der kalten Gischt des Meeres. Der Mann sah sie an. Chagak fühlte sich unbehaglich und sagte: »Du mußt auch essen« und deutete auf ihren Beutel mit dem getrockneten Fleisch.

Er nickte, griff in den Beutel und holte ein kleines Stück Fleisch heraus und begann zu essen.

»Deine Frau macht gutes Essen«, sagte Chagak schließlich.

Der Mann schüttelte den Kopf, schluckte und sagte: »Ich lebe allein. Meine Frau ist seit vielen Jahren tot.«

Chagak wartete, dachte, er würde noch mehr sagen, aber er schwieg.

Er war kein kleiner Mann, obwohl er so gebeugt ging, daß er nicht größer wirkte als Chagak. Sein Haar war dick und weiß und hing ihm bis über die Schultern. Sein Parka war aus Papageitaucherhäuten, und er trug die Federn nach innen. Aber sie sah, daß die Stiche in den Nähten zwischen den Häuten ungleichmäßig waren, so daß sich die Federn in der Naht verfangen konnten – was selbst einer alten Frau nicht passieren würde.

Seine Hände waren die großen knochigen Hände eines Jägers, aber die Glieder waren geschwollen, und seine Finger, die merkwürdig verbogen waren, ließen Chagak an Schmerzen denken.

Der alte Mann aß langsam, lächelte und nickte mehrmals, schwieg aber, und als sie mit dem Essen fertig waren, sagte er: »Du kannst heute nacht in meinem *ulaq* schlafen. Es ist warm, und wenn ein Sturm kommt, bist du mit dem Kind in Sicherheit.«

Als er von einem Sturm sprach, stand Chagak auf und sah in den Himmel. Alles schien ruhig, der Himmel ein glatter grauer Dom. Auf dem Meer waren keine hohen weißen Kappen zu sehen, die darauf hinwiesen, daß in der Ferne ein Wind aufgekommen war. Der Gedanke, in das *ulaq* des alten Mannes zu gehen, bereitete Chagak Unbehagen. Sie wußte nichts von ihm, außer daß er allein zu leben schien. Aber ein Mann, der allein war, konnte von Geistern beherrscht sein – im guten und im bösen Sinn.

»Das Meer ist ruhig«, sagte sie.

»Von meinem Berg Tugix ziehen die Stürme schnell herauf«, erwiderte der alte Mann.

Chagak drehte sich zu den weiß bedeckten Bergspitzen um, versuchte zu erkennen, ob der Wind den Schnee in langen Streifen von den Bergspitzen schob.

»Wenn der Wind stärker wird«, sagte sie schließlich, nachdem sie auf dem Berg nichts Ungewöhnliches entdeckt hatte, »werde ich in dein *ulaq* kommen.«

»In der Dunkelheit wirst du den Weg nicht finden.«

»Dann zeig ihn mir jetzt, und ich werde mich daran erinnern.«

Sie ging mit ihm den Strand hinauf und auf einem ausgetretenen Pfad bis zu einem kleinen grünen Erdwall, der aus einem Hügel herausragte.

»Da«, sagte er und zeigte darauf.

»Wenn der Wind stärker wird, werde ich kommen«, sagte Chagak.

Shuganan saß in seinem *ulaq* und wartete. Er hatte alle Lampen angezündet und in einen der mit Vorhängen abgeteilten Schlafplätze Felle von Seebären gelegt. Er hoffte, daß der Sturm nicht in dieser Nacht kam. Es wäre für die Frau besser, wenn sie sein *ulaq* nicht in der Dunkelheit suchen müßte, aber er kannte Tugix.

Auf seinen Spitzen brauten sich Stürme zusammen, Nebel stieg auf, bis der Regen und der Wind über das Ufer fegten. Heute hatte Shuganan gesehen, wie die Luft dicht am Berg flimmerte, ein Zeichen dafür, daß sich Geister bewegten, und so wartete er jetzt, um zu sehen, ob der Sturm kam.

Shuganan hatte sein *ulaq* in die Seite eines Hügels gegraben, und wenn er darin saß, spürte er oft, wie Tugix die Erde zum Beben brachte. Manchmal wiegte er sie sanft, so wie eine Mutter ihr Kind wiegt, aber manchmal bewegte er sich im Zorn, brachte Erde und Moos dazu, von den Balken aus Treibholz zu fallen.

Aber seit er an diesen Strand gekommen war, hatte Shuganan Tugix immer als einen Freund, einen Beschützer angesehen.

Einmal, als er noch ein junger Mann war, war er den Berg hinaufgeklettert und hatte ein kleines Stück Felsen mit zurückgebracht, nicht größer als seine Hand. Jeden Abend, viele Abende lang, hatte er einen anderen Stein dazu verwendet, in das Stück Felsen die Gestalt eines Mannes zu meißeln.

Als er damit fertig war, hatte Shuganan am Kopf eine Schnur befestigt und ihn an einen Balken im Hauptraum seines *ulaq* gehängt.

Wie Shuganan gehofft hatte, bewahrte der kleine Mann noch immer einen Teil von Tugix' Geist in sich auf. Während der kleine Mann von der Spitze des *ulaq* hing, bewegte er sich jedesmal, wenn sich auch Tugix bewegte. Manchmal, auch wenn Shuganan kein Beben der Erde spürte, kein grollendes Donnern vom Berg hörte, sah er, wie sich der kleine Mann bewegte, und wußte, daß Tugix' Geister sich Sorgen machten.

So setzte sich Shuganan hin, schnitzte an einem großen Stück Elfenbein und beobachtete den kleinen Mann. Der kleine Mann würde der erste sein, der von Tugix' Sturm berichtete.

Shuganan hatte nicht vorgehabt zu schlafen, und er wußte nicht, was ihn geweckt hatte, aber er stellte fest, daß der Wind stärker geworden war, laut genug, daß er durch die dicken Wände des *ulaq* zu hören war. Und der kleine Mann führte einen seltsam zuckenden Tanz auf.

Shuganans erster Gedanke war, an den Strand zu gehen, die Frau und ihr Kind zu holen und in das sichere *ulaq* zu bringen, aber dann dachte er: Dies ist ein Traum. Die Frau ist ein Traum.

Dennoch sagte etwas in ihm, in seinem Geist, Shuganan, daß er zu ihr gehen mußte, weil die Frau ihn brauchte. Langsam erhob er sich, überrascht, daß es ihm so wenig Schmerzen bereitete. Er dachte: Warum denn nicht? Es ist ein Traum.

Träume ließen häufig irgendeinen wahren Teil des Lebens aus. Vielleicht war es diesmal der Schmerz, der weggelassen wurde.

Shuganan zog seine Stiefel aus Robbenhaut an. Die dicken Leisten aus Seelöwenfell waren hart und steif an seinen Füßen. Er kletterte an dem eingekerbten Baumstamm nach oben zu dem Loch im Dach. Dann ging er hinaus in den Sturm.

7

Chagak hielt das *ik* fest und versuchte zu verhindern, daß der Wind es mit sich riß. Die Arme taten ihr weh, und von ihren Schultern strahlten Schmerzen bis in den Rücken. Pup, der unter ihrem *suk* festgebunden war, stieß kleine japsende Schreie aus.

Sand und Schieferstücke wurden in das *ik* geweht und landeten auf den Pelzstößen um sie herum.

»Aka, bitte, Aka, hör auf«, betete Chagak, aber die Insel gehörte Tugix, nicht Aka, und der Wind trug Chagaks Worte davon, so daß sie nichts hören konnte außer dem Toben des Meeres.

Dann ließ der Wind für einen Augenblick nach, und Chagak wechselte den Griff am Rand des *ik*. Ein Bersten wie das Geräusch von zerschlagenem Stein kam vom Berg. Chagak schrie auf, und der Wind riß ihr das *ik* aus den Händen, fegte es kopfüber das Ufer entlang.

Chagak schloß die Augen vor dem beißenden Sand und kroch auf das *ulaq* des alten Mannes zu.

Das plötzliche Bersten von Schiefer ließ Chagak den Kopf zum Wind drehen, und ein scharfkantiger Stein, der über den Strand geschlittert kam, traf sie am Mund. Sie schmeckte Blut auf den Lippen, und für einen Augenblick hielt sie inne. Sie bedeckte ihren Kopf schützend mit den Armen, aber dann spürte sie eine sanfte Berührung, etwas, das nicht vom Wind getragen war.

Chagak blickte auf und sah den alten Mann, der über ihr stand. Seine Gegenwart schien Chagak Kraft zu geben, und als er ihr helfend die Arme entgegenstreckte, gelang es ihr aufzustehen.

»Komm mit«, sagte er, und Chagak wunderte sich, daß sie seine Worte durch das Tosen des Sturms hören konnte.

Gemeinsam kämpften sie gegen den Wind, und als sie zu dem *ulaq* kamen, kletterte der alte Mann auf das Dach und half dann Chagak hinauf.

Innen lehnte sich Chagak gegen den Kletterstamm mit den Kerben und wischte sich den Sand aus dem Gesicht. Ihre Augen fühlten sich zerkratzt und verquollen an, und sie mußte mehrmals blinzeln, bevor sie in dem hellerleuchteten *ulaq* etwas sehen konnte.

Dann holte sie tief Luft und bedeckte den Mund mit beiden Händen. Fünf Borde liefen an den Wänden des *ulaq* entlang, und auf jedem Bord waren dichtgedrängt

Nachbildungen von Vögeln, Fischen, Menschen und Tieren. Sie leuchteten im Schein der Öllampen, manche der Tiere glatt und golden wie der Stoßzahn eines Walrosses, der vom Meer an Land gespült worden war. Andere waren weiß oder grau, mit Federn, Haaren oder Kleidung, die in allen Einzelheiten in den feinsten Mustern angefertigt waren. Keines davon war größer als die Hand eines Mannes, dennoch schienen sie in Chagaks Augen lebendig zu sein, sie zu beobachten, sie von den Wänden des *ulaq* anzusehen.

Der alte Mann folgte ihrem Blick und kicherte.

Chagak wich bis zu dem Kletterstamm zurück, aber er legte die Hand auf ihren Arm und sagte: »Hab keine Angst. Sie sind nur aus Holz oder Knochen; manche sind aus Elfenbein.«

»Haben sie Geister?« fragte Chagak.

»Ja, jedes hat einen Geist. Warum sonst hätte ich sie geschnitzt?«

»Du hast sie selbst gemacht?«

Der alte Mann warf den Kopf nach hinten und lachte. »Es ist einsam hier. Was hätte ich ohne meine kleinen Tiere anfangen sollen? Sie sind meine Freunde. Sie werden dir nichts tun.«

Er deutete auf eine Bodenmatte neben einer Öllampe, und als Chagak sich hinsetzte, fragte er: »Hast du das Kind?«

Bei dieser Frage wurde Chagak plötzlich bewußt, wie lange Pup schon still gewesen war. Sie streifte ihren *suk* ab und zog das Kind aus seiner Trageschlinge. Es wimmerte, weinte aber nicht, seine Augen starrten für einen Augenblick in Chagaks Gesicht, dann wanderten sie weiter zu der hellen Öllampe. Chagak lächelte, aber als sie zu dem alten Mann hochsah, runzelte dieser die Stirn, sein Blick war auf ihre Brust gerichtet.

»Du bist nicht seine Mutter?« fragte er.

Chagak sah hinunter auf ihre kleinen Brüste mit den rosa Warzen. Es waren keine vollen Brüste. Sie hingen nicht nach unten wie die Brüste einer Mutter.

»Seine Schwester«, erwiderte sie.

»Er ist krank«, sagte der alte Mann.

»Nein, er ist nicht krank«, erwiderte Chagak. Eine Welle von Furcht erfaßte sie, daß sie zitterte, und obwohl es im *ulaq* warm war, griff sie nach ihrem *suk* und zog ihn wieder an.

»Doch, er ist krank«, sagte der alte Mann. Er humpelte zu einer Nische in der Wand und holte einen Beutel mit etwas Getrocknetem heraus. »Karibublätter«, sagte er und nahm mehrere davon heraus, die er auf den Boden einer Holzschale legte. Aus einem Robbenmagen mit Wasser, der vom Balken hing, füllte er ein Ledersäckchen, dann hielt er es über die Flamme einer Öllampe.

Chagak wartete, sie hatte die Arme um Pup geschlungen. Karibublätter waren eine gute Medizin, aber sie waren schwierig zu finden. Der alte Mann würde ihr nicht etwas so Kostbares geben, wenn Pup nicht wirklich krank war.

Das Gewicht des Kindes an ihrer Brust war wie der Druck, den Chagak in sich trug, und sie begann sich zu wiegen. Vielleicht hatte der alte Mann recht. Vielleicht war ihr Bruder krank. Hatte er vorher mehr geweint? Hatte er öfter gelächelt und weniger geschlafen?

In den zwei Tagen, die sie unterwegs gewesen war, hatte Chagak versucht, alle Gedanken an ihre Familie auszusperren. Denn sonst hätte sie nicht paddeln können, hätte nicht einmal morgens von ihrer Schlafmatte aufstehen können, und als sie jetzt zurückdachte, fiel es ihr schwer, sich daran zu erinnern, wie Pup gewesen war, bevor ihr Dorf zerstört wurde.

Chagak begann ein Wiegenlied zu summen. Es war

genauso zu ihrem eigenen Trost wie für Pup. Was taten Säuglinge? Sie konnten nicht sprechen und nicht gehen. Und Pup lächelte schon. Aber wie lange war es her, seit sie ihn hatte lächeln sehen? Wie lange, seit er gelacht hatte?

Der alte Mann brachte Chagak die Schale mit dem Tee aus Karibublättern. Sie tauchte ihre Finger in die beißende Flüssigkeit und legte sie an den Mund des Kindes. Es drehte den Kopf weg, aber sie preßte seine Lippen mit ihrem Daumen auseinander und träufelte ihm den Tee in den Mund. Pup begann, schwach an ihren Fingerspitzen zu saugen, und langsam, einen Tropfen nach dem anderen, leerte Chagak die Schale. Als Pup fertig war, zitterten seine Augenlider. Dann schloß er die Augen, und Chagak drückte ihn an ihre Brust. Die Angst, daß er sterben, und die Hoffnung, daß er leben würde, brannten mit einer solchen Kraft in ihr, daß ihr das Atmen weh tat.

Der alte Mann setzte sich neben sie, streckte die Hände nach dem Kind aus und sagte: »Gib ihn mir, damit ich ihn mir ansehen kann.«

Chagak klammerte sich an das Kind und hielt es fest, aus Angst, daß der alte Mann etwas finden könnte, aus Angst, daß er ihr selbst das bißchen Hoffnung, das sie in sich trug, nehmen würde, aber dann gab sie ihm das Kind.

Er legte Pup auf den Boden und wickelte ihn aus der Robbenhaut, in die er gehüllt war. Der Kleine wimmerte und bewegte seine Beine mit schnellen, ruckartigen Bewegungen. Die Hand des alten Mannes glitt über den winzigen Körper, drückte auf Gelenke, Bauch und Kopf. Schließlich sah er Chagak an und fragte: »Ist er gefallen?«

Das Bild ihrer Mutter, wie Pup ihr aus den Armen gerissen und zu Boden geworfen wurde, kehrte in Chagaks Kopf zurück, der Anblick der Flammen und der langhaarigen Männer, die ihr Volk töteten.

»Ja«, sagte sie. Ihre Kehle schnürte sich zusammen, und es klang wie ein Schluchzen.

»Die Knochen eines Kindes sind sehr weich«, sagte der alte Mann. »So ähnlich wie Fischknochen. Sie biegen sich, anstatt zu brechen.« Er wickelte das Kind in die Haut, die er vorsichtig über den kleinen Körper zog, dann hob er es hoch und schloß es in seine Arme. »Manchmal überlebt ein Kind einen Sturz, der einen Mann töten würde, aber manchmal bleibt, auch wenn das Kind lebt, ein Schaden zurück.« Seine Augen sahen in Chagaks Augen, und sie bemerkte die Traurigkeit darin. In ihr schien etwas aufzubrechen und die Schmerzen, die sie während der langen Fahrt von sich ferngehalten hatte, hinauszustoßen.

»Kann ich irgend etwas für ihn tun?« fragte Chagak, und ihre Stimme hörte sich klein und weit entfernt an, als wäre es die Stimme eines anderen, aus einem anderen Teil des *ulaq*.

»Wiege ihn. Tröste ihn.«

Der alte Mann gab ihr das Kind zurück, die winzige Gestalt, die Chagaks Armen so vertraut war, daß sie ein Teil von ihr zu sein schien.

»Wird er sterben?« fragte sie, ohne den alten Mann anzusehen.

Er antwortete nicht. Chagak sah zu ihm hoch, sah die Antwort in seinen Augen und fing zu weinen an. Mit dem Weinen schien die Geschichte ihres Volkes aus ihrem Mund zu fließen wie die Tränen aus ihren Augen, als würde das eine das andere freigeben.

»Ich war in den Hügeln, um Gras zum Weben zu sammeln«, flüsterte sie, ohne sich darum zu kümmern, ob der Mann sie hörte oder nicht. Ihre Worte galten den vielen Tieren an den Wänden um sie herum, den Augen, die sie aus dem Schatten des *ulaq* anstarrten, als wüßten ihre Geister, was geschehen war. »Ich weiß nicht, wer sie waren. Nicht Waljäger oder reisende Händler. Zwanzig, vielleicht dreißig Männer mit langen Haaren, sie haben unser *ulakidaq* verbrannt. Warum, weiß ich nicht. Meine Mutter kam aus dem *ulaq*. Ein Mann packte sie. Sie hatte meinen Bruder auf dem Arm.« Chagak schüttelte den Kopf, während ihre Worte in Tränen zerflossen. »Sie warfen meinen Bruder über den Rand des *ulaq*. Aber da war ein Feuer ... ein großes Feuer im Dachstroh des *ulaq*. Der Mann spießte meine Mutter mit seinem Speer auf. Um ihm zu entkommen, sprang sie mit meiner Schwester in das Feuer ...« flüsterte Chagak mit gebrochener Stimme.

Sie fühlte eine Hand auf ihrem Kopf, hörte leises Murmeln. Zuerst glaubte sie, der alte Mann hätte zu singen begonnen, aber dann hörte sie ihn sagen: »Noch mehr Tote. Ich hätte nicht versuchen dürfen, mich vor ihnen zu verstecken. Sie werden immer weiter alles zerstören.«

Chagak sah ihn durch ihre Tränen an, seine Augen waren plötzlich verschwommen.

»Du und dein Bruder, seid ihr die einzigen Überlebenden?« fragte er schnell.

»Ja«, sagte Chagak und erzählte ihre Geschichte weiter, als hätte sie die Worte des alten Mannes nicht gehört. »Wenn Pup nicht gelebt hätte, wäre auch ich gestorben. Ich wäre mit meinem Volk zu den Tanzenden Lichtern gegangen.«

Chagak umklammerte das Baby und begann es zu wiegen. »Wenn er stirbt«, sagte sie, »dann will ich auch nicht mehr leben. Bitte, töte mich, wenn er stirbt.«

»Du wirst leben«, sagte der alte Mann. »Auch wenn er stirbt, wirst du leben.«

»Nein«, widersprach Chagak, und sie richtete ihre

Worte nicht nur an den alten Mann, sondern auch an die geschnitzten Figuren, die sie beobachteten, an die winzigen Geister, die an den Wänden des *ulaq* kauerten. »Nein.« Und sie schloß die Augen und weinte.

8

Chagak hatte nicht vor, in jener Nacht zu schlafen. Sie hielt Pup fest an sich gedrückt, sang und betete, hatte Angst, daß Pups Geist sie verlassen würde, wenn sie die Augen schloß.

In der Morgendämmerung legten sich die Sturmwinde, und in ihrem Kummer konnte Chagak nicht mehr sagen, ob ihre Gedanken wirkliche Gedanken waren oder Träume. Die Schnitzarbeiten des alten Mannes begannen sich zu bewegen, tanzten zusammen auf den Borden, aber es schien eine ganz natürliche Sache zu sein. Chagak beobachtete sie ernst und wußte nicht, daß sie träumte. Sie schlief und wußte nicht, daß sie schlief.

Als Chagak aufwachte, sagten ihr Pups offene starre Augen, daß er tot war. Ihr Geist war nicht stark genug gewesen, ihn zu halten und ihre Träume zu bewahren.

Sie beugte den Kopf über die stille Gestalt des Kindes und begann das Trauerlied ihres Volkes zu singen.

Chagak wusch Pups winzigen Körper und wickelte ihn in Felle, die der alte Mann ihr gab. Sie weinte nicht. Der Druck in ihrer Brust schien alle anderen Gedanken zu verdrängen.

Der alte Mann brachte ihr eine Matte, eine ihrer eigenen, mit dem dunkleren Band an beiden Enden. Die

Matte war feucht und voller Sand, und so zündete Chagak zwei Öllampen an und hielt die Matte darüber. Als sie trocken war, schlug Chagak sie auf dem Boden aus, um den Sand herauszuklopfen.

»Weine, meine Kleine«, sagte der alte Mann zu ihr, während sie arbeitete.

Chagak sah ihn an, und ihre Augen weiteten sich vor Erstaunen, als brauchte sie nicht zu weinen, und der alte Mann wandte sich ab.

Lange Zeit hielt sie ihren Bruder, streichelte die weiche Haut seines Gesichtes, sang Lieder. Schließlich brachte der alte Mann Pups Wiege herein. Auch sie war feucht, und eine der Holzseiten war zerbrochen.

Chagak war überrascht, daß der alte Mann die Wiege gefunden hatte. Sicher waren die meisten ihrer Sachen ins Meer gespült worden. Jetzt konnte Pup die Wiege in die Geisterwelt mitnehmen, und vielleicht gab es, da ihr Vater die Wiege gemacht hatte, irgendein Band, das Pup zu seinem Volk zog.

Chagak hielt die Wiege auf ihrem Schoß, als der alte Mann durch das *ulaq* ging und die vielen Figuren auf den Borden betrachtete. Das *ulaq* war klein, viel kleiner als das ihres Vaters, und hatte nur drei Schlafplätze, deren Vorhänge die Linie der Holzborde an dem einen Ende des *ulaq* durchbrachen. Schließlich wählte der alte Mann zwei Figuren aus. Eine Robbe und einen Otter.

Chagak sah, wie er sich dicht neben eine Öllampe setzte und ein Sehnenband um die winzigen Hälse der Tiere schlang. Dann zog er einen großen Korb unter einem der Borde hervor und nahm mehrere Holzstücke heraus. Das eine war nur ein Span, so lang und dünn wie Chagaks kleiner Finger; das andere war größer, so lang wie ihre Hand, aber nicht so breit.

Er bearbeitete zuerst das kleine Stück, schnitzte es mit einem gebogenen Messer, dessen Klinge nicht länger war als das letzte Glied seines Daumens. Der Griff war aus der gebogenen Rippe eines Otters. Er arbeitete, bis er das meiste Holz weggeschnitzt hatte und nur noch ein dünnes Stück übrig war. Als er es hochhielt, damit Chagak es sehen konnte, erkannte sie, daß es eine Harpune war, winzig, aber vollkommen, selbst die Widerhaken des Speerkopfs waren an ihrem Platz. Aus den restlichen heruntergefallenen Holzstücken schnitzte er einen *atlatl*, ein flaches Stück mit einer Kerbe, in die das Ende der Harpune paßte – ein Speerwerfer, der die Entfernung und die Kraft des Wurfs, den der Jäger ausführte, erhöhte. Diese beiden winzigen Stücke befestigte er an der Schnur, die am Hals der Robbe hing.

Aus dem größeren Holzstück entstand ein *ikyak*, klein und vollkommen, und als der alte Mann es fertiggestellt hatte, glättete er es mit einem Stück Sandstein, bis sich das Holz, als er es Chagak reichte, weich anfühlte wie ein frischgegerbtes Fell.

Er befestigte das *ikyak* an der Schnur am Hals des Otters und knotete beide Schnüre, eine mit der Robbe und der Harpune, die andere mit dem *ikyak* und dem Otter, an Pups Wiege.

»Das eine, um für Nahrung zu sorgen«, sagte er, »das andere, um ihn zu deinem Volk bei den Tanzenden Lichtern zu führen.«

Chagak nickte. Die Worte des alten Mannes hatten ihrer Angst Ausdruck verliehen, und sie spürte die erstickende Hitze der Tränen, die ihre Augenwinkel füllten. »Er ist so klein«, flüsterte sie, und dann wurde ihre Kehle hart, und sie brachte kein Wort heraus.

Der alte Mann kam und setzte sich neben sie. »Warum, glaubst du, habe ich ihm einen Otter gegeben?« fragte er. Er hielt das kleine Elfenbeintier hoch, und Chagak sah, wie vollkommen es war: die Augen, der gebogene Mund, selbst die Teilung von Fingern und Zehen an den Pfoten des Otters.

»Hast du je gesehen, daß eine Ottermutter ihr Junges vergessen hat?« Er drehte die Schnitzerei herum und zeigte Chagak die Reihe der Brustwarzen am Bauch des Otters. »Ottermütter gehen nicht verloren, und sie verlassen ihre Jungen nicht. Sie wird für ihn eine Mutter sein, bis seine Reise zu Ende ist, bis er seine richtige Mutter findet.«

Er reichte Chagak den Otter, und sie hielt ihn in den Händen. Und irgendwie, während sie ihn hielt, schien die Otterfigur warm zu werden. Chagak sah den alten Mann an und sagte: »Ich heiße Chagak, diesen Namen hat mir mein Vater gegeben.«

Der alte Mann lächelte. Man gab seinen Namen nicht so leicht preis, denn wenn jemand den Namen eines Menschen kannte, konnte er einen Teil seines Geistes beherrschen.

»Ein heiliger Name«, sagte er zu Chagak und dachte an die rauchige Transparenz des Steins, nach dem sie benannt war. Obsidian, der Geisterfelsen der Berge.

»Ich bin Shuganan«, sagte er.

»Von den Alten«, sagte Chagak. »Ein Schamanenname.«

»Ich behaupte nicht, ein Schamane zu sein«, erwiderte Shuganan. »Aber ich werde für eine sichere Reise deines Bruders beten.«

In jener Nacht bewahrten sie Pups Körper bei sich im *ulaq* auf, aber am nächsten Morgen trug Shuganan die Wiege zu dem Platz, den er sein *ulaq* der Toten nannte. Chagak folgte ihm zu dem niedrigen Hügel. An den Rändern des *ulaq* wuchs groß und dunkel Eisenhut. Das Loch im Dach war mit Treibholzklötzen verschlossen, die mit Nesselschnüren zusammengebunden waren und die die Vögel und kleinen Tiere im Gegensatz zu *babiche* nicht fressen würden.

Shuganan benutzte seinen Gehstock, um die Erde an der Tür wegzuschieben, dann stemmte er das hölzerne Viereck heraus. Ein Geruch von Schimmel und Feuchtigkeit, von abgestandener Luft, stieg aus dem geöffneten *ulaq* auf. Chagak bemühte sich, in der Dunkelheit etwas zu sehen, aber es gelang ihr nicht, so daß sie schließlich fragte: »Sind noch andere hier begraben?«

Shuganan antwortete nicht, und so wiederholte Chagak die Frage. Der alte Mann sah sie schließlich an, als wäre er überrascht, sie neben sich zu sehen.

»Meine Frau«, sagte er und begann ein Lied zu singen, Worte, die Chagak nicht kannte, nicht verstand.

Shuganan verweilte nicht gern bei diesen Gedanken, bei den Gedanken an die Frau, die er geliebt hatte, die jetzt sechs Sommer tot war. Sie war eine alte Frau gewesen, als sie starb, aber für ihn war sie immer jung, so jung, daß Shuganan sie in ihren letzten gemeinsamen Jahren nicht so gesehen hatte, wie sie war, sondern als das dunkelhaarige Mädchen, für das er drei Jagdzeiten lang Robbenhäute gesammelt hatte, um sie für sich zu gewinnen.

Er sang, rief nach ihr. Hörte sie ihn, oder hatte sie einen anderen Mann gefunden, einen Jäger, der bei den Tanzenden Lichtern für sie sorgte? Vielleicht jemanden, der ihr den Sohn schenken würde, den er ihr nie geschenkt hatte. Er sang lauter, hoffte, seine Worte würden bis zur Geisterwelt getragen werden. Das war ein Geschenk, das er ihr machen wollte, und auch etwas, das er Chagak geben konnte, die Sicherheit dieses Kindes.

Er stellte die Wiege auf das *ulaq* und tastete vorsichtig nach den Kerben des Kletterstamms. Er hatte eine Öllampe mitgebracht, und als er drinnen war, zündete

Shuganan die Lampe an. Das Licht warf gelbe Bogen über die Borde mit den Schnitzarbeiten, die an den Wänden angebracht waren. Chagak sah hinunter und hielt die Luft an, sagte aber nichts.

Shuganan versuchte nichts zu erklären. Warum sollte ein Mann die Geschenke erklären, die er seiner Frau machte? Wer konnte Gefühle erklären, die nicht vergingen? Wie hätte er ohne seine Frau leben können, wenn er nicht das erste Jahr mit Schnitzen verbracht hätte, ihr all die Dinge gegeben hätte, die sie so liebte, so daß sie sie mit zu den Tanzenden Lichtern nehmen konnte? Blumen, Otter, Goldenzian, Seeigel, See-Enten, Gänse, Möwen. Und ein Holzbord nach dem anderen mit Kindern, als Ersatz für die Kinder, die er ihr nicht hatte geben können, als sie noch lebte.

Aber jetzt bringe ich dir ein richtiges Kind, dachte er und fügte diese Worte seinem Lied hinzu, das er in der Sprache seines eigenen Volkes sang. Denn er wollte nicht, daß Chagak Angst bekam, seine Frau könne Chagaks Familie das Kind wegnehmen. Sie würde es nicht wegnehmen, sondern mit ihr teilen.

Er drehte sich um, sah das Bündel, das den Körper seiner Frau darstellte, die Knie gebeugt und an die Brust gezogen, der ganze Körper in Matten gewickelt. Er griff nach der Wiege und stellte sie neben seine Frau. Und während er immer weitersang, kletterte er aus dem *ulaq*.

Dann setzten er und Chagak die Tür aus Treibholz wieder an ihren Platz und steckten Erde in die Ritzen. Lange Zeit saßen sie oben auf dem *ulaq*, ohne etwas zu sagen.

Chagak dachte über den Tod nach, und als es dunkel wurde und der Abend hereinbrach, spürte sie, wie sich die Schwärze über sie legte. In ihren Gedanken sah sie einen Wind, der wie ein Sturmwind war, der die Geisterflammen all jener ausblies, die sie kannte, bis sie als einzige übrig war, gebeugt und flackernd vor der Dunkelheit.

Aber Shuganan sprach stumme Gebete: Bitte, nimm dieses Geschenk an, meine Frau. All die Jahre hast du geweint, weil du mir keinen Sohn schenken konntest. Ich habe geweint, weil ich dir keine Tochter schenken konnte. Es war nicht deine Schuld, sondern meine. Ich habe meine ganze Kraft in die Schnitzarbeiten gesteckt und war nicht stark genug für beides. Wenn du einen jungen Jäger gefunden hast, jemanden, der dir Kinder schenkt, dort, wo du jetzt lebst, dann geh mit ihm, aber vergiß mich nicht. Ich mache dir dieses Kind zum Geschenk. Nimm ihn als unseren Sohn. Vergiß mich nicht. Vergiß mich nicht.

Sie saßen, bis die Sonne unterging und die Sterne durch die Wolken stießen, bis Shuganan in der Dunkelheit die Tränen auf Chagaks Gesicht nicht mehr sehen konnte und sie auf seinem eigenen nicht mehr fühlte.

9

Zwei Tage lang blieb Chagak in Shuganans *ulaq*. Sie aß nichts, und Shuganan fürchtete, daß sie beschlossen hatte, sich mit ihrem Bruder und ihrem Volk im Tod zu vereinen.

Er baute das *ik* wieder zusammen, suchte Treibholz, um die zerbrochenen Stangen und den Kiel zu ersetzen. Er drehte sich häufig zum *ulaq* um und hoffte, daß ihr seine Gegenwart ein wenig Trost bringen würde. Aber sie gab kein Zeichen von sich, daß sie ihn bemerkte.

Am Abend des zweiten Tages trank sie etwas Brühe,

aber es war, als wüßte sie nicht, daß sie trank, als bewegte sich ihr Körper ohne das Wissen ihres Geistes.

Am nächsten Morgen überredete Shuganan sie, mit ihm nach draußen zu kommen und sich auf das Dach des *ulaq* zu setzen, um im Meer nach Anzeichen von Robben Ausschau zu halten.

Und so waren sie beide draußen, als die Enten kamen. Es waren große Eiderenten, schwarzweiße Männchen, rötlichbraune Weibchen. Zwanzig von ihnen landeten am Ufer, als wäre es ihr Zuhause. Shuganan hatte sie an diesem Ufer noch nie gesehen, er konnte es sich nicht erklären.

»Schau«, sagte Chagak, und es war das erste Mal seit der Beerdigung ihres Bruders, daß sie sprach.

Shuganans Herz weitete sich vor Dankbarkeit, die sich in einem Dankesgebet entlud. Eine Weile sahen sie zu, aber als sich die Enten in einem Gezeitenbecken niederließen und zu fressen begannen, lief Shuganan schnell zum *ulaq* und kam mit seiner Bola zurück. Die Waffe war aus Steinen und scharfkantigen Muschelschalen gemacht, die an Seilenden befestigt waren. Die Seile waren in der Mitte an einem Griff miteinander befestigt.

Es war länger als ein Jahr her, seit Shuganan die Waffe benutzt hatte, und so zog er an den Seilen, um sicher zu sein, daß sie nicht brüchig waren. Sie hielten stand. Er versuchte die Schleuder über seinen Kopf zu heben, aber seine Schultergelenke waren steif geworden, und es gelang ihm nicht.

Entmutigt setzte er sich hin, aber Chagak sagte: »Ich werde es tun. Ich habe den Männern in meinem Dorf dabei zugesehen.«

Überrascht reichte Shuganan ihr die Bola und sah zu, wie sie die Waffe über den Kopf hob, zuerst schwang sie sie vorsichtig, dann mit immer größerer Kraft, die

Steine und Leinen zischten durch die Luft. Als sie langsamer wurden, sagte Shuganan: »Hör nicht auf. Wirf sie. Wenn du aufzuhören versuchst, werden sich die Seile um deinen Arm wickeln, und die Steine werden dich selbst treffen.«

Chagak bewegte den Arm wieder schneller. Sie stand auf dem Dach des *ulaq*, ihre Haare wehten im Wind, dann ließ sie die Bola fliegen. Die Waffe schoß aus ihrer Hand und seitwärts in ein Gebüsch aus Heidekraut.

»Ich wollte, daß sie geradeaus fliegt«, sagte sie.

»Es dauert lange, bis man eine Bola werfen kann«, erwiderte Shuganan. »Laß dich nicht entmutigen.«

»Aber ich will eine Ente haben.«

»Sie werden auf dich warten. Übe zuerst.«

Sie sah ihn an, etwas, fast ein Lächeln, formte sich um ihren Mund. »Ich werde es lernen«, sagte sie.

Die Enten blieben für den Rest des Tages am Strand, und Chagak übte mit der Bola. Sie warf, bis das Seil in ihren Handballen Furchen aus offener Haut gegraben hatte, aber es war gut, die Kraft der Bola zu fühlen, zu sehen, wie Seile und Steine durch die Luft sausten und von ihrem Flug sangen.

Am Abend gingen die Enten nicht zurück zum Meer, sondern versammelten sich in einem Teich weiter oben am Ufer.

In jener Nacht schien Chagak, während sie auf ihrem Schlafplatz lag, das Zischen der Bola wie einen beruhigenden Gesang zu hören. Obwohl sie bezweifelte, daß die Enten am nächsten Tag am Strand sein würden, stellte sie sich vor, wie sie aus den Eiderentenhäuten Decken machen würde, etwas für ein Kind, etwas, in das sie den Körper ihres Bruders einwickeln konnte, oder vielleicht, dachte sie, während der Schlaf sie mit

Träumen umgab, etwas zum Aufbewahren ... etwas für ein anderes Kind ... eines Tages.

Shuganan wurde von dem Geräusch der Enten geweckt, dem Geschnatter beim Fressen, und noch etwas anderes war zu hören. Das Geräusch von Flügeln? Nein, eine Bola. In den Nächten wurden seine Gelenke steif, und so stand er langsam von seiner Schlafmatte auf. Als er in den äußeren Raum des *ulaq* kam, sah er, daß Chagak mehrere Lampen angezündet und getrockneten Fisch für ihn ausgelegt hatte. Sie selbst aber war nicht da.

Wieder hörte er die Bola, das Aufklatschen, wenn sie ein Stück vom *ulaq* entfernt ein Ziel traf. Er stieg den Kletterstamm hinauf und rief Chagak zu: »Ich komme hinauf. Wirf deine Waffe nicht.«

»Du bist sicher«, sagte sie, und Shuganans Kehle zog sich zusammen, denn in ihrer Stimme war eine Freude, wie er sie noch nicht bei ihr gehört hatte.

»Schau her«, sagte sie und deutete auf einen vorstehenden Felsbrocken im Gras hinter dem *ulaq*. Sie schleuderte die Bola über dem Kopf und ließ sie los. Sie flog zu dem Felsblock, wickelte sich um seine Spitze, und die Steine knallten hart auf.

»Du hast schnell gelernt, Chagak«, sagte Shuganan, und er sah das Aufleuchten in ihren Augen, als sie sein Lob hörte.

»Und sieh nur«, sagte sie. »Die Enten sind noch da.«

Shuganan schüttelte verwundert den Kopf. Was hatte sie hierher gebracht? An diesem Ufer hatte er noch nie Eiderenten gesehen. Zudem war es noch zu früh für sie, sich für den Winter zu sammeln.

»Sie sind ein Geschenk meines Volkes«, sagte Chagak, als hätte sie Shuganans Gedanken gelesen. »Sie sind ein Zeichen, daß ich leben soll.«

Da Shuganan keine bessere Erklärung fand, nickte er, erfreut von dem Gedanken.

»Ich bin jetzt bereit«, sagte sie. Shuganan, der nicht sicher war, was sie meinte, erwiderte nichts darauf. Aber als sie vorsichtig zum Strand zu gehen begann, wußte er, daß sie versuchen würde, eine Ente zu treffen, aber er war sich nicht sicher, ob er es wollte. Es bestand nur eine geringe Chance, daß sie Erfolg hatte.

Er wollte ihr etwas hinterherrufen, ihr sagen, daß sie warten sollte, aber er hatte Angst, die Enten zu erschrecken, und so ließ er sich an der Seite des *ulaq* hinunter, langsam, mit seinem Gehstock in den Händen.

Chagak hatte sich auf Hände und Knie niedergelassen und näherte sich den Enten. Sie bewegte sich so langsam, daß Shuganan kaum sehen konnte, daß sie sich überhaupt bewegte.

Shuganans Brust begann zu schmerzen, und er merkte, daß er den Atem anhielt, genauso wie er es tat, wenn er von seinem *ikyak* aus jagte.

Die Enten bewegten sich langsam zur anderen Seite des Teiches, und eine Weile blieb Chagak still sitzen. Aber bald fraßen sie wieder, tauchten die Köpfe nach Krebsen ins Wasser. Ein Enterich erhob sich über das Wasser, schlug mit den Flügeln durch die Luft, machte aber keine Anstalten, den Teich zu verlassen, und Chagak kroch näher.

Shuganan wußte, daß die Bola auf dem Wasser nicht so wirksam sein würde, die Steine würden durch das Aufklatschen auf der Oberfläche ihren Flug verlangsamen. Oft schon hatte er mit dieser Waffe Enten und Gänse gejagt und wünschte nun, er hätte Chagak sagen können, wie man eine Ente am besten tötete.

Würde sie wissen, daß sie einen lauten Schrei ausstoßen mußte, um im selben Augenblick zu werfen, in dem die Enten hochflogen und das Wasser ihren Flügelschlag verlangsamte?

Chagak hatte die Bola um ihren Arm gewickelt und die Steine mit der Hand umklammert. Jetzt stand sie auf, kam zunächst bis auf die Knie. Shuganan hatte Angst, daß sie versuchen würde, aus dieser Stellung heraus zu werfen, weil sie dann viel von ihrer Kraft verlieren würde. Plötzlich sprang sie auf, wirbelte die Bola über ihrem Kopf.

Ein paar der Enten hatten sie bemerkt und begannen dicht über den Teich zu fliegen, aber andere blieben, fraßen weiter.

»Schrei, Chagak, damit sie fliegen«, rief Shuganan.

»A-a-a-e-e-e-iii«, schrie sie. Die Enten flogen vom Wasser auf, aber der Schrei schien das gleichmäßige Kreisen von Chagaks Arm zu bremsen. Die Bola bewegte sich ruckend, und als sie sie losließ, fiel sie kurz vor den Enten herunter und versank im Wasser.

Enttäuscht humpelte Shuganan zu ihr. Als sich Chagak zu ihm umdrehte, sah er, daß sie lachte.

»Fast hätte ich eine erwischt. Hast du gesehen?«

»Ja, das habe ich gesehen«, erwiderte Shuganan und lächelte.

Chagak begann in den Teich zu waten, aber Shuganan hielt sie am Ärmel ihres *suk* fest. »Du wirst dir die Füße an den Muschelschalen schneiden«, sagte er.

»Die Enten werden zurückkommen. Ich brauche die Bola.«

»Dann warte.«

Shuganan suchte ein Stück Treibholz und ging in den Teich, schuf einen Weg bis zur Waffe. Schließlich streckte er im knietiefen Wasser seinen Gehstock aus und zog die Bola zu sich.

»Beeil dich«, sagte Chagak, und Shuganan war überrascht, weil ihre Stimme so drängend klang. Aber dann hörte er die Enten, und als er zum Himmel sah, kreisten sie über dem Strand. Ohne sich darum zu kümmern, daß der Ärmel seines Parkas naß wurde, griff er ins Wasser und zog die Waffe heraus.

Er reichte sie Chagak, versteckte sich hinter einem Felsblock, der ein Stückchen vom Teich entfernt war, und wartete.

Chagak ging langsam vom Rand des Teichs weg, dann kniete sie sich hin, verharrte dort unbeweglich.

»Danke«, flüsterte sie, ohne zu wissen, ob ihre Gebete an Aka oder an die Geister ihres Volkes gerichtet waren. Sie war nicht überrascht, daß die Enten zurückgekommen waren, aber ihre Gegenwart war für sie eine Bestätigung, daß sie ein Geschenk waren, ein Zeichen, daß sie weiterleben sollte, denn Enten waren jedes Frühjahr ein Zeichen dafür, daß ein Dorf bald mit dem Sommer gesegnet sein würde, einer Zeit der Erneuerung, dem Anfang aller guten Dinge.

Die Enten ließen sich im Wasser nieder, ihre Flügel wirbelten das Wasser auf, so daß Chagak die Gischt in ihrem Gesicht spüren konnte. Sie wartete, während sie sich putzten und ihre kleinen Scharmützel ausführten, um sich auf dem Teich die besten Positionen zu erkämpfen.

Die rauhen Nesselfasern des Seils rieben an den Blasen in Chagaks Händen, aber es war ein guter Schmerz. Besser als nichts zu fühlen, wie sie es viele Tage erlebt hatte. Nichts zu fühlen, nichts zu sehen, ihre Gedanken vor allem um sie herum zu verschließen war die einzige Möglichkeit, die sie kannte, den Schmerz in ihrem Körper zu dämpfen. Aber die Schmerzen in ihrer Hand gaben ihr das Gefühl, wieder ein Teil der Welt zu sein.

Die Sonne in den Wolken war heiß, und ihre Strahlen prallten auf Chagaks Kopf. Die Wärme pulsierte in ihren dunklen Haaren bis hinunter zu den Schultern und dem Rücken, drangen bis in das Seil vor, das sie in den Händen hielt.

Chagak kroch auf den Teich zu. Was hatte ihr Shuganan am Abend zuvor gesagt? Sie mußte dicht genug herankommen, damit die Bola mitten in die Herde flog, aber auch weit genug weg bleiben, um die Enten nicht aufzuschrecken, bevor sie bereit war zu werfen.

Der Schiefer am Ufer zerkratzte ihre Knie, aber Chagak bemerkte es nicht. Ihre Augen waren auf die Mitte des Schwarmes gerichtet. Die Bola mußte an der richtigen Stelle herunterkommen. Dann plötzlich warf sie sich in einer schnellen Bewegung nach vorn, schrie und wirbelte die Bola über ihrem Kopf im Kreis herum.

Die Enten stiegen vom Teich auf, und Chagak ließ die Bola fliegen.

Die Waffe glitt aus ihrer Hand, und eine Ente fiel herunter, dann noch eine, ihre Körper schlugen auf dem Wasser auf. Shuganan watete schon in den Teich, um sie zu holen, aber Chagak sah den Enten nach, die sich in den Himmel erhoben und hinter der Biegung der Insel verschwanden.

Das waren Geister ihres Volkes, daran hatte sie keinen Zweifel. Sie hatte zwei von ihnen genommen. Zwei Geister würden bei ihr bleiben.

Shuganan hielt die Enten hoch. »Zwei Männchen«, rief er.

»Zwei Söhne«, murmelte Chagak. »Ich habe zwei Söhne erhalten.«

Vorsichtig zogen sie den Enten die Häute ab. Zuerst entfernten sie alle großen Federn, ließen nur die weichen Flaumfedern stehen, dann schnitten sie sie am Hals, an den Beinen und Flügeln ein und zogen die Haut in einem Stück herunter. Am Abend kochten sie die Enten, wickelten sie in Seetang und brieten sie in einer Feuergrube über einer Schicht heißer Holzkohle.

Shuganan lobte sie sehr wegen des Fleisches, aber Chagak war mit ihren Gedanken schon beim Gerben der Häute. Die Männchen hatten eine weniger feine und dicke Brust als die Weibchen, aber dafür waren ihre Häute dicker und würden leichter zu schaben und zu gerben sein.

Als sie die erste Haut abgezogen hatte, hielt sie sie hoch, und als sie Größe und Form sah, mußte sie an ihren kleinen Bruder denken. Sie verspürte einen stechenden Schmerz in ihrer Brust, aber dann sah sie in Gedanken andere Kinder vor sich, die eines Tages ihr gehören würden, und so beschloß sie, die Häute in einem Stück zu lassen.

Sie würde sie mit einer Mischung aus Hirn und Seewasser so lange reiben, bis sie weich waren. Dann würde sie die Häute mit Sandstein glätten.

»Das Fleisch ist gut«, sagte Shuganan wieder. »Seit Jahren habe ich nicht etwas so Gutes gegessen.«

Chagak beugte den Kopf und nahm das Lob an, und Shuganan fragte: »Hast du eine Feder aufgehoben?«

Chagak griff nach unten in den Haufen mit ihren Sachen. Sie bewahrte sie in einem der Körbe ihrer Mutter auf, die sie mitgebracht hatte und die der Sturm nicht fortgetrieben hatte. Sie zeigte ihm die Handvoll Federn, die sie aufgehoben hatte.

»Kann ich eine haben?« fragte er.

Und Chagak, die von seiner Bitte überrascht war, reichte ihm eine lange schwarze Flügelfeder.

»Als Vorlage für meine Schnitzarbeiten«, erklärte er und steckte sie sich in seine Haare. »Du solltest auch eine behalten«, sagte er. »Für dein Amulett. Ich bin sicher, daß die Enten ein Geschenk für dich waren. Vielleicht von deinem Volk. Vielleicht von Tugix.«

Chagak suchte eine Feder aus, steckte sie in die Ledertasche an ihrem Hals und sagte, ohne es zu wollen: »Ich werde die Häute für einen *suk* aufheben. Für ein Kind.« Dann unterbrach sie sich, weil sie Angst hatte, ihre Stimme könnte die Hoffnung verraten, daß es ihr Kind sein würde. Daß sie eines Tages Mutter sein würde.

Aber Shuganan sagte: »Ja. Bald werden wir zu einem Ort gehen, den ich kenne. Dort lebt das Volk meiner Frau, die Waljäger. Vielleicht finden wir dort einen Mann für dich.«

Chagak machte den Mund auf, um etwas zu sagen, brachte aber keinen Ton heraus. Schließlich sagte sie: »Meine Mutter stammt vom Volk der Waljäger ab. Ich wollte Pup zu ihnen bringen, als ich an deinen Strand kam. Mein Großvater heißt Großer Wal.«

»Großer Wal.« Shuganan lächelte leise. »Das ist ihr Häuptling.«

»Ja. Das hat mir meine Mutter erzählt.«

»Es wird dir nicht schwerfallen, einen Mann zu finden.«

»Er mag keine Enkeltöchter«, sagte Chagak. »Und wenn ich ihm davon berichte, was mit seiner Tochter und seinen Enkelsöhnen geschehen ist...« Sie schüttelte den Kopf.

Außer ihrem Vater waren alle Kinder ihres Großvaters gestorben. Großer Wal hätte Chagaks ältesten Bruder irgendwann während des nächsten Jahres zu sich nehmen und ihm beibringen sollen, wie man Wale fängt. Aber was würde Großer Wal sagen, wenn er erfuhr, daß seine Enkelsöhne alle tot waren und nur Chagak, ein Mädchen, noch lebte?

»Mein Großvater wird mich nicht haben wollen«, sagte Chagak zu Shuganan. »Er will Söhne.«

»Wenn er keinen Mann für dich findet«, erwiderte Shuganan, »dann finde ich einen für dich.«

Diese Worte ließen Chagak erzittern, und plötzlich sah sie deutlich das Bild von Robbenfänger vor sich. Der Kummer ließ ihr Herz langsamer schlagen, aber sie blickte zu Shuganan auf und zwang sich zu einem Lächeln.

»Ja, ich werde einen Mann brauchen«, sagte sie. »Jemanden, der mir ein Kind schenkt. Aber es muß kein junger Mann sein.« Und dann sagte Chagak mit einer Kühnheit, die, wie sie wußte, von der Entenfeder an ihrem Amulett kommen mußte: »Ich könnte deine Frau sein.«

Aber Shuganan lächelte leise und sagte: »Nein. Ich bin zu alt. Aber wir werden jemanden finden. Einen guten Mann. Ich werde Großvater sein. Er wird dein Mann sein.«

10

Es war das zweite Mal in diesem Sommer, daß Shuganan dicht bei seiner Insel ein Boot sah. Wie beim ersten Mal dachte er auch jetzt wieder, sie haben mich gefunden. Nach all den Jahren.

Das erste Mal hatte er nur dumpfe Ergebenheit empfunden, und dann, als in dem *ik* eine Frau gewesen war, Erleichterung. Aber diesmal spürte Shuganan Zorn, als er das Boot sah und an der Form und der Geschwindigkeit erkannte, daß es kein *ik*, sondern ein *ikyak* war. Warum kamen sie jetzt? Er war ein alter Mann. Man sollte ihn in Ruhe lassen.

Shuganan hockte sich hinter einen Felsbrocken, hoffte, der Mann würde am Strand vorbeifahren, würde weiterfahren, aber das *ikyak* zog einen großen Bogen im Wasser. Als es näherkam, stockte Shuganan der Atem, und seine Brust schmerzte vor Angst. Die Zeichen an dem Boot, gelb und schwarz, waren die gleichen, der schmale Rumpf, der spitze First obendrauf. Ja. Das *ikyak* gehörte ihnen.

Shuganan stand da und beobachtete, wie der Mann das *ikyak* ans Ufer zog.

Nichts deutete darauf hin, daß der Mann Shuganan gesehen hatte, aber als das *ikyak* vor den Wellen sicher war, drehte er sich um und kam auf Shuganan zu. Als er ein paar Schritte entfernt war, sagte er: »Ich bin ein Freund. Ich habe kein Messer.« Er streckte mit offenen Händen die Arme vor sich aus.

Er sprach die Sprache des Stammes der Kurzen Menschen, und Shuganan, der diese Sprache von seiner Kindheit her kannte, erwiderte mit fester Stimme: »Zeig mir deine Handgelenke, dann werde ich glauben, daß du kein Messer hast.«

Aber der Mann, dessen breites Gesicht durch sein Grinsen noch breiter wurde, machte keine Anstalten. Er war ein junger Mann, viel kleiner als Shuganan, aber Shuganan sah die kräftigen Arme und wußte, daß dieser Mann ihn töten konnte, wenn er es wollte.

Der *chigadax* des jungen Mannes war schon ziemlich abgetragen, wies aber die sorgfältige Arbeit einer Frau auf. Seine Stiefel aus Robbendärmen waren zerschlissen. Hatte er nicht genügend Verstand, daß er sie an diesem Schieferstrand trug?

»Was willst du?« fragte Shuganan. »Warum bist du gekommen?«

»Das habe ich dir doch gesagt. Ich bin ein Freund«, sagte der Mann und lachte. »Heißt du einen Freund nicht willkommen?«

Shuganan warf einen nervösen Blick über die Schulter. Wo war Chagak? Sie war am Morgen losgegangen, um Beeren zu pflücken. Sie würde bald zurückkommen. Was würde passieren, wenn er sie sah?

»Was ist?« fragte der Mann. »Suchst du deine Frau?«

»Ich habe keine Frau«, sagte Shuganan und wich dem Blick des Mannes aus.

Wieder lachte der Mann in tiefem polterndem Ton. »Hier ist eine Frau! Lüg mich nicht an, alter Mann. Glaubst du, ich würde an deinen Strand kommen, ohne zu wissen, wer hier lebt? Hältst du mich für einen Narren?«

Shuganan wich zurück. Der Mann hatte sie also beobachtet. Ich hätte vorsichtiger sein müssen, dachte Shuganan. Nach Chagaks Beschreibung hatte er gewußt, wer ihr Volk getötet hatte. Und er hatte auch gewußt, warum, aber er hatte es Chagak nicht gesagt. Wozu sollte es gut sein, wenn sie es wußte? Und wie hätte er es ertragen können, daß sie ihn haßte, wenn sie die Wahrheit erfuhr?

»Ich werde Mann-der-tötet genannt«, sagte der junge Mann.

Shuganan antwortete nicht, nannte ihm seinen Namen nicht. Mann-der-tötet straffte die Schultern und fragte: »Wo ist dein *ulaq?* Warum erweist du mir keine Gastfreundschaft? Vielleicht habe ich Hunger. Vielleicht muß mein *ikyak* ausgebessert werden.« Er trat dichter an Shuganan heran, seine Worte waren fast ein Flüstern, seine Lippen zogen sich über die eckigen weißen Zähne zurück. »Vielleicht ist es viele Monate her, seit ich eine Frau hatte.«

In diesem Augenblick wünschte sich Shuganan ein Messer, wünschte, er könnte dem Mann seine dicke dunkle Kehle durchschneiden, aber er sagte: »Mein *ulaq* ist klein. Bleib hier. Ich werde Essen bringen.«

»Damit du Zeit hast, deine Frau zu warnen? Nein, wir werden zusammen gehen.«

Er stieß Shuganan die Anhöhe hinauf, aber Shuganan ging langsam, humpelte mehr, als nötig gewesen wäre. Bei jedem Schritt hatte er Angst, Chagak zu sehen, und befürchtete, daß auch Mann-der-tötet sie sah.

Shuganan hob seinen Gehstock, als sie sich dem *ulaq* näherten. »Da«, sagte er. »Mein *ulaq*.«

An den Seiten und auf dem Dach wuchs langes Schilfgras. Das Gras war am Ende des Sommers schon ausgeblichen. Bald würde Chagak es schneiden, um es im Winter zum Weben zu verwenden. Sie hatte ihm Socken und Hemden versprochen, sogar Handschuhe, klug ausgedacht, mit Taschen für Shuganans Daumen.

»Bleib hier«, sagte Mann-der-tötet. »Wenn du wegläufst, werde ich dich kriegen, und dann wirst du nicht mehr weglaufen.« Er sah nach oben zu dem Dachloch des *ulaq* und fügte hinzu: »Wenn deine Frau da drin ist, werde ich sie begrüßen!«

Shuganan wartete, bis der Mann im *ulaq* war. Dann warf er einen prüfenden Blick über den Hügel, um Chagak zu suchen. Er steckte seinen Grabstock in die Seite des *ulaq*, drückte ihn fest in die Erde. Das war bei dem Volk seiner Frau ein Zeichen, eine Warnung, sich fernzuhalten. Verwendete Chagaks Volk das gleiche Zeichen?

Der Wind an Shuganans nackten Beinen war kalt. Er hockte sich auf den Boden, so daß die Ränder seines langen Parkas sie bedeckten. Er steckte seine Hände in die Ärmel und zog die Kapuze über den Kopf, aber ihm war noch immer kalt.

Er hörte Mann-der-tötet aus dem *ulaq* rufen. »Komm herein, alter Mann. Ich habe beschlossen, dein Angebot anzunehmen und etwas zu essen.«

Shuganan wischte seine Hände an den Federn seines Parkas ab. Wie konnten Hände, die so kalt waren, schwitzen? überlegte er. Dann dachte er: Wenn ich

Mann-der-tötet Essen gebe, wird er ein bißchen länger drinbleiben, und vielleicht sieht Chagak dann meine Warnung.

Shuganan ließ sich in das Innere des *ulaq* hinunter, seine Füße tasteten nach den ersten Kerben des Kletterstamms. Die Öllampe war ausgegangen, und das *ulaq* war dunkel. Shuganan ließ das Dachloch offen, damit Licht hereinfiel.

»Zünde die Lampen an, alter Mann«, sagte Mann-der-tötet. »Frauenarbeit wird dir nicht schaden.«

»Kein Öl«, sagte Shuganan und deutete auf einen Haufen Holzkohle, auf der Chagak Wasser gekocht hatte, um die Gräser zum Weben weich zu machen.

Mann-der-tötet verzog das Gesicht.

»Zu alt. Keine Robben«, erklärte Shuganan.

»Faul oder zu Frauenarbeit verdammt?«

Shuganan ignorierte die spitze Bemerkung, dachte aber: Im letzten Frühjahr habe ich drei Robben gefangen. Ich habe genügend Öl, um Eier einzulegen und mehrere Tage lang die Lampen anzuzünden. Aber warum soll ich es für dich verschwenden?

Shuganan hockte sich neben die Feuerstelle, grub mit einem Stock, bis er ein Holzstück fand, das noch glühte. Vorsichtig legte er getrocknetes Gras darüber, blies sachte, um der Flamme Leben zu geben, dann legte er Treibholz von dem Stapel auf, den Chagak vom Ufer mitgebracht hatte.

Als das Feuer brannte, hörte Shuganan Mann-der-tötet zischen. Er drehte sich um und sah, daß der Mann auf die vielen hundert kleinen weißen Figuren starrte, die an den Wänden aufgestellt waren.

Der Mann kam rückwärts auf Shuganan zu, seine Augen waren auf die Wände des *ulaq* gerichtet, als er den alten Mann packte. Er zog Shuganans Haar zurück und legte sein linkes Ohr mit dem abgeknickten Ohrläppchen frei.

Mann-der-tötet fiel auf die Knie und kroch zu einer Öllampe. Er hob sie mit beiden Händen hoch und warf sie auf den alten Mann. »Da sind Öl und Dochte. Zünde sie an.«

»Ich habe nicht genügend Öl, um es verschwenden zu können. Wir haben ein Feuer.«

»Zünde sie an!«

Shuganan fand das geflochtene Stück Riedgras, das Chagak benutzt hatte, um die Lampen anzuzünden, nahm aus dem Feuer ein Stück Holzkohle und zündete die Dochte an.

Mann-der-tötet hielt die Lampe vor sich, als wäre sie ein Amulett. Er ging an den Borden entlang, betrachtete die Schnitzereien. Zweimal streckte er die Hand aus, als wollte er eine berühren, zog sie aber schnell wieder zurück.

»Sind sie heiß?« fragte ihn Shuganan, der sich fühlte, wie er sich nicht mehr gefühlt hatte, seit er ein junger Mann gewesen war, der die Macht seiner Gabe kannte, anstatt sich ihrer zu schämen.

»Du bist Shuganan«, sagte Mann-der-tötet, seine Stimme ein Flüstern. »Die Geschichtenerzähler, die alten Männer sagten, du wärst tot.«

»Vielleicht bist auch du tot, und wir sind beide am Ort der Toten.«

»Halt den Mund, alter Mann«, sagte Mann-der-tötet. »Du glaubst wohl, du hättest mehr Macht als ich? Wie viele Tiere hast du dir im letzten Jahr genommen? Wie viele Frauen? Du bist alt. Deine Kräfte lassen nach.«

»Deine Geschichtenerzähler haben dir das gesagt?« fragte Shuganan. »Sie sagten, meine Kräfte würden mit dem Alter so schwach wie die Kräfte eines Jägers? Sie hätten sagen sollen, daß meine Kräfte im Alter zunehmen, wie die Kräfte eines Schamanen.«

Aber dann merkte Shuganan, daß der junge Mann

ihm nicht zuhörte, sondern etwas murmelte. Er humpelte an die Seite von Mann-der-tötet, hörte den jungen Mann sagen: »Ich werde ein Häuptling sein, wenn ich diesen alten Mann zurückbringe.«

Mann-der-tötet streckte die Hand nach einer Elfenbeinfigur aus, einem Mann in einem *ikyak*, an dessen Heck zwei Robben befestigt waren. Eine Weile verharrten die Finger des jungen Mannes unschlüssig über der Schnitzarbeit, dann aber ergriff er sie. Mit weit aufgerissenen Augen sah er Shuganan an.

Als nichts geschah, lächelte Mann-der-tötet. Dann zog er ein kurzes Messer aus einer Scheide an seinem linken Handgelenk, richtete die Klinge auf Shuganan und sagte: »Ich werde dieses Stück als Geschenk behalten. Es gehört mir.«

»Du kannst es behalten«, erwiderte Shuganan, »aber es kann dir nicht gehören. Jedes geschnitzte Stück hat seinen eigenen Geist und gehört sich selbst.«

Mann-der-tötet hielt sein Messer dichter an Shuganans Hals und sagte: »Du bist ein Narr.« Aber dann stellte er den geschnitzten Robbenfänger zurück auf das Bord und steckte sein Messer wieder in die Scheide.

Er strich sich sein langes Haar aus dem Gesicht und sagte: »Ich habe Hunger. Hol mir etwas zu essen.«

Shuganan ging zur Speisenische und hockte sich auf den Boden. Er stützte sich mit den Händen, um nicht umzukippen, dann grub er im Sandboden der Nische. Er hatte viele Eier vergraben, hatte sie in Sand und Robbenöl gelegt, damit sie sich über den langen Winter hielten. Er grub mehrere davon aus und beobachtete dabei, wie Mann-der-tötet in den Schlafplätzen wühlte.

Shuganan hatte dort Messer versteckt und wollte nicht, daß er sie fand, und so streckte er die Hände mit den Eiern aus und sagte: »Essen.«

Mann-der-tötet ließ den Vorhang, den er hochgehoben hatte, fallen und kam zu Shuganan. Er nahm ein Ei, stieß seinen Finger durch die Schale und schlürfte den Inhalt aus. Shuganan reichte ihm noch eins, aber der junge Mann hockte sich hin, sah in die Speisenische und zog einen Behälter aus Robbenmagen heraus. In diesem Magen, einem von vielen, die Shuganan im Sommer gefüllt hatte, war getrockneter Heilbutt. Der Mann nahm mehrere Stücke Fisch heraus und begann zu essen, fragte beim Kauen: »Noch Eier?«

Shuganan reichte ihm einige, hoffte, ihn so lange wie möglich im *ulaq* festzuhalten, hoffte, Chagak würde Zeit haben, das Zeichen zu lesen. Aber schon bald warf Mann-der-tötet den Robbenmagen wieder in die Nische und schob Shuganan zum Kletterstamm.

Mann-der-tötet strich sich über den Bauch und grinste, zeigte seine zahlreichen Zähne. »Jetzt werden wir deine Frau suchen«, sagte er.

Shuganan kletterte eilig den Kletterstamm hinauf, aber der Mann hielt Shuganan am Parka fest und kletterte ihm nach, bis sein Kopf auf gleicher Höhe mit dem von Shuganan war. Mann-der-tötet streckte sich auf dem Kletterstamm und sagte: »Ich möchte deinen Grabstock nicht durch die Kehle kriegen, alter Mann.«

Sie kamen gleichzeitig auf dem Dach an. Shuganan richtete den Blick auf die Beerenhügel, überlegte, ob Chagak sein Zeichen gesehen hatte, hoffte, daß sie schon Schutz gesucht hatte. Aber als er hinsah, entdeckte er sie, und er bemerkte, wie sich Mann-der-tötet gegen seinen Rücken stemmte. Da wußte er, daß auch er sie gesehen hatte.

Sie war auf einen Hügel gestiegen, an beiden Armen hing ein Beutel mit Beeren. Der Wind blies durch ihr langes schwarzes Haar, und die schwarzen Federn ihres *suk* flatterten, während sie ging.

Shuganans Herz klopfte vor Angst. »Sieh her, meine Chagak«, flüsterte er. »Sieh her und lauf, mein kostbares Kind.«

Und als würde sie seine Worte hören, sah sie zum *ulaq* und blieb stehen, dann ließ sie plötzlich ihre Beerenbeutel fallen, drehte sich um und lief davon. Mann-der-tötet sprang aus dem Dachloch und lief ihr nach.

Shuganan humpelte ihm hinterher, rief Tugix an, während er ihm folgte. »Beschütze dein Kind! Schick deinen Wind!« Aber der Berg schien ihn nicht zu hören.

Als Shuganan zu dem Hügel kam, auf dem Chagak ihre Beerenbeutel hatte fallen lassen, sah er den jungen Mann und das Mädchen. Sie liefen noch immer. Mann-der-tötet kam Chagak mit jedem Schritt näher, und am Ende streckte er den Arm aus und packte sie an den Haaren. Mit einem Ruck riß er sie zu Boden. Shuganan wartete und dachte: Wenn er sie nimmt, werde ich ihn töten. Aber Mann-der-tötet wickelte ihre Haare um seine Faust und zog sie daran den Hügel hinauf.

Shuganan sah ihnen entgegen, als sie näherkamen, dann bückte er sich, hob die Beeren auf, die aus Chagaks Beuteln gefallen waren, und folgte Mann-der-tötet zurück zum *ulaq*.

11

Sie waren alle in dem großen Raum des *ulaq*. Shuganan saß neben einer Öllampe, mit einem Stück Elfenbein in einer Hand, einem Bimsstein in der anderen.

Chagak webte eine Bodenmatte aus Gras. Das Webstück war dicht bei dem Kletterstamm über ein leeres Stück Wand gespannt. Shuganan hatte in Schulterhöhe

Klammern angebracht, die ungefähr eine Armeslänge auseinander von der Wand hingen. Chagak hatte zwischen den Haken ein Stück geflochtene Sehne befestigt, an der sie die Kettfäden aus Gras mit einem Knoten festmachte, so daß das andere Ende frei herunterhing. Den Schußfaden zog sie mit den Fingern über und unter den Kettfäden durch, nahm beim Weben nur eine lange Nadel zu Hilfe und einen gegabelten Heilbuttknochen, um den Grasfaden der neuen Reihe fest gegen die schon vorhandenen zu stoßen.

Mann-der-tötet beobachtete sie. Er drehte langsam ein Messer zwischen seinen dicken Fingern. Chagak spürte die Hitze seiner Augen im Rücken, während sie arbeitete.

Sie hatte keinen Zweifel, daß er einer von dem Stamm war, der ihr Dorf zerstört hatte, und Angst und Zorn beschleunigten ihren Herzschlag und ließen ihre Hände kalt und ungeschickt werden, während sie arbeitete.

Shuganan nannte ihn Mann-der-tötet und sprach zu ihm in einer Sprache, die Chagak nur schwer verstand. Die Wörter waren knapp und grob; selbst Shuganans Stimme klang harsch, wenn er sie aussprach. Während sie zuhörte, merkte Chagak, daß es eine Sprache war, die Ähnlichkeit mit ihrer eigenen hatte, so daß sie gelegentlich Wörter und Redewendungen heraushörte.

Mann-der-tötet war kein großer Mann, aber seine Arme und Beine hatten dicke Muskeln. Sein Hals war breit und schwer und zog eine direkte Linie vom Kinn zur Brust. Seine Augen waren klein und saßen tief in den Falten seines Gesichts, aber wenn er zu einer Öllampe sah, hob das Licht die dunkle braune Iris hervor, das graue Weiß, die Pupillen klein und schmal wie die Pupillen eines Mannes, der in die Sonne sieht.

Sein Parka war zwar alt, aber er war gut verarbeitet,

aus kleinen Vierecken vieler verschiedener Häute zusammengenäht, steife Streifen aus Häuten von Pelzrobben vorn und hinten, weiche Lemminghäute an den Seiten und zu Ärmeln zusammengenäht.

Chagak mußte an die Frau denken, die die Kleidung von Mann-der-tötet gemacht hatte. War sie Frau oder Mutter? Wußte sie von den schrecklichen Dingen, die er tat, während er die schönen Sachen trug, die sie für ihn gemacht hatte?

Als er Chagak zum ersten Mal gepackt hatte, hatte Mann-der-tötet so fest an ihren Haaren gezogen, daß sie hinfiel und es ihr den Atem aus der Brust schlug.

Dann hatte sie sein flaches wildes Gesicht gesehen, die Narbe, die von seiner Nase quer über die linke Wange verlief, die dünnen geölten Haare, die in zwei Strähnen von der Oberlippe über seinen Mund fielen.

Im *ulaq* dann sah sie, wie abgetragen seine gutgearbeiteten Kleider waren, und wußte, daß er schon über viele Tage hinweg nicht in sein Dorf zurückgekehrt war, vielleicht über Monate, so daß er, auch wenn er verheiratet war, jetzt eine Frau brauchen und erwarten würde, daß Shuganan ihm aus Gastfreundschaft Nächte mit Chagak gewähren würde.

Chagak wußte, daß es bei allen Völkern Brauch war, aber in einem Dorf, das so groß war wie Chagaks, gab es viele Frauen, die wie Chagaks Mutter waren und nicht mit einem Fremden schlafen wollten und es auch nicht zu tun brauchten. Es gab genügend Frauen, die bereit waren, einem Besucher aus einem anderen Dorf diese Ehre zu erweisen.

Chagak hatte noch nie mit einem Mann geschlafen. Ihr Vater hatte sie davor bewahrt, um einen höheren Brautpreis zu erzielen, wie es für eine Jungfrau üblich war. Das hatte Chagak nie gestört, auch wenn sie sich manchmal ausgeschlossen gefühlt hatte, wenn andere

Mädchen kicherten und von den Nächten erzählten, die sie mit Jägern verbracht hatten, die zu Besuch ins Dorf gekommen waren.

Aber nachdem Robbenfänger um sie angehalten hatte, wollte Chagak nur ihn und war froh, daß ihr Vater sie nicht zur Unterhaltung anderer weggegeben hatte. Und jetzt, als sie merkte, daß Mann-der-tötet seine Augen auf sie richtete, verspürte sie Widerwillen und wachsende Qualen, als würde die Berührung von Mann-der-tötet die Wunden, die Robbenfängers Tod geschlagen hatte, nur noch weiter aufreißen.

Als sie zum *ulaq* zurückgekehrt waren, hatte Chagak ihren *suk* anbehalten. Obwohl das Kleidungsstück aus zarten Vogelhäuten gemacht war, schien es ein Schutz vor den musternden Blicken des Mannes zu sein.

Mann-der-tötet zog seinen Parka aus, aber Shuganan, der Chagak einen Blick zuwarf, tat es nicht.

Gleich nachdem sie das *ulaq* betreten hatten, suchte Mann-der-tötet von den Borden eine Schnitzerei für sich aus und band sie an das Amulett, das um seinen Hals hing.

Die Schnitzarbeit zeigte einen Mann in einem *ikyak*, das zwei Robben zog, und indem Mann-der-tötet sie wegnahm, zerstörte er Shuganans Dorfszene. Denn auf einem der Regale standen winzige Figuren, die alle Teil eines Dorfs waren: Männer und Frauen, die Fische fingen, spielende Kinder, alte Männer, die Seeigel sammelten, Jungen, die kletternd nach Eiern suchten, Frauen, die webten, nähten und kochten.

Besonders eine Figur, eine Mutter, die ein Kind stillte, hätte Chagak gern berührt und gehalten. An der Art, wie die Mutter den Kopf hielt, an der Art, wie sie das Kind ansah, war etwas, das Chagak an ihre eigene Mutter erinnerte. Und obwohl der Wunsch so tief in ihr steckte, daß er ihr Schmerzen bereitete, hatte sie Shuganan nie gebeten, sie anfassen zu dürfen. Wie konnte sie darum bitten, etwas so Heiliges berühren zu dürfen?

Es machte sie zornig, daß Mann-der-tötet den Jäger genommen hatte, aber er schien vor nichts Achtung zu haben. Selbst wenn Shuganan und Mann-der-tötet miteinander redeten, sprach Mann-der-tötet mit einer Überheblichkeit, die Chagak zittern ließ.

Chagak griff in ihren Vorratskorb, um noch etwas Gras herauszuholen, und Mann-der-tötet sagte etwas zu ihr. Sie warf ihm einen Blick zu und sagte: »Ich verstehe nichts. Ich kenne deine Sprache nicht.«

Shuganan kam und setzte sich neben sie. Sein Rücken war dem Webstück zugewandt, sein Gesicht Mann-der-tötet.

»Was hat er gesagt?« flüsterte Chagak, ohne den Kopf zu drehen und ohne mit dem Weben aufzuhören.

»Er dachte, du wärst meine Frau.«

»Dann laß mich deine Frau sein«, erwiderte Chagak. »Ich werde mit dir schlafen.«

»Nein«, sagte Shuganan. Chagak drehte sich um und bemühte sich, den Grund für seine Antwort in seinem Gesicht zu lesen.

»Wenn ich ihm sagen würde, daß du meine Frau bist, würde er dich als Gastgeschenk in seinem Bett haben wollen. Das ist bei seinem Volk der Brauch. Er würde nicht einmal fragen müssen.«

»Und was hast du ihm gesagt, wer ich bin?« Chagak wandte sich wieder ihrem Webstück zu.

»Enkeltochter.«

Dieses Wort war so fest und stark, daß Chagak ein wenig von ihrer Angst verlor. Es war gut, wieder zu jemandem zu gehören.

»Und er kann mich nicht nehmen, wenn ich deine Enkeltochter bin?« fragte sie.

»Nicht ohne Geschenke«, erwiderte Shuganan und fügte schnell hinzu: »Dadurch gewinnen wir Zeit.«

Chagak nickte, dann fragte sie: »Woher kennst du seine Sprache?«

Shuganans Kopf fuhr mit einem Ruck zu ihr herum, und selbst im schwachen Licht des *ulaq* sah Chagak den Kummer in seinen Augen.

Aber bevor er antworten konnte, sagte Mann-der-tötet etwas, seine Stimme klang tief und böse. Chagak zog die Schultern ein und drückte sich tiefer in ihren *suk*, als könnte sie sich in seinen Falten verstecken.

»Was sagt er?« flüsterte Chagak, ihre Stimme war so leise, daß sie nicht wußte, ob Shuganan sie hören konnte.

»Er will nicht, daß wir reden«, sagte Shuganan und rückte auf einen Platz dicht neben der Öllampe, wo sein Körper Mann-der-tötet die Sicht auf Chagak versperrte.

Shuganan wünschte, er könnte schlafen. Die Nacht verbreitete ihre Dunkelheit durch das offene Loch im Dach, und die Müdigkeit, die von Shuganans Schultern ausging, war bis in seine Fingerspitzen vorgedrungen.

Wie konnte er die Kraft seines Geistes benutzen, um gegen Mann-der-tötet zu bestehen, wenn die Nacht jeden Wunsch wegnahm, außer dem Wunsch zu schlafen?

Shuganan zwang sich, Chagak anzusehen, und er wunderte sich, daß sie noch weben konnte, daß ihre Finger die Webnadel so schnell führten.

Sie ist eine schöne Frau, dachte Shuganan und erinnerte sich an die Freude, die er verspürt hatte, als er sie zum ersten Mal sah. Die großen Augen mit den schweren Lidern, ihr kleiner vollkommener Mund. Sie war für Shuganan wie ein Geschenk gewesen, als hätte Tugix, der sein Bedürfnis nach Schönheit kannte, ihm das Mädchen als Inspiration für seine Schnitzarbeiten gegeben, aber jetzt war ihre Schönheit ein Fluch, und er wünschte, sie wäre zu groß und hätte gebrochene Zähne und einen schiefen Mund.

»Du hast also keine Frau?« hatte Mann-der-tötet gesagt, nachdem er Chagak in das *ulaq* gezerrt hatte. »Und du schläfst des Nachts allein?«

»Sie ist nicht meine Frau«, hatte Shuganan geantwortet. »Sie ist meine Enkeltochter.«

»Und warum spricht sie dann nicht unsere Sprache?«

»Ihre Mutter gehörte einem anderen Stamm an. Aus dem Dorf, das ihr zerstört habt.«

Mann-der-tötet hatte gelacht, das Lachen kam in kurzen Stößen aus seinem Mund, unregelmäßig und so plötzlich wie Vögel, die aus Klippenlöchern emporfliegen.

Jetzt, als Shuganan dasaß und sie beobachtete, dachte er an Chagaks Frage. Es könnte viele Gründe dafür geben, warum er die Sprache von Mann-der-tötet kannte. Aber Chagak würde die Wahrheit spüren. Was würde sie denken, wenn sie es wußte?

Es wäre besser gewesen, wenn sie ein anderes Ufer gefunden hätte, einen anderen, bei dem sie leben konnte. Er würde ihr nie ein Mann sein können. Er war zu alt, um gut zu jagen, zu alt, um ihr Söhne zu geben. Er war ja auch nie fähig gewesen, seiner Frau Söhne oder Töchter zu geben, nicht in all den Jahren, die sie zusammengewesen waren. Das wußte er, und doch hatte er sich nicht beeilt, Chagak zu den Waljägern zu bringen. Hatte er vielleicht doch gehofft, Chagak zu seiner Frau zu machen?

Als sie die Männer beschrieben hatte, die in ihr Dorf gekommen waren und es zerstört hatten, hatte Shuganan gewußt, daß es die Kurzen Menschen gewesen waren. Er hatte gewußt, daß sie an sein Ufer kommen könnten. Er hätte Chagak zu den Waljägern bringen sollen. Nach Pups Tod waren viele Tage vergeudet worden. Warum hatte er gewartet?

Shuganan nahm sein Schnitzmesser und ein Stück Fischbein. Er sah Mann-der-tötet an, aber der fühlte sich durch das kurze Messer mit der kleinen Klinge offenbar nicht bedroht.

Shuganan hatte das Messer so oft benutzt, daß es sich seinen Fingern anzupassen schien. Den Beulen und Löchern, die von der Krankheit, die alles steif werden ließ und die so große Schmerzen verursachte, zurückgeblieben waren.

Shuganan hatte aufgehört, dafür zu beten, daß er von der Krankheit befreit wurde. Er hatte schließlich erkannt, daß die Schnitzarbeiten, die er anfertigte, wenn er Schmerzen hatte, eine besondere Tiefe besaßen. Sie ließen sich mit denen, die er ohne Schmerzen anfertigte, nicht vergleichen, als wären die Schmerzen auch ein Messer, das alles Überflüssige wegschnitzte und das die Wahrheit über Menschen und Tiere, die im Elfenbein und in den Knochen verborgen war, deutlicher enthüllte.

Jetzt waren die Schmerzen stärker als alles, was er je erlebt hatte. Die Schmerzen in seinen Fingern stiegen die Arme hinauf und vereinten sich mit dem Schmerz, der gegen die Wände seines Herzens drückte.

Chagak würde für seine Selbstsucht leiden müssen, sie, die schon so viel gelitten hatte.

Chagaks Augen brannten, und ihre Schultern schmerzten, aber ihre Finger bewegten sich immer noch über ihr Webstück. Es ist besser zu weben als gezwungen zu werden, zu Mann-der-tötet in den Schlafplatz zu gehen, dachte sie.

Die Öllampe, die am dichtesten bei ihr stand, begann zu rauchen. Chagak blies die Flammen aus, zog ihr Frauenmesser aus der Scheide an ihrer Hüfte und schnitt die verkohlten Stellen von den Dochten.

Mann-der-tötet sagte etwas zu Shuganan, und Shuganan wandte sich an Chagak: »Laß sie. Er will schlafen.«

Chagak sah den alten Mann an, ihre Augen waren vor Angst geweitet, aber Shuganan wich ihrem Blick aus. Er sprach mit Mann-der-tötet und führte ihn zu dem Schlafplatz hinten im *ulaq*, zu Shuganans Raum, der von dem restlichen Teil des *ulaq* mit Vorhängen abgetrennt war, die Chagak erst vor kurzem für ihn gemacht hatte.

Chagak verschränkte die Arme vor ihrem Körper und ging rückwärts zum Kletterstamm. Vielleicht konnte sie entkommen, bevor es die Männer merkten. Sie konnte ihr *ik* nehmen und in der Nacht paddeln. Entlang der Küste gab es viele Plätze, an denen sie sich verstecken konnte, Höhlen und Meeresengen.

Als sich Shuganan auf den Boden kniete und den Vorhang auf die Seite zog, sah er Chagak, die mit dem Rükken zum Kletterstamm stand. Seine Brust war von Schmerz erfüllt, von dem Kummer darüber, daß sie ihn verlassen würde, aber er schob alles zur Seite, er schämte sich, daß er so selbstsüchtig war, nur an sich selbst dachte, während Chagak so viel mehr zu fürchten hatte.

»Siehst du«, sagte Shuganan und zog Mann-der-tötet in den Schlafplatz, »hier ist Platz für deine Waffen.« Die Matten auf dem Boden waren von Chagak neu gewebt. Sie hatte das geschnittene Gras, das Shuganan benutzt hatte, als sich die Matten seiner Frau nicht mehr ausbessern ließen, ersetzt. Während des Monats, den sie bei ihm war, hatte Chagak auch mit Federn gestopfte Kissen und Überzüge aus Pelzrobbenhaut für ihn angefertigt. Shuganan deutete auf die Kissen, aber plötzlich stieß Mann-der-tötet einen Schrei aus und sprang von dem Schlafplatz auf.

Mit einer schnellen Bewegung packte er Chagak, deren Füße auf der obersten Kerbe des Kletterstamms waren, an den Knöcheln und warf sie zu Boden.

Shuganan kniete sich neben sie. Chagak lag da, ohne sich zu rühren, ihre langen Haare bedeckten ihr Gesicht.

Mann-der-tötet ergriff eine dicke Haarsträhne und riß ihren Kopf nach hinten, so daß ihre schmale Kehle offen dalag. Er zog das Messer aus der Scheide an seinem Handgelenk und hielt es dicht an ihr linkes Ohr.

»Laß sie«, sagte Shuganan. »Sie gehört dir nicht.«

»Sag ihr, daß sie sterben wird, wenn sie es noch einmal versucht.«

»Er sagt, er wird dich töten, wenn du noch einmal zu fliehen versuchst«, sagte Shuganan zu dem Mädchen.

Aber Chagak begann zu lachen, das Lachen war hoch und gellend wie die Schreie eines Otters. »Gut«, sagte sie. »Sag ihm, daß er mich töten soll. Sag ihm, daß er mich schon hätte töten sollen, als er auch mein Volk getötet hat. Es wird leicht sein, so zu sterben, mit diesem Messer. Ich habe keine Angst vor meinem Blut. Es wird besser sein, als im Feuer zu sterben wie meine Mutter und meine Schwester, besser, als den Bauch aufgeschlitzt zu bekommen wie mein Vater.«

Wieder brach sie in Lachen aus, und Mann-der-tötet hielt ihr den Mund zu. »Was hat sie gesagt?«

»Sie sagt, daß du sie töten sollst«, erwiderte Shuganan.

»Was ist mit ihr? Warum lacht sie?«

»Sie will bei ihrem Volk sein. Sie will tot sein.«

»Sie ist deine Enkeltochter. Unsere Krieger haben deinen Sohn, ihren Vater, getötet?«

»Ja.« Die Lüge kam ihm leicht über die Lippen.

»Sie ist zu schön, um zu dir zu gehören«, fuhr ihn Mann-der-tötet an.

Shuganan zuckte die Achseln.

Mann-der-tötet ließ seine Hand auf Chagaks Mund. Er nahm das Messer von ihrer Kehle und schnitt mit einer schnellen Bewegung Chagaks *suk* an der Vorderseite auf.

Chagak hatte sich auf den Schmerz des Messers vorbereitet, auf das Durchschneiden ihrer Kehle. Sie biß die Zähne zusammen, entschlossen, nicht zu schreien, wenn er zustieß, aber als sie sah, was er mit ihrem *suk* gemacht hatte, dem Kleidungsstück, das ihr so kostbar war, weil ihre Mutter es gemacht hatte, begann sie laut zu schreien.

Mann-der-tötet lachte, und sein Lachen verwandelte Chagaks Entsetzen in Zorn. Sie zog ihr Frauenmesser aus der Scheide unter ihrem *suk* und zerschnitt Mann-der-tötet das Gesicht.

»Chagak, nein!« hörte sie Shuganan rufen, aber sie kümmerte sich nicht darum; wenn er sie töten würde, sollte er zur Erinnerung daran die Narben ihres Messers im Gesicht tragen.

Mann-der-tötet packte ihre Hand und drückte zu. Chagak fühlte, wie die kleinen Knochen zu schmerzen begannen, dann bewegte der Mann seine Finger, so daß Chagaks Knöchel aneinandermahlten, bis sie das Messer nicht mehr halten konnten. Der Mann hielt sie am Boden fest, breitete die zerschnittenen Ränder ihres *suk* aus und setzte sich auf ihre Brust.

»Töte sie nicht«, sagte Shuganan.

Mann-der-tötet preßte eine Hand an seine blutende Wange. Shuganan beugte sich nach vorn, sah, daß der Schnitt nicht tief war.

»Sie muß sterben«, sagte Mann-der-tötet mit zusammengebissenen Zähnen.

Chagak lag ganz still, mit geschlossenen Augen, als würde sie schlafen, als wäre nichts geschehen. Mann-der-tötet erhob sich von ihrer Brust und ließ sich wieder hinunterfallen, so daß Shuganan wegen der Schmerzen, die Chagak ertragen mußte, das Gesicht verzog. Chagak zuckte zusammen, gab aber keinen Laut von sich und machte auch nicht die Augen auf.

»Töte sie nicht«, sagte Shuganan wieder, diesmal mit fester Stimme, seine Worte waren ein Befehl, keine Bitte. Er nahm eine Lampe, hielt die Steinschüssel in beiden Händen und ging langsam im *ulaq* herum.

Das Licht fiel auf die geschnitzten Figuren, die an den Wänden standen. Winzige Augen, Speerspitzen aus Elfenbein glühten auf.

»Sie sind mein Volk«, sagte Shuganan. »Sie besitzen Macht.« Er drehte sich um und sah Mann-der-tötet an. »Du darfst meine Enkeltochter nicht töten.«

Mann-der-tötet stand langsam auf, und hinter ihm erhob sich auch Chagak auf Hände und Füße. Sie zog ihren zerrissenen *suk* fest um ihren Körper und lehnte sich gegen die Wand.

»Es ist mir egal, ob er mich tötet«, sagte sie leise, aber ihre Stimme drang durch das ganze *ulaq*.

»Aber mir nicht«, erwiderte Shuganan, dann sagte er in der Sprache von Mann-der-tötet: »Wenn du sie tötest, werde ich dich töten.«

Mann-der-tötet schnaubte verächtlich. »Du bist alt. Wie willst du mich töten?«

Als Antwort hob Shuganan die Lampe hoch, ließ ihren Lichtschein auf die vielen Schnitzereien fallen.

Mann-der-tötet rieb sich mit der Hand die Wange, wischte das Blut ab. »Ich bin nicht dumm. Ich kenne die Geschichten deiner Macht.«

»Ich werde nicht zögern, diese Macht gegen dich zu verwenden.«

»Dann werde ich sie zur Frau nehmen. Ich brauche eine Frau. Ich werde gut für sie sorgen. Ich werde der Häuptling dieses *ulaq* sein, und alle Schnitzereien werden mir gehören.«

»Sie können dir nicht gehören. Sie gehören auch mir nicht. Sie gehören sich selbst, genauso wie ein Mann sich selbst gehört.«

Mann-der-tötet sagte nichts; statt dessen sah er sich die Schnitzereien an, zuerst betrachtete er sie nur, dann streckte er die Hand aus, nahm sie hoch, beschmutzte ihre weiße Oberfläche mit dem Blut an seinen Fingerspitzen.

Shuganan beobachtete ihn; seine Brust war von Ekel erfüllt. Mann-der-tötet hat recht, dachte Shuganan. Ich bin alt, meine Arme sind schwach, und ich bin langsam.

Er könnte Mann-der-tötet von seiner großen Macht erzählen, von der Macht, die in den geschnitzten Figuren war, aber Shuganan kannte als einziger die Wahrheit: Es gehörte keine große Begabung dazu, etwas herzustellen, das etwas anderem ähnlich war. Was seine Augen sahen, konnten seine Finger leicht umsetzen. Die Seele eines jeden Stückchens Elfenbein, eines jeden Stückchens Treibholz erzählte flüsternd von seiner Existenz. Er fand die Linien des *ikyak* oder der webenden Frau, des Otters oder des Wals nicht selbst. Das Elfenbein, der Knochen, das Holz sagten es ihm. Wie sonst hätte er es wissen können? Es kam nicht durch irgendeine große Macht in ihm selbst.

Wenn der Gegenstand fertig geschnitzt war, vom Messer freigelegt, war er aus sich selbst heraus schön, es war keine Schönheit, die Shuganan ihm gegeben hatte. Und wenn die Schnitzereien große Macht besaßen, dann gehörte diese Macht, zu geben und zu nehmen, ihnen allein; Shuganan herrschte nicht über sie. Wenn es so wäre, dann wäre Mann-der-tötet längst tot.

»Eines Tages wirst du sterben, alter Mann«, sagte Mann-der-tötet. Seine Worte klangen so ruhig, als würde er seine Gedanken den Schnitzfiguren mitteilen und nicht Shuganan. »Du bist alt. Ich werde deine Enkeltochter zur Frau nehmen, und ich werde dieses *ulaq* besitzen. Aber bevor du stirbst, werde ich bei meinem Volk zu Ehren gelangen, wenn ich ihnen erzähle, daß ich dich gefunden habe. Vielleicht werde ich durch diese Heirat der Häuptling meines Stammes.« Er lachte. »Gibt es einen leichteren Weg, Häuptling zu werden?«

Mann-der-tötet drehte sich um und deutete auf Chagak. »Was willst du für sie haben?«

Shuganan betrachtete das Gesicht des Mannes, die breiten Backenknochen, die dunklen harten Augen, das getrocknete Blut, einen Streifen, der vom Kinn bis zu den Lippen reichte. Wenn Shuganan einem Brautpreis zustimmte, hatten er und Chagak vielleicht noch ein paar Tage gewonnen, etwas Zeit, um den Tod des Mannes oder eine Flucht zu planen.

»Fünf Robben. Zwanzig Otterfelle«, sagte Shuganan. Ein vernünftiger Preis, aber es würde einige Zeit dauern, um die Tiere zu jagen.

»Zuviel.«

»Das ist der Preis.«

»Zwei Robben. Zehn Otter.«

»Wir brauchen Öl.«

»Wir werden dieses *ulaq* verlassen. Du und ich und die Frau. Und deine kleinen Leute da.« Mann-der-tötet machte mit der Hand eine Bewegung durch den Raum. »Wir brauchen nicht viel Öl. Mein Volk hat genug Öl.«

»Vier Robben. Zwanzig Otter.«

»Die Tage werden kurz. Bald wird der Winter kommen. Wie soll ich euch zu meinem Volk bringen, wenn ich erst viele Tage jagen muß?«

»Vier Robben. Zwanzig Otter.«

»Zwei Robben. Zehn Otter.«

»Chagak braucht einen neuen *suk*.«

Mann-der-tötet sah hinüber zu Chagak. Er lachte, ein kurzes, hartes Lachen, bei dem er einen Mundwinkel nach oben zog. »Zwei Robben. Sechzehn Otter«, sagte er.

Shuganan sah den Mann an. Drei Tage, um die Robben zu jagen, dachte er. Vier oder fünf, um die Otter zu jagen. Zeit genug. Zeit genug. »Ja«, sagte er.

13

»Wird er zu meinem Schlafplatz kommen?« fragte Chagak Shuganan leise, bevor sie den großen Raum des *ulaq* verließ. Mann-der-tötet war zu Shuganans Schlafplatz zurückgekehrt, hatte Chagak und Shuganan allein gelassen.

»Nein«, sagte Shuganan. »Heute nacht wird er dich nicht anrühren.« Aber er sah sie nicht an und hielt den Kopf gesenkt, als hätte er Angst, ihrem Blick zu begegnen. Sein Unbehagen ließ Chagaks Brust kalt und hart werden.

Sie stand neben Shuganan, wartete, daß er etwas

hinzufügte, aber das tat er nicht, bis Chagak sagte: »Da ist noch etwas, das du mir verschweigst.«

Shuganan sah sie an, sah die Kraft in ihren Augen. Sie ist so stark wie ich, dachte er. Stärker. Was sie verloren hatte, war ihr genommen worden. Ich habe meinen Verlust selbst gewählt und wenig bedauert. »Ja, da ist noch etwas.« Er machte eine Pause, bemühte sich, die richtigen Worte zu finden, um es ihr zu sagen. »Mann-der-tötet will dich zur Frau. Er bietet einen Preis von zwei Robben und sechzehn Otterfellen.«

Chagak schüttelte den Kopf.

»Es ist ein guter Preis«, sagte Shuganan und kam sich dumm vor, sobald er die Worte ausgesprochen hatte. Wie sollte sich Chagak geehrt fühlen, ob es nun ein guter oder ein schlechter Preis war, wenn sie den Mann, der sie als Frau bekommen sollte, haßte?

Aber Chagak sagte nur: »Mein Vater hätte keine Otter genommen, und ich muß seinen Glauben in Ehren halten. Die Otter haben ihm einmal bei einem Sturm das Leben gerettet.«

Shuganan war nicht überrascht. Er hatte davon gehört, daß Otter Jägern halfen. »Mach dir keine Sorgen wegen der Otterfelle«, sagte Shuganan. »Er wird viele Tage brauchen, um sechzehn Otter zu töten. Irgendwann wirst du Gelegenheit haben zu fliehen. Es gibt eine Insel . . .«

In diesem Augenblick kam Mann-der-tötet aus Shuganans Schlafplatz. Chagak warf ihm einen Blick zu, dann verließ sie ihre Webarbeit und lief schnell zu ihrem Schlafplatz. Aber Mann-der-tötet folgte ihr mit einem Seil aus geflochtenem *babiche*. Er befestigte Chagaks Arme hinter ihrem Rücken, dann band er ihre Knöchel zusammen.

Chagak gab sich Mühe, vor seiner Berührung nicht zurückzuzucken, als er das Seil um ihre Knöchel schlang. Sie wußte, daß es für sie noch schlimmer sein würde, wenn sie Mann-der-tötet zeigte, daß sie Angst hatte. Er war ein Mann, der an der Angst anderer Menschen Spaß hatte. Und so blieb ihr Körper angespannt und ruhig, und sie unterdrückte das Zittern in ihrem Herzen.

Shuganan irrt sich, dachte sie. Mann-der-tötet wird mich jetzt nehmen. Was sollte ihn davon abhalten? Hatte er soviel Respekt vor der Abmachung mit Shuganan? Was sind sechzehn Otterfelle und zwei Robben für einen Mann, der eine Frau braucht?

Aber als er sie angebunden hatte, sagte Mann-der-tötet langsam und laut: »Ich werde deinen Großvater anbinden«, und obwohl er in seiner eigenen Sprache gesprochen hatte, war es langsam genug, daß Chagak verstand, was er meinte. Er lachte und zwickte sie in die Beine, tat aber sonst nichts.

Lange noch nachdem es im *ulaq* still geworden war, lag Chagak wach und dachte an Shuganans Worte: »Es gibt eine Insel...«

Es bestand also Hoffnung, dachte Chagak, es lag aber auch Verrat in dieser Hoffnung. Wie konnte sie gehen und Shuganan dem Zorn von Mann-der-tötet überlassen? Außerdem, wie sollte sie in diesem großen weiten Meer je eine kleine Insel finden? Es wäre besser, zu ihrem Großvater Großer Wal zu gehen. Vielleicht wollte er sie nicht haben, aber vielleicht würde er für sie einen Mann finden. Doch was würde geschehen, wenn Mann-der-tötet ihr folgte? Wenn sie ihn zum Dorf ihres Großvaters führte? Die Waljäger waren mächtig, aber waren sie stark genug, sich gegen Männer zu wehren, die ganze Dörfer zerstörten?

Chagak schlief nicht lange, und am frühen Morgen kam Mann-der-tötet zu ihrem Schlafplatz. Einen Augenblick lang stand er nur da und sah sie an. Als sich Chagak auf den Bauch rollte und den klaffenden Riß an der Vorderseite ihres *suk* bedeckte, bückte er sich und band sie los. Er sagte nichts, lachte aber tief in seiner Kehle, dann deutete er auf die Vorratsnische und machte Bewegungen, als würde er essen.

Shuganan war schon im Hauptraum, knackte die stacheligen Schalen der Seeigel, die er am Tag zuvor gesammelt hatte. Die scharfkantigen Schalenteile lagen am Boden.

»Er wollte mich nicht nach draußen gehen lassen, um es dort zu tun«, sagte Shuganan.

»Dann wird er vielleicht der erste sein, der auf eine Schale tritt«, erwiderte Chagak, las die Stücke auf und legte sie in einen Korb.

Mann-der-tötet sagte etwas, und Shuganan erklärte Chagak: »Er hat gesagt, daß du die Lampen anzünden sollst und daß er Eier haben will.«

Im Hauptraum waren sechs Lampen, und Chagak zündete sie alle mit der Flamme der Lampe an, die während der Nacht gebrannt hatte. Dann kroch sie in den Vorratsraum, wo sie ein Stückchen *babiche* fand, das sie sich um die Taille band, um ihren *suk* zusammenzuhalten.

Sie grub drei Eier aus und legte sie auf eine Matte, dann holte sie Wasser aus dem Robbenmagen, der an einem Balken hing, spülte die Eier und auch eine Reihe Seeigel, die Shuganan vorbereitet hatte, damit ab. Sie gab Mann-der-tötet die Matte, aber er verzog den Mund und sprach sie mit lauter Stimme an.

»Er will die Seeigel in Scheiben und in Öl gebraten«, sagte Shuganan.

»Sag ihm, daß ich mein Messer brauche und daß mein Kochfeuer draußen ist.«

Shuganan sprach mit ihm, und Mann-der-tötet hob

die Matte an den Ecken auf und schob Chagak in Richtung des Kletterstamms.

Der Wind vom Meer, der in Chagaks Gesicht blies, fühlte sich gut an und schien etwas von der Angst aus ihrem Kopf zu vertreiben. Sie deutete auf den Kreis aus Steinen, die ihr als Feuerstelle zum Kochen dienten, und ließ sich an der Seite des *ulaq* hinuntergleiten. Mann-der-tötet folgte ihr.

Die Kochstelle lag auf der Leeseite des *ulaq*, damit die kräftigen Winde das frische Feuer nicht ausbliesen oder das alte nicht dazu brachten, auf das Gras überzugreifen.

Chagak zündete das Feuer mit ihren Feuersteinen an, schlug den Flint gegen das goldgefleckte Stück Eisenkies, bis ein Funken von den Steinen sprang und sich in dem getrockneten Gras in der Mitte der Feuergrube fing. Sie fütterte das Feuer geduldig mit Gras und Heidekraut, bis die Flammen groß genug waren, um Treibholz aufzulegen. Als das Holz zu brennen begann, rieb Chagak Öl auf ihren Kochstein. Sein Durchmesser war drei Hand breit, er war flach und dünn, brauchte aber trotzdem lange, bis er heiß wurde. Sie legte ihn auf die vier geschwärzten Steine, die die richtige Entfernung zu den Flammen hatten, und wartete.

Mann-der-tötet hockte sich neben sie, machte ihr Zeichen, die Seeigel zu kochen.

»Es ist noch nicht heiß genug«, erwiderte Chagak und streckte die Hand aus, um sie auf den Stein zu legen, damit er verstand, was sie meinte.

Er schnaubte ärgerlich, aber Chagak zuckte die Achseln. Was glaubte er, welchen Zauber sie besaß, um einen Stein so schnell erhitzen zu können? Wenn er sie nicht festgebunden und ihr am Abend gesagt hätte, daß er in Öl gekochte Seeigel zum Frühstück wollte, hätte sie ein Feuer gemacht, den Stein darübergelegt und Erde angehäuft. Dann wäre der Stein am Morgen heiß und sein Essen schnell fertig gewesen.

Aber welcher Mann würde so weit vorausdenken? überlegte sie.

Chagak deutete auf die Matte mit Seeigeln, die noch nicht geschält waren, und machte mit den Händen Bewegungen wie beim Schneiden, damit Mann-der-tötet ihr ein Messer gab. Einen Augenblick saß er, ohne sich zu bewegen, als hätte er sie nicht verstanden, aber dann zog er Chagaks Frauenmesser aus einem Beutel an seiner Hüfte und reichte es ihr. Gleichzeitig zog er sein eigenes Messer aus der Scheide und legte die Arme übereinander, klemmte das Messer in der Armbeuge fest, die Klinge auf Chagak gerichtet.

Sie tat so, als würde sie sein Messer nicht sehen, während sie das Fleisch in dünne Stücke schnitt, dann in Öl rollte.

Mann-der-tötet sagte etwas, die Worte erhoben sich wie eine Frage. Chagak verstand ein wenig davon, etwas über den Wert von Frauen und über Messer, aber sie tat so, als würde sie ihn nicht hören. Sie legte Stücke von Seeigeln auf den Kochstein und sah zu, wie von der heißen Oberfläche der Rauch aufstieg.

Shuganan lief eilig zu Chagaks Schlafplatz. Er überlegte, wieviel Zeit er hatte, bis Mann-der-tötet in das *ulaq* zurückkam.

Vor langer Zeit hatte Shuganan zwei Messer in seinem Schlafplatz versteckt, das eine in der Wand, das andere in der Erde am Boden. Aber jetzt schlief Mann-der-tötet auf diesem Schlafplatz.

Als Mann-der-tötet Shuganan am Morgen losgebunden hatte und für einen Augenblick nach draußen gegangen war, hatte Shuganan in seinem neuen Schlafplatz drei Messer versteckt. Eines davon war ein kleines gebogenes Messer, das er früher zum Schnitzen benutzt hatte. Weil er es aber häufig gewetzt hatte, um es zu schärfen, hatte es ungleichmäßig zu schneiden begonnen. Shuganan hatte es in einer Spalte zwischen Wand und Fußboden versteckt.

In einer Nische in der Wand hatte er auch ein Jagdmesser mit einer langen Klinge versteckt, eine Stelle, die Shuganan mit Erde bedeckt und glattgestrichen hatte, damit sie so eben wurde wie die übrige Wand. Das dritte Messer hatte Shuganan auf den Boden gelegt, wo es leicht zu finden war, und nur mit Gras und Schlafmatten bedeckt, denn er hoffte, daß sich Mann-der-tötet, wenn er beschloß, den Schlafplatz zu durchsuchen, damit zufrieden geben würde, dieses Messer zu finden, und nicht nach weiteren suchen würde.

Shuganan hatte gezögert, bevor er die Messer zu Chagaks Schlafplatz brachte. Was würde geschehen, wenn Mann-der-tötet dort Messer fand? Was würde er mit dem Mädchen machen? Aber wenn Chagak immer festgebunden war, wie sollte sie dann fliehen? Es war besser, wenn er das Risiko einging und ihr damit Gelegenheit gab, wegzukommen. Und so hatte er das Messer seiner Frau gesucht, das er in einem ihrer feingewobenen Graskörbe aufbewahrt hatte. Der Korb war so groß wie ein Mann, der am Boden kauerte, und mit ihren Habseligkeiten gefüllt, alte Sachen, die Shuganan nicht mit ihr begraben hatte, als sie starb, die er aber nicht wegwerfen konnte; Häute, die sie gegerbt hatte, Körbe, Nadeln, ein Kochstein, Bodenmatten, Schüsseln, die sie aus Treibholz gemacht hatte, und ein Kissen mit Gänsedaunen. Ganz unten ein Frauenmesser in einer Scheide.

Shuganan brachte es zu Chagaks Schlafplatz. Er maß drei Handlängen von der Vorhangtür und benutzte das Messer, um ein Loch in den Boden zu schneiden, dann höhlte er einen Platz für die Waffe aus, legte das harte Stück Erde sorgfältig zurück in das Loch und bedeckte es mit einer Matte.

Shuganan kehrte in den Hauptraum des *ulaq* zurück. Er setzte sich mit dem Rücken zu Chagaks Schlafplatz. Er wußte, daß seine Augen ihn verraten würden, wenn er dem Schlafplatz das Gesicht zuwendete. Sein Blick würde am Vorhang hängenbleiben, als könnte er durch ihn hindurch zu dem vergrabenen Messer sehen.

Er begann an der Figur zu arbeiten, an der er geschnitzt hatte, seit er vor Monaten zum ersten Mal im Traum von Chagaks Ankunft erfahren hatte. Damals war es für ihn nur ein Trost gewesen, aber jetzt würde es ein Geschenk für Chagak sein. Zum Schutz. Die Schnitzerei stellte einen Mann und eine Frau dar, und seit Chagak gekommen war, hatte Shuganan ihr Gesicht als Vorlage für die Frau empfunden, aber der Mann war jemand, den Shuganan noch nicht kannte. Jetzt verwendete Shuganan die Spitze einer Ahle, um die Kleider des Mannes in allen Einzelheiten nachzuzeichnen. Es war nicht Mann-der-tötet; er gehörte zu einem Dorf der Ersten Menschen.

Als Shuganan jetzt Chagak und Mann-der-tötet am Dachloch des *ulaq* hörte, steckte er seine Schnitzarbeit weg und schickte ein Gebet zum Geist des Tugix.

Chagak trug eine Matte, auf der die gebratenen Seeigel lagen. Der Geruch ließ die schwere Luft im *ulaq* leichter erscheinen. Chagak kniete sich neben Shuganan und legte das Fleisch in eine Holzschale, die sie Mann-der-tötet reichte.

»Sag ihr, daß sie eine Schale für dich füllen soll«, sagte Mann-der-tötet, als er zu essen begann. Er sah Shuganan an und lächelte, zeigte einen Mund voller Fleisch.

»Er sagt, du sollst mir eine Schüssel voll zu essen geben«, sagte Shuganan zu Chagak.

»Ich habe es verstanden«, erwiderte Chagak.

»Auch etwas für sie«, fügte Mann-der-tötet hinzu. »Ich bin ein großzügiger Mann.« Er lachte, aber Shuganan verzog keine Miene.

»Für dich selbst auch«, sagte Shuganan wieder zu Chagak. Und dann fuhr er im selben Ton, ohne die Augen von den Seeigeln zu heben, fort: »Ich habe Messer versteckt...« Dann, als er merkte, daß Mann-der-tötet plötzlich zu essen aufgehört hatte, deutete Shuganan auf ihn und sagte: »Bedank dich bei ihm für das Fleisch.«

Chagak nickte Mann-der-tötet zu, hob aber nicht den Blick, aus Angst, daß er die neue Hoffnung darin sehen könnte. Sie zeigte auf die Schüssel, die sie für Shuganan gefüllt hatte, und auf die, die sie sich selbst nahm, und sagte: »Danke.«

Mann-der-tötet murmelte eine Antwort.

»Er sagt, du wirst eine gute Frau sein«, sagte Shuganan.

Chagak hob den Kopf. »Ja«, erwiderte sie und fügte dann lächelnd hinzu: »Aber nicht für ihn.«

Shuganan hatte in die hölzernen Schäfte seiner Robbenharpunen Jagdszenen geschnitzt, und jetzt bearbeitete er, nachdem Mann-der-tötet ihn angewiesen hatte, es zu tun, den Schaft einer der Waffen von Mann-der-tötet.

Chagak saß in einer dunklen Ecke des *ulaq*, neben ihr brannte eine Lampe. Sie hatte ihren *suk* ausgezogen, um ihn zu flicken, und obwohl Shuganan und Mann-der-tötet sie nicht zu bemerken schienen, fühlte sie sich unbehaglich, nur mit ihrer Schürze bekleidet, und so hielt sie den *suk*, der sich über ihrem

Schoß ausbreitete, dicht an ihre Brust, während sie nähte.

Im Lauf des Tages hatte sie überlegt, wie sie das Kleidungsstück ausbessern könnte. Zu ihrem Leid würden die feinen Kormoranhäute vorn eine lange Naht haben, denn ihre Mutter hatte die Vogelhäute gewöhnlich auf eine Weise zusammengenäht, daß die Naht zwischen zwei Häuten auf der Ober- und auf der Unterseite in der Mitte der Haut verlief. So folgten die Nähte einem Zickzackmuster. Aber der Schnitt, den Mann-der-tötet mit seinem Messer gezogen hatte, verlief quer durch die Nähte und mitten durch alle Häute hindurch.

Als sie an diesem Morgen Seeigel gekocht hatte, war ihr ein Gedanke gekommen: Warum nicht die Naht von oben bis unten mit einem Lederstreifen verstärken? Warum sollte er nicht so breit wie eine Hand und an beiden Seiten festgenäht sein? Dann hatte sie beschlossen, Nähte zu machen, die unter den Federn der Kormoranhäute verborgen waren und den Streifen in sieben oder acht Vierecke teilten. In jedes konnte etwas eingenäht werden: Sehnen, *babiche*, Nadeln und Ösen, Fischhaken, Lampendochte – Dinge, die man brauchte, um am Leben zu bleiben, Dinge, die ihr bei ihrer Flucht helfen würden.

Als Chagak damit fertig war, die Vogelhäute zu säumen, rollte sie eine Robbenhaut auseinander und legte den *suk* darüber, nahm Maß, um den Lederstreifen so lang wie den Saum zu schneiden. Aber dann fiel ihr ein, daß sie kein Messer hatte, und lange Zeit saß sie da, ohne sich zu bewegen, und überlegte, ob sie die Aufmerksamkeit der Männer auf sich ziehen sollte, indem sie um eines bat. Schließlich kroch sie zu Shugonan, hielt den *suk* verkehrt herum vor sich.

»Brauchst du etwas?« fragte Shuganan.

Chagak legte den *suk* zwischen die Männer auf den

Fußboden und deutete auf die Naht, die sie gemacht hatte. »Das ist nicht fest genug, um zu halten«, sagte sie. »Ich muß einen Lederstreifen zuschneiden und darübernähen.«

Shuganan sprach mit Mann-der-tötet und sagte dann zu ihr: »Hol das Leder. Er wird es für dich schneiden.«

Sie brachte die Robbenhaut und zog die Umrisse des Schnittes mit ihrem Finger nach. Mann-der-tötet hob das Leder auf und machte einen geraden Schnitt. Er benutzte die Zähne und eine Hand, um die Robbenhaut in zwei Stücke zu teilen, zog in entgegengesetzte Richtungen, während er schnitt, damit der Saum gerade verlief. Dann machte er einen zweiten langen Schnitt, maß den Streifen an Chagaks *suk* und schnitt das überstehende Ende ab.

Chagak bedankte sich und stand auf, aber er packte sie an den Fersen, hielt sie fest und sprach zu ihr.

»Er meint, daß du diesen *suk* bald nicht mehr brauchen wirst«, sagte Shuganan. »Er wird dir Otterfelle bringen, damit du dir einen ordentlichen *suk* machen kannst.«

Die Muskeln an Chagaks Kinn wurden hart. »Sag ihm, daß ich diesen behalten werde, da meine Mutter ihn für mich gemacht hat.«

»Chagak«, mahnte Shuganan, »du wirst den *suk* machen müssen. Er wird sich nicht abwenden, wenn du seine Geschenke beleidigst.«

»Dann werde ich längst weg sein«, sagte sie und bemerkte den schnellen Schatten von Traurigkeit in Shuganans Augen.

»Ja«, erwiderte er.

Dann hielt sie den Lederstreifen hoch, deutete auf das Messer von Mann-der-tötet und dankte ihm. Mann-der-tötet grunzte und ließ Chagaks Knöchel los, und sie kehrte an ihren Platz in der dunklen Ecke zurück, legte den *suk* auf ihren Schoß und stanzte mit der Ahle an beiden Seiten des Lederstreifens Befestigungen ein.

In einer trockenen Wandnische bewahrte Shuganan Stücke aus Robbensehnen zum Nähen auf, genauso wie Chagaks Mutter es getan hatte. Da ihr Saum lang war, wählte Chagak die längste Sehne und zog mit ihren Zähnen und der Ahle einen Streifen aus dem Bündel. Mit ihrer Nadel zupfte sie ein feineres Stück aus dem Streifen, befestigte es am Ende ihrer Nadel und zog es vorn an ihrem *suk* durch die feinen Vogelhäute.

Sie nähte den Lederstreifen quer über das untere Ende und an beiden Seiten herauf, ließ aber das obere Ende offen. Dann, als sie sich vergewissert hatte, daß keiner der Männer sie sah, rollte sie mehrere lange Sehnenstränge um ihre Finger und stopfte sie der Länge nach hinter den Streifen, bis sie unten am Rand ihres *suk* angekommen waren.

Mit der Ahle machte sie direkt über der Sehnenrolle eine Reihe Löcher quer über das Leder und nähte die Rolle ein.

Danach steckte sie, während sie aufpaßte, daß Mann-der-tötet sie nicht sah, der Länge nach einen kleinen Behälter mit Elfenbeinnadeln in den Lederstreifen. Darin waren mehrere Nadeln, und der Deckel des Behälters diente als Nähring, um die Ahle durch dickes Leder zu stoßen. Sie machte eine weitere Naht quer über das Leder und schloß das Nadelkästchen ein.

Sie arbeitete sehr sorgfältig und füllte den Lederstreifen nach und nach: Lampendochte, ein Päckchen getrocknete Karibublätter als Medizin, einen feinmaschigen Beerenbeutel, klein zusammengelegt, Fischhaken aus Muscheln und eine Reihe Nesselfasern, Flint und einen Feuerstein, jedes in einem eigenen Lederbeutel verpackt. Alles Dinge, die sie brauchen würde, wenn sie von hier wegging; alles Dinge, die sie brauchen würde, wenn sie sich vor Mann-der-tötet versteckte.

14

Am nächsten Morgen zwang sich Chagak, Mann-der-tötet zu beobachten, die Art und Weise, wie er aß, wie er dastand, wie er ging. Obwohl ihr Geist vor diesem Mann zurückwich und ihre Augen sich dagegen wehrten, ihn anzusehen, erlaubte sich Chagak nicht, wegzusehen. Alle Männer hatten eine bestimmte Art, Dinge zu tun, zu sprechen, zu sitzen und zu stehen. Sie mußte wissen, wann Mann-der-tötet arbeitete, wann er schlief, wann er nur dasaß, nichts tat. Wie sonst hätte sie den besten Augenblick für ihre Flucht planen können?

An diesem Morgen hatte Chagak ihren Kochstein heiß gemacht. Als Mann-der-tötet gebratenes Fleisch verlangte, kochte sie es schnell. Sie hatte Trinkwasser für ihn bereitet, und als er das *ulaq* verließ, nahm Chagak die teilweise gegerbte Haut einer Haarrobbe und folgte Mann-der-tötet an den Strand.

Mann-der-tötet ging zu seinem *ikyak*, aber Chagak blieb ein Stück davon entfernt stehen und breitete die Haut aus. Sie würde sie fertig schaben und sie dann zu Schuhen für Shuganan zerschneiden.

Sie war mit dem Schaben fertig, schnitt die dicke weiche Fettschicht und die kleinen Blutgefäße von der Fleischseite der Haut. Dann weichte sie sie so lange ein, bis sich die Haare durch den Druck eines stumpfen Messers leicht ablösten. Jetzt streckte Chagak die

Haut, schabte und glättete sie und entfernte die übrigen Haare und das Fleisch. Nun würde sie sie trocknen lassen.

Chagak breitete die Haut auf dem Strand aus, polsterte ihre Hand mit einem Stück Leder und verwendete einen faustgroßen Felsbrocken, um sie zu klopfen. Die Bearbeitung des Leders war eine schwierige Sache, und in ihrem Dorf hatten die Männer ihren Frauen dabei geholfen, aber Mann-der-tötet, der von der Besichtigung seines *ikyak* zurückgekehrt war und zusah, wie sich Chagak mit der Haut abmühte, machte keine Anstalten, ihr dabei zu helfen, die Haut zu strecken und zu klopfen.

Schließlich kam Shuganan aus dem *ulaq* und half Chagak. Shuganan nahm die Haut und lehnte sich dagegen, um sie zu strecken, während Chagak sie glattklopfte. Einmal rutschten Shuganans Finger ab, und er fiel zu Boden, und Mann-der-tötet lachte. Aber Shuganan stand auf und hielt die Haut wieder fest, und seine gekrümmten Finger waren weiß vor Anstrengung. Mit jedem Schlag des Steins auf die Haut wuchs Chagaks Zorn und bohrte sich mit dem Rhythmus des Schlagens tief in ihr Innerstes. Aber dann erinnerte sie sich daran, warum sie draußen war, warum sie beschlossen hatte, die Haut zu schaben. Sie wollte Mann-der-tötet beobachten. Es bestand die Chance, daß sie etwas sah, das ihr bei ihrer Flucht helfen würde.

Schließlich klopfte Chagak den letzten Pflock ein. Die Haut war nicht so straff, wie sie es gern gehabt hätte und wie sie gewesen wäre, wenn ihr Vater oder ihr Onkel ihr geholfen hätten, aber sie war auch nicht so weich, daß sich der Knochen zum Schaben in ihr verfing und sie zerriß.

Der Knochen zum Schaben hatte Chagaks Mutter gehört. Es war der Beinknochen eines Karibus, den ihr

Vater bei den Walroßmännern eingetauscht hatte. Er hatte ihn in Urin gelegt, um ihn weicher zu machen, dann ein Ende schräg abgeschnitten und das Mark aus dem Innern entfernt. Er hatte das abgeschnittene Ende mit Zacken versehen, ihn dann trocknen und hart werden lassen. Chagak war damals noch sehr klein gewesen, aber sie erinnerte sich noch daran, wie er ihn gemacht hatte, und sie erinnerte sich auch daran, wie ihre Mutter ihn immer gehütet hatte.

Chagak hielt den Schaber in einem bestimmten Winkel zum Boden, die gezackte Kante war gegen das Fell gedrückt. Oben war ein Lederriemen an dem Schabeknochen befestigt, den sie sich um den Arm geschlungen hatte, so daß das Werkzeug fest in ihrer Hand lag.

Die Haut stammte von einer Haarrobbe, die Shuganan gefangen hatte, gleich nachdem Chagak an sein Ufer gekommen war. Es war eine kleine Robbe gewesen, trotzdem war die Haut zweimal so breit, wie Chagak reichen konnte. Sie arbeitete kreisförmig, begann von der Mitte und schabte nach außen, bewegte sich um die Haut herum.

Wenn sie das letzte Stück Fleisch entfernt hatte, würde sie einen Bimsstein benutzen, um damit die dickeren Stücke in der Mitte der Rückseite zu reiben, damit das Fell nicht steif und unbrauchbar wurde.

Die Sonne schien warm, und bei dem monotonen Rhythmus ihrer Arbeit konnte Chagak fast Mann-der-tötet vergessen, fast glauben, daß sie an ihrem eigenen Ufer war und schon bald Robbenfängers Frau sein würde.

Sie machte die Augen zu und stellte sich vor, daß ihre Mutter neben ihr saß, ihr Geschichten von guten Frauen erzählte und was für eine Freude es war, eine Mutter zu sein.

Die Erinnerungen bereiteten ihr Schmerz, aber zum

ersten Mal auch Freude, und der Schmerz, der ihre Brust nicht verlassen hatte, seit ihr Dorf zerstört worden war, wurde durch den Geist ihrer Mutter, ganz in der Nähe, gelindert.

Das Geräusch eines *ikyak* erschreckte Chagak nicht, obwohl sie wußte, daß sowohl Shuganan als auch Mann-der-tötet am Ufer waren. Als sie noch bei ihrem Volk gelebt hatte, war immer das Geräusch eines *ikyak* vorhanden, immer der Ruf eines Mannes, der von der Jagd zurückkehrte.

Aber plötzlich wurde Chagak klar, daß der, der rief, die seltsamen harschen Worte der Sprache von Mann-der-tötet sprach, und sie machte die Augen auf, sah hinaus zum Meer und sah einen Mann, der schon fast am Ufer war. Mann-der-tötet lachte, als er ins Wasser watete, um das *ikyak* an Land zu ziehen.

Dann war Shuganan neben ihr, stellte sich zwischen Chagak und den Mann im *ikyak*. »Geh zum *ulaq*, Chagak«, sagte er mit leiser Stimme. »Bleib in einer dunklen Ecke. Stell Essen bereit, aber behalte deinen *suk* an.«

Sie stand auf, zögerte, sah hinunter auf die gestreckte Robbenhaut. Wenn sie sie hierließ, würde die Haut in der Sonne hart werden.

»Laß sie liegen«, flüsterte Shuganan.

Sie drehte sich um und ging den Strand hinauf. Shuganan lief eilig neben ihr her.

Chagak hatte mitten im Raum eine lange Grasmatte ausgebreitet und legte Fisch, Eier und Stöße getrockneter Wellhornschnecken darauf. Jetzt kauerte sie in der Ecke, schwieg, wartete. Shuganan saß neben ihr.

Einmal humpelte der alte Mann zu einer Öllampe, strich mit der Hand am Rand der Ölschüssel entlang, zog mehrere kalte Dochte mit den Fingern heraus.

Dann kehrte er zu Chagak zurück. Seine Hände waren schwarz vom Ruß, und er rieb sie über ihre Wangen und ihren Nasenrücken.

Chagak sah ihn erstaunt an, aber als sie etwas sagen wollte, legte er seinen Finger auf ihre Lippen. »Sag nichts. Sieh Mann-der-tötet und seinen Freund nicht an. Zieh nicht deinen *suk* aus. Tu nichts, womit du ihre Aufmerksamkeit auf dich ziehen könntest.«

Schließlich kamen die beiden jungen Männer in das *ulaq*, Chagak warf einen kurzen Blick zu dem fremden Mann, als er den Kletterstamm herunterkam, aber dann drehte sie sich um, drückte sich noch tiefer in die Schatten des *ulaq*. Sie nahm einen Korb, der noch nicht fertig war, beugte den Kopf tief über die Arbeit und biß mit den Zähnen Grasstücke ab, die an einigen Stellen herausstachen.

Mann-der-tötet sagte etwas zu Shuganan, und der alte Mann ging in die Mitte des *ulaq*, aber er streckte dem Fremden weder die geöffneten Hände entgegen, noch hockte er sich neben ihn auf den Boden.

Chagak hielt den Kopf gesenkt. Sie bewegte die Augen in Richtung der Männer und sah durch den Vorhang ihrer Haare zu ihnen. Der fremde Mann starrte auf Shuganans Schnitzereien. Er zog seinen Parka aus und Mann-der-tötet auch. Sie waren ungefähr gleich groß, aber Mann-der-tötet hatte breitere Schultern und eine kräftigere Statur.

Der fremde Mann hatte langes Haar, aber im Unterschied zu Mann-der-tötet ließ er es nicht herunterhängen, sondern hatte es hinten am Hals mit einem Streifen aus weißem Fell zusammengebunden. Sein Gesicht war flach, die Haut fest über die Backenknochen und die Nase gespannt, so daß seine runden Nasenlöcher ständig zu glänzen schienen und sich bei jedem Atemzug nach innen und außen bewegten. Er hatte braune abgebrochene Zähne.

Seine Stimme war rauh wie das Knirschen eines *ikyak* auf dem Kiesufer, ein Geräusch, bei dem Chagak die Zähne zusammenbiß und zu zittern begann.

Sie beugte sich tief über ihre Arbeit, so daß ihre Haare den Boden des *ulaq* berührten, und bewegte kaum die Hände, um den Korb zu flechten, als könnte sie schon durch die Bewegung eines Fingers die Aufmerksamkeit der Männer auf sich ziehen. Sie achtete darauf, sie nicht anzusehen. Warum das Einfangen und Festhalten von Geistern riskieren, die manchmal durch die Augen kommen?

Mann-der-tötet sagte etwas und deutete auf die Borde mit den Schnitzfiguren, dann gingen er und sein Freund im *ulaq* herum, nahmen ab und zu eine der Figuren heraus, trugen sie zu einer Öllampe, um sie sich anzusehen und stellten sie an ihren Platz zurück.

Shuganan war bemüht, seinen Körper immer zwischen die Männer und Chagak zu postieren. Mann-der-tötet hatte für die Frau einen Brautpreis geboten, aber man konnte nie wissen. Zwei Männer zusammen taten oft Dinge, die einer allein nicht tun würde. Vielleicht würden sie beide auf die Gastfreundschaft pochen und eine Frau verlangen. Er hatte Chagak nie gefragt, ob sie schon einmal mit einem Mann zusammengewesen war. Er wußte, daß sie hatte heiraten sollen, und so hatte sie sich mit ihrem jungen Mann vielleicht schon einen Schlafplatz geteilt. Der Stamm seiner Frau, die Waljäger, nahmen es leicht mit ihren jungen Frauen. Eine unverheiratete Frau durfte jeden Mann haben, außer ihren Brüdern, ihrem Vater und ihrem Großvater. Aber viele der robbenjagenden Stämme hoben ihre Frauen oft bis zur Hochzeit auf.

Es wäre für Chagak besser, wenn sie schon Erfahrung mit Männern hätte.

Der Freund von Mann-der-tötet nahm die geschnitzte Figur eines Walfisches vom Bord, umschloß sie mit seinen Händen. »Das kann ich gut gebrauchen«, sagte er zu Shuganan. »Willst du es eintauschen?«

Shuganan sah in die schmalen Augen des Mannes. »Nein«, sagte er. »Ich tausche diese Dinge nicht ein. Sie haben ihren eigenen Geist. Sie gehören mir nicht.«

Mann-der-tötet verzog die Mundwinkel, zeigte seine Zähne, und die Muskeln seines Kinns bildeten an beiden Seiten seines Gesichts dicke Knoten. »Es wird ein Geschenk sein«, sagte er langsam und ließ Shuganan nicht aus den Augen. »Sieht-weit braucht einen Beschützergeist.« Mann-der-tötet nahm die Schnitzerei, die an einer Schnur um seinen Hals hing, in die Hand.

Shuganan sagte nichts, aber seine Gedanken drehten sich um seine Waffen, das Messer, das noch in Chagaks Schlafplatz versteckt war, die dünne scharfe Schneide der Klinge, die er im Gras seines eigenen Schlafplatzes versteckt hatte. Aber er war ein alter Mann. Und jede Nacht band Mann-der-tötet seine Hände und Füße zusammen, schlang die Enden des Seils über dem Schlafplatz um die Sparren im Dach.

Wie soll ich zwei töten, wenn ich nicht einmal fähig war, den einen zu töten? dachte er. Er wünschte, er wäre noch einmal ein junger Mann und hätte keine geschwollenen Gelenke, die sein Laufen zum Gehen verlangsamten und seinen Armen die Kraft stahlen.

Die beiden jungen Männer gingen weiter im *ulaq* herum, betrachteten jede einzelne Schnitzarbeit. Schließlich drehte sich Sieht-weit zu Shuganan um und sagte: »Deine Frau kann mir doch eine Schnur dafür machen?« Er hielt den Wal hoch.

Bevor Shuganan antworten konnte, sagte Mann-der-tötet: »Sie ist seine Enkeltochter.«

Sieht-weit lächelte und kratzte sich unter seiner Schürze. »Für alle zu haben?«

»Nein«, sagte Shuganan und trat näher an den Mann heran, aber Mann-der-tötet schob sich zwischen die beiden.

»Er hat einen Brautpreis verlangt«, sagte Mann-der-tötet. »Ich habe um sie angehalten.«

Sieht-weit grinste. »Also das ist der Grund, warum du nicht zu den Kämpfen gekommen bist. Dein Vater glaubt, du wärst tot.« Er lachte. »Jetzt wird er wünschen, daß du tot wärst. Besser tot, als in Schande zu leben und am Schurz einer Frau zu hängen.«

»Du bist dumm«, sagte Mann-der-tötet. Die Adern an seinen Schläfen waren plötzlich dick und pulsierten unter seiner Haut. »Wer dir den Namen Sieht-weit gegeben hat, hätte dich besser Sieht-nichts nennen sollen. Du hast dir diese Schnitzereien angesehen, und du weißt nicht, wer der Mann ist?«

Einen Augenblick lang wandte sich Mann-der-tötet ab, aber dann drehte er sich schnell wieder um, stieß Sieht-weit gegen den Vorhang eines Schlafplatzes. »Es ist Shuganan. Erinnerst du dich nicht an die Geschichten? Shuganan. Ich habe Shuganan gefunden. Er lebt, aber er will nicht zu unserem Volk zurück. Hätte ich weggehen sollen? Er würde wieder verschwinden. Hätte ich dieses Risiko eingehen sollen? Aber jetzt bist du gekommen. Du mußt zu meinem Vater gehen und ihm sagen, daß ich Shuganan gefunden habe und daß ich seine Enkeltochter geheiratet habe.«

Shuganan hörte die Worte voller Furcht. Es war, wie Mann-der-tötet gesagt hatte. Bevor Sieht-weit gekommen war, hätte er die Möglichkeit gehabt, Mann-der-tötet umzubringen und sich mit Chagak zu verstecken, aber jetzt . . .

Mann-der-tötet nahm Sieht-weit den Wal aus der Hand und hockte sich neben Chagak auf den Boden.

»Sag ihr, daß sie eine Schnur dafür machen soll«, sagte er zu Shuganan.

Shuganan wiederholte die Worte in Chagaks Sprache.

Mann-der-tötet packte Chagak an den Haaren, zog ihren Kopf hoch und sah in ihr rußgeschwärztes Gesicht. »Dumme Frau«, sagte er.

Er drehte sich zu Shuganan um. »Sag ihr, daß Sieht-weit morgen wieder weggeht und daß sie ein gutes Essen für ihn machen soll. Sag ihr, daß Sieht-weit nicht die Gastfreundschaft einer Frau benötigt, da er nur eine Nacht hierbleibt. Sag ihr auch, daß sie sich das Gesicht waschen soll. Ich will keine häßliche Frau.«

In jener Nacht band Mann-der-tötet Shuganans Füße nicht zusammen. »Wir sind zwei, alter Mann«, sagte er. »Du könntest uns nie alle beide töten.«

Shuganan, der still lag, während Mann-der-tötet seine Handgelenke zusammenband, sagte nichts. Während des abendlichen Rituals des Festbindens hatte Shuganan viele Pläne gemacht, wie er Mann-der-tötet umbringen könnte, aber jeden Abend hatte er seine Pläne auch wieder verworfen, weil ihm nichts eingefallen war, was den Tod von Mann-der-tötet und die Sicherheit von Chagak garantiert hätte. In dieser Nacht, mit zwei der Kurzen Menschen in seinem *ulaq*, machte Shuganan überhaupt keine Pläne.

Am nächsten Morgen ließ ihn Mann-der-tötet gefesselt, und Shuganan lag auf seinem Schlafplatz, hörte zu, was die Männer redeten, wußte aus ihren Bemerkungen, daß Chagak ihnen etwas zu essen machte.

»Sie ist eine gute Frau«, sagte Sieht-weit, seine Stimme übertönte dröhnend das Lachen, das in seiner Kehle zu stecken schien, wann immer er von Chagak sprach. »Schade, daß du nicht Mann genug bist, sie zu teilen.«

Eine Weile war es still, dann sagte Mann-der-tötet: »Wie kann ich sie teilen, wenn ich sie selbst noch nicht gehabt habe?«

»Dann nimm sie dir doch. Wer würde dich davon abhalten?«

»Du bist ein Narr. Du siehst doch die Macht, die der alte Mann besitzt. Du siehst die Statuen um dich herum. Wie alt sind die Geschichten von Shuganan? Wir beide haben sie schon als Kinder gehört, und unsere Väter sagen dasselbe. Er ist zu alt, um am Leben zu sein, aber er lebt. Glaubst du nicht, daß er Macht besitzt?«

»Du tötest ihn also nicht, sondern bindest ihn jede Nacht fest. Macht ihn das nicht wütend?«

»Sein Geist weiß, daß ich ihn töten könnte, es aber nicht tun werde. Was bedeutet schon ein kleines Seil? Außerdem habe ich vor, Chagak als Frau zu nehmen. Jeder Mann hat das Recht, um eine Frau zu kämpfen, und so kämpfe ich mit Seilen.«

Shuganan machte die Augen zu. Macht ohne Macht. Es war, als wäre er wieder ein junger Mann, der beschlossen hatte, einen Weg zu gehen, der seinem Vater nicht gefiel, einen Weg, der gegen die Lehren und Bräuche seines Stammes war. Die Macht des Geistes gegen die Macht des Tötens und Nehmens.

In seiner Ohnmacht begann Shuganan an den Seilen zu zerren, mit denen seine Handgelenke zusammengebunden waren. Mit dem Seil, das oben um die Dachsparren geschlungen war, hatte er genügend Bewegungsfreiheit, um an die versteckten Messer zu gelangen. Shuganan mühte sich so lange ab, bis seine Handgelenke aufgerieben waren, aber dann hörte er, wie die Stimme von Mann-der-tötet plötzlich erregt anschwoll, und Shuganan lag still und lauschte wieder.

»Das ist unser Plan«, sagte Sieht-weit. »Wir werden für den Winter an unsere Ufer zurückkehren, dann, im nächsten Frühjahr . . .« Es waren klatschende Geräusche zu hören, als würde Sieht-weit seine Faust in die Handfläche stoßen.

»Habt ihr das Dorf schon ausgekundschaftet? Kennt ihr seine Verteidigung?«

»Ich war einer der Kundschafter. Sie haben mich hierher geschickt, bevor ich nach Hause zurückkehre, um zu sehen, ob ich dich finde.«

»Du hast mich gefunden. Aber du siehst auch, daß ich hier nicht weg konnte. Es sind zu viele Statuen für einen *ikyak*, selbst für zwei, und ich kann den alten Mann nicht verlassen, weil er sich sonst ein neues Ufer sucht. Und wer wollte sagen, wie lange es dauern würde, ihn wiederzufinden? Erzähl meinem Vater, was du gesehen hast. Sag ihm, daß die Männer hier anhalten sollen, bevor sie in den Kampf ziehen, dann werde ich mit ihnen gehen. Inzwischen werde ich Chagak einen Sohn gegeben haben, und durch das Kind wird sie an mich gebunden sein.«

»Du bist so sicher, daß du einen Sohn machen kannst«, sagte Sieht-weit und lachte.

»Ich habe den ganzen Winter, um es zu versuchen«, sagte Mann-der-tötet und lachte auch.

In Shuganans Herz breitete sich Zorn aus und zog bis hinunter in die Arme, und die Seile schienen plötzlich fester zu sein. Sie schnitten sich tief in die abgeschürfte Haut seiner Handgelenke.

Im anderen Raum war jetzt Bewegung; Sieht-weit sprach mit Chagak, aber das Mädchen schwieg. Shuganan hörte, wie die Männer den Stamm hinaufkletterten, dann sagte Mann-der-tötet: »Zeige meinem Vater die Schnitzarbeit von dem Wal. Zeig sie ihm und sag ihm, daß ich Shuganan dazu bringen werde, viele Wale zu schnitzen, genug, daß jeder Kämpfer einen tragen kann. Wenn jeder von uns eine solche Macht trägt, wie sollen sie da gegen uns ankommen?«

Shuganan legte sich auf seine Matten zurück. Das Volk seiner Frau. Sie würden das Volk seiner Frau angreifen. Er mußte die Waljäger bald warnen, sonst würde er bis zum Frühjahr warten müssen. Ein alter Mann konnte nicht in den unberechenbaren Winterstürmen fahren.

»Ich werde sie warnen«, flüsterte Shuganan. »Ich werde Mann-der-tötet umbringen, und dann werde ich sie warnen.«

15

Habe ich dir erlaubt, ein Messer zu benutzen?« fragte Mann-der-tötet und deutete auf das kleine Messer, das Shuganan hielt.

»Es ist mein Schnitzmesser«, sagte er zu Mann-der-tötet. »Du hast es mich schon benutzen sehen.«

»Ich will nicht, daß du ein Messer hast.«

»Ich bin ein alter Mann. Ich muß schnitzen, solange ich noch lebe.« Er deutete auf den Haufen mit Elfenbein und Knochen. »Du siehst ja, wieviel ich zu tun habe.«

»Ich will nicht, daß du ein Messer hast«, sagte Mann-der-tötet noch einmal mit erhobener Stimme.

Seit Sieht-weit weg war, trat Mann-der-tötet viel fordernder auf, war nicht so leicht zu beschwichtigen. Shuganan stieß sich vom Boden ab, um aufzustehen, und reichte Mann-der-tötet das Messer. Er warf einen Blick zu Chagak. Sie saß neben einer Öllampe und webte einen Korb, ihr Kopf war über ihre Arbeit gebeugt. Einen Augenblick lang betrachtete Shuganan das karierte Muster ihres Webstücks, die Stiche waren so klein und fest, daß der Korb das Wasser halten würde, ohne einen einzigen Tropfen zu verlieren. Dann ging Shuganan langsam im *ulaq* umher, betrachtete die vielen Schnitzarbeiten auf den Borden. Er wählte eine Figur aus, einen Mann, der ein Jagdmesser mit einer langen Klinge hielt, und brachte es Mann-der-tötet. »Nimm das hier«, sagte er. »Wenn du dich so sehr vor einem alten Mann mit einem kleinen Messer fürchtest, brauchst du vielleicht etwas, das dich beschützt.«

Mann-der-tötet hob den Kopf, und Shuganan sah das zornige Glühen in seinen Augen. »Halt den Mund, alter Mann«, sagte Mann-der-tötet, aber er nahm Shuganan die Figur aus der Hand. »Ich werde sie nehmen, aber nicht weil ich vor dir oder vor sonst jemandem Angst habe.« Er warf das gebogene Messer vor Shuganans Füße.

Shuganan setzte sich hin und begann zu schnitzen.

»Was machst du da, was so wichtig ist?« fragte Mann-der-tötet.

Shuganan drehte die Figur herum, so daß der Mann sie sehen konnte.

»Mann und Frau«, sagte Shuganan ruhig und fügte hinzu: »Es ist für Chagak.«

Mann-der-tötet bückte sich, um die Schnitzarbeit aus der Nähe zu betrachten.

»Sie ist noch nicht fertig«, sagte Shuganan.

Mann-der-tötet grunzte. »Es ist gut, daß du sie machst«, sagte er. »Es wird ihr Kraft geben. Aber es gehört noch mehr dazu. Leg ihr ein Kind in den *suk*.

Einen schönen dicken Jungen. Sie wird mir viele Söhne schenken.«

Shuganan warf einen Blick zu dem Mann, dann begann er am *suk* der Frau zu arbeiten. Er würde den Kragen vergrößern und einen kleinen Kopf heraussehen lassen.

Nach einer Weile reichte er Mann-der-tötet die Schnitzerei und wartete, während der Mann sie an eine Lampe hielt und die winzigen Gesichtszüge des Kindes musterte. Mann-der-tötet lachte und nickte, dann warf er Shuganan die Figur wieder zu. »Gut«, sagte er. »Jetzt mach sie fertig. Gib dem Mann ein Gesicht. Mein Gesicht.«

Shuganan nahm die Schnitzerei, sagte aber nichts. Er würde den Mann zu Ende schnitzen, aber nicht mit dem Gesicht von Mann-der-tötet.

»Du bist klug«, sagte Mann-der-tötet. Er hockte sich neben Shuganan und wiegte sich auf den Fußballen. »Und vielleicht kann jemand, der klug genug ist, in Knochenstücken und Zähnen Menschen zu finden, auch andere Dinge tun. Vielleicht ist ein Mann, der klug im Finden ist, auch klug im Verstecken.«

Bei den letzten Worten durchfuhr Shuganan ein kalter Schauer, seine Brust zog sich zusammen und sein Herz begann in schnellen, harten Schlägen zu klopfen. Aber er sah nicht von der Schnitzerei auf, sondern fuhr fort, an der kleinen Nase, den winzigen Augen des Kindes zu arbeiten.

Mann-der-tötet nahm eine Öllampe und betrat Shuganans Schlafplatz.

Das Licht der Lampe bewirkte, daß der Körper von Mann-der-tötet hinter dem Schlafvorhang wie ein Schatten aussah. Shuganan konnte sehen, wie er an der Wand entlang suchte, mit den Händen auf und ab fuhr, hin und wieder innehielt, um eine Unregelmäßigkeit in der Oberfläche zu prüfen.

Er suchte ringsherum alle Wände ab und ließ sich dann auf die Knie fallen, um am Boden weiterzusuchen. Shuganan sah Chagak an, ihr Gesicht war blaß und ihre Lippen gespitzt.

»Ich habe Messer versteckt«, sagte Shuganan mit leiser, weicher Stimme zu ihr.

Chagak nickte, sagte aber nichts, ihre Augen waren auf den Vorhang von Shuganans Schlafplatz gerichtet. Plötzlich sagte Mann-der-tötet zu Shuganan: »Du bist nicht so klug, wie ich dachte, alter Mann.« Er zog den Vorhang zur Seite und hielt das Jagdmesser hoch, das Shuganan im Gras am Boden versteckt hatte.

Shuganan wartete, hoffte, der Mann würde aufhören zu suchen, würde sich mit einem Messer zufriedengeben, aber Mann-der-tötet blieb im Schlafplatz, bis Shuganan ihn wieder rufen hörte.

»Er hat das gebogene Messer gefunden«, sagte er zu Chagak.

»Hast du mehr als ein Messer versteckt?« fragte sie.

»Drei an meinem Schlafplatz«, sagte Shuganan. »Eins im Boden von . . .«

Wieder schrie Mann-der-tötet auf, und dann kam er durch den Vorhang geschossen. In seiner linken Hand waren drei Messer. Er hielt die Hand mit den Klingen an Shuganans Kehle und fragte: »Sind es noch mehr?«

»Nein«, sagte Shuganan ohne Angst. Er war ein alter Mann. Was war der Tod?

Aber dann war Chagak neben ihm, schob ihre kleinen Hände zwischen die Messer und Shuganans Hals. »Töte ihn nicht«, bat sie. »Ich habe die Messer versteckt. Töte mich.«

»Was sagt sie?« fragte Mann-der-tötet, seine Stimme ein heißes Flüstern an Shuganans Gesicht.

»Sie bittet dich, mich nicht zu töten«, sagte Shuganan.

Mann-der-tötet lachte, die Spitzen seiner Eckzähne preßten sich in seine Unterlippe. »So dumm bin ich nicht«, sagte Mann-der-tötet. »Warum sollte ich dich töten? Das schmerzt nicht genug.«

Er stieß Chagak zur Seite und fuhr mit den Messerspitzen über Shuganans Hals, hinterließ drei Schnittwunden nebeneinander.

Shuganan biß die Zähne zusammen, blieb aber still.

»Du glaubst, du bist ein Jäger, alter Mann?« sagte Mann-der-tötet, und dann zog er seine rechte Hand zurück und schlug Shuganan in den Bauch.

Shuganan rollte sich mit den Armen über dem Kopf, das Gesicht dicht an die Knie gedrückt, zu einem Ball zusammen und hielt die Luft an. Mann-der-tötet trat ihn mit den Füßen. Chagak fing zu weinen an, stieß kleine Schreie aus. Shuganan spannte seinen Körper an, wartete auf den nächsten Schlag, als keiner kam, sah er auf, sah, daß Mann-der-tötet nur gewartet hatte, bis er den Kopf hob. Mann-der-tötet schlug Shuganan auf den Mund.

Shuganan rollte sich zur Seite, wischte mit beiden Händen das Blut von seinen Lippen. Dann sah er, wie sich Chagak auf Mann-der-tötet warf, mit beiden Fäusten zuschlug, während sie mit ihrem Kopf gegen ihn stieß.

»Nein, Chagak«, sagte Shuganan. Seine Stimme klang schmerzerfüllt, geschwollen.

Mann-der-tötet packte Chagaks Hand, aber sie zerkratzte ihm sein Gesicht mit der anderen. Er ließ die Messer fallen und versuchte ihre beiden Hände festzuhalten, aber sie warf sich nach vorn und griff nach dem Jagdmesser am Boden.

Chagak stieß das Messer Mann-der-tötet in den Leib und zerschnitt seinen Parka, und Shuganan sah, wie Blut durch die Kleidung quoll.

Mann-der-tötet stieß einen Schrei aus, einen Kriegsschrei, der das *ulaq* erschütterte.

Er schlug Chagak quer über das Gesicht. Sie ließ das Messer fallen, und da war er auch schon über ihr, auf ihrem Bauch, und schlug sie immer wieder ins Gesicht.

»Nein«, schrie Shuganan. Aber Mann-der-tötet, der noch immer mit beiden Fäusten zuschlug, schien ihn nicht zu hören.

Shuganan warf sich auf ihn. Seine Rippen taten ihm weh, als er ihn traf, und einen Augenblick lang bekam er keine Luft, aber er griff nach dem gebogenen Messer, das neben dem Knie von Mann-der-tötet lag.

Mann-der-tötet packte es, bevor Shuganan es zu fassen bekam, und hielt es an Chagaks Kehle.

Chagak lag still, ihr Gesicht blutete, ihre Augen waren weit aufgerissen, ohne zu blinzeln, und Shuganan blieb das Herz stehen, bis das Mädchen wieder zu atmen begann.

Shuganan sah die Wut im Gesicht des Mannes und sagte in die plötzliche Stille hinein: »Töte sie. Sie will den Tod. Dann wird sie bei dem Mann sein, den sie heiraten wollte, und bei ihrer Mutter und ihrem Vater. Töte uns beide, und wir werden alle, die bei den Tanzenden Lichtern leben, vor den bösen Geistern warnen, die du in dir trägst.«

Mann-der-tötet verzog die Lippen, rollte sich aber von Chagaks Brust. Er las die Messer auf und steckte sie in seinen Gürtel.

»Geh zu deinem Schlafplatz«, sagte er. »Und bring sie zu ihrem. Morgen jagen wir Robben.«

Mann-der-tötet stand auf und drückte die Wasserhaut, die von einem Balken hing. Das Wasser floß in seinen Mund und über sein Gesicht. Shuganan hatte am ganzen Körper Schmerzen, doch er beugte sich über Chagak und half ihr aufzustehen. Er legte einen Arm um ihre Schultern und sah in ihr Gesicht.

Sie weinte nicht, aber in ihren Augen war ein tiefes Glühen, als würde dort ein Licht aufflammen. Sie lehnte den Kopf an seine Schulter und flüsterte: »Wo ist das Messer in meinem Schlafplatz?« Aber Mann-der-tötet schrie: »Hört auf zu reden!« Und so antwortete Shuganan nicht.

Am Morgen band Mann-der-tötet Chagak am unteren Ende des Kletterstamms fest. Er legte einen Stoß Robbenhäute neben ihre Füße. »Sag ihr, daß sie *babiche* machen soll«, sagte er zu Shuganan. »Sag ihr, daß wir Robben für ihren Brautpreis jagen werden.«

Aber bevor Shuganan die Worte übersetzen konnte, sagte Chagak: »Frag ihn, wie ich ohne mein Frauenmesser *babiche* machen soll.«

»Du hast ihr Messer«, sagte Shuganan zu Mann-der-tötet. »Wie soll sie ohne ein Messer *babiche* machen?«

Mann-der-tötet zuckte die Achseln und nahm seine Harpune.

Chagak sagte: »Bitte ihn, mir den Stoß Häute dort zu geben, und meinen Schaber.« Sie zeigte darauf, und bevor Shuganan es Mann-der-tötet sagen konnte, hatte der die zusammengelegten Häute aufgehoben und neben sie gelegt.

»Sie braucht einen Schaber und einen Schlagstein«, sagte Shuganan und humpelte zu Chagaks Lagerecke. Er brachte den Stein und den Schaber zurück.

Shuganan wußte, daß Chagak lieber draußen arbeitete, wenn sie Häute schabte, damit der Wind die Haare und das Fleisch, die ihr Schaber von der Haut löste, wegblies, aber auch wenn sie im *ulaq* bleiben mußte, würde sie wenigstens etwas zu tun haben.

Shuganan sammelte eine Handvoll Pflöcke und breitete eine Haut auf dem Boden aus. Er benutzte den Schlagstein, um die Pflöcke durch die Ecken der Haut in die harte Erde zu schlagen.

»Das kann sie selbst machen, alter Mann«, sagte Mann-der-tötet. »Wir müssen jetzt gehen, sonst sind wir nicht vor der Dunkelheit zurück.«

Überrascht sah Shuganan zu ihm hoch. »Du gehst Robben jagen und glaubst, wir werden nach einem Tag zurück sein?«

»Ich bin ein Jäger«, sagte Mann-der-tötet. Er kniff die Augen zusammen und sah Shuganan durch seine schwarzen Wimpern an.

Shuganan wandte den Blick ab und holte tief Luft, spürte die Schmerzen der vergangenen Nacht in seinen Rippen. »Sie braucht Wasser und etwas zu essen. Wenn wir nun erst in drei oder vier Tagen zurückkommen? Warum bringst du einen Brautpreis, wenn du die Braut sterben läßt?«

Mann-der-tötet schlenderte zur Mitte des *ulaq* und machte die Wasserhaut los. Er trug sie zum Kletterstamm und befestigte sie vier Kerben hoch, so daß Chagak sie erreichen konnte, wenn sie stand. »Hol ihr zu essen«, sagte er zu Shuganan. »Nicht viel. Ich sagte dir doch, daß wir heute abend zurück sein werden.«

Aber Shuganan zog einen Robbenmagen mit getrocknetem Fisch zu Chagak und lehnte ihn gegen den Kletterstamm.

Mann-der-tötet hatte den Fuß schon auf dem Stamm. Er nahm Shuganans Kinn in die Hand und sagte: »Du bist großzügig, alter Mann.« Sein Atem roch stark nach Fisch. »Aber soll sie essen, ich mag dicke Frauen. Sie geben bessere Söhne.«

Er bückte sich, zog eine Handvoll Fisch aus dem Robbenmagen und schob sie in den Beutel, den er sich um den Hals gehängt hatte. »Hol mir Eier«, sagte er zu Shuganan und reichte ihm den Tragesack.

Shuganan füllte den Sack, und dann, als er an Chagak vorbeikam, drückte er schnell etwas in ihre Hand, fühlte einen Augenblick lang ihre kühlen Finger.

Shuganan glaubte, Mann-der-tötet hätte es nicht gesehen, aber als er Shuganan den Beutel abnahm, sagte er: »Was hast du ihr gegeben?«

Shuganan lächelte, hoffte, daß sein Gesicht nicht seine Nervosität verriet. »Die Schnitzarbeit«, sagte er. Er legte seine Hand um Chagaks Hand und drehte die Finger für Mann-der-tötet herum, hoffte, daß er nicht genau hinsah, daß er nicht sah, was er mit dem Gesicht des Mannes und dem Hintergrund der Figur getan hatte.

Mann-der-tötet lachte. »Wir werden viele Robben bringen, vielleicht mehr als zwei. Und während die Frau wartet, werden deine kleinen Menschen ihr beibringen, eine Frau zu sein.«

Er schob Shuganan den Kletterstamm hinauf, aber oben blieb Shuganan einen Augenblick lang stehen. Er sah hinunter auf Chagaks dunklen glänzenden Haarschopf, der wie eine Krone war.

Sie blickte zu ihm auf, und er sah, daß sie ihn verstanden hatte, daß sie den Daumen auf das Gesicht des Mannes gelegt hatte. Sie hob die Hand, und Shuganan wandte sich ab, behielt ihre Augen in seinem Gedächtnis, ein Bild, das er bewahren würde, wenn es ihm gelang, seine Pläne auszuführen, das er bewahren würde, auch wenn es ihm nicht gelang.

16

Shuganan hatte sein *ikyak* in einer Klippenhöhle am Rand des Ufers versteckt. Selbst bei hoher Flut blieb die Höhle trocken. Das *ikyak* von Mann-der-tötet war ganz in der Nähe an mehrere Felsblöcke gebunden, damit es der Wind nicht gegen die Klippen schmettern konnte.

Mann-der-tötet begann sein *ikyak* vollzupacken, stapelte Bündel mit Essen und einen zusätzlichen *chigadax* in das Boot. Sein *ikyak* war länger und dünner als das von Shuganan, und Shuganan glaubte, daß die Haut, die den Holzrahmen, die Unterseiten und das Oberteil bedeckte, von einem Walroß stammte, anstatt von Seelöwen.

»Wann hat das Volk gelernt, solche *ikyan* zu machen?« fragte Shuganan und erinnerte sich an das breitere, kleinere Boot, das sie während seiner Jugend verwendet hatten.

»Wir haben viel gelernt, alter Mann«, sagte Mann-der-tötet. »Dieses hier ist nach den *ikyan* der Walroßjäger gemacht. Es ist schneller im Wasser und leichter zu wenden.«

»Es muß auch leichter umkippen«, sagte Shuganan, der den schmalen Rahmen sah. Das Boot war kaum breiter als das Loch an der Oberseite, in dem der Jäger saß.

»Bei manchen«, sagte Mann-der-tötet. »Hol jetzt dein *ikyak*.«

Shuganan zögerte, er haßte es, das Gras und die Felsblöcke, die den Eingang zur Höhle bedeckten, wegzuziehen. Es war ein gutes Versteck, ein Platz, zu dem er und Chagak gehen konnten, wo Mann-der-tötet sie niemals finden würde.

Mann-der-tötet befestigte eine Harpune an einer Rolle *babiche*, die an der rechten Seite des *ikyak* befestigt war. Er streckte den Arm aus und stieß Shuganan an. »Geh schon.«

Shuganan deutete auf die Klippenwand. »Es ist dort«, sagte er. »In einer Höhle.«

Mann-der-tötet kniff die Augen zusammen und verließ sein *ikyak*, um zuzusehen, wie Shuganan Gebüsch und loses Gestein wegzog.

»Manche Höhlen sind tief«, rief Mann-der-tötet, als Shuganan den Eingang freigelegt hatte. »Vielleicht gehst du hinein und kommst nicht zurück.«

Shuganan antwortete nicht.

Die Höhle war klein, nur so breit wie die Armlänge eines Mannes, und so lang wie ein *ulaq*. Der Eingang war sogar für Shuganan eng, aber er zwängte sich durch. Innen war es dunkel, aber er konnte die Umrisse seines *ikyak* sehen. Er hatte es in diesem Frühjahr hiergelassen, es hing von einem kräftigen Balken aus Treibholz, den Shuganan in der Höhle angebracht hatte, als er noch jung gewesen war. Damals hatte er die Kraft gehabt, das *ikyak* hochzuheben und dort an seinem Platz zu befestigen, über den Sturmwellen. Aber obwohl das *ikyak* leicht war, fiel es ihm jetzt schwer, es hochzuheben. Daher hatte er es an Seilen befestigt, die über den Balken liefen und an Holzhaken befestigt waren, die er in die Höhlenwände geschlagen hatte.

Shuganan machte ein Seil los und ließ langsam nach, bis das Heck des *ikyak* auf dem Höhlenboden aufkam.

»Du brauchst zu lange, alter Mann«, rief Mann-der-tötet.

Aber Shuganan gab sich keine Mühe, sich zu beeilen. Je länger er brauchte, um so mehr Zeit hatte Chagak. Shuganan ließ den Bug des *ikyak* herunter und zog seinen *chigadax* aus dem Heck.

Der *chigadax* war in horizontalen Streifen aus Robbendärmen zusammengenäht, jede Naht stand über und war doppelt genäht, damit kein Wasser hereinkam. Der *chigadax* war einer von vielen, die Shuganan für sich gemacht hatte. Es war keine Männerarbeit, aber wenn ein Mann keine Frau hatte, was blieb ihm da anderes übrig? Wer konnte im Meer ohne einen *chigadax* mit Kapuze überleben?

Die Streifen durchsichtiger Därme sollten nicht so schnell brechen, wenn er den *chigadax* in der Höhle aufbewahrte. Aber schon nach einem Sommer begann das Kleidungsstück zu schimmeln. Selbst wenn es Shuganan alle paar Tage einölte, wurden die Häute brüchig. Auch jetzt roch er den Schimmel, als er es auseinanderrollte.

Shuganan warf den *chigadax* durch den Höhleneingang und rief Mann-der-tötet zu: »Ich muß meinen *chigadax* ölen.«

Er sah nach draußen, sah, wie Mann-der-tötet das Kleidungsstück aufhob, es an die Nase hielt und sein Gesicht verzog. Mann-der-tötet breitete es auf einem Stück Strandgras aus und band von der Seite seines *ikyak* eine Vorratshaut mit Öl los.

»Du bist dumm, alter Mann«, murmelte Mann-der-tötet, als er sich hinkniete und Öl über das Kleidungsstück goß. »Welcher Jäger läßt seinen *chigadax* tagelang ohne Öl? Glaubst du vielleicht, daß die Robben zu uns kommen, wenn du so wenig Respekt vor dem Meer hast?«

Aber Shuganan, der mit dem Rücken zu ihm sein *ikyak* aus der Höhle zog, lächelte nur.

Chagak drückte Shuganans Schnitzarbeit an ihre Brust und lehnte den Kopf gegen den Kletterstamm. Das Kinn tat ihr weh, und auf der Seite ihres Mundes, wo

Mann-der-tötet sie geschlagen hatte, waren ihre Zähne locker. Sie schauderte bei dem Gedanken, seine Frau zu sein, und flüsternd schöpfte sie neue Hoffnung: Vielleicht würden die Meerestiere ihn ertränken. Vielleicht würde es einen schrecklichen Sturm geben.

»Nein«, sagte Chagak laut und hörte das Echo ihrer Stimme in dem leeren *ulaq*. »Shuganan ist bei ihm.«

Erst nachdem die Männer gegangen waren, hatte Chagak mit den Seilen gekämpft, die sie festbanden, aber Mann-der-tötet hatte sie so geknotet, daß sie sich immer enger zusammenzogen, wenn sie sich loszumachen versuchte. Jetzt waren Hände und Füße geschwollen, die Seile so fest um Handgelenk und Knöchel gespannt, daß sich Chagak nur noch unter Schmerzen bewegen konnte.

Die Seile, die ihre Handgelenke an den Kletterstamm banden, waren lang genug, daß sich Chagak auf den Boden knien konnte, aber auch ohne Schmerzen wäre es mit den so fest aneinandergebundenen Händen schwierig gewesen, irgend etwas zu tun, selbst die Häute zu schaben, die Shuganan für sie ausgelegt hatte. Und wenn sie ihre Grenzen vergaß und den Schaber zu weit stieß, zogen sich die Seile wieder fester zusammen.

Chagak hielt die Schnitzerei an ihre Wange und dachte an den alten Mann, der sie ihr gegeben hatte. Sie dachte oft darüber nach, woher er die Sprache von Mann-der-tötet kannte. Hatte er früher Tauschhandel betrieben und war in der Welt herumgekommen?

Ja, dachte Chagak, und blickte zu den Borden mit den Schnitzereien. Die Menschen würden viele Felle für auch nur eins oder zwei dieser Stücke eintauschen – Elfenbeintiere, Knochenmenschen, die so echt aussahen, daß Chagak manchmal ihre Geister fühlen konnte und den Wunsch verspürte, das *ulaq* zu verlassen, nur um allein zu sein.

Sie betrachtete die Schnitzarbeit, die Shuganan ihr gegeben hatte. Zuerst, als er sie ihr gab, als sie die verschlagene Freude von Mann-der-tötet sah, hatte sie sich darüber geärgert. Ja, vor langer Zeit hatte sie sich einmal gewünscht, eine Frau zu sein, Kinder zu haben, jetzt wollte sie nur frei sein von Mann-der-tötet. Aber dann hatte sie die Einzelheiten im Gesicht des Mannes bemerkt. Seine Augen lagen weit auseinander, es hatte hohe Backenknochen. Sein Lächeln war sanft, das war nicht Mann-der-tötet.

Chagak bewunderte Shuganan, weil er den Mut hatte, so etwas zu tun. Wenn Mann-der-tötet es nun sah? Auch er würde wissen, daß der Mann nicht ihn darstellte, daß es nicht einmal ein Jäger seines Stammes war. Er würde wissen, daß Shuganan die Macht seiner Schnitzerei benutzt hatte, um einen anderen Mann für Chagak zu rufen, jemanden, der gut und sanft war.

Ich muß es verstecken, dachte Chagak. Aber wo?

In der Nähe des Kletterstamms war kein Versteck, aber wenn sie es unter ihrem *suk* trug, bis die Männer zurückkehrten und sie los machten, konnte sie es vielleicht verstecken, bevor Mann-der-tötet es sah.

Chagak griff in ihren Nähkorb und fand ein Stück Sehne. Sie zog drei Fäden heraus, drehte sie zusammen und befestigte sie an der Figur. Dann band sie sie an das Amulett des Schamanen, das um ihren Hals hing.

Chagak umklammerte Shuganans Schnitzarbeit. Sie war warm, als wäre sie lebendig. Sie drückte sie an ihre Wange, und als sie es tat, sah sie auf dem glatten flachen Untergrund einen Umriß. Sie hielt die Figur vor eine Öllampe. Das Licht zeigte einen Kreis im Elfenbein, der an den Rändern vertieft war.

Mit den Fingernägeln zog sie so lange daran, bis der

Kreis heraussprang und eine lange leere Kehle zum Vorschein brachte. Chagak drehte die Figur herum und schüttelte sie, aber es kam nichts heraus.

Warum sollte Shuganan ein Loch in seine Schnitzarbeit bohren? War es ein Platz, um geheime Dinge aufzubewahren? Sie steckte ihren Finger in das Loch, fühlte etwas Weiches. Sie hielt es mit der Spitze ihres Fingernagels fest und bemühte sich so lange, bis sie den Federflaum eines Papageitauchers aus dem Loch gezogen hatte. Diesmal spürte sie, daß sich, als sie die Statue umdrehte, etwas bewegte, wenngleich auch nichts herauskam. Sie zog noch weitere Federn heraus, bis schließlich, nachdem sie sie gegen den Kletterstamm geklopft hatte, das letzte Stück der Füllung zum Vorschein kam.

Ein kleines Päckchen, das in ein dünnes Stück Robbenhaut gewickelt und mit feinen Sehnen zusammengebunden war, fiel auf den Boden. Chagak packte es vorsichtig aus, dann hielt sie die Luft an. Es war eine Obsidianklinge, nicht länger als das vorderste Glied ihres Fingers.

Die Klinge seines Schnitzmessers, dachte Chagak, und sie verspürte Dankbarkeit und verbannte die Schmerzen aus ihren Händen und Füßen.

Sie ergriff das stumpfe Ende der Klinge mit den Fingern und begann an den Seilen, mit denen sie festgebunden war, zu schaben.

Wie lange würden die Männer weg sein? Die meisten Robbenjäger waren zwei oder drei Tage fort. Wie weit konnte sie in dieser Zeit mit ihrem *ik* kommen? Welche Richtung sollte sie einschlagen? Vielleicht zu den Waljägern. Mann-der-tötet würde vielleicht denken, daß sie nach Osten zu Dörfern anderer Robbenfänger gefahren war. Ja, beschloß sie, ich werde das nächste Wasser überqueren und zu meinem Großvater fahren. Vielleicht kommen die Waljäger mit mir zurück und retten Shuganan.

Es war schon spät am Morgen, als Shuganan und Mann-der-tötet vom Ufer ablegten. Shuganan saß in dem *ikyak*, die Beine vor sich ausgestreckt, die Kapuze seines *chigadax* fest über den Kopf gezogen, seine Beinkleider mit einem wasserdichten Band an der Haut, die das Boot bedeckte, befestigt.

Der Himmel war voller Wolken, und ein Südwind verwandelte die Meereswellen zu hohen Wogen, die zu beiden Seiten über dem *ikyak* aufragten. Das Meer war so grau wie der Himmel, und das Wasser wurde so schwer, daß es neben Shuganans Paddel dick und massig erschien.

Wir werden Schwierigkeiten haben, Robben zu finden, dachte er. Mann-der-tötet hatte Shuganans *ikyak* mit einem langen Seil aus *babiche* an seinem befestigt, so daß sie zusammengehalten wurden, aber beim Paddeln behindert waren, und es schwierig war, den Bug des *ikyak* gegen die Wellen zu steuern.

Aber die Probleme von Mann-der-tötet kümmerten Shuganan nicht. Er fürchtete nur, daß die rauhe See Chagaks Flucht zu schwierig gestalten würde. Würde sie ihr *ik* in den hohen Wellen lenken können? Wenn das Wasser nun über der Öffnung zusammenschlug? Das *ik* war kein Boot, das sich so leicht ausrichten ließ wie das *ikyak*. Und wenn Chagak nicht den Deckel im Boden der Schnitzarbeit fand, würde sie kein Messer haben und überhaupt nicht fliehen können.

Shuganan hatte in der Nacht zuvor wachgelegen, hatte geplant, was er tun würde, wenn Mann-der-tötet ihn mit zum Jagen nahm. Vielleicht würde es gar nichts ausmachen, wenn Chagak nicht floh. Vielleicht würde Mann-der-tötet nicht von seiner Jagd zurückkehren.

Das Meer war gefährlich, und bei jeder Jagd bestand die Möglichkeit, daß der Jäger nicht zurückkam. Welcher Mann wußte das nicht? Welcher Mann, der die Freude des Wassers unter sich spürte – nichts als das Robbenfell zwischen dem Meer und seinen Beinen –, kehrte nicht trotzdem zurück und blickte ein letztes Mal zur Küste, zu seinem *ulaq* und seinem Dorf? Welcher Mann umklammerte nicht sein Amulett und bat die Geister des Meeres um Schutz?

Aber was wird sein, wenn ich beim Töten von Mann-der-tötet das eigene Leben verliere? dachte Shuganan und richtete die Augen zum Horizont. Ich bin alt und möchte nicht mehr lange leben, aber was würde geschehen, wenn Chagak die Klinge nicht fand, die in der Schnitzerei versteckt war? Was würde geschehen, wenn sie sich nicht losmachen konnte? Sie hatte Vorräte für ein paar Tage, Wasser für vielleicht vier Tage, Essen für acht oder zehn, aber dann, was würde sie tun? Wäre es für sie schlimmer, in dem *ulaq* ohne Wasser, ohne Essen zu sterben, oder würde sie lieber als Frau im Dorf von Mann-der-tötet leben? Als Frau würde sie wenigstens Kinder haben, Kinder, die ihr Freude brachten.

Sie wird das Messer finden, dachte Shuganan. Ja, sie wird das Messer finden. Dann wird sie zu ihrem Großvater gehen und in Sicherheit sein. Das wird sie tun, und ich werde tun, was getan werden muß.

Shuganan sah nach vorn zu Mann-der-tötet, auf den breiten Rücken des Mannes, seine starken Arme. Das Paddel lag leicht in seinen Händen, und es fiel Shuganan schwer, mit ihm mitzuhalten. Mehr als einmal war das Seil zwischen ihnen gespannt, und Mann-der-tötet sah jedesmal, wenn es an Shuganans *ikyak* ruckte, mit gerunzelter Stirn nach hinten.

Shuganan kniff die Augen zusammen und sah zum Horizont. Das Grau des Himmels verschmolz mit dem

Rand des Meeres, und er konnte die dunkle Linie seiner Insel jetzt nicht mehr sehen. Sie hatten keine dunklen Robbenköpfe aus dem Wasser auftauchen sehen, und Mann-der-tötet hatte sein *ikyak* noch zu keiner der Robbeninseln gelenkt. Vielleicht weiß er nichts von dieser Insel, dachte Shuganan, und wenn er auf dem Meer darauf wartete, eine zu sehen, konnten Tage vergehen.

Shuganan hob den Kopf und lächelte. Ja, Chagak wird das Messer finden, dachte er. Sie wird das Messer finden, und ich werde Mann-der-tötet umbringen.

17

Chagak rieb sich die Handgelenke und die Knöchel. Dann hockte sie sich auf die Fersen, schob die winzige Klinge mit ihrer Daunenverpackung in die geschnitzte Figur und stopfte sie unter ihren *suk*. Sie hatte den größten Teil des Morgens gebraucht, um die dicken Seile aus *babiche* durchzuschneiden, aber jetzt war sie frei.

Einen Augenblick lang saß sie still da und ging noch einmal die Dinge durch, die sie mitnehmen mußte: Wasser, Öl, getrockneten Fisch, gegerbte Robbenhäute und ihren Nähkorb, vielleicht einen Korb mit getrockneten Wellhornschnecken, eine Seilrolle, Haken, die Bola, Sehnen für Fischleinen, ihr Frauenmesser, getrocknete Kräuter zum Heilen, Grasmatten.

Sie stapelte die Vorräte am Fuß des Kletterstamms, dann ging sie nach draußen. Sie ging an den Strand. Mit jedem Schritt klopfte ihr Herz. Wenn Mann-der-tötet nun dort war? Wenn er dort wartete, um zu sehen, ob sie zu fliehen versuchte?

Aber es war niemand da, der Strand war weit und leer.

Ihr *ik* stand umgekippt auf einem Gestell dicht bei der Höhle des *ikyak*. Sie und Shuganan hatten seit dem Sturm viel Zeit damit verbracht, es zu reparieren, die Holzrippen und zerrissenen Häute auszubessern.

Chagak strich mit den Händen über die Verkleidung, prüfte, ob Risse oder Löcher in den Häuten waren. Eine Welle hatte es auf den Uferkies geworfen, und das Wasser hatte gezischt, als es sich wieder ins Meer zurückzog. Dieser Strand war kälter und der Wind stärker als der ihres Volkes.

Chagak dachte an Shuganan. Er wollte, daß sie floh. Warum hätte er ihr sonst die Schnitzfigur mit dem Messer gegeben? Trotzdem, sie hatte Angst um Shuganan. Was würde Mann-der-tötet tun, wenn er feststellte, daß sie weg war?

Aber sie hatte Shuganans Macht über Mann-der-tötet gesehen. Es würde mehr als ihre Flucht dazu gehören, um Shuganans Leben in Gefahr zu bringen. Und ich werde mit meinem Großvater zurückkommen, dachte Chagak. Dann sagte sie, und sie betrachtete das als ein Versprechen, laut zu allen Geistern, die es hören konnten: »Ich werde meinen Großvater und seine Jäger mitbringen. Sie werden Shuganan retten.«

Dann erinnerte sie sich daran, wie wenig ihrem Großvater seine Enkeltöchter wert waren, und lief zitternd zurück zum *ulaq*, um ihre Vorräte zu holen.

»Ha!« schrie Mann-der-tötet, hob sein Paddel und deutete mit dem Blatt auf etwas Dunkles im Wasser.

Shuganan strengte sich an, etwas zu sehen, konnte aber nur einen Bruch im Wasser entdecken, etwas, das Treibholz oder auch eine schwarzweiße Ente sein konnte, die in den Wellentälern schwamm.

Mann-der-tötet begann auf die Stelle zuzupaddeln, aber Shuganan ließ es absichtlich zu, daß sein *ikyak* am Boot von Mann-der-tötet zog.

»Du paddelst wie eine Frau«, rief Mann-der-tötet ihm zu, seine Stimme drang durch das Geräusch von Wellen und Wind.

»Ich bin alt«, erwiderte Shuganan, ohne sich darum zu kümmern, ob Mann-der-tötet ihn hörte.

»Du wirst bald tot sein, wenn du nicht mithältst«, schrie Mann-der-tötet, dessen Worte von einem Windstoß zu Shuganan getragen wurden.

Shuganan stieß sein Paddel tief ins Wasser, zog sein *ikyak* dicht an das von Mann-der-tötet. Dann hielt er sein Paddel senkrecht ins Wasser, und als Mann-der-tötet sein *ikyak* mit einem kräftigen Schlag nach vorn schickte, spannte sich das Seil zwischen den beiden Booten und riß das *ikyak* von Mann-der-tötet zurück.

»Dummkopf«, zischte Mann-der-tötet, aber Shuganan zuckte nur die Achseln und sagte: »Ich hab' dir doch gesagt, daß ich alt bin.« Und diesmal schrie er die Worte, so daß Mann-der-tötet sie hören konnte, und vielleicht auch die Robbe, falls das, was sie gesehen hatten, eine war.

Der Gegenstand im Meer schien sich von ihnen wegzubewegen. Kein Treibholz, dachte Shuganan. Er hielt sein *ikyak* hinter dem von Mann-der-tötet, paddelte so langsam, daß er ihn behinderte.

»Zwei, es sind zwei«, rief Mann-der-tötet ihm zu, seine Stimme war leise.

»Ich kann dich nicht hören«, schrie Shuganan, obwohl er es gehört hatte, und er hob seine Stimme an, damit sie über die Wellen getragen wurde. »Was hast du gesagt?«

»Halt den Mund, alter Mann.«

»Ist es eine Robbe?« schrie Shuganan.

»Halt den Mund!« Mann-der-tötet hörte zu paddeln auf, und bevor Shuganan sein *ikyak* anhalten konnte, war er neben ihm angekommen. Mann-der-tötet hob sein Paddel aus dem Wasser und stieß das flache Blatt in Shuganans Seite.

»Halt den Mund, alter Mann«, sagte er leise.

Shuganan spürte das Bersten einer Rippe, hörte das Zischen der Luft, die aus seinen Lungen strömte. Er blieb still sitzen, versuchte zu atmen, umklammerte das Paddel, das ihm der Schmerz aus den Fingern zu reißen schien.

»Zwei Robben«, sagte Mann-der-tötet, so als hätte er Shuganan nicht geschlagen. Er band seine Harpunen los, prüfte die Rolle aus Sehnen, die den Kopf mit dem Schaft verbanden. »Zwei Robben, und ich werde sie mir beide holen.«

Chagak schob das *ik* in das ruhige Wasser eines Gezeitenbeckens, das sich in einem weiten Bogen von einem Ende bis fast in die Mitte der Bucht erstreckte. Das andere Ende tauchte im Meer unter. Es war ein guter Platz, um ein Boot zu beladen, um loszufahren, wenn man niemanden hatte, der einem half.

Sie hatte ihre Vorräte aus dem *ulaq* geholt und am Strand neben dem Teich aufgestapelt. Als sie das *ik* belud, befestigte sie das meiste an den Verbindungsstücken, damit nichts wegrutschte.

Als alles eingeladen war, ging sie zu der Höhle, in der Shuganan sein *ikyak* aufbewahrte. Sie nahm noch ein zusätzliches Paddel, *babiche* und geölte Häute für Reparaturen. Auch ein Schöpfrohr nahm sie mit. Das lange schlanke Rohr war aus Bambus geschnitzt, ein Holz, das oft an ihren Strand getrieben wurde. Wenn sie Wasser in das Rohr saugte und es über den Rand ihres *ik* hielt, konnte sie mit einer Hand schöpfen und mit der anderen das Boot mit dem Paddel lenken.

Chagak legte eine Robbenhaut mit der Fellseite nach oben ins Heck, wo sie sitzen würde, dann zog sie ihren *suk* aus und warf ihn in das Boot. Sie watete in den Teich und zog das *ik* zum Wasser.

Die Wellen umspülten ihre Beine, und scharfe Schalenkanten schnitten in ihre Füße, aber Chagak ging immer weiter, bis ihr das Wasser bis zur Hüfte reichte. Dann ergriff sie den Rand des *ik*, schwang sich hinein und nahm ein Paddel.

Sie lenkte ihr *ik* in die Wellen, brauchte ihre ganze Kraft, um mit dem Bug die Gischt und die Wellenkappen zu zerteilen, aber als sie sich dann im tiefen Wasser befand, und die Wellen nur noch hohe Wogen waren, legte sie ihr tropfendes Paddel auf den Boden des *ik* und zog ihren *suk* an, mit den Federn nach innen, damit er sie warmhielt.

Shuganan kreuzte die Arme vor der Brust und hielt sich die Seiten. Jeder Atemzug brachte Schmerzen, als würden sich die Rippen von der Wirbelsäule lösen.

Mann-der-tötet hatte ihre *ikyan* näher an die Robbe gebracht, und wegen seiner Schmerzen konnte Shuganan nichts dagegen tun. Shuganans Lungen rangen nach Luft, und so stützte er seine Hände in die Seiten und atmete lange und langsam ein.

Mann-der-tötet befestigte das dicke Ende seiner Harpune an dem Haken seines Speerwerfers. Der Werfer war so lang wie der Unterarm eines Mannes und breiter als die Hälfte seiner Hand. Er war, ähnlich wie Shuganans Speerwerfer, mit einem Loch für den Zeigefinger und einer Einkerbung für den Handballen ausgestattet, aber die Robben und Jäger darauf waren gemalt, während Shuganans geschnitzt waren.

Mann-der-tötet hielt den Speerwerfer an einem Ende fest und ließ das andere über seine Schulter hinausragen. Dadurch wurde sein Arm verlängert und folglich auch sein Wurf.

Sie waren jetzt ganz nah an die Tiere herangekommen, und Shuganan sah, daß es Haarrobben waren, wertvoll wegen ihres Fleisches und wegen ihrer festen Felle.

Mann-der-tötet lehnte sich im *ikyak* zurück und spannte den Arm. »Zwei«, hörte Shuganan Mann-der-tötet zischen, hörte ihn in sich hineinlachen. Shuganan fragte sich, was das Lachen hervorgebracht hatte. Der Gedanke an Chagak, nackt in seinem Bett? Der Gedanke an die Ehre, die ihm zuteil wurde, wenn er Shuganan zu seinem Häuptling brachte? Und plötzlich war Shuganans Zorn größer als seine Schmerzen. Er packte sein Paddel mit beiden Händen und vergaß seine Schmerzen, als er es ins Wasser tauchte und die Entfernung zwischen den beiden Booten verkürzte. Er war jetzt dicht genug herangekommen, um das *ikyak* von Mann-der-tötet mit seinem Paddel zu berühren, und er glaubte, daß Mann-der-tötet außer den Robben nichts gesehen oder gehört hatte.

Mann-der-tötet machte eine zweite Harpune von seinem *ikyak* los und hielt sie mit der linken Hand fest, während er sich darauf vorbereitete, mit der rechten zu werfen.

Sie waren in einem Wellental, um sie herum war alles still und grau, Himmel und Wasser. Shuganan packte sein Paddel mit beiden Händen, hielt es wie eine Waffe vor sich. Das *ikyak* von Mann-der-tötet erklomm den Wellenkamm, und er warf die Harpune. Er grunzte laut, als der Schaft das Wurfbrett verließ.

Im selben Augenblick, als Mann-der-tötet die Harpune warf, hob Shuganan sein Paddel hoch, um es wie eine Keule gegen den Mann zu schwingen. Aber die Schönheit des Wurfs, das Stöhnen der Robbe, als sie getroffen wurde, ließ ihn innehalten, und er harrte unbeweglich aus, während Mann-der-tötet die zweite Harpune in den Werfer steckte und sie auf die zweite Robbe warf. Wieder traf die Harpune ihr Ziel.

Shuganan rührte sich noch immer nicht von der Stelle. Was war das für ein Geist, der hier am Werk war? dachte Shuganan. Warum war die zweite Robbe mit dem Kopf über dem Wasser geblieben, selbst nachdem die erste getroffen worden war?

Die Robben tauchten mit den gezackten Harpunen in ihrem Fleisch unter. Die Schäfte, die mit Leinen aus Sehnen an den Spitzen der Harpune befestigt waren, trieben auf dem Wasser, markierten die Verstecke der Robben unter den Wellen.

Eine der Robben kam an die Oberfläche. Mann-der-tötet lenkte sein *ikyak* dicht an das Tier, das keine Anstalten machte, unterzutauchen.

Mann-der-tötet zog den Schaft seiner Harpune aus dem Wasser und wickelte die Schnur um die Halterungen, die an seinem *ikyak* befestigt waren. Die zweite Robbe kam an die Oberfläche, und auch sie wartete, während Mann-der-tötet die Leine am *ikyak* befestigte.

Wartete sie oder war sie tot? fragte sich Shuganan. Mann-der-tötet zog beide Robben bis dicht an sein *ikyak*. Die Körper begannen langsam zu sinken, wurden nur von der Leine am *ikyak* gehalten.

Sie sind tot, dachte Shuganan, während Mann-der-tötet Schleppleinen an den hinteren Flossen befestigte. So schnell sind sie tot. Woher besaß Mann-der-tötet eine solche Macht?

Shuganan dachte an die geschnitzte Robbe, die Mann-der-tötet aus dem *ulaq* mitgenommen hatte, aber soviel Macht wollte Shuganan seiner eigenen Arbeit nicht zutrauen. Es war beängstigend, schrecklich. Wenn nun noch andere Jäger kamen? Wenn sie genauso viel Macht gewannen, weil sie seine Schnitzereien trugen, und diese Macht zum Bösen nutzten?

Wieder holte Shuganan zitternd Luft. Er hob sein Paddel. Er wußte, daß sich Mann-der-tötet umdrehen würde. Ein Mann, dessen Ruhm aus Selbstlob bestand, konnte nicht so schnell zwei Tiere erlegen, ohne sich damit zu brüsten.

»Was sagst du jetzt, alter Mann?« fragte Mann-der-tötet und zeigte sein Gesicht mit den blitzenden Zähnen.

Shuganan zielte mit seinem Paddel, als wäre es ein Speer, als wäre das Blatt eine Harpune, und rammte es Mann-der-tötet ins Gesicht.

Der Schlag war nicht so hart, wie Shuganan es gehofft hatte, aber aus der Nase und dem Mund des Mannes rann Blut. Shuganan zog das Paddel zurück, um noch einmal zuzuschlagen, aber Mann-der-tötet packte das Ende, drehte das Paddel herum, bis sich die Muskeln an Shuganans Seite anfühlten, als würden sie ihm von den Rippen gerissen, bis Blut aus Shuganans Lungen quoll, wenn er atmete.

Der Schmerz strahlte bis in seine Finger, machte seine Hände taub. Die Arme waren in den Gelenken so stark gespannt, daß Shuganan das Gefühl hatte, seine Knochen würden brechen. Schließlich riß Mann-der-tötet Shuganan das Paddel aus den Händen und schlug es fest gegen Shuganans Kopf.

Shuganan rutschte so tief er konnte in das *ikyak*. Die Holzstützen gaben seinen Rippen und seinem Rücken Schutz. Seinen Kopf bedeckte er mit den Armen. Mann-der-tötet schlug noch einmal zu. Der Schlag brach Shuganans linken Unterarm, dennoch hielt er die Arme weiter über den Kopf. Wieder und wieder schlug das

Paddel zu. Im Rand seines *ikyak* sammelte sich Blut und breitete sich in dünnen Fäden wie Strähnen aus rotem Riementang im Wasser aus.

Shuganans Blickfeld wurde von Dunkelheit erfaßt, und mit jedem neuen Schlag des Paddels nahm die Dunkelheit zu, löschte das Meer aus, den Himmel, bis Shuganan nur noch einen nadelgroßen Lichtpunkt sah, bis er keinen einzigen anderen Gedanken als den an seine Schmerzen fassen konnte und nichts anderes mehr hörte als einen Geist, der zu ihm sagte: Stirb nicht. Verlaß Chagak nicht.

18

Chagak lenkte ihr *ik* nach Westen. Sie wußte, daß sie mindestens eine Tagesreise vor sich hatte, vielleicht mehr, um zu der Insel der Waljäger zu gelangen. Dann würde sie die Küste nach ihrem Dorf absuchen müssen.

Sie hoffte, daß ihr Großvater ihr glauben und Jäger schicken würde, um Shuganan zu retten. Aber selbst wenn er es tat, plante das Volk von Mann-der-tötet ja noch immer, das Dorf der Waljäger anzugreifen. Das Volk ihres Großvaters hätte bessere Chancen, wenn es vorbereitet war, aber konnte es etwas gegen Krieger ausrichten, die ihre Macht aus dem Töten zogen? Chagak erschauderte. Würde sie es ertragen, noch einmal einen Überfall zu erleben?

»Nein«, sagte sie laut zum Meer, dann schickte sie ein Gebet zu Aka. »Wenn alle Waljäger getötet werden, dann laß mich auch sterben. Wähle jemand anderen, die Toten zu begraben.«

Das Meer hob sich in riesigen Wogen, aber es wehte kaum ein Wind. Auf der Spitze jeder Woge blickte Chagak so weit hinaus, wie sie konnte, ließ das Land zu ihrer Linken, die Sonne zu ihrer Rechten, und bahnte sich zwischen ihnen einen Weg im Meer.

Sie hatte das *ik* gut gepackt, hatte im Heck für sich selbst einen Platz freigelassen. Es war ein kleines *ik*, aber trotzdem war es schwer zu lenken. Chagak mußte kämpfen, um es zu drehen, und sie achtete sorgsam darauf, daß ihre Schläge gleichmäßig waren, während sie das Paddel an der einen Seite ins Wasser tauchte und es dann auf die andere Seite des *ik* schwang, um es dort einzutauchen, damit sich das Boot nicht im Kreis bewegte.

Sie paddelte ohne Unterbrechung, erlaubte sich nicht, an die schmerzenden Muskeln, die verkrampften Beine zu denken, während sie auf der dicken Robbenfellmatte kniete. Die Klippen hinter Shuganans Bucht waren so weit entfernt, daß es den Anschein hatte, als würden sie auf dem Wasser treiben, nur durch eine dünne weißgraue Linie vom Wasser getrennt.

Für einen Augenblick erzeugte der Gedanke an Shuganan, der mit Mann-der-tötet allein war, einen festen, harten Schmerz in Chagaks Brust, aber dann dachte sie: Vielleicht kann ich bald zu ihm zurückkehren.

Doch im Bauch zitterte sie vor Angst, und sie dachte daran, wie wütend Mann-der-tötet sein würde und wie alt Shuganan war. Er war schon viele Sommer alt, mehr als er zählen konnte. Wenn ein Mann so alt war, konnte man nie wissen. Vielleicht erlebte er noch viele Sommer, vielleicht auch nur noch einen.

Sie legte ihr Paddel quer über das Heck des *ik*, und als sie auf der Spitze der nächsten Welle ankam, sah sie über das Meer um sich herum. Sie sah kein Anzeichen von Walen, Jägern oder aufkommenden Winden, aber sie wartete noch eine weitere Welle ab, bevor sie das Paddel wieder ins Wasser tauchte.

Auf der Spitze der zweiten Welle lenkte Chagak ihren Blick nach Norden, hinaus auf die große Walroßsee, von der die Robbenjäger erzählt hatten und wohin die Frauen aus Chagaks Stamm selten kamen.

Und jetzt bin ich hier allein im Meer, dachte Chagak und überlegte, was der Geist ihrer Mutter sagen würde, wenn er Chagak sah, die in ihrem *ik* fuhr wie ein Mann in seinem *ikyak*. Chagak umklammerte das Amulett des Schamanen und die Schnitzfigur, die sie darüber trug, und in diesem Augenblick sah sie etwas Dunkles im Meer.

Ihr *ik* fiel in das Tal zwischen den Wellen, und Chagak wartete, bis das Meer sie wieder hinauftrug. Der dunkle Fleck wurde größer. Vielleicht ein *ikyak*, dachte sie, aber sie konnte nicht sicher sein, und so wartete sie wieder, während sie durch ein neues Tal glitt und hinauf auf die nächste Welle.

»Ein *ikyak*, aber zu lang, um ein *ikyak* zu sein«, sagte sie, und ihr Herz machte einen Sprung, als sie es sagte, als habe es sie gehört und verstanden, was Chagak zuerst nicht begriffen hatte. Zwei *ikyan*. Shuganan und Mann-der-tötet.

Chagak ergriff ihr Paddel, stieß sich vom Kamm der Welle hinunter und blieb mit ihrem Boot in den Tälern, so daß die hohen Wasserwände sie davor schützten, gesehen zu werden.

In diesem weiten Meer, dachte Chagak. Was sind das für Geister, die mich so sehr hassen? Sie fuhr durch das Tal, wußte, daß sie vielleicht eine Chance hatte. Wenn sie aufpaßte, daß die Wellen zwischen ihnen blieben, würde Mann-der-tötet sie nicht sehen.

Wenn Mann-der-tötet aber direkt auf das Land zufuhr, würde sein *ikyak* für einen Augenblick im selben

Wellental sein wie Chagaks *ik;* dieses Risiko mußte sie eingehen. Sie brauchte gar nicht versuchen, vor ihm davonzufahren; sein schlankes kleines *ikyak* war so viel schneller als ihr dickbäuchiges *ik*.

Sie wartete, paddelte weiter, um in dem Loch zu bleiben, und betete, daß die Männer sie nicht sahen. Ihr Geist flatterte schnell und erregt in ihrer Brust, und ihr Herz stieß in einem Rhythmus gegen ihre Rippen, daß es sich anhörte wie das Geräusch von Jägern, die gegen die Seiten ihres *ikyak* schlugen und um Hilfe riefen.

Schließlich erhob sich das spitze Heck des *ikyak* von Mann-der-tötet über den Wellenkamm. Es war noch ein Stück entfernt, aber dicht genug, daß er sie sehen konnte, wenn er nach Westen blickte. Chagak steckte das Blatt ihres Paddels tief ins Wasser und stieß ihr *ik* tiefer hinunter ins Tal.

Mann-der-tötet glitt mit seinem *ikyak* ins Tal. Ein Seil, das am Heck befestigt war, spannte sich über der Welle, aber Shuganans Boot konnte Chagak nicht sehen.

Sie atmete in kleinen Stößen, preßte kleine zischende Laute zwischen den Zähnen hervor. Sie sah, wie sich Mann-der-tötet nach vorn beugte und sich das Wasser unter dem *ikyak* hob, um es auf den nächsten Wellenkamm zu schieben. Am Heck waren zwei dicke Haarrobben befestigt.

Er sieht mich nicht, dachte Chagak, aber im selben Augenblick drehte Mann-der-tötet sein *ikyak* ins Tal. Chagak, die das Paddel über das Wasser erhoben hatten, war unfähig, sich zu bewegen. Mann-der-tötet schrie und zeigte mit dem Arm auf sie, dann lehnte er sich zurück, um an dem Seil zu ziehen, das sein *ikyak* mit Shuganans verband. Shuganans *ikyak* glitt hinunter ins Tal. Er saß vornübergebeugt, und Chagak sah, daß quer über seine Schultern Seile verliefen und an den

Halterungen der Harpune mit jeder Seite des Boots verknotet waren.

»Er ist tot«, schien ihr ein Geist mit so stumpfer Stimme zuzuflüstern, daß die Luft aus Chagaks Lungen ausströmte, als hätte sie einen Schlag bekommen.

Chagak wandte sich ab, um von Mann-der-tötet wegzupaddeln, aber als er sie rief, drehte sie sich zu ihm hin und sah, daß er seine Harpune auf Shuganans Brust gerichtet hielt.

»Er ist tot«, schien das Meer zu sagen. »Geh. Er ist tot. Du hast eine Chance. Das *ikyak* von Mann-der-tötet ist von Robben schwer. Geh.«

Aber Chagak legte ihr Paddel auf den Boden des Bootes. Und mit dem Rücken zu Mann-der-tötet löste sie den Riemen an ihrer Hüfte, der ihr Frauenmesser hielt. Dann benutzte sie das Messer, um dicht am Boden des Lederstreifens, den sie in ihren *suk* genäht hatte, einen horizontalen Schnitt anzubringen. Sie stieß das Messer in den Streifen.

Sie ließ zu, daß das Meer sie hochhob, genauso wie es Mann-der-tötet und Shuganan hochhob. Dann, als sie wieder in einem Tal war, wendete sie ihr *ik* und paddelte auf sie zu.

Als sie näherkam, sah sie, daß ein Arm von Shuganan in einem merkwürdigen Winkel herunterhing, so daß die Hand ins Wasser getaucht war. An seinen Nasenlöchern und um seinen Mund war Blut, zum Teil getrocknet, zum Teil noch hellrot. Und Chagak wußte, daß er, wenn er tot war, gerade erst gestorben sein konnte. Aber als sich das *ikyak* wieder auf einer Welle nach oben bewegte und Shuganans Körper nach hinten geworfen wurde, sah Chagak frisches Blut aus seinem Mund schießen, sah die Blutblase seines Atems.

»Er lebt«, sagte sie zum Meer.

Mann-der-tötet nahm seine Harpune von Shuganan und richtete sie auf Chagak.

»Wirf«, sagte sie. »Töte uns beide.«

Aber Mann-der-tötet befestigte die Harpune an ihrem Platz an der Seite des *ikyak* und paddelte ans Ufer.

Mit einem tiefen Schlag lenkte Chagak ihr *ik* auf die Welle hoch und folgte Mann-der-tötet und Shuganan.

»Du wirst sterben!« kreischte ein Geist. »Du wirst sterben.«

»Nein«, sagte Chagak. »Ich werde nicht sterben. Ich werde leben, und ich werde Shuganan retten.«

Als Chagak ihr *ik* an Land brachte, zog Mann-der-tötet Shuganan aus dem *ikyak* und ließ ihn zusammengekrümmt am Strand liegen, dann durchschnitt er die Leinen, an denen die Robben angebunden waren.

Chagak zog ihr *ik* ohne Hilfe ans Ufer, und als es die Wellen nicht mehr erreichten, lief sie zu Shuganan.

Er atmete noch. Bei jedem Atemzug lief ihm das Blut aus Nase und Mund, und seiner Kehle entrang sich ein Stöhnen. Sie kniete sich neben ihn und versuchte seinen *chigadax* aufzumachen, aber Mann-der-tötet packte sie an den Haaren und riß sie hoch. Er hielt ihr sein Jagdmesser an die Kehle.

»Töte mich«, schrie Chagak ihn an, obwohl sie wußte, daß er sie nicht verstehen konnte. »Töte mich. Dann werde ich bei meinem Volk sein und nicht bei dir.«

Mann-der-tötet ließ sie los und deutete schreiend auf das *ik* und auf Shuganan. Chagak sah die Platzwunde quer über seinem Gesicht. Plötzlicher Stolz auf Shuganans Mut erfüllte ihre Brust und gab ihr selbst den Mut, Mann-der-tötet den Rücken zuzukehren und sich neben Shuganan auf den Boden zu knien.

Chagak hatte Kräuterpäckchen, Karibublätter, die sie aus Shuganans Vorräten genommen hatte.

Sie lief zu ihrem *ik,* aber Mann-der-tötet versperrte ihr den Weg. »Du Narr«, schrie Chagak, »geh mir aus dem Weg.« Sie stürzte an ihm vorbei und begann die Seile aufzubinden, mit denen ihre Vorräte am *ik* befestigt waren.

Sie zog ihren *suk* hoch und stopfte die Kräuterpäckchen in das Hüftband ihrer Schürze, dann band sie eine schwere Schlafdecke los und trug sie zu Shuganan.

Sie sah Mann-der-tötet nicht an, es war ihr egal, was er dachte, was er tat, solange er nicht versuchte, sie aufzuhalten. Sie faltete die Decke auseinander und legte sie mit der Fellseite nach oben neben Shuganan. Dann zog sie ihn so vorsichtig sie konnte darauf.

Wieder lief Chagak zu dem *ik,* warf Mann-der-tötet einen kurzen Blick zu, als sie an ihm vorbeikam. Er stand da, hatte die Arme vor der Brust gekreuzt, sagte nichts, beobachtete sie nur. Sie holte einen Haufen gegerbter Lederstreifen aus dem *ik* und wollte wieder zu Shuganan gehen, aber Mann-der-tötet hielt sie am Arm fest.

Er sagte etwas zu ihr und deutete auf die beiden Robben, die im Sand lagen. Chagak wußte, daß er von ihr verlangte, sich darum zu kümmern, daß die Häute entfernt, das Fleisch zerschnitten, die Knochen gewaschen wurden, aber sie tat so, als würde sie ihn nicht verstehen. Sie riß ihren Arm los, lief zum Ufer des Meeres, wo sie einen der Streifen ins Wasser tauchte, rannte zu Shuganan zurück und kniete sich neben ihn.

Chagak hob seinen Kopf und legte ihn in ihren Schoß. Als sie ihm das Blut vom Gesicht abwischte, merkte sie, daß einige Zähne abgebrochen waren; ihre ausgezackten Ränder zerrissen seine Lippen. Shuganans Gesicht war verfärbt, ein Auge stark geschwollen. Von seinem rechten Ohr verlief ein langer Schnitt bis nach oben auf seinen Kopf.

Auch seine Hände waren blutig, aber als Chagak sie wusch, stellte sie fest, daß sie keine offenen Wunden hatten, daß das Blut von seinem Gesicht stammte. Immer wenn sie seinen linken Arm bewegte, stöhnte Shuganan.

Ein Windstoß fegte ihr die Haare in die Augen und Sand in Shuganans Wunden. Ich muß ihn zum *ulaq* bringen, dachte Chagak. Sie warf einen Blick zu Mann-der-tötet. Er zog die Lippen zurück und spuckte in die Kieselsteine am Strand.

Chagak band die oberen Ecken der Schlafdecke zusammen, so daß sie einen Griff bildeten, dann begann sie Shuganan die Anhöhe des Ufers hinauf in Richtung des *ulaq* zu ziehen. Er war nicht schwer, aber die Steigung des Ufers erschwerte das Ziehen, und an den Rändern der Decke verfingen sich Muschelschalen, wie Hände, die sich bemühten, Shuganan am Wasser festzuhalten.

Plötzlich stellte sich Mann-der-tötet vor sie hin, versperrte ihr den Weg. Chagak begann Shuganan an ihm vorbeizuziehen, aber Mann-der-tötet schrie sie an und zeigte wieder auf die Robben.

»Ich bin nicht deine Frau«, schrie Chagak zurück. »Ich brauche nicht zu tun, was du sagst.« Und obwohl sie wußte, daß er sie nicht verstand, schien es ihr richtig, es auszusprechen, damit die Geister, die in der Nähe waren, sie hörten und entscheiden konnten, wer recht und wer unrecht hatte.

Chagak wartete einen Augenblick, war sich sicher, daß er sie vorbeilassen würde, sicher, daß er einsehen würde, daß sie zuerst Shuganan versorgen mußte, bevor sie sich um die Robben kümmerte, aber das tat er nicht. Und ihr Zorn wurde von Angst verdrängt. Shuganan war ein alter Mann. Wenn Mann-der-tötet nicht zuließ, daß Chagak ihm half, konnte er sterben.

Chagak drehte Mann-der-tötet den Rücken zu und packte das Fell noch fester, aber er hielt ihre Handgelenke fest, und seine Hände drückten so fest zu, daß Chagak meinte, die Knochen in ihren Handgelenken würden zermalmt.

Er drückte so lange zu, bis Chagak die Decke losließ, dann zerrte er sie zu den Robben.

Chagak sah mit zusammengebissenen Zähnen zu ihm hoch. »Kein Messer«, sagte sie, und als er nicht zu verstehen schien, sagte sie noch einmal lauter: »Ich habe kein Messer. Wie soll ich sie ohne ein Messer zerlegen?«

Sie machte über einer der Robben Bewegungen des Schneidens, und Mann-der-tötet nickte. Er fing an, mit seinem Jagdmesser die Taschen in Chagaks *ik* aufzuschlitzen. Er warf Felle, Essen, sogar den Kochstein ihrer Mutter an den Strand, verstreute die Sachen so dicht am Wasser, daß die Wellen sie erreichen konnten.

»Da ist kein Messer«, schrie Chagak ihn an, ihr kamen vor Zorn die Tränen.

Schließlich kam er zu ihr zurück. Er hielt ein gebogenes Messer, eine kleine Klinge, die in die Seite einer Robbenrippe eingelassen war. Ein Messer, das für feine Arbeiten taugte, das aber nicht durch die dicken Robbenfelle schneiden würde. Er warf es neben sie auf den Boden, dann riß er sie hoch.

Bevor Chagak sich wehren konnte, zog er ihren *suk* hoch und fuhr mit den Händen über ihre Schürze nach unten, ließ den *suk* fallen und schob ihre Ärmel nach oben. »Ich habe dir doch gesagt, daß ich kein Messer habe«, sagte Chagak und schob die Ärmel noch weiter hinauf, hielt ihm ihre Arme hin, damit er sich selbst überzeugen konnte. Sie wartete, die Atemzüge in ihrer Kehle waren hart und schwer. Das Messer in der Tasche am unteren Rand ihres *suk* kam ihr plötzlich zu schwer

161

vor. Bestimmt würde er die Ausbuchtung bemerken oder vielleicht sogar ihre Gedanken einfangen und wissen, daß sie es dort versteckt hatte.

Er starrte sie eine lange Zeit an. Chagak begegnete seinem Blick und sah nicht weg. Schließlich murmelte er etwas und drehte sich zu dem *ulaq* um.

»Ja, dort wirst du Messer finden«, rief Chagak ihm nach, dann ging sie zu Shuganan. Er schien jetzt leichter zu atmen. Sie packte die Felldecke und zog, langsam bewegte sie ihn über den Strand, weg vom Zugriff der höchsten Welle, auf die Klippen zu, wo er vor dem Wind geschützt war, während sie die Robben häutete und zerlegte.

19

In Chagaks Dorf war es immer die Arbeit vieler Frauen gewesen, eine Robbe zu häuten und zu zerlegen. Zwei, vielleicht drei, schälten die Haut vom Körper; eine andere nahm das Fett, und wieder andere schnitten das Fleisch ab. Dann teilte der Jäger das Fett, das Fleisch und die Knochen unter den Familien auf. Die Familie des Jägers bekam die Haut, die Flossen und das beste Fleisch.

Jetzt mußte Chagak die Arbeit ganz allein verrichten. Jedes der Tiere war so schwer wie ein großer Mann, und es war schwierig, sie zu bewegen.

Mann-der-tötet hatte ein Frauenmesser und ein gekrümmtes Messer aus dem *ulaq* gebracht, wie auch mehrere gegerbte Häute. Chagak breitete die Häute aus, und als sie damit fertig war und die Haut der ersten Robbe abgezogen hatte, begann sie mit dem Zerteilen des Fleisches. Sie schnitt die dicke Lage Fett ab, die den Körper bedeckte, und häufte es in Schichten übereinander auf, dann schnitt sie das Fleisch von den Knochen und nahm die eßbaren Organe aus dem Innern.

Vorsichtig schnitt sie den dicken Wulst Sehnen ab, die entlang des Rückgrats der Robbe verliefen, und legte ihn zum Trocknen auf die Seite; später würde sie die faserartigen Stränge in verschiedenen Stärken zusammendrehen, um sie zum Nähen zu verwenden. Die kleinen Därme band sie zuerst an jedem Ende zu, bevor sie sie abschnitt. Wenn sie mit dem Zerlegen fertig war, würde sie den Inhalt ins Meer ausleeren, die feste durchsichtige äußere Schicht des Darms wegziehen, ihn trocknen und zum Aufbewahren zusammenrollen. Wenn sie genug Därme gesammelt hatte, würde sie die Streifen auseinanderschneiden, glätten und sie zu einem *chigadax* zusammennähen.

Chagak wusch und schabte den Magen aus, damit er als Behälter für Fleisch oder Öl benutzt werden konnte.

Schließlich waren nur noch die Knochen übrig. Einige würde sie für Nadeln und kleine Werkzeuge aufbewahren, aber die meisten würde sie auskochen, um daraus Öl für die Lampen und zum Kochen zuzubereiten.

In ihrem Dorf war das Kochen der Knochen ein Grund zum Feiern gewesen. Die Männer zündeten am Ufer eine Reihe Feuer an, und die Frauen errichteten Rahmen aus Treibholz und hängten große Säcke aus Häuten auf, die mit Wasser gefüllt waren. Auf den Feuerstellen wurden Felsblöcke erhitzt, und die Jungen ließen die Felsstücke ins Wasser fallen, bis das Wasser kochte. Dann wurden die Robbenknochen hineingeworfen.

Die alten Frauen, die wußten, wieviel Öl die Knochen ergeben würden, beobachteten die Schicht, die sich oben auf dem Wasser bildete, und wenn sie dick genug war, riefen sie die jungen Frauen herbei, die die Knochen herausholen mußten.

Die Knochen wurden auf Häute gelegt, die am Strand ausgebreitet waren, und noch bevor sie kalt waren, kamen die Männer von ihren Wurf- und Hebespielen und fingen an, die Knochen mit schweren Steinen zu brechen.

Ausnahmsweise aßen die Jäger einmal nicht als erste. Dieses Mal servierten die Männer den Kindern, zerbrachen Knochen und reichten sie zuerst den Jüngsten, damit sie das übrig gebliebene Mark heraulutschen konnten. Dann servierten die Männer den Alten, den Frauen, die das Feuer unterhielten, und schließlich sich selbst.

Chagak erinnerte sich an all diese Dinge, während sie arbeitete. Die Erinnerungen taten ihr weh, aber sie lenkten ihre Gedanken von Mann-der-tötet ab, denn er stand über ihr, sah zu, wie sie arbeitete, und bot ihr nicht an, ihr dabei zu helfen, die Robbe herumzubewegen, sondern lächelte nur jedesmal, wenn sie das Tier in eine andere Stellung rollen mußte.

Chagak hörte Shuganan stöhnen. Sein Stöhnen quälte ihr Innerstes, aber es gab ihr auch die Gewißheit, daß er noch lebte. Sie zwang sich, schneller zu arbeiten, hoffte, daß ihr Mann-der-tötet, wenn die Robben zerlegt waren, erlauben würde, sich um Shuganan zu kümmern.

Es dämmerte schon, als Chagak mit dem Schlachten fertig war. Während sie arbeitete, hatte Mann-der-tötet alle Vorräte aus ihrem *ik* geholt. Eine Weile war er mit dem Messer in der Hand über dem *ik* gestanden, und Chagak war sicher gewesen, daß er die Haut, die es bedeckte, zerschneiden und den Rahmen zertrümmern würde, aber das hatte er nicht getan. Schließlich hatte er ihre Vorräte in ein Gezeitenbecken gestoßen. Chagak sagte nichts und tat so, als hätte sie nichts gesehen.

Er war der Jäger. Er war dafür verantwortlich, Essen und Häute zu bringen. Wenn er die Vorräte zerstören wollte, war das seine Sache, nicht ihre.

Als Chagak die Knochen der zweiten Robbe auf einen Haufen gelegt hatte, stand sie auf und dehnte sich, streckte ihren Rücken. Mann-der-tötet rief ihr etwas zu, aber sie sah ihn nicht an.

Chagak legte die Messer aus der Hand, sammelte die Häute, in denen das Fett war, auf und begann sie zum *ulaq* zu ziehen. Sie würde das Fett in dem kühlen Vorratsraum aufbewahren, bis sie Zeit hatte, Öl daraus zu machen.

Sie sah, daß Mann-der-tötet die Messer aufgehoben hatte, aber er half ihr nicht dabei, eine der Häute zu tragen. Er stand nur da und verjagte die Möwen von dem Fleisch, während Chagak viele Male zum *ulaq* ging und wieder zurückkam. Ihre Angst um Shuganan spornte sie an, schnell zu laufen, obwohl ihre Arme und Beine vor Müdigkeit schwer waren.

»Ich bin nicht müde. Ich bin stark«, flüsterte Chagak dem Wind zu. »Ich bin stark.« Die Worte schienen ihrem Körper Kraft zu geben, schienen das Fleisch, das sie zog, leichter zu machen.

Schließlich waren nur noch die Häute übrig, die sie unter die Robben gelegt hatte. Chagak zog sie zum Meer und spülte das Blut und die wenigen Stücke, die noch übrig waren, im Wasser herunter. Sie trocknete die Häute mit Kieselsteinen und rollte sie zusammen.

Dann ging sie an Mann-der-tötet vorbei über den Strand und kniete sich neben Shuganan auf den Boden. Der alte Mann atmete schwer, seine Augen waren geschlossen. Sein Gesicht war von den Prellungen verfärbt, und obwohl er zu schlafen schien, umklammerte er seinen gebrochenen Arm.

Chagak sah zu Mann-der-tötet auf. Er lächelte höhnisch, und dieses Lächeln auf seinem Gesicht bewirkte, daß sie ihn noch mehr haßte.

Er muß sterben, dachte Chagak. Aber Töten war etwas für Männer, und sogar die Männer aus ihrem Dorf töteten keine Menschen, sondern nur Tiere. Der Gedanke kam immer wieder: Er muß sterben. Dann in Worten, die wie das Lied eines Jägers vibrierten: Eines Tages werde ich ihn töten. Ich werde ihn töten. Eines Tages werde ich ihn töten.

Die Geschichtenerzähler erzählten von Zeiten, lange vor Chagaks Geburt, als die Männer, um ihre Frauen und Kinder zu schützen, gegen andere Männer gekämpft und sie getötet hatten.

Ja, dachte Chagak. Mann-der-tötet darf nicht leben. Und das Gewicht des Messers, das vorn in Ihrem *suk* steckte, erfüllte sie mit einer plötzlichen Welle der Macht.

Als sie sich neben Shuganan kniete und seinen Namen rief, schien sich die Macht in ihrer Brust zu sammeln und den alten Mann zu ergreifen. Einen Augenblick lang machte er die Augen auf, aber er sagte nichts, und Chagak war sich nicht sicher, ob er sie sah oder ob er nur die Bilder eines Traumes sah.

»Sei ruhig«, sagte sie zu ihm. »Ich werde dich zum *ulaq* bringen und dir eine Medizin geben.«

Er machte die Augen wieder zu, und Chagak sah hinüber zu Mann-der-tötet. Wieder spürte sie die Macht, die von ihrem Messer ausging, und sie sagte: »Ich muß ihn zum *ulaq* bringen. Hilf mir, ihn zu tragen.«

Und obwohl Chagak wußte, daß er ihre Worte nicht verstand, kam er zu ihr. Sie deutete auf ein Ende der Schlafdecke, dann hob sie das andere Ende hoch.

Mann-der-tötet sagte etwas. Wütende Worte. Er hob die Hand und hielt sie an die Verletzung in seinem Gesicht. Chagak sah sie sich aus der Nähe an. »Ich habe Medizin«, sagte sie und machte mit ihren Händen Bewegungen, als würde sie eine Salbe auftragen. »Hilf mir, Shuganan zu tragen, dann werde ich dir eine Medizin geben.« Wieder nahm sie ihre Hände zu Hilfe, um die Bedeutung ihrer Worte zu unterstreichen.

Mann-der-tötet brummte und hob das andere Ende von Shuganans Decke auf, dann trugen sie ihn zusammen zum *ulaq*.

Sie legten ihn draußen an die windgeschützte Seite des *ulaq*. Das war besser, wußte Chagak. Im Freien ließen sich die Geister der Krankheit nicht so schnell in einem Körper nieder.

Chagak häufte getrocknetes Gras und Treibholz auf, dann kletterte sie an der Seite des *ulaq* nach oben, warf Mann-der-tötet nur einmal einen kurzen Blick zu, während sie an dem Kletterstamm hinunterstieg. Er machte keine Anstalten, sie aufzuhalten.

Chagak nahm das Päckchen Karibublätter aus dem Hüftband ihrer Schürze, füllte einen Beerenbeutel aus einem kleinen Behälter mit ausgelassenem Fett und mehreren Holzschalen. Sie zündete auch eine Jägerlampe an und trug die Lampe mit dem Beerenbeutel, den sie um den Arm geschlungen hatte, den Kletterstamm hinauf, achtete darauf, daß sie vor dem Wind geschützt war.

Sie machte das Feuer an, blies in die Flammen, bis sie auf das Holz übergriffen, dann kehrte sie zum *ulaq* zurück. Diesmal brachte sie einen Behälter mit Öl, einen mit Wasser sowie einen Kochbeutel. Sie hängte den Beutel an einem Dreifuß über das Feuer und füllte ihn mit Wasser. Sie bewegte sich schnell, vergewisserte sich, daß die Flammen den Beutel nicht über dem Wasserspiegel berührten.

Eigentlich war es besser, den Kochbeutel in einiger Entfernung vom Feuer aufzuhängen, zuerst die Steine zu erhitzen und sie dann ins Wasser zu werfen, die Steine zu erhitzen und immer wieder neu zu erhitzen, sie ins Wasser zu werfen, bis es kochte. Auf diese Weise hielten die Kochbeutel länger. Wenn man den Beutel direkt über das Feuer hängte, wurde die äußere Schicht der Haut versengt und war nicht mehr so fest. Wenn die Flamme den Beutel über dem Wasserspiegel erreichte, würde der Beutel Feuer fangen. Aber Mann-der-tötet hatte Chagak so lange hingehalten, und sie wollte nicht länger warten. Auf diese Weise würde die Medizin schneller fertig sein.

Während sie darauf wartete, daß das Wasser zu kochen begann, goß sie etwas von den zu Puder zermahlenen Karibublättern in eine der Holzschüsseln und vermischte sie mit Fett, knetete die Mischung mit den Fingern, bis die Blätter gleichmäßig verteilt waren. Dann beugte sie sich über Shuganan und begann die Medizin über seine Wunden zu streichen, aber Mann-der-tötet schob sich zwischen Shuganan und Chagak und deutete auf die Mixtur.

Chagak war wütend. Was waren die Wunden von Mann-der-tötet, verglichen mit denen von Shuganan? Aber sie strich die Paste auf seine Wange und biß die Zähne zusammen, damit der Zorn nicht in ihrem Gesicht zu sehen war.

Als sie mit ihm fertig war, drehte sie sich wieder zu Shuganan um, und Mann-der-tötet versuchte nicht, sie aufzuhalten. Sie wusch das Blut von Shuganans weißen Haaren und bedeckte jeden Schnitt mit Salbe.

In seinem Gesicht waren keine Wunden, die genäht werden mußten, und obwohl der Schnitt an seinem

Kopf sehr lang war, so war er doch nicht tief, und Chagak beschloß, ihn nicht zu nähen. Ihre Mutter hatte ihr einmal gesagt, daß sich der Kopf schlecht nähen ließ. Die Haut war zu fest über den Schädel gespannt, so daß es schwer war, die Ränder der Wunde zusammenzuziehen. Außerdem verfingen sich die Haare leicht in den Stichen. Und so wusch Chagak die Wunde nur aus und strich Salbe darauf.

Als sie fertig war, kochte das Wasser, und Chagak leerte die restlichen Karibublätter in das Wasser. Sie mußten so lange kochen, bis Chagak die Zahl ihrer Finger und Zehen zehnmal gezählt hatte.

Als der Sud fertig war, goß sie eine Schale voll ein und stellte sie zum Abkühlen auf die Seite. Mann-der-tötet sah ihr zu, sagte aber nichts. Vorsichtig hob Chagak Shuganans Kopf hoch und hielt die Schale an seine Lippen. Zuerst lief ein Teil der Flüssigkeit daneben, aber dann begann Shuganan zu trinken.

»Gut«, murmelte Chagak. »Gut. Trink es. Es wird dich wieder stark machen. Es wird dich wieder gesund machen.«

Als die Schale leer war, deutete Chagak auf die Schlafdecke und sagte zu Mann-der-tötet: »Ich brauche eine neue, etwas, das ihn warmhält. Ich muß ihm seinen *chigadax* und seinen Parka ausziehen.«

Eine Weile rührte sich Mann-der-tötet nicht vom Fleck, seine Augen waren hart und dunkel, aber schließlich nickte er, und Chagak ging wieder ins *ulaq*, und diesmal brachte sie die schwere Decke aus Robbenfell von Shuganans Schlafplatz. Sie legte sie über seine Beine und zog seinen *chigadax* nach oben. Jedesmal, wenn sie das Kleidungsstück bewegte, schrie Shuganan auf. Mann-der-tötet fing zu lachen an, und Chagak spürte, wie sich ihr Haß verhärtete und immer größer wurde, sich von ihrer Brust in ihrem ganzen Körper ausbreitete.

»Ich brauche dein Messer«, sagte sie mit zusammengebissenen Zähnen. Sie sah zu Mann-der-tötet auf und sagte noch einmal: »Messer.«

»Messer?« wiederholte er, sagte das Wort in Chagaks Sprache. Er zog sein Jagdmesser aus der Scheide an seinem linken Unterarm.

»Messer?« Er hielt es ihr hin, aber als Chagak danach griff, zog er die Waffe zurück. Chagak stand auf und streckte die Hände aus, wartete, so wie eine Mutter auf ein Kind wartet, bis Mann-der-tötet ihr schließlich das Messer gab.

Chagak schlitzte den *chigadax* und den Parka mit einem langen Schnitt an der Vorderseite auf, vom unteren Rand bis hinauf zum Kragen, und dann der Länge nach beide Ärmel. Sie gab Mann-der-tötet das Messer zurück, dann zog sie vorsichtig die Kleidungsstücke von Shuganans Körper. Von der Mitte seiner Brust bis zum Hals hinauf erstreckte sich eine lange Wunde, und an seinem Brustkorb waren überall purpurrote Abschürfungen.

»Seine Rippen sind gebrochen«, sagte Chagak laut, sagte es nicht zu Mann-der-tötet, sondern zu einem Geist, der es vielleicht hören konnte. Vielleicht halfen die Geister alter Frauen, die etwas vom Heilen verstanden.

Ihre Großmutter hatte ihr einmal gesagt, daß man gebrochene Rippen fest zusammenbinden mußte, aber wenn eine Rippe die Lunge durchstoßen hatte, bestand wenig Hoffnung, daß der Betroffene überlebte. Was waren die Anzeichen dafür? Schäumendes Blut vor dem Mund? Husten? Obwohl Shuganan aus dem Mund geblutet hatte, als Chagak ihn zum ersten Mal angesehen hatte, war sie sicher gewesen, daß das Blut von den zerbrochenen Zähnen kam, die in seine Zunge und Wangen schnitten.

Chagak verwendete Streifen aus Robbenhaut und wickelte sie um Shuganans Brust. Er schrie mehrmals auf, und jedesmal, wenn er es tat, lachte Mann-der-tötet, aber Chagak arbeitete still weiter und tat so, als hätte sie das Lachen nicht gehört.

Als sie fertig war, nähte sie die Wunde an seiner Brust, dann rieb sie Salbe aus Karibublättern auf die letzten Schnitte und Schrammen.

Chagak kauerte sich auf ihre Fersen, aber Mann-der-tötet beugte sich vor und bohrte seine Zehen in Shuganans linken Arm. Shuganans Augenlider flatterten.

Mann-der-tötet spuckte auf den Boden, dann redete er in seiner eigenen Sprache und deutete mehrmals auf Shuganans Arm.

»Ja, er ist gebrochen«, sagte Chagak, die sich nicht länger bemühte, ihren Zorn zurückzuhalten. »Du bist ein mutiger Jäger. Du bist so stark, du tust einem alten Mann weh. Die Geister zittern.« Und dann spuckte auch sie auf den Boden.

Mann-der-tötet packte ihren Kopf, seine Finger gruben sich in ihren Schädel. Er stieß ihr Gesicht bis dicht an Shuganans Arm, dann sagte er langsam in ihrer Sprache: »Richte seinen Arm. Er muß schnitzen. Richte seinen Arm.«

Chagak zitterte am ganzen Körper. Mann-der-tötet hatte zu lange bei ihnen gelebt. Er fing an, ihre Sprache zu lernen, eine Sprache, die viel zu heilig war, um von jemandem gesprochen zu werden, der Dörfer zerstörte.

»Ich werde seinen Arm richten«, erwiderte sie.

Mann-der-tötet ließ sie los, und Chagak strich langsam mit den Händen über Shuganans gebrochenen Arm.

Sie hatte noch nie zuvor einen Arm gerichtet. Einmal hatte sie zugesehen, wie der Schamane ihres Dorfes es getan hatte. Aber er war ein Mann mit großen Geisterkräften.

Ich trage sein Amulett, dachte Chagak und umklammerte den Lederbeutel mit beiden Händen. Sie begann ein Lied zu singen. Kein Schamanenlied, sondern ein Frauenlied, eines, das die heilenden Geister zu Kindern bringen sollte. Es war das beste, das sie kannte.

Der Schamane hatte einen langen Stock verwendet, etwas, das zu dem Knochen im Arm sprach, etwas, das von Stärke und Geradlinigkeit sprach.

Chagak kannte nur einen einzigen Gegenstand, der so stark war, etwas, das sie sonst nicht einmal in Gedanken anfassen würde: Shuganans Gehstock aus Walknochen. Lange Zeit sang sie nur, sah auf den Arm, der purpurrot angelaufen und gebogen war, wo er nicht hätte gebogen sein sollen.

Dann riß sie Shuganans *chigadax* in Streifen, lang genug, sie um seinen Arm zu wickeln. Shuganans Stock war an seinem Schlafplatz, und wieder sagte Chagak zu Mann-der-tötet, daß sie jetzt hineingine. Diesmal brummte er nur, und sie lief schnell weg und kam mit dem Gehstock zurück.

Sie legte den Stock an den Arm und fing an, den ersten Streifen um die gebrochene Stelle zu wickeln.

Aber Mann-der-tötet kniete sich neben sie und bedeutete ihr, Shuganans Arm am Ellbogen festzuhalten, dann packte er das Handgelenk und sagte etwas zu ihr. Obwohl Chagak nicht verstand, was er sagte, drückte sie fester zu, denn sie erinnerte sich an etwas bei der Zeremonie des Schamanen, das sie vergessen hatte, an das Ausrichten des Knochens.

Mann-der-tötet zog mit gleichmäßiger Kraft.

Shuganan schrie auf und öffnete für einen Augenblick die Augen, aber Mann-der-tötet hörte nicht auf zu ziehen. Dann winkte er Chagak, forderte sie auf, den Arm einzuwickeln.

Sie arbeitete schnell, wickelte die Streifen um Arm und Stock. Als sie fertig war, hob Mann-der-tötet Shuganan hoch, hielt ihn, als wäre er ein Kind und kein Mann, und trug ihn ins *ulaq*.

20

Zwei Tage lang blieb Chagak bei Shuganan im *ulaq*. Nur früh am Morgen ging sie hinaus, um die Körbe mit den Abfällen der Nacht auszuleeren und die Wasserhaut an der Quelle dicht bei der Klippe im Süden zu füllen.

Am zweiten Tag machte Shuganan die Augen schon öfter auf, obwohl er nicht mit Chagak redete. Er begann, mit langsamen, vorsichtigen Schlucken Brühe zu trinken, und das Atmen schien ihm leichter zu fallen.

Die meiste Zeit waren sie allein im *ulaq*. Mann-der-tötet blieb draußen, und Chagak war froh, daß er nicht im *ulaq* war. Sie vergeudete keine Zeit damit zu überlegen, was er tat.

Am dritten Morgen begann Mann-der-tötet, während er aß und Chagak Shuganans Wunden auswusch, mit Chagak zu sprechen. Er sprach eine lange Zeit, deutete manchmal auf Shuganan, manchmal auf sie. Einmal machte er eine Pause, um die beiden frischen Robbenhäute aus dem Lagerplatz vorn im *ulaq* zu ziehen.

Als er zu Ende gesprochen hatte, wartete er, sah Chagak an, bis es Chagak schließlich unbehaglich wurde und sie sagte: »Wenn Shuganan gesund ist, werde ich die Robbenfelle schaben und haltbar machen. Ich werde dir Decken für deinen Schlafplatz machen.«

Aber Mann-der-tötet schnitt ihr das Wort mit einer ungeduldigen Geste ab und deutete auf das Loch im Dach.

»Willst du noch etwas zu essen?« fragte Chagak und sah zur Nische mit den Vorräten. Aber Mann-der-tötet packte ihren Arm und stieß sie zum Kletterstamm.

Er zog seinen *chigadax* über und hob zwei Harpunen auf. Chagaks Kehle zog sich in plötzlicher Angst zusammen. Wo brachte er sie hin?

»Shuganan . . .« sagte sie, als er sie den Kletterstamm hinaufstieß.

»Shuganan«, wiederholte Mann-der-tötet und lachte. »Shuganan«, sagte er noch einmal, während sie aus dem *ulaq* kletterten. Und Chagak hörte den Spott in seiner Stimme und schwieg.

Ich habe Shuganan zu essen gegeben und seine Wunden gesäubert, dachte Chagak. Er wird allein zurechtkommen. Er braucht Schlaf.

Im hellen Tageslicht kniff sie die Augen zusammen. Der Himmel war blau. Wolkenlose Tage waren selten, meistens waren sie am Morgen in Nebel gehüllt. Wann hatte sie zum letzten Mal einen wolkenlosen blauen Himmel gesehen? Bevor Mann-der-tötet gekommen war. Bevor sie Shuganan gefunden hatte.

Dann erinnerte sie sich. Der Tag, den ihre Mutter ihr geschenkt hatte, war wolkenlos und heiß gewesen. Es war ein wunderschöner Tag gewesen, bis das Feuer, bis . . .

Mann-der-tötet hielt Chagak am Ärmel ihres *suk* fest und zog sie zum Strand. Sie sah, daß sein *ikyak* dicht am Strom lag und daß er Sammelbeutel daran befestigt hatte.

»Warte«, befahl er ihr, während er das *ikyak* ins Wasser ließ und hineinkletterte.

Chagak war überrascht, daß er das Wort in ihrer Sprache kannte. Aber sie wartete, bemerkte erst jetzt, daß sich das *ikyak* verändert hatte, daß es eine größere Öffnung hatte, die nicht rund, sondern oval war.

»Komm«, sagte er, wieder in Chagaks Sprache.

Chagak zögerte. Wollte er, daß sie zu ihm ins *ikyak* stieg?

»Kommen?« fragte sie und deutete auf das *ikyak*.

Mann-der-tötet nickte.

Chagak sah, daß Mann-der-tötet, genauso wie die Jäger aus ihrem Dorf, mit flach ausgestreckten Beinen in seinem *ikyak* saß. Wenn sie in das *ikyak* passen sollte, müßte sie zwischen seinen Beinen sitzen. Sie wollte nicht so dicht bei ihm sein.

»Nein«, sagte Chagak und wich zurück. »Ich muß bei Shuganan bleiben.«

»Er ist kräftig genug. Wir werden nicht lange fort sein.«

Chagaks Brust war plötzlich fest und hart vor Angst, und sie machte den Mund auf, um zu sprechen, aber sie brachte keinen Ton heraus. Wie lange kannte der Mann ihre Sprache schon?

»Du wunderst dich, daß ich deine Sprache spreche«, sagte Mann-der-tötet und lachte. »Du denkst, daß ich nichts weiß. Daß du Pläne machst und ich davon nichts weiß. Ich habe andere Frauen von deinem Stamm. Glaubst du, ich hätte nicht ihre Sprache gelernt? Manchmal ist es am besten, erst Freund zu sein, wenn man Feind sein will.«

Chagak spürte, wie ihr übel wurde, als würde der Geist des Mannes alles um sie herum verdunkeln.

»Ich spreche jetzt, damit du meine Wörter lernen kannst. Du Frau, du mußt meine Wörter sprechen.«

Er grinste, zeigte seine breiten, viereckigen Zähne, dann forderte er Chagak auf, in das *ikyak* zu steigen. Als Chagak sich weigerte, packte Mann-der-tötet ihren Arm und drehte ihn um.

»Steig ein«, sagte er.

Chagak stieg in das Boot, rückte, soweit es ging, nach vorn. Mann-der-tötet stieg hinter ihr ein, umfaßte ihre Taille und zog sie dichter zu sich, zwischen seine Beine, dann zog er die Verkleidung der Sitzöffnung hoch und befestigte sie ringsherum an den Rändern.

Er stieß das *ikyak* in die Mitte des Stromes, und Chagak spürte das Rucken, als sie von der Strömung ergriffen und ins Meer gezogen wurden. Sie war noch nie in einem *ikyak* gefahren, hatte sich nie klargemacht, wie nah die Beine dem Wasser waren, wie kalt es war.

Eine Weile paddelte Mann-der-tötet schweigend, aber dann begann er zu sprechen, zeigte auf seine Waffen, das *ikyak*, das Meer, die Klippen und den Seetang, sagte jedes Wort in Chagaks Sprache, dann ein anderes Wort, das häufig ähnlich klang, das Chagak aber noch nie gehört hatte.

Chagak spürte, wie sich in ihrer Brust Zorn und Härte bildeten, und sie sagte nichts, wiederholte keines seiner Wörter. Sie wollte ihm nicht so nah sein. Der Schweißgeruch seines Körpers und der Fischgeruch seines *chigadax* verdrängten den guten Geruch des Windes und des Meeres.

»Sprich!« schrie er sie schließlich an, schlug an ihren Kopf. »Sag Wörter. Du bist eine dumme Frau.«

Chagak bereitete sich auf einen weiteren Schlag vor. Aber er tauchte sein Paddel nur tiefer ins Wasser, und das *ikyak* schoß auf die Seetangfelder zu, die sich vor der Klippe im Osten erstreckten.

Es war Ebbe, und der Seetang lag wie lange gewundene Seile aus dunklem *babiche* auf den Felsen und dem Wasser.

»Sammle Napfschnecken«, sagte Mann-der-tötet und reichte ihr ein Frauenmesser, eins, das sie im *ulaq* gesehen hatte, das vielleicht Shuganans Frau gehört hatte.

Mann-der-tötet lenkte das *ikyak* dichter an einen großen Felsblock, und Chagak beugte sich vor, verwendete die breite Seite der Klinge, um Napfschnecken von den Felsen zu lösen. Es war schwere Arbeit, aber Chagak war daran gewöhnt.

Mann-der-tötet lenkte das *ikyak* langsam zwischen die Felsblöcke, prüfte mit dem stumpfen Ende seiner Harpune ständig die Tiefe des Wassers.

Als sie bei dem Seetang angekommen waren, waren die Otter verschwunden, aber während sich das *ikyak* langsam weiterbewegte, wenig Geräusche machte, kamen sie wieder an die Oberfläche, manche folgten dem *ikyak* und sahen Chagak bei der Arbeit zu, andere schwammen zwischen dem Seetang hin und her. Chagak warf ihnen Schnecken zu, so daß ihnen immer mehr Otter folgten. Einige wickelten sich in die langen Fasern, legten sich, in den Wellen ankernd, auf den Rücken und machten die Augen zu. Die Geschichtenerzähler sagten, die Otter hätten unter dem Tang eigene Dörfer.

Chagak beobachtete die Tiere und achtete darauf, keine plötzlichen Bewegungen zu machen. Die Mütter hielten ihre Jungen in den Armen, während sie auf dem Rücken schwammen. Andere spielten, und ihre glatten dunklen Köpfe tauchten unter und erschienen dann wieder zwischen dem Seetang. Manche fingen Fische, andere brachten vom Meeresboden Miesmuscheln herauf, legten sich einen Stein auf den Bauch, während sie sich auf dem Rücken dahintreiben ließen, und brachen die Schalen an dem Stein auf, genauso wie die Jäger die Schalen an den Steinen aufbrachen und aßen.

Chagak hatte die Seeotter als ihre Brüder und Schwestern betrachtet, seit sie zum ersten Mal ihre Blutung bekam, ein Mädchen, das zur Frau wurde.

Damals hatte ihre Mutter nach dem Brauch ihres Volkes eine Behausung aus Treibholz, Erde und Gras für sie gemacht. Chagak war dreißig Tage dort geblieben, hatte kaum etwas gegessen, ihre Träume als Vorlage für Muster verwendet. Die Jäger wußten, daß die Frauen während ihrer ersten Blutung besondere Macht besaßen, und jeder Mann, der Chagaks Vater Robbenhäute brachte, hatte das Recht, Chagak zu bitten, für ihn einen Gürtel zu machen, etwas, das ihm beim Jagen Glück bringen würde.

So hatte Chagak während dieser dreißig Tage gearbeitet, hatte nur ihre Mutter und ihre Großmutter gesehen. Sie war einsam gewesen und hatte sich vor den Geistern gefürchtet, die, wie sie wußte, zu ihr kamen, von ihrem Blut angezogen wurden.

Einmal, nach einer langen Nacht, als Chagak von einem kalten Regen wachgehalten wurde, der durch die Wände ihrer Unterkunft gedrungen war, ihr Lager und ihren kleinen Vorrat an Essen durchweicht hatte, fing Chagak zu singen an. Das Lied hatte ihr im Regen Trost gebracht, die Worte waren ihr durch Lieder und Gesänge gegeben, an die sie sich erinnerte. Und während sie sang, begann Chagak Bilder in ihrem Kopf zu sehen, ein Dorf mit Seeottern, die neben dem Dorf ihrer Eltern wohnten, und sie begann zu verstehen, warum ihr Vater die Otter Brüder genannt hatte, warum er so streng darauf achtete, sie nicht zu töten oder zu stören, wenn sie zwischen dem Seetang Fische fingen.

Und dann schienen die Otter mit ihr zu reden, ihr Geschichten zu erzählen, die auch die Großmutter ihr erzählt hatte. Sie beschäftigten Chagak, während ihre Finger den Gürtel eines Jägers webten.

Jetzt, während Chagak im *ikyak* von Mann-der-tötet arbeitete, schienen die Otter wieder Trost zu bringen, ihr von den fröhlichen Dingen des Lebens zu erzählen.

Chagak ließ eine weitere Schnecke in den Sammelbeutel an der Seite des *ikyak* fallen. Der Beutel war fast voll.

Sie streckte die Hand aus, um die letzte Schnecke vom Felsen zu holen, aber Mann-der-tötet sagte zu ihr: »Sei still.«

Sie sah zu ihm auf, sah, daß er beide Harpunen losgemacht hatte. Und bevor sich Chagak bewegen konnte, bevor sie verstand, was er vorhatte, warf er beide Waffen, eine nach der anderen.

»Nein!« schrie Chagak, während die erste Harpune eine Ottermutter mit einem Jungen, das sich an ihrem Bauch festklammerte, traf. Die zweite traf einen Otter, der im Seetang schlief. Aber so schnell Chagak aufgeschrien hatte, so schnell legte ihr Mann-der-tötet die Hand auf den Mund.

»Sei still, dann töte ich sie alle«, sagte er zu ihr, während er seine Harpunen einzog, die Seile aufwickelte, mit denen sie an seinem *ikyak* befestigt waren.

Er nahm die Hand von Chagaks Mund, und Chagak sagte: »Bitte nicht, sie sind meiner Familie heilig. Bitte, töte sie nicht. Sie sind meine Brüder.«

Aber Mann-der-tötet warf den Kopf zurück und begann zu lachen. Er lachte, während er den toten Otter vom Seetang losschnitt, lachte, als er die Ottermutter, der das Junge folgte, ans *ikyak* zog, lachte, als er dem Jungen den Hals umdrehte.

Chagak glaubte eine ruhige Stimme zu hören, die Stimme ihrer toten Mutter, die zu ihr sagte: »Sei still. Versuche nicht, gegen ihn zu kämpfen.« Aber Chagaks

Zorn trieb sie dazu, sich zu bewegen, und sie drehte sich, mit dem Frauenmesser in den Händen, zu Mann-der-tötet um. Sie zerschnitt das *ikyak* und die Seile, mit denen die Harpunen am Boot befestigt waren, und schließlich stieß sie das Messer in die Arme von Mann-der-tötet.

»Du wärst schon tot, wenn ich nicht die Macht deines Großvaters brauchte«, sagte er, während er ihre Arme festhielt, sie zwang, das Messer ins Meer fallen zu lassen. Dann ergriff er, während er mit einer Hand ihre Handgelenke festhielt, mit der anderen das Paddel und schlug es Chagak über den Kopf.

Das Geräusch des Paddels an ihrem Schädel löste in Chagaks Kopf ein Echo aus, ein Geräusch, in dem das Lachen von Mann-der-tötet unterging, in dem die Angstschreie der Otter untergingen, die den beiden zu helfen versuchten, die vom Speer getötet worden waren.

Flieht, ihr könnt nichts für eure Toten tun, wollte Chagak rufen, aber sie brachte die Worte nicht heraus.

Wie das Volk in meinem Dorf, dachte Chagak, und der Schmerz in ihrem Kopf wurde zu den roten Flammen, die das *ulakidaq* ihres Volks eingeschlossen hatten, und sie hörte die Schreie, während Mann-der-tötet einen Otter nach dem anderen zum *ikyak* holte, junge und alte. Einige tötete er mit seinem Speer, einige mit dem Blatt seines Paddels, einige in Netzen, während sie zwischen den Toten schwammen, die an Seilen neben dem *ikyak* hingen.

Und Chagak, die in der Dunkelheit gefangen war, konnte sich nicht bewegen, konnte nur zusehen und zuhören und weinen. Zusehen und zuhören und weinen.

21

Chagak wollte die Otter nicht häuten, sie wünschte, sie könnte ihnen ein *ulaq* der Toten bauen, sie begraben, so wie sie es für ihre eigenen Leute getan hatte.

Mann-der-tötet wollte das Fleisch nicht essen und erwartete von Chagak nicht, daß sie es zubereitete. »Fleisch nicht gut«, sagte er zu ihr. »Schmeckt wie Schlamm.« Chagak hatte ihm zugestimmt, obwohl sie noch nie Otterfleisch gekostet hatte. Es war schon schwierig genug, die glatten, mit dichtem Pelz besetzten Häute zu entfernen, sie zu strecken und zu schaben. Wenigstens konnte sie die Körper wieder ins Meer werfen und hoffen, daß die Geister der Tiere sie fanden.

Am dritten Tag, nachdem Mann-der-tötet die Otter genommen hatte, machte Shuganan die Augen auf und lächelte Chagak an. Sie wusch sein Gesicht, versuchte ihn zu überreden, seinen Mund aufzumachen, um etwas Brühe zu trinken. Er lächelte, aber dann schob er die Brühe auf die Seite und flüsterte: »Wasser.«

Lachend und weinend gab Chagak ihm Wasser. Er trank in großen Schlucken, so daß Chagak Angst hatte, die Wunden an seinen Wangen und seinem Hals könnten wieder aufreißen, aber als er fertig war, schien wieder Farbe in sein Gesicht und Kraft in seinen Körper zurückgekehrt zu sein.

Der alte Mann sah sich im *ulaq* um und sagte zu Chagak: »Mann-der-tötet? Ist er weg?«

»Am Strand«, erwiderte Chagak und sah, wie die Hoffnung aus Shuganans Gesicht verschwand.

»Ich konnte ihn nicht töten«, flüsterte er, dann legte er seine Hände über ihre und fragte: »Bist du jetzt seine Frau?«

Chagak dachte, bevor sie antwortete, darüber nach, daß sie es nicht war. Wie seltsam, daß er sie nicht gezwungen hatte, daß er statt dessen den Brautpreis erfüllt hatte. »Bald«, sagte sie. »Er hat die Otter, und die Häute sind bereit. Er sagt, ich muß einen *suk* für mich machen, aber ich weiß nicht, ob ich es tun muß, bevor ich seine Frau bin oder hinterher.«

»Da ist ein Messer ...« begann Shuganan, aber Chagak hörte Mann-der-tötet oben auf dem *ulaq* und legte die Hand auf Shuganans Mund, um ihn zum Schweigen zu bringen. Wenn Mann-der-tötet Shuganan hörte, würde er ihn vielleicht schlagen, und Shuganan war so schwach, daß ihn schon ein einziger Schlag töten konnte.

»Du bist wach«, sagte Mann-der-tötet, und er sprach in Chagaks Sprache.

Shuganan blinzelte und starrte ihn an.

»Er versteht und spricht meine Sprache«, sagte Chagak und wünschte, sie könnte sich an all die Dinge erinnern, die sie und Shuganan in Gegenwart des Mannes gesprochen hatten, als sie glaubten, er würde sie nicht verstehen.

»Das sollte ein Mann wissen«, flüsterte Shuganan und versuchte, sich hinzusetzen, und Chagak wußte nicht, ob er damit die Sprache meinte oder die Tatsache, daß Mann-der-tötet sie sprach.

Sie versuchte ihn wieder auf seine Matten zu drükken und sagte leise: »Leg dich hin.«

Aber Mann-der-tötet sagte: »Nein, er soll sitzen. Setz ihn hin und warte auf mich.«

Mann-der-tötet kletterte aus dem *ulaq*, und Chagak sah ihm nach, überlegte, was er tun würde, war wütend, daß er von Shuganan verlangte, sich hinzusetzen.

»Ich werde dich stützen«, sagte sie zu Shuganan und trat hinter ihn, hob ihn hoch, damit er sich an sie lehnte. Sein Atem ging schwer, und er begann zu husten. Er bewegte die Arme, um sich an die Seiten zu fassen, dann sah er hinunter auf seinen gebogenen linken Arm, als sähe er ihn zum ersten Mal.

»Sitz still«, sagte Chagak. »Du hast dir die Rippen und einen Arm gebrochen.« Er lehnte sich schwer gegen sie, und sie fühlte, wie er sich entspannte, sich aber wieder versteifte, als er von einem neuen Hustenanfall ergriffen wurde.

Er kämpfte gegen den Husten an, bis er würgte, bis Chagak, die glaubte, daß seine Schmerzen größer waren, wenn er sich dagegen wehrte, als wenn er hustete, sagte: »Es tut weh, aber huste nur. Ich werde dir beim Atmen helfen.«

Dann entspannte er sich wieder, und der Husten ließ allmählich nach. Er spuckte einen Klumpen dunklen Schleims aus und flüsterte: »Du hast recht. Es hat geholfen.«

Dann kam Mann-der-tötet wieder den Kletterstamm herunter, und zu Chagaks Überraschung hatte er auf jeder Schulter ein ganzes Bündel Otterhäute. Er legte sie einzeln vor Shuganan auf den Boden, zählte sie, während er es tat. Dann zerrte er zwei Robbenmägen aus der Vorratsnische, beide mit getrocknetem Robbenfleisch gefüllt, und sagte zu Shuganan: »Der Brautpreis für deine Enkeltochter. Zwei Robben, sechzehn Otterfelle. Heute nacht wird sie meine Frau.«

Er sah Chagak an, und obwohl sie Shuganan an sich drückte, obwohl sie ihren *suk* aus Vogelfedern trug, fühlte sie die Hitze seiner Augen. Sie zitterte bei dem Gedanken an die Hände von Mann-der-tötet auf ihrem Körper, dachte, daß sie die Frau eines Mannes sein würde, den sie haßte.

»Du hast den Preis bezahlt«, sagte Shuganan, seine Stimme war ein Flüstern, und Chagak fühlte, wie er zitterte, während sie ihn hielt. »Aber wenn sie nicht deine Frau sein will, werde ich sie nicht zwingen.«

Mann-der-tötet hockte sich vor Shuganan auf den Boden und legte seine Hände an Shuganans Rippen. Er sah Chagak in die Augen und drückte. Shuganan schrie nicht auf, aber Chagak hörte, wie er plötzlich die Luft anhielt.

»Ich werde deine Frau sein«, sagte Chagak zu Mann-der-tötet und zwang die ganze Kraft ihres Geistes, sich in ihren Augen zu zeigen, zwang ihn, den Haß und den Zorn zu sehen, den sie fühlte.

»Nein«, sagte Shuganan.

»Ich muß seine Frau sein«, sagte Chagak. »Wenn ich es nicht bin, tötet er dich vielleicht, und wer soll ihn dann zurückhalten? Ich habe kein Messer.«

Mann-der-tötet lachte. »Vielleicht brauchst du ein Messer, alter Mann. Würdest du mich dann töten?« Er zog sein Jagdmesser mit der langen Klinge aus der Scheide an seiner Hüfte und rammte es bis zum Griff in den festgestampften Boden.

»Heute nacht gehört es dir. Töte mich.« Und dann packte er Chagak am Arm, zog sie von Shuganan fort und stieß sie auf ihren Schlafplatz.

Angst breitete sich in Chagak aus und ließ ihr keinen Platz zum Atmen, ließ ihr Herz so hart schlagen, wie Wellen an einen Felsen schlugen. Aber dann schien sie die Stimme ihrer Mutter zu hören, erinnerte sich an Worte, die sie einmal gesagt hatte: »Es ist nichts Schreckliches, eine Frau zu werden. Beim ersten Mal tut es weh, und es gibt Blut, ein bißchen Blut, nicht schlimm genug für Tränen.«

Dann hörte Chagak das Flüstern eines Geistes, vielleicht der Geist eines der Otter, die Mann-der-tötet genommen hatte: »Laß ihn nicht wissen, daß du Angst hast. Laß es ihn nicht wissen.«

Und so blieb Chagak, als Mann-der-tötet den Schlafplatz betrat, stehen und spannte die Muskeln ihrer Beine an, damit sie nicht zitterte.

»Setz dich hin«, sagte er zu ihr.

Chagak drückte sich so eng an den Vorhang des Eingangs, wie sie konnte, und setzte sich mit über den Knien geballten Fäusten auf den Boden.

»Zieh den *suk* aus.«

Außer dem einen Mal, als sie den *suk* genäht hatte, hatte Chagak ihn nicht in Gegenwart von Mann-der-tötet ausgezogen. Aber jetzt, als seine Frau, mußte sie tun, was ihr Mann sagte, und so zog sie den *suk* aus, preßte ihn an sich, während Mann-der-tötet dicht zu ihr kroch und mit den Händen über ihre Arme fuhr.

Er riß ihr den *suk* aus den Händen und ließ ihn auf den Boden fallen. Aber er lag dicht bei den Schlafmatten, so daß Chagak Hoffnung in sich aufwallen spürte. Wenn sie an den *suk* kam, dann kam sie auch an das Messer, das darin versteckt war. Aber Mann-der-tötet hob, als würde er ihre Gedanken kennen, das Kleidungsstück auf und legte es von einer Hand in die andere.

»Schwer«, sagte er und ließ den *suk* wieder auf den Boden fallen. Er fuhr mit den Händen um den unteren Rand, bis er zu den Taschen kam, die Chagak genäht hatte, dann riß er die Nähte auf, zog das Frauenmesser heraus und hielt es an Chagaks Gesicht.

»Du hast das Messer in den *suk* genäht«, sagte er.

»Das ist ein Brauch meines Volkes«, erwiderte Chagak, ihre Stimme kam wie das Flüstern eines Kindes aus ihrer Kehle.

»Was ist da drin?« fragte er und fühlte mit den Händen an der Tasche.

»Nadeln, eine Ahle, Sehnen als Faden. Dinge, die eine Frau bei sich haben sollte.«

»Ein Messer?«

»Es ist ein Frauenmesser.«

Mann-der-tötet lachte. »Nur ein Frauenmesser«, sagte er. »Tut niemandem weh.« Er nahm eine ihrer Brüste in die Hand und drückte die flache Seite der Klinge gegen ihr Fleisch. »Schneidet nicht gut, dieses Messer?«

Er zog die Kante quer über ihre Brust, und eine dünne Blutspur perlte aus ihrer Haut. »Manche Stämme zeichnen Frauen, damit sie schön sind«, sagte Mann-der-tötet. »Man muß tief schneiden.« Er zog eine weitere Linie quer über die andere Brust, zog, bis die Schneide an Chagaks Kehle war. Er hielt inne, lächelte. »Aber nicht mein Volk«, sagte er, und plötzlich warf er das Messer in die hintere Ecke des Schlafplatzes.

»Steh auf«, sagte er.

Sie stand auf. Mann-der-tötet zog seinen Parka aus, zog ein Messer aus der Scheide an seinem Handgelenk und schnitt den Riemen durch, der ihre Schürze hielt. Er lachte tief hinten in der Kehle und streckte die Arme nach ihr aus. Er schob eine Hand zwischen ihre Beine, seine Haut war rauh, seine Berührung grob, dann kostete er seine Finger. »Du bist Salz«, sagte er. »Wie das Meer.«

Er zog sie hinunter auf die Schlafdecken und spreizte ihre Beine weit auseinander, stocherte und stieß, schnüffelte und zwickte, und Chagak fühlte, wie Haß in ihr aufwallte. Sie fühlte sich nicht wie eine Frau, sondern wie eine Sklavin, die verkauft wird.

In ihre Augen stiegen Tränen, aber dann flüsterte eine Stimme ihr zu: »Komm mit mir, komm mit mir.«

Und plötzlich war Chagak nicht mehr bei Mann-der-tötet, sie ging über die Klippen, spürte die Freude des neuen Sommers, die warme Luft, die vom Meer her wehte. Zu ihrer Überraschung war Robbenfänger neben ihr und hielt ihre Hand. Sie hatten keine Tabus, keinen

Grund zu warten, keinen Grund, ihre Jungfräulichkeit zu bewahren.

Chagak fühlte seine Hände an ihrem Körper, und sie sank auf das Gras neben ihm, zog ihren *suk* aus, während er seinen Parka ablegte, zog ihre Schürze aus, während er seine auf die Seite warf.

Aber dann war plötzlich das Gewicht eines schweren Körpers auf Chagak, drückte ihr die Luft aus den Lungen, und sie war nicht länger bei Robbenfänger, sondern bei Mann-der-tötet.

Mann-der-tötet zwang ihre Beine auseinander, stieß mit harten Stößen in sie hinein, preßte, bis Chagak vor Schmerzen ihre Lippen zerbiß.

»Du hattest noch nie einen Mann«, sagte er zu ihr, und sie haßte sein Lachen.

Er stieß noch einmal zu, und Chagak hatte das Gefühl, daß etwas in ihr zerbrach, zerriß.

»Du willst mich nicht«, sagte Mann-der-tötet, und so plötzlich, wie er sich auf sie gerollt hatte, rollte er sich wieder herunter, machte Chagak Platz, tief Luft zu holen.

»Du willst mich nicht«, sagte er wieder und schlug sie. Der Schlag traf Chagak überraschend, und sie japste nach Luft. Er schlug sie immer wieder, das Geräusch war hoch und scharf. Er schlug ihr Gesicht, ihre Beine, ihre Arme, boxte und schlug, schlug zu, bis Chagak sich zu einem Ball zusammenrollte, die Knie hochzog, um ihren Bauch zu schützen, und mit ihren Armen den Kopf bedeckte.

»Du wirst lernen, eine gute Frau zu sein«, sagte er. »Du wirst lernen, eine gute Frau zu sein.«

Shuganan lag auf seinen Matten und wünschte, er könnte nichts hören. Es war schon schlimm genug gewesen zu hören, wie Mann-der-tötet lachte, aber jetzt schlug er Chagak.

Er hat mir ein Messer gelassen, dachte Shuganan und rollte sich von seiner Matte. Das Gewicht seines Körpers schien ihm die Luft aus der Brust zu pressen. Er konnte nicht atmen, aber er bewegte sich in die Nähe des Messers, benutzte die Finger seiner rechten Hand und seine Knie.

Chagak schrie dreimal auf, bevor Shuganan das Messer erreichte, und als er seine Hand um den Griff legte, gingen ihre Schreie in Schluchzen über. Mit jedem ihrer Schreie spürte Shuganan, wie er stärker wurde.

Er blieb einen Augenblick still liegen, dann rollte er sich auf den Rücken, sog in tiefen Zügen Luft ein, die Rippen taten ihm so weh, daß er nur stilliegen wollte, nichts tun wollte, das ihm noch mehr Schmerzen bereitete.

Am Rand seines Bewußtseins begann sich Dunkelheit einzuschleichen, löschte die Gedanken aus, brachte Schlaf, linderte die Schmerzen, aber dann hörte Shuganan, wie Chagak noch einmal schrie, und er rollte sich wieder auf den Bauch, mußte würgen, als der Geschmack von Blut in seinen Mund strömte. Er ergriff das Messer und zog daran, aber Mann-der-tötet hatte es zu tief in den Boden gestoßen, und Shuganan bekam es nicht heraus.

Er stieß mit dem Daumen gegen die flache Seite der Klinge, und schließlich bewegte sich das Messer. Er riß den Griff hin und her und stieß noch einmal mit dem Daumen zu. Mit jedem Stoß bewegte sich das Messer ein bißchen mehr, und dann fühlte Shuganan, wie die Klinge herausglitt, als habe die Erde sie freigegeben.

Shuganan kroch zu dem Vorhang von Chagaks Schlafplatz. Dahinter war noch immer Bewegung, der Rhythmus von Mann und Frau, und Chagak weinte. Shuganan rollte sich wieder auf den Rücken und wartete. Er war nicht kräftig genug, etwas zu tun, bevor Mann-der-tötet schlief.

Mann-der-tötet hatte Chagak so lange geschlagen, bis Blut aus ihrer Nase lief, bis ihre Zähne tief in ihre Wangen schnitten, dann hatte er das Messer aus seinem Ärmel benutzt, um das Häutchen zu durchtrennen, das den Weg zu ihrer Fraulichkeit versperrte, damit er in sie eindringen konnte. Das Schneiden war noch nicht so schlimm gewesen, aber jetzt, als Mann-der-tötet mit seinem langen Geschlecht in ihr war und sich auf und ab bewegte, gegen die Wunde rieb, die er ihr zugefügt hatte, brachen über Chagak mit jedem Stoß Schmerzen herein.

Sie benötigte ihre ganze Kraft, um es auszuhalten, und sie verlor den Gedanken an ihr Volk, verlor die Stimme ihrer Mutter.

Es schien, als wären die Schmerzen schon immer bei ihr gewesen, wie etwas, mit dem sie schon immer gelebt hatte, das sie schon lange kannte, wie der Rhythmus des Meeres, das Donnern der Wogen. Ihre Schreie waren nur die Schreie von Möwen, die über ihr vorbeisegelten. Und so fing sich die Stille in ihrer Kehle, als Mann-der-tötet aufhörte, sich zu bewegen − der Schmerz legte sich, wie sich der Wind legt, eine Überraschung, aber etwas, das ihr angst machte. Mann-der-tötet bewegte sich nicht von ihr herunter, sondern schien noch schwerer auf ihr zu liegen, und schließlich fühlte sie, wie sein Geschlecht in ihr klein wurde, fühlte, wie es aus ihr herausglitt und an ihrem Schenkel lag.

Mann-der-tötet murmelte etwas, dann hörte ihn Chagak schnarchen und war überrascht. Wie konnte er schlafen? Aber sein Schlaf war eine Erleichterung. Dann war sie, ungeachtet seines Gewichts, das sie niederdrückte, allein.

Aus ihrer Nase rann noch immer Blut, und sie tastete in der Dunkelheit nach ihrer Schürze, nach etwas, um das Blut zu stillen und das getrocknete Blut von ihrem Gesicht zu wischen. Sie streckte die Hände so weit aus, wie sie konnte, fand aber nichts. Schließlich packte sie den Rand einer Grasmatte, und als sie sie heranzog, fühlte sie eine Erhebung in dem festgestampften Erdboden. Sie tastete die Linie mit dem Finger ab.

Es war ein Rechteck, ungefähr so lang wie ihre Hand. Als sie dagegen drückte, bewegte es sich, als wäre etwas darunter.

Dann hörte sie eine Stimme flüstern, vielleicht die ihrer Mutter oder Großmutter: »Shuganan hat ein Messer versteckt.«

Chagak stieß mit den Fingerspitzen gegen die Erde. Sie mußte den Arm ganz lang ausstrecken, und ihre Hand ermüdete schnell. Sie versuchte, näher heranzukommen, aber Mann-der-tötet stöhnte und zog sie fester unter sich, und so grub Chagak mit den Nägeln an den Rändern. Die Erde war wie ein Keil, der die Nägel von den Fingerspitzen löste. Schließlich hatte sie ihre Finger so weit hineingezwängt, daß sie die Platte hochheben und aus dem Boden nehmen konnte.

Es gab ein leichtes klopfendes Geräusch, als sie den Erdklumpen heraushob, dann griff sie in das Loch und fand das Messer. Es war nicht groß, aber es war ein Jagdmesser, vielleicht eins, das ein Junge tragen würde. Zuerst fühlte es sich in ihrer Hand fremd an, die Waffe eines Mannes, etwas, das sie nicht haben sollte, aber dann erinnerte sie sich an ihre Mutter und ihre Schwester im Feuer, erinnerte sich an den Anblick von Robbenfängers Körper, mit dem Schnitt quer über dem Bauch, den herausquellenden Eingeweiden, und als sie sich daran erinnerte, wurde das Messer mehr und mehr zu einem Teil ihrer selbst, bis es sich schließlich anfühlte, als würde es aus ihrer Hand wachsen.

Sie zog das Messer an ihre Seite und steckte es unter den Rand der Schlafmatte. Sie wollte es in der Hand behalten, mußte sich aber zuerst vergewissern, wo sie es hineinstechen mußte.

Sie hob die linke Hand, strich leicht über das Gesicht von Mann-der-tötet, dann entlang des Einschnitts an seinem Hals. Sie legte die Finger an seine Haut und hielt die Luft an, bewegte sich nicht, bis sie das langsame Schlagen fühlte, das von seinem Herzen kam. Sie zitterte, und es war, als hätte sich ihr Geist in ihren Fingerspitzen versammelt.

Sie bewegte die Hand, umschloß das Amulett an ihrem Hals und sprach in Gedanken zu Aka, zu den Seeottern und zu den Geistern ihres Volkes. »Laß mich nicht versagen. Er wird andere töten, wenn ich ihn nicht töte. Lenke meine Hand. Lenke mein Messer. Laß mich ihn töten.«

Sie griff mit der Hand zum Rand der Matte, bis sie das Messer fand. Sie umklammerte es fest, und es schien, als würde der Geist des Messers nach ihrem eigenen Geist greifen, ihn festhalten. Sie hob das Messer und benutzte ihren kleinen Finger, um den Puls zu finden, und dann zog sie das Messer mit zusammengebissenen Zähnen fest über den Hals von Mann-der-tötet.

Für einen Augenblick geschah nichts, kein Blut, keine Bewegung, und ein Geist flüsterte: »Du hast nicht tief genug geschnitten.«

Aber dann waren die Hände von Mann-der-tötet an Chagaks Hals, drückten, bis Chagak zu fühlen glaubte, daß sie die inneren Wände ihrer Kehle berührten.

Sie stieß mit dem Messer nach ihm, stach in seine Arme und Schultern, und dann war plötzlich noch jemand anderer bei ihnen im Schlafplatz. Zuerst glaubte Chagak, es sei ein Geist, ihr Vater oder vielleicht Robbenfänger, der kam, um sie zu holen, um sie mitzunehmen in die Geisterwelt, aber dann wußte sie, daß es Shuganan war.

Er hatte ein Messer. Chagak sah, wie sich der alte Mann auf die Knie erhob, sah, wie er das Messer genau über die Mitte des Rückens von Mann-der-tötet hielt. Sie spürte die Kraft des Messers, als Shuganan es Mann-der-tötet zwischen die Rippen stieß, als er sich dagegenstemmte, um es noch tiefer hineinzustoßen. Und plötzlich waren die Hände von Mann-der-tötet nicht mehr an ihrem Hals, sondern um Shuganans Hüfte, hoben ihn hoch, warfen ihn auf den Boden.

Shuganan blieb liegen. Mann-der-tötet kam auf die Knie, spie Blut und griff sich mit beiden Händen an den Hals.

Shuganan konnte sich nicht bewegen. Die Schmerzen in seiner Seite waren so stark, daß er die Zähne zusammenbeißen mußte, um nicht laut zu schreien. Aber es waren nicht die Schmerzen, die seine Gedanken erfüllten.

Mann-der-tötet kniete mit dem Messer im Rücken am Boden, aus der Wunde an seinem Hals quoll Blut. Shuganan sah ihn an, bis er zu bluten aufhörte, bis er nach vorn fiel und liegen blieb, das Gesicht in den Erdboden gedrückt. Dann schloß Shuganan die Augen. Die Dunkelheit trennte ihn von dem toten Mann. Shuganan fühlte nichts, hörte nichts, bis Chagaks hohes dünnes Wimmern zu ihm durchdrang und er die Augen aufmachte.

Das Mädchen lag zusammengerollt neben ihm am Boden, seine Haare waren wie ein schwarzer Vorhang über die Brüste gezogen. Selbst in dem trüben Licht des *ulaq* konnte Shuganan die dunklen Prellungen an den Armen und Beinen sehen. Aber er hatte nicht die Kraft, Chagak zu halten, sie zu trösten.

22

Chagak ergriff ihr Schamanenamulett mit beiden Händen und sah zu, wie Shuganan in das *ulaq* kletterte. Er hatte darauf bestanden, allein zu gehen, aber sie machte sich Sorgen, daß er dazu noch zu schwach war, und sie schloß die Augen vor Erleichterung, als der alte Mann unten am Kletterstamm ankam, ohne heruntergefallen zu sein.

Es würde lange dauern, hatte er gesagt. Sie sollte warten und beten. Und obwohl Shuganan durch seine Verletzungen behindert war, schien es, als würde ein Teil der Kraft von Mann-der-tötet jetzt dem alten Mann gehören.

Warum war das eine Überraschung? fragte sich Chagak. Der Jäger errang immer einen Teil der Macht der Tiere, die er tötete. Warum sonst war ein junger Mann nach seiner ersten Robbentötung plötzlich so kühn, so sicher in seinen Handlungen? Warum war er plötzlich so viel geübter im *ikyak*?

Chagak hatte in der Nacht zuvor nicht geschlafen. Sie hatte nicht auf die Schmerzen ihrer Wunden geachtet, hatte den Körper von Mann-der-tötet mit alten Häuten bedeckt und alles im *ulaq* zusammengepackt. Sie hatte Shuganans Schnitzwerke in weiche Häute gewickelt und in Robbenmägen und Körbe gepackt. Am Ende hatte sie alles – Essen, Vorräte, Waffen – in die Mitte des *ulaq* gezogen und hinausgetragen.

Fast hätte sie die Otterfelle zurückgelassen, die ihr Brautpreis gewesen waren, aber dann hatte sie die flüsternde Stimme ihrer Mutter gehört: »Laß die Häute nicht bei ihm. Es ist besser, wenn du sie ins Meer wirfst. Vielleicht werden die Ottergeister sie für sich beanspruchen und zu ihrem Heim am Ufer zurückkehren.«

Und so hatte Chagak, nachdem das *ulaq* leer war und nur noch der Körper von Mann-der-tötet und eine Lampe übrig waren, die Felle nach oben auf die Klippe getragen und sie, eins nach dem anderen, hinuntergeworfen, und dabei die Ottergeister gebeten, sie zu holen und wieder dicht bei Shuganans Strand zu bleiben. Während sie alles vorbereitete, hatte Shuganan neben einem Feuer gelegen, das er aus getrocknetem Heidekraut entfacht hatte. Sie hörte ihn singen, verstand aber seine Worte nicht.

Jetzt wartete sie auf ihn. Er ist stark genug, dachte Chagak, aber ihre Gedanken waren von Angst erfüllt. Was würde geschehen, wenn Shuganan den Geist von Mann-der-tötet nicht von seinem Ufer vertreiben konnte? Ein neues *ulaq* zu bauen, war schwierig, aber möglich. Aber einen neuen Strand zu finden? Einen ohne Menschen, einen mit einer geschützten kleinen Bucht und einer Klippe mit Felsen für Schnecken und Seetang für Otter?

Chagak zitterte und zog ihre Hände in die Ärmel ihres *suk*. Die Arbeit in der vergangenen Nacht hatte alle sorgenvollen Gedanken verscheucht, aber jetzt kamen die düsteren Augenblicke mit Mann-der-tötet zu ihr zurück.

Sie wünschte, sie hätte ihrem Vater nicht gehorcht, hätte sich Robbenfänger hingegeben. Dann könnte sie wenigstens die Hoffnung haben, daß das Kind, das in ihr wuchs, der Sohn von Robbenfänger war und nicht von Mann-der-tötet.

Aber dann kehrten ihre Gedanken zu Shuganan und den Gebeten, die sie aufsagen sollte, zurück. Sie begann zu singen, und immer, wenn die Sorge um das Kind oder die Gedanken an die vergangene Nacht ihre Gebete unterbrachen, flüsterte Chagak: »Ich hatte schon größere Sorgen als diese. Es wird mich nicht umbringen«, und fuhr fort zu singen.

Es muß getan werden, dachte Shuganan, als er in das leere *ulaq* stieg. Er hatte die ganze Nacht mit den Geistern gesprochen, hatte sein Amulett umklammert, hatte mit süßem Heidekraut kleine Feuer entfacht. Er wünschte, er und Chagak müßten nicht allein mit dieser Sache fertig werden, wünschte, er wüßte mehr von der Kunst des Schamanen. Aber es war kein Schamane da, und Shuganan überlegte, ob er die richtige Entscheidung getroffen hatte, ob sein Handeln stärker wäre als der Geist von Mann-der-tötet.

Chagak hatte die ganze Arbeit getan. Shuganan war zu schwach gewesen, um ihr zu helfen. Sie hatte alle Vorräte nach draußen geschafft, während Shuganan in Felle gewickelt an der Leeseite des *ulaq* wartete.

Jetzt sah das *ulaq* groß und kahl aus, ein fremder Ort, nicht länger ihr Zuhause.

Mann-der-tötet lag mitten im *ulaq* auf dem Gesicht. Das Blut war im Körper erstarrt, und Shuganan sah, daß Bauch und Brust schon dunkler geworden waren.

Er faßte sein Messer. Er war nicht kräftig genug, um schnell zu sein, aber er hatte Chagak gesagt, daß sie sich keine Sorgen machen sollte, wenn er bis zum Abend nicht fertig war.

Sie hatte gefragt, ob sie ihm helfen könnte, und ihre Augen brannten. Aber Shuganan hatte noch nie gehört, daß bei dieser Zeremonie eine Frau dabeigewesen war. Es genügte schon, daß er, der kein Schamane war, es tat. Welchen Fluch würde eine Frau über sie bringen? Am besten wäre es, gar nichts zu tun.

Shuganan stieß das Messer in den Körper von Mann-der-tötet, in das Gelenk zwischen Schulter und Arm. Er wollte so vorgehen, wie es bei dem Volk seiner Frau der Brauch war, den Körper an jedem Gelenk zertrennen: Schulter, Handgelenk, Hüfte, Knöchel. Und zum Schluß den Kopf.

Dann würde der Geist von Mann-der-tötet keine Macht besitzen. Dann wären Shuganan und Chagak in Sicherheit.

Teil Zwei

FRÜHLING

7055 v. Chr.

23

Kayugh drehte die Knochennadel in seiner Hand herum. Er hatte lange gearbeitet. Er hatte vom Beinknochen eines Kormorans einen langen Splitter geschnitten, die Spitze geformt, dann die Nadel mit Sandstein geglättet, damit sie leichter zu verwenden war. Er hatte das eine Ende dicker gemacht, damit seine Frau Weißer Fluß einen Sehnenfaden um die Nadel knoten und der Faden nicht herunterrutschen konnte.

Als er fertig war, blieb er noch einen Augenblick sitzen, wartete, um zu sehen, ob Krumme Nase zu ihm kommen würde. Bestimmt hatte das Kind genügend Zeit gehabt, geboren zu werden. Aber vielleicht war es auch ein Mädchen, und die Frauen hatten Angst, es ihm zu sagen.

Ja, es wäre gut, einen Sohn zu haben, dachte er. Welcher Mann wollte keinen Sohn? Aber er hatte gesehen, wie seine Mutter beim Kindergebären gestorben war, und seit dieser Zeit war er über jede Geburt, die gutgegangen war, froh gewesen, ob die Frau nun einen Jungen oder ein Mädchen geboren hatte.

Kayugh hatte sich vor drei Sommern über die Geburt seiner Tochter Rote Beere gefreut, und obwohl die meisten Männer ihre Frauen aufgefordert hätten, das Kind zu töten, um sich die Jahre der Kinderpflege zu ersparen, in denen kaum Kinder empfangen wurden, hatte Kayugh beschlossen, seine Tochter zu behalten.

Er hob den Knochen auf und meißelte einen weiteren Splitter heraus. Er würde noch eine Nadel machen und mit dem Geist von Weißer Fluß einen Handel abschließen. Sicher würde der Geist von Weißer Fluß nicht zulassen, daß ihr Körper die Erde verließ, wenn er wußte, daß ihn Geschenke erwarteten. Aber das Grau des Himmels, die Schwere des Regens in der Luft schienen die Vorahnung widerzuspiegeln, die er verspürte. Es war kein guter Monat. Es wäre besser gewesen, wenn die Wehen von Weißer Fluß erst nach dem Vollmond begonnen hätten, erst nachdem ein ganzer Monat vergangen war seit dem Tod von Rotes Bein.

Rotes Bein war Kayughs erste Frau gewesen, eine gute Frau, wenn auch alt. Bevor Kayugh sie zur Frau genommen hatte, war sie eine Witwe und kinderlos gewesen, unerwünscht, eine Frau, die sich im Winter vielleicht den Bergen übergeben hätte, den Wintergeistern. Warum sollte sie einen Teil der Nahrung wegnehmen, wenn sie keinen Mann hatte, für den sie nähen konnte, keine Kinder, die sie aufzog? Es gab im Dorf genügend andere, die das Essen eher verdienten.

Aber Kayugh fand, daß Rotes Bein eine starke Frau war, die viele Heilpflanzen kannte und feine, gerade Säume nähen konnte. Wer hätte leugnen können, daß es der *chigadax* von Rotes Bein gewesen war, der ihrem Bruder das Leben gerettet hatte, als sein *ikyak* umgekippt und er nicht wieder hochgekommen war? Welcher andere *chigadax* hätte so lange im Wasser gehalten, welche anderen Nähte hätten das Meer ausgesperrt und den Parka eines Mannes so trocken gehalten, daß er, als das *ikyak* wieder aufgerichtet war, weder Kälte noch Nässe gespürt hatte?

Kayugh, der wußte, wieviel diese Frau wert war, hatte sie gefragt, ob sie seine Frau werden wollte, und er hatte seine Eltern verlassen, als er noch ein junger Mann war, um sich ein eigenes *ulaq* zu bauen.

Sie war eine gute Frau gewesen. Sie war in sein Bett gekommen, wann immer er es wollte, hatte die Vorratsnischen mit getrocknetem Fisch und Wurzeln gefüllt, seinen Parka und seine Stiefel in gutem Zustand gehalten. Aber als sie ihm nach zwei Jahren noch keine Kinder geschenkt hatte, war Rotes Bein zu ihm gekommen und hatte ihn gebeten, sich eine zweite Frau zu nehmen. Sie benötigte Hilfe bei der Arbeit im *ulaq*, sagte sie. Dann hatte Kayugh Weißer Fluß gefunden.

Weißer Fluß gehörte zu einer Familie aus einem anderen Dorf. Sie war eine sehr schöne Frau und im Unterschied zu den meisten anderen Frauen groß. Ihre Haut war hell, und ihre Augen waren runder als die Augen der Frauen in Kayughs Dorf.

Er hatte sie auf einer Handelsreise gesehen und einen Packen Felle und sein schönes *ikyak* gegen sie eingetauscht. Kayugh hatte sie unbedingt haben wollen und auch den Spott der anderen Männer hingenommen, als er ohne sein *ikyak* mit dem *ik* einer Frau seine Braut heimgebracht hatte.

Auch sie war eine gute Frau, wenn auch nicht so geschickt im Nähen und Kochen wie Rotes Bein.

Aber Rotes Bein war jetzt gut zehn Tage tot. Sie war aus ihrem *ik* gefallen, als sie Schnecken von den Felsen schnitt, und obwohl Kayugh hinterhergesprungen war und sie ans Ufer gezogen hatte, hatten die Wassergeister ihren Atem aufgesogen, bevor er sie an den Strand bringen konnte.

Sie hatten kein *ulaq* für die Toten, und so ließen sie sie am Rand eines Ufers zurück und häuften Felsblöcke über ihren Körper. In den darauffolgenden Tagen spürte Kayugh oft ihren Geist in seiner Nähe, und obwohl er wußte, daß der Geist von Rotes Bein ihm nicht weh tun würde, überlegte er, ob sie vielleicht wollte, daß sie jemand begleitete, oder gar wußte, daß der Tod bald einen von ihnen holen würde, so daß sie auf dessen Geist wartete, um die Reise zu den Tanzenden Lichtern nicht allein machen zu müssen.

Aber vielleicht war es gar nicht Weißer Fluß, die sterben würde, sondern jemand anderer. Kayugh dachte an die Menschen, die zu seiner kleinen Gruppe gehörten, die er nicht durch ein gesprochenes Wort, sondern allein wegen seiner Fähigkeit als Jäger anführte. Die anderen warteten auf seine Entscheidungen. Acht Erwachsene, drei Männer, fünf Frauen. Zwei Kinder. Nein, dachte Kayugh, vier Frauen, jetzt, nachdem Rotes Bein tot war. Und die übrigen vier — war auch nur eine dabei, um die er nicht trauern würde?

Kayugh stützte die Arme auf seine hochgezogenen Knie und starrte aufs Meer. Es war bald Sommer. Sie mußten Robben holen, um etwas für den Winter auf die Seite legen zu können. Wie sollten sie sonst leben?

Dann kam ihm plötzlich und unerwartet ein Gedanke: Warum sollen wir leben? Kayugh rieb sich mit den Händen die Augen. Er war müde, besorgt. Er hatte eine Frau verloren und fürchtete, nun auch noch die andere zu verlieren. Das war es. Es gab keinen Geist, der ihn verlocken wollte, zu den Männern und Frauen seines Stammes zu gehen, die auf den Berg gestiegen waren, nichts mehr gegessen und auf ihren Tod gewartet hatten, nachdem die große Welle ihr Dorf zerstört hatte.

Die Welle hatte Kayughs Vater, drei Brüder, eine Schwester mitgenommen. Wer hatte mehr verloren? Aber wie konnte ein Jäger beschließen, daß es Zeit zum Sterben war, wenn er noch so jung war? Die anderen waren auf seine Fähigkeiten, Nahrung zu besorgen, und auf seine Hilfe, ein sicheres Ufer zu finden, angewiesen.

So hatte er die Gruppe nach Westen geführt, aber er hatte zu den Stränden des Nordmeeres übergesetzt, und nicht zu denen des Südmeeres. Hier waren die Winter strenger, aber die Jäger, die schon dort gewesen waren, hatten gesagt, daß die Wellen nicht so hoch waren – die Wellen, die in der Nacht kamen, Dörfer zerstörten und Menschen töteten.

»Weniger zu sammeln für die Frauen, weniger Eier, weniger Wurzeln«, hatte Grauer Vogel gesagt. Aber Kayugh hörte nur selten auf Grauer Vogel. Er war ein kleiner, nicht besonders starker Mann, und auch sein Geist war klein und schwach.

Aber auch wenn Grauer Vogel sich mit Kayugh gestritten hatte, Große Zähne war einverstanden gewesen. Große Zähne war ein guter Mann, immer lachte er und machte Späße, und überließ es den anderen, von seinen Jagderfolgen zu berichten. Kayugh schätzte sein Urteil.

Kayugh konnte Große Zähne von dem Platz, an dem er saß, sehen. Große Zähne reparierte sein *ikyak*. Er hatte das Boot umgedreht und rieb Fett in die Nähte.

Große Zähne war ein Mann mit schmalen Schultern und breiten Hüften. Seine Arme waren lang, und von allen Jägern im Dorf warf er seinen Speer am weitesten.

Erster Schnee, sein Sohn, arbeitete neben ihm. Der Junge war fast acht Winter alt. Bald würde er ein Jäger sein. Große Zähne war nicht der Blutsvater des Jungen, hatte ihn aber als seinen eigenen angenommen, als einige Jahre zuvor eine andere Welle ihr Dorf zerstört hatte. Diese Welle hatte den Sohn von Große Zähne mitgenommen und die Eltern von Erster Schnee ertränkt. Im Gegensatz zu Große Zähne war der Junge klein und untersetzt, kräftig selbst für einen Jungen. Aber obwohl er anders gewachsen war, ahmte Erster Schnee den federnden Gang von Große Zähne nach, seine Stimme und die Art, wie er jemanden mit zusammengekniffenen Augen beobachtete.

Als er die beiden zusammen sah, wuchs Kayughs Hoffnung auf einen Sohn, aber da hüpfte seine kleine

Tochter bis an den Rand des Wassers. Kayugh stand auf und rief sie, und als sie kam, setzte er sich mit gekreuzten Beinen in den Sand und nahm sie auf den Schoß.

Sie lehnte sich nach hinten an ihn, und ihr zerzaustes Haar roch nach Wind. Es wäre nicht schlimm, noch eine Tochter zu haben, dachte Kayugh. Er sah Krumme Nase von dem geschützten Platz herkommen, den die Frauen zwischen zwei Hügeln entdeckt hatten, und als er ein Lächeln auf ihrem Gesicht sah, wuchs seine Hoffnung auf einen Sohn von neuem.

Aber als Krumme Nase zu ihm kam, galten Kayughs erste Gedanken Weißer Fluß. »Meine Frau?« fragte er und ließ die Worte in der Luft hängen.

»Es geht ihr gut«, beruhigte ihn Krumme Nase und hockte sich neben ihn.

Krumme Nase, eine der Frauen von Große Zähne, war keine schöne Frau. Sie war nach ihrer Nase benannt, die dick und gebogen war wie ein Papageitaucherschnabel. Ihre kleinen braunen Augen lagen dicht zusammen, und ihre Lippen waren dünn. Aber sie hatte lange schöne Hände, die geschickt mit Ahle und Nadel umgingen. Vielleicht webte sie mit diesen Händen Zaubersprüche, denn wenn sie arbeitete, versammelten sich oft die Männer um sie, redeten mit ihr, als wäre sie ein Mann, als hätte sie die Weisheit eines Mannes.

Krumme Nase streckte die Hand aus und strich mit dem Finger am Kinn von Rote Beere entlang. »Es gab Schwierigkeiten. Weißer Fluß hat geblutet . . .«

»Hat es aufgehört?«

»Ja.«

»Und das Kind?«

Krumme Nase lächelte. »Ein Sohn«, sagte sie.

»Ein Sohn«, wiederholte Kayugh, und einen Augenblick lang saß er ganz still.

Krumme Nase lächelte, aber dann sah sie hinunter auf ihre Hände. »Sie hat ihm einen Namen gegeben.«

Kayugh war nicht überrascht. Das war Brauch in der Familie von Weißer Fluß, es sollte Kraft beim Jagen geben.

»Wie hat sie ihn genannt?« fragte er.

»Sie hat dem Kind den Namen zugeflüstert, aber sie will ihn uns nicht verraten, bevor sie ihn nicht dir gesagt hat.«

Kayugh nickte. »Ein Sohn«, sagte er. Ein Lachen schien aus seinem Geist aufzusteigen, und als es stärker wurde, sprang Kayugh auf. Er hob Rote Beere auf seine Schultern, und nachdem er Krumme Nase umarmt hatte, rief er zu Große Zähne: »Ich habe einen Sohn.«

24

Die Schmerzen im Rücken weckten Chagak auf. In den vergangenen drei Tagen waren sie ständig schlimmer geworden, und an diesem Morgen waren sie so stark, daß sogar ihre Kieferknochen und ihre Zähne weh taten.

Sie stützte sich auf, erhob sich auf Hände und Knie und setzte sich nach hinten aufs Gesäß, hielt sich mit einer Hand den Bauch.

Sie kroch hinaus ins *ulaq* und entzündete die Öllampe an der Lampe, die während der Nacht gebrannt hatte. Sie hob den mit Lehm ausgekleideten Korb auf, der den Abfall der Nacht enthielt, und kletterte aus dem *ulaq*, um den Korb draußen zu leeren.

Der Wind wehte kalt und schneidend vom Strand

her, und die Wolken hingen so tief, daß Chagak selbst in der Dunkelheit des frühen Morgens etwas sehen konnte.

»Heute nacht wird es regnen«, flüsterte ein Geist, und Chagak glaubte, daß es die Stimme eines Seeottergeistes war, eine Stimme, die sie seit dem Tod von Mann-der-tötet oft gehört hatte.

Sie antwortete nicht, während sie den Korb ein Stückchen vom *ulaq* entfernt ausleerte, dann zum Strand ging, um ihn in einem Gezeitenbecken auszuspülen.

»Heute nacht wird es regnen«, sagte der Otter noch einmal. »Viel.«

»Ja«, sagte Chagak und hockte sich neben das Becken. Sie stützte die Arme auf die Knie, bevor sie den Korb auswusch.

»Heute wirst du dein Kind bekommen«, sagte der Otter, und die Geisterstimme war so ruhig, als spräche sie noch vom Regen.

Chagak schloß die Augen. »Nicht heute«, entgegnete sie laut.

»Glaubst du, du könntest ewig schwanger sein?«

»Das ist besser als tot.«

»Du hast dich nie vor dem Tod gefürchtet.«

»Wirst du für Shuganan sorgen, wenn ich sterbe?«

»Du wirst nicht sterben.«

»Viele Frauen sterben, wenn sie gebären.«

»Du wirst nicht sterben.«

»Das Kind? Wird es sterben?«

»Wie kann ich das sagen?« erwiderte der Otter. »Das ist deine Entscheidung.«

»Ist es ein Junge oder ein Mädchen?« fragte Chagak, obwohl sie es schon so oft gefragt und der Otter ihr nie geantwortet hatte.

»Junge«, sagte der Otter, und die jähe Antwort löste

in Chagak einen Schmerz aus, der sie vom Brustbein bis zum Rückgrat erstarren ließ und sie zu zerreißen schien.

Als die Schmerzen vergangen waren, sagte Chagak: »Ein Junge.«

»Du wolltest ein Mädchen.«

»Ja«, sagte Chagak. Was hatte die Mutter sie gelehrt? Ein Mädchen trägt den Geist seiner Mutter, ein Junge den Geist seines Vaters. Chagak hatte keinen Mann, der sie zwang, ein Mädchen zu töten. Sie konnte ihre Tochter behalten, wenn sie wollte, aber wenn sie einen Jungen bekam, wie konnte sie ihn dann behalten? Wie konnte sie ein Kind behalten, das aufwuchs, um zu hassen und zu töten wie sein Vater? Und doch machte ihr der Gedanke, das Kind zu töten, angst.

»Vielleicht tötet es Shuganan für dich«, sagte der Otter.

»Vielleicht irrst du dich, und ich trage eine Tochter«, sagte Chagak und war plötzlich böse auf den Ottergeist, als hätte er entschieden, ob das Kind ein Junge oder ein Mädchen war.

Wieder wurde Chagak von Schmerzen ergriffen und legte den Kopf auf die Arme.

»Geh«, sagte der Otter. »Du mußt gehen. Dann wird das Kind schneller kommen.«

»Ich muß es zuerst Shuganan erzählen«, sagte Chagak, »und ihm etwas zu essen machen.«

Chagak ging zurück zum *ulaq*. Sie kletterte vorsichtig den Kletterstamm hinunter, ihre Muskeln warteten angespannt auf die nächsten Schmerzen. Sie wünschte, sie könnte sich besser daran erinnern, wie eine Geburt vor sich ging. Sie war noch im Jahr der ersten Blutungen gewesen, als Pup geboren wurde, und so hatte man ihr nicht erlaubt, ihrer Mutter bei der Geburt zu helfen. Aber sie war oben auf dem *ulaq* geblieben, hatte jeder

Frau, die kam oder ging, Fragen gestellt. Ihre Mutter war eine starke Frau gewesen und hatte selbst in den letzten Wehen nicht geschrien, aber Chagak hatte andere Frauen in den Wehen gehört, die geweint und geschrien hatten.

Die Erinnerung ließ Chagak erschaudern, und sie versuchte an andere Dinge zu denken, versuchte, ihre Gedanken auf die Vorbereitung von Fisch und getrocknetem Robbenfleisch zu lenken. Sie versuchte sogar, mit dem Ottergeist ein neues Gespräch anzufangen, aber diesmal sagte der Otter nichts, und schließlich merkte Chagak, während sie arbeitete, daß ihre Hände und Knie zitterten. Sie verspürte ein plötzliches Verlangen nach ihrer Mutter und begann, wie ein kleines Kind zu weinen, heftige, harte Schluchzer, die ihr den Atem raubten.

»Chagak?« Shuganan kam aus seinem Schlafplatz gekrochen. »Was hast du?«

Chagak hielt ihre Tränen zurück und versuchte zu lächeln, aber irgendein Geist schien ihre Mundwinkel zu beherrschen, ihr Gesicht zu verzerren. »Alles in Ordnung«, sagte sie mit dünner Stimme. »Es ist alles in Ordnung mit mir«, und fügte schnell hinzu, »die Wehen haben begonnen.«

»Gut«, sagte Shuganan, aber Chagak sah, wie sich seine Augen für einen Augenblick weiteten, sah ein Aufblitzen von Angst.

»Gib einem Sohn das Leben«, sagte er. »Ich werde ihn lehren zu jagen.«

Chagak versuchte zu lächeln, aber der Gedanke an einen Sohn bereitete ihr keine Freude. Sie breitete eine Matte aus und legte Fisch und Robbenfleisch darauf.

Shuganan aß, benutzte nur seine rechte Hand, sein linker Arm war noch schwach. Am Anfang schien er gut zu heilen, aber der gebrochene Knochen des Arms hatte die Geister angezogen, die die Gelenke versteifen, und sowohl der Ellbogen als auch die Schulter waren geschwollen, so daß Shuganan den Arm kaum bewegen konnte.

Als er mit dem Essen fertig war, räumte Chagak den restlichen Fisch und das Fleisch weg.

»Du mußt auch essen«, sagte Shuganan.

»Nein«, erwiderte sie. »Ich habe keinen Hunger. Ich muß nach draußen. Es ist zu heiß hier drinnen. Es ist zu dunkel.«

Shuganan beobachtete Chagak den ganzen Tag über. Sie schritt die Länge des Strandes ab, eine kleine, dunkle Gestalt, die Hände unter dem *suk*, um ihren dicken Bauch zu stützen. Als sich die Sonne im Nordwesten dem Horizont näherte, wurden die Regenwolken dunkler, schwerer. Chagak ging langsamer, und Shuganan verließ das Dach des *ulaq*. Er würde sie jetzt zurückbringen. An ihren steifen Schritten konnte er sehen, daß die Schmerzen häufig kamen. Sie braucht eine Frau, dachte Shuganan, und in all den Jahren seit dem Tod seiner Frau hatte er nie größeres Verlangen nach ihrer Weisheit gespürt.

Als er sich Chagak näherte, sah Shuganan, daß sie mit geschlossenen Augen ging, tief atmete. Ihre Wangen blähten sich bei jedem Schmerz, wie bei einem Kind, das eine Robbenblase aufbliese.

Als sie ihn sah, blieb sie stehen und ließ sich im Sand auf die Fersen nieder.

»Komm zum *ulaq*«, sagte Shuganan zu ihr.

»Die Schmerzen sind nicht schlimm«, erwiderte sie. »Ich muß an der frischen Luft sein. Ich muß am Meer sein.«

Shuganan nickte und kauerte sich neben sie.

Eine Weile saßen sie schweigend da, dann bemerkte Shuganan, daß Chagaks Wangen von Tränen naß waren.

»Warum weinst du?« fragte er. »Sind die Schmerzen so groß?«

Sie wischte sich mit den Handrücken die Wangen ab. »Nein«, sagte sie. Dann murmelte sie: »Ich habe Angst.«

Shuganan antwortete nicht, denn er spürte das Zittern seiner eigenen Angst. Viele Frauen starben beim Gebären, viele, viele Frauen. Wenn nun Chagak etwas zustieß? Was würde er tun? Er wollte nicht ohne sie leben.

Plötzlich packte sie seinen Arm. »Es ist etwas passiert«, sagte sie mit großen runden Augen. Sie stand auf, und zwischen ihren Beinen strömte Wasser hervor. »Was ist das?« fragte sie. »Warum tue ich das?«

Shuganan sah sie verwundert an. »Ich weiß es nicht«, erwiderte er.

»Vielleicht ist gar kein Kind da. Vielleicht ist es nur Wasser«, sagte Chagak und begann zu lachen. Shuganan stand angsterfüllt auf, als ihr Lachen immer schriller und schriller wurde, bis es in einem Schrei gipfelte.

»Nein, nein. Das Wasser ist eine gute Sache«, sagte er, packte sie an den Schultern und schüttelte sie. »Siehst du, es ist nur Wasser, wie die Boote der Jäger es gegen das Ufer spritzen.«

Er half ihr aufzustehen, und sie gingen zusammen zum *ulaq*. Chagak hinterließ eine nasse Spur auf den Felsen. Shuganan legte seinen Arm um ihre Hüfte und zog sie dicht an seine Seite. Sie lehnte sich gegen ihn, und als sie das *ulaq* erreichten, brach sie zu seinen Füßen zusammen.

Er bückte sich, um ihr aufzuhelfen, aber sie winkte ab. Sie zog unter ihrem *suk* die Knie hoch und klammerte sich an dem neuen Sommergras fest, mit dem das *ulaq* bedeckt war.

Shuganan stand neben ihr und sah, wie sie vor Schmerzen das Gesicht verzog.

»Ah! Ah-h-h!« schrie sie, und Shuganans Augen füllten sich mit Tränen. Er hatte gehofft, daß dieses Kind ein Segen sein würde, ein Junge, dem er das Jagen beibringen konnte, der Chagak Robben bringen würde. Aber jetzt fragte er sich, wie er je hatte denken können, daß das Kind ein Segen sein würde. Chagak hatte so viel gelitten. Schmerzen über Schmerzen. Zuerst, als sie empfangen hatte, jetzt beim Gebären.

»Ah!« schrie Chagak wieder, dann griff sie zwischen ihre Beine, und Shuganan bemerkte erschrocken, daß ihre Hände mit Blut bedeckt waren.

»Geh!« sagte sie zu Shuganan, und die Kraft ihrer Stimme machte ihm Mut. »Geh! Verfluche uns nicht alle!«

Shuganan wich vor ihr zurück, wollte bleiben, wollte helfen und wußte, daß er es nicht konnte. Dann fiel ihm Pups Trageschlinge im *ulaq* ein.

»Ich werde die Schlinge bringen«, sagte er, war sich jedoch nicht sicher, ob Chagak ihn gehört hatte.

Die Dunkelheit des *ulaq* machte Shuganan blind, und er tastete mit den Händen nach den Fellen, die Chagak für das Kind vorbereitet hatte. Schließlich fand er Pups Schlinge. Er legte den Lederriemen über seinen Arm und ging wieder zu Chagak. Als er sie sah, bemerkte Shuganan, daß sie keine Schmerzen mehr hatte. Sie hielt den Kopf gerade, und ihre Arme ruhten auf ihren Knien. Aber dann sah Shuganan etwas Rotes neben ihr im Gras liegen, und er hörte einen kleinen, erschrockenen Schrei.

Chagak sah mit trüben Augen zu ihm hoch und sagte teilnahmslos: »Ein Junge.«

Shuganan lief schnell zu Chagak. Ein schönes dickes Neugeborenes lag zu ihren Füßen im Gras. Chagak riß sich ein paar ihrer langen Haare aus und band damit die pulsierende Schnur, die vom Nabel des Kindes unter ihren *suk* führte, ab. Dann beugte sie sich nach vorn und zerbiß die Schnur, zertrennte sie.

Aber das Kind ließ sie im Gras liegen. Seine Schreie wurden lauter, seine Arme und Beine zuckten bei jedem Atemzug.

»Ihm ist kalt«, sagte Shuganan und machte sich an der Schlinge zu schaffen, versuchte sie um das Kind zu wickeln.

»Er muß gewaschen werden«, sagte Chagak.

Shuganan, der sah, daß sie keine Anstalten machte, etwas zu tun, fragte: »Mit Wasser oder mit Öl?«

»Bring Wasser. Verschwende nicht unser Öl.«

Aber Shuganan brachte Wasser und Öl, eine gegerbte Haut und mehrere weiche Felle. Er hob das Kind hoch, und die Berührung schien es zu beruhigen. Er tauchte ein Stück der gegerbten Haut ins Wasser, zog sie auseinander, um sie zu dehnen, dann wischte er das Blut an dem kleinen Körper ab. Er glättete seine Haut mit Öl. Das Kind war gut gebaut, es hatte lange Arme und einen dicken Bauch.

Shuganan mühte sich wieder mit dem Trageriemen ab und kam schließlich zu dem Schluß, daß er den breiten Teil unter dem kleinen Hintern des Kindes durchziehen mußte. Von dort führte der Riemen am Rücken hinauf, um den Kopf zu stützen, dann wurde er über Chagaks Schulter geschlungen. Aber nachdem er dem Kind den Riemen umgelegt hatte, wurde ihm klar, daß ihn Chagak zuerst überziehen mußte, bevor der Kleine darin befestigt wurde.

Er hielt das Kind in seinem gesunden Arm und drückte es dicht an seinen Parka.

»Leg das um«, sagte er zu Chagak und reichte ihr den Riemen. Aber Chagak rührte sich nicht von der Stelle.

»Chagak«, sagte Shuganan mit lauterer Stimme. »Deinem Sohn ist kalt. Leg den Riemen um.«

»Er ist nicht mein Sohn«, sagte sie. »Er gehört Mann-der-tötet. Soll sein Vater für ihn sorgen.«

»Chagak, du brauchst dieses Kind. Es wird für dich ein Jäger sein. Es wird dir Fleisch bringen. Wer soll für dich sorgen, wenn ich sterbe, wenn du dieses Kind tötest?«

»Ich werde selbst fischen und jagen. Das habe ich früher auch getan.«

»Aber eines Tages wirst du alt sein. Es wird dir zuviel werden.«

»Dann werde ich sterben«, sagte Chagak.

»Chagak«, entgegnete Shuganan ruhig, »ein Sohn trägt nicht immer den Geist seines Vaters in sich.« Er versuchte ihrem Blick zu begegnen, aber sie wich ihm aus. »Er wird ein guter Mann sein. Wir werden ihm beibringen, sich um Menschen zu kümmern.«

Schließlich drehte Chagak den Kopf zu Shuganan. »Ist er stark?« fragte sie.

»Ja.« Shuganan hielt ihn vor sie hin, damit sie seine Arme und Beine sehen konnte, seinen kleinen runden Bauch.

Aber sie wandte sich wieder ab, dann sagte sie: »Ich muß die Nachgeburt begraben.«

»Ich werde sie begraben.«

»Du würdest einen Fluch auf dich laden. Ich muß sie selbst begraben, da es meine Mutter und meine Schwester nicht tun können.«

Langsam, schwankend, stand sie auf. Es begann zu regnen, schwere, kalte Tropfen. Das Kind weinte. »Bring ihn ins *ulaq*«, sagte Chagak. »Ich werde bald zurück sein.«

Sie sah zu, wie Shuganan das Kind in das Pelzrobbenfell wickelte und dann den Kletterstamm hinunter ins *ulaq* trug. Chagak ging zum anderen Ende des Strandes, zum Rand der Klippen. Sie schob alle Gedanken beiseite, erlaubte sich nicht, an das Kind zu denken. Es genügte, daß die Geburt vorbei war.

Sie hob ein flaches Stück Schiefer auf und grub damit ein Loch in den Boden.

Im *ulaq* begann Shuganan, dem Kind etwas vorzusingen, ein Schlaflied, wie es vor langer Zeit seine Mutter für ihn gesungen hatte, aber die Worte schienen in seiner Kehle steckenzubleiben, und das Lied, das aus seinem Mund kam, war ein Klagelied.

25

Weißer Fluß nannte ihren Sohn Amgigh. Blut. Es war ein seltsamer Name für ein Kind, aber Kayugh hatte keinen Grund, etwas dagegen einzuwenden. Blut war Leben. Welcher Geist respektierte nicht Blut?

Sie hielten am Strand eine Zeremonie ab, schnell und ohne große Feierlichkeiten. Den Namen riefen sie den Winden und dem Himmel und dem Meer zu, dann bereiteten sie sich auf eine weitere Tagesreise vor.

Kayugh packte sein *ikyak*, als Kleine Ente zu ihm kam. Kleine Ente, die zweite Frau von Große Zähne, war eine kleine, rundliche Frau. Im Unterschied zu den anderen Frauen, die ihr Haar offen trugen, so daß es ihnen über die Schultern fiel, oder in ihren Kragen steckten, band sie es mit einem Streifen Robbenhaut nach hinten, so daß es wie ein langer schwarzer Schwanz über ihren Rücken hing.

Kleine Ente war schüchtern und sprach selten, aber sie konnte sehr gut Fleisch zubereiten und aufbewahren, und manchmal sagten ihr die Geister, was in den nächsten Tagen geschehen würde.

Sie sagte etwas zu Kayugh, aber sie hielt den Kopf gesenkt, und ihre Stimme war so leise, daß er ihre Worte nicht verstehen konnte. Er schob seine Verlegenheit über das schüchterne Benehmen der Frau beiseite, beugte sich dicht zu ihr und hörte sie flüstern: »In drei Tagen werden wir an einen Strand kommen. Das hat mir ein Geist gesagt. Es wird ein guter Platz sein, um dort zu leben, mit Gezeitenbecken und einer Quelle mit frischem Wasser.« Sie machte eine Pause, blickte zu ihm hoch und dann wieder weg, als würde er ihr Angst einjagen. Sie hielt sich die Hand vor den Mund und fügte noch etwas hinzu.

»Ich kann dich nicht verstehen«, sagte Kayugh mit zu lauter Stimme.

»Es wird dort Klippen geben«, sagte sie, ohne ihn anzusehen. Sie drehte sich wieder zu den Frauen um, die die Vorräte in Häute packten, aber während Kayugh ihr nachsah, schien sich ihr Rücken zu versteifen, dann drehte sie sich langsam um und blickte ihm ins Gesicht. »Deine Frau«, murmelte Kleine Ente, aber dann ging sie weg, als hätte sie nichts gesagt.

Tief in seiner Brust verspürte Kayugh Angst. Was war mit seiner Frau? Er beobachtete Weißer Fluß zwischen den anderen Frauen. Sie war blaß, sah müde aus, aber welche Frau, die am Tage arbeitete, um ihren Mann zufriedenzustellen, und in der Nacht wach war, um ihren kleinen Sohn zu füttern, wäre nicht müde? Plötzlich war Kayugh wütend auf Kleine Ente, aber dann erinnerte er sich daran, was sie über den Strand gesagt hatte. Das war ein gutes Zeichen. Wann hatte Kleine Ente je unrecht gehabt? Vielleicht hatte sie gemeint, Kayugh sollte darauf achten, daß seine Frau nicht soviel arbeitete, daß sie sich ausruhte.

Er ging zu den Frauen hinüber. Sie sahen ihm entgegen, und ihre Gespräche verstummten. Er legte die Hand auf den Kopf seiner Frau, steckte seine Finger in das warme Haar.

»Krumme Nase, meine Frau wird mit unserem kleinen Sohn viele schlaflose Nächte haben«, sagte er. »Könnte sie heute einmal eine kürzere Strecke paddeln?«

»Warum nicht«, sagte Krumme Nase. »Mein Sohn ist groß genug, um eine Strecke zu übernehmen.«

Als Kayugh den Jungen ansah, bemerkte er das plötzliche Aufblitzen von Stolz in seinen Augen. Ja, das wäre eine gute Möglichkeit, Erster Schnee auf das *ikyak* vorzubereiten. Kayugh erinnerte sich daran, wie schwer es ihm als Junge gefallen war, im *ik* der Frauen zu fahren, anstatt in einem *ikyak* wie die Männer.

»Vielen Dank«, murmelte Weißer Fluß, aber als Kayugh zu Kleine Ente sah, um herauszufinden, ob sie mit seiner Anordnung einverstanden war, hielt sie den Kopf gesenkt und war damit beschäftigt, ein Bündel getrocknetes Gras zusammenzubinden.

Am nächsten Tag paddelten sie vom frühen Morgen an, bis sich die Sonne am Himmel senkte, dann hielten sie, um die Nacht an einem Strand zu verbringen, der mit faustgroßen runden Steinen bedeckt war. Die Frauen sammelten genügend Treibholz für ein Feuer, aber es waren keine kleinen, dicht beieinander liegenden Hügel da, um sie vor dem Wind, der vom Meer hereinblies, zu schützen.

Sie hockten sich in einem Halbkreis um das Feuer, mit dem Rücken gegen den Wind, so daß das Feuer auf der Leeseite ihrer Körper war. Die Frauen packten getrocknetes Fleisch aus. Kleine Ente machte kurze scharfe Stöcke aus grüner Weide und spießte die Fische daran auf, die sie tagsüber gefangen hatte, dann steckte sie die Stöcke in den Sand um das Feuer.

Das Paddeln hatte Kayugh so hungrig gemacht, daß er nicht abwartete, bis der Fisch neben ihm völlig gar war. Als die Haut braun zu werden begann, zog er den Stock aus dem Sand und begann zu essen.

Als er die Hälfte des Fisches gegessen hatte, hielt er Weißer Fluß den Stock hin, bot ihr die andere Hälfte an, aber sie schüttelte den Kopf.

»Du mußt essen«, sagte Kayugh zu ihr.

»Das werde ich«, antwortete sie und lächelte, aber ihr Gesicht sah müde aus, ihre Augen hatten dunkle Schatten, so daß Kayugh sich Sorgen machte.

Die Worte von Kleine Ente fielen ihm wieder ein, und so beobachtete Kayugh Weißer Fluß den ganzen Abend. Er war erleichtert, als sie etwas aß, und er bemerkte, daß sie lachte, als Große Zähne seine Geschichten erzählte. Obwohl sie nur langsam ging, eine Hand an ihren Bauch preßte, half sie den anderen Frauen beim Feuermachen und mit den Schlafdecken.

Als er sich für die Nacht neben das Feuer legte, hatte Kayugh seine Sorgen fast schon wieder vergessen.

Zuerst war das Geräusch in Kayughs Träumen. Es war der Schrei einer Möwe, dann der Schrei einer Frau, die ein Kind gebar, aber allmählich wurde er wach, und er hörte, daß es der erstickte Schrei eines Säuglings war.

Er richtete sich auf, und im Dämmerschein des frühen Morgens sah er, daß auch Kleine Ente und Große Zähne von dem Geräusch geweckt worden waren.

»Dein Sohn«, sagte Große Zähne, und als er es sagte, spürte Kayugh plötzlich Angst in sich aufsteigen. Die Kinder der Ersten Menschen schrien nicht so lange, wie sein Sohn geschrien hatte. Sie waren dicht am Körper ihrer Mutter angebunden, lagen warm unter dem *suk* und konnten trinken, wann immer sie wollten. Kleine Ente wickelte sich aus ihren Schlafdecken, und ihre Bewegungen kamen Kayugh langsam vor, jeder Schritt dauerte eine Ewigkeit, aber Kayugh hatte, als er aufzustehen versuchte, selbst das Gefühl, daß seine Arme und Beine aus Stein waren, zu schwer, um sie zu bewegen. Und so saß er da und sah zu, als wäre es nicht sein Kind, das weinte, als wäre die Frau, die Kleine Ente schüttelte, nicht seine Frau.

Kleine Ente drehte den Kopf zu ihm, und als sie sprach, klangen ihre Worte so langsam wie im Traum. »Sie hat geblutet«, sagte Kleine Ente. »Sie ist tot, Kayugh. Ein Geist hat sie mitgenommen.«

Kayugh konnte seinen Kopf nicht bewegen, um zu nicken, konnte nichts sagen. Aber dann war Große Zähne neben ihm, und das ganze Lager war wach. »Komm«, sagte Große Zähne, und seine Stimme schien Kayugh die Kraft zu geben, die er benötigte, um sich wieder bewegen zu können. Er warf die Decke von seinen Beinen und stand auf.

»Wir werden zum Strand gehen«, sagte Große Zähne. »Die Frauen werden sich um Weißer Fluß kümmern.«

»Sie ist tot«, sagte Kayugh und sah Große Zähne in die Augen, hoffte, Große Zähne würde zu ihm sagen: »Nein, das ist sie nicht. Kleine Ente hat sich geirrt.«

Aber Große Zähne nickte und sagte: »Ja, sie ist tot.« Dann streckte er die Hand aus, um Kayugh am Arm festzuhalten, und fügte hinzu: »Komm mit. Wir werden die Vorräte prüfen. Wir werden . . .«

»Wo ist meine Tochter?« fragte Kayugh, der von Große Zähne und der Vorsicht, mit der er sprach, plötzlich irritiert war.

Dann reichte ihm Krumme Nase seine Tochter Rote Beere. Das Kind rieb sich die Augen, seine Bewegungen waren vom Wachwerden steif und fahrig. Kayugh drückte es an sich, und dann drehte er allen den Rücken, den Männern und Frauen, die in einem dichten Kreis um ihn herumstanden. Aber als er ein paar Schritte gegangen war, drehte er sich noch einmal um und sagte zu Krumme Nase: »Gib mir meinen Sohn.«

Er sah den schnellen überraschten Blick auf dem Gesicht von Große Zähne, hörte, wie Grauer Vogel schnaubte. Krumme Nase zögerte: »Er weint.«

»Gib mir meinen Sohn«, sagte Kayugh noch einmal. Er stellte Rote Beere auf den Boden und wartete, bis Krumme Nase das Kind brachte.

Die Arme und Beine des Säuglings zitterten in der Kälte, und sein hohes, schwaches Wimmern ging in ein klägliches, meckerndes Weinen über, wie das Geräusch, das Kayugh manchmal von Robbenjungen hörte.

»Er friert«, sagte Krumme Nase und bat Kleine Ente, ein Fell zu bringen. Die Frau wickelte das Kind ein, und es hörte zu schreien auf, als wäre die Wärme alles, wonach es verlangte. Sie reichte es Kayugh, und Kayugh nahm das Kind, hielt es zuerst unbeholfen mit beiden Händen, dann legte er es in die Beuge seines linken Armes. Kayugh hob Rote Beere hoch und verließ den Kreis seines Volkes.

Kayugh fand einen Platz an der windgeschützten Seite von Felsblöcken, wo der Boden trocken war. Er setzte sich hin, setzte Rote Beere auf ein Bein und stützte den linken Arm auf das andere. Er sah beide Kinder an. Rote Beere lehnte sich an ihn, ihre Augen waren geschlossen, aber Amgighs Augen waren weit geöffnet, als würde er Kayughs Gesicht mustern.

Kayugh hätte jetzt weinen können, seine Tochter war fast eingeschlafen, und nur sein Sohn sah ihn. Ein Sohn würde sich nicht schämen, seinen Vater um den Tod seiner Frau weinen zu sehen, aber obwohl Kayugh bereit war, seinen Tränen freien Lauf zu lassen, wollten sie nicht kommen, und so sah er seinen Sohn an, wie schön das Kind mit seinen feinen schwarzen Augenbrauen und den großen dunklen Augen war.

Auch seine Tochter war schön, sah Weißer Fluß so ähnlich. Kayugh überlegte, warum der Geist von Weißer Fluß bei zwei so schönen Kindern beschlossen hatte, sie zu verlassen. War schon ein anderer Geist bei den Tanzenden Lichtern, der sie von Kayugh fortzog, fort von der Erde? Würde Rotes Bein so etwas tun? Nein, in all den Jahren als Kayughs Frau hatte Rotes Bein immer mehr Gedanken auf andere verwendet als auf sich selbst. Vielleicht war Kayugh kein guter Mann gewesen.

Vielleicht hatte er zu oft an sich selbst gedacht, nicht genug an seine Frauen. Aber nein, er hatte seine Frauen geliebt. Und er war ein guter Jäger. Waren sie je ohne Fleisch gewesen? Ohne Felle, um etwas daraus zu machen, ohne Sehnen zum Nähen?

Sie hatten ein gutes Leben gehabt. Seine Frauen waren wie Schwestern gewesen, die füreinander sorgten, und Rote Beere nannte beide Frauen »Mutter«.

Vielleicht hatten seine Frauen gar nicht beschlossen zu sterben. Vielleicht wurden sie genommen, weil Kayugh für das, was er besaß, nicht genügend Dank erwiesen hatte.

Er war ein angesehener Jäger eines großen Dorfes gewesen. Sie lebten an einem guten Strand, wo es genug zu essen gab, und Kayugh hatte, obwohl er noch jung war, zwei gute Frauen, einen Sohn, der in einer der beiden Frauen wuchs, und eine prächtige, starke Tochter. Hatte er je daran gedacht, daß er ein gutes Leben gehabt hatte? Kayugh konnte sich nicht erinnern. Er mußte so viele Dinge bedenken: die Jagd, das Ausbessern seines *ikyak*, Reisen, um Tauschgeschäfte zu machen.

Es hatte nur eine Nacht gebraucht, um sein Leben zu verändern. Eine Welle, die in einem Leben einmal, zweimal hereinbrach, war nun innerhalb von fünf Jahren schon dreimal über das Dorf seines Volkes hereingebrochen.

Zuvor waren die Verluste nicht so groß gewesen, aber diesmal war nur Kayughs *ulaq*, das auf dem höchsten Punkt stand, nicht zerstört worden, und viele Menschen waren gestorben.

Wenn Kleine Ente nicht von einer neuen Welle gesprochen hätte, die in diesem Sommer kommen würde, wäre Kayugh vielleicht bei den Familien geblieben, die beschlossen hatten, ihr Dorf wieder aufzubauen, aber er dachte an seine Tochter und an das zweite Kind, damals nur eine kleine Wölbung im Bauch von Weißer Fluß, und wollte einen Ort für sie finden, der nicht immer nur den Tod bringen würde.

»Das ist kein guter Platz zum Leben«, hatte er den Männern gesagt. »Der Strand ist zu flach, er kann zu leicht von den Wellen überrollt werden. Die Geister bringen eine Welle, um uns zu töten, und lachen über unsere Dummheit. Wir müssen ein neues Ufer für unser Dorf finden.«

Nur Große Zähne hatte ihm zugestimmt, und schließlich auch Grauer Vogel, ein Mann, der sich vor allem fürchtete und den Kayugh lieber zurückgelassen hätte.

Worte hatte Grauer Vogel leicht bei der Hand. Seine Beleidigungen waren feinsinnig, hinterließen Wunden, die unter der Haut blieben, bohrten sich wie Stacheln in einen Menschen hinein. Aber vielleicht war es seine kluge Art zu reden, die Grauer Vogel eine schöne Frau eingebracht hatte – Blaue Muschel hatte glatte weiche Haut im Gesicht, weiße gerade Zähne und große flinke Augen. Selbst ihr Name, der Kayugh an das Leuchten im Innern der Schneckenschalen erinnerte, war schön.

Ihr Vater hatte eine schlechte Wahl für sie getroffen. Grauer Vogel schlug sie oft, selbst jetzt, obwohl sie bald ihr erstes Kind gebären würde, und er gab sie jedem Mann für eine Nacht, der sie wollte. Als Kayugh Blaue Muschel zum ersten Mal gesehen hatte, als junge Frau, die eine Braut war, hatte sie oft gelächelt, oft gelacht, aber jetzt war sie still, duckte sich schnell, wenn Grauer Vogel mit erhobener Hand oder einem Gehstock in ihre Nähe kam.

Aber Grauer Vogel war ein Mann, ein Jäger, und wer hätte Blaue Muschel die Gelegenheit, ihr ungeborenes Kind in Sicherheit zu bringen, verwehren können?

So waren Grauer Vogel und Blaue Muschel mit Kayugh, Große Zähne und ihren Familien gekommen, als sie das Dorf verlassen hatten. Wegzugehen schien das beste zu sein, dachte Kayugh, aber wenn ich geblieben wäre, hätte ich vielleicht noch zwei Frauen. Und ich könnte meinen Sohn behalten.

»Und jetzt muß ich dich verlassen«, flüsterte er. »Denn wer soll dir zu essen geben? Wenn ich dich mitnehme, wirst du nur sterben, und es ist besser für dich, wenn du hier bei deiner Mutter stirbst. Dann wird dein Geist nicht verloren sein. Sie wird dich zu den Tanzenden Lichtern bringen. Wenn ich dich mitnehme und du stirbst, wie sollst du dann den Weg finden?«

Das Kind sah Kayugh an, als würde es ihn verstehen.

»Du bist zu weise«, sagte Kayugh und legte die Wange an das weiche dunkle Haar auf dem Kopf seines Sohnes. Schließlich kamen die Tränen, und Kayugh weinte um seine Frauen und um den Sohn, den er verlassen mußte. Auch das Kind begann zu weinen, und Kayugh, der seinen Sohn hörte, hatte das Gefühl, daß ihre Herzen eins waren, ihre Geister miteinander vereint.

Große Zähne und Grauer Vogel hatten ein flaches Grab ausgehoben, nicht tiefer als die Länge einer Männerhand, und dann hatten sie am Fußende des Grabes Felsblöcke angehäuft. Als Kayugh Weißer Fluß wiedersah, hatten die Frauen sie schon gewaschen und ins Grab gelegt. Die Knie waren bis zum Kinn hochgezogen, das Gesicht war mit Ockerrot angemalt, so daß die Frau wieder ein Kind war, ein kleines Kind, das Eingang in die Welt der Geister fand.

Alle hatten sich um das Grab versammelt, sogar Erster Schnee, der neben Große Zähne stand.

Kayugh nahm seinen Platz im Kreis ein. Er stellte Rote Beere neben sich. Sie betrachtete die Frau, die in dem Grab lag, sagte aber nichts. Der Säugling war still, lutschte am Zipfel seiner Felldecke. Als die Frauen mit den Totengesängen begannen, legte Kayugh seinen Sohn in das Grab, schob ihn zwischen die angezogenen Knie und die Brust seiner Frau. Er kuschelte sich an seine Mutter, machte den Mund auf, als er sich gegen den *suk* von Weißer Fluß stemmte.

Kayugh trat wieder an seinen Platz im Kreis zurück und versuchte mitzusingen, aber er konnte sich nicht an die Wörter erinnern, konnte seine Stimme nicht dazu bringen, in den Gesang einzustimmen, und schließlich stand er nur mit geschlossenen Augen da und bemühte sich, seine Tränen zurückzuhalten.

Große Zähne kam zu Kayugh, drückte ihm den ersten Stein in die Hände. Kayugh legte ihn auf die Füße seiner Frau, mußte daran denken, wie er das gleiche bei Rotes Bein getan hatte. Er hatte das Gefühl, schon viele Frauen begraben zu haben, Frauen begraben zu haben, schon seit er ein Kind gewesen war. Er hatte mehr Zeit damit verbracht, Totengesänge anzustimmen als Gesänge beim Hereinbringen von Robben, als Lieder, um auf dem Meer die Einsamkeit im *ikyak* zu vertreiben.

Er sah zu, wie jeder der Männer und danach alle Frauen einen Stein ins Grab legten. Große Zähne und Grauer Vogel gaben weitere Steine dazu, häuften sie auf dem Körper seiner Frau auf.

»Mama?« sagte Rote Beere mit kleiner Stimme, die in dem Geräusch der Steine, die aneinanderschlugen, fast verlorenging. »Mama?« Jetzt lauter, höher, fast ein Schrei. Sie fing zu weinen an, und jeder Schluchzer riß ein Stück aus Kayughs Brust, bis er am Ende wußte, daß er es nicht mehr aushielt, nicht zusehen konnte, bis er wußte, daß er allein sein mußte, weg von den anderen, weg von seiner Tochter, vom Anblick seines Sohnes, der bald unter Steinen begraben sein würde.

Er drehte sich um, wollte zum Strand gehen, aber dann hörte er die hohen dünnen klagenden Laute seines Sohnes. Seine Kinder riefen nach ihm. Er ging zu ihnen, nahm Rote Beere in seine Arme und beugte sich über das Grab, zog das Kind von seiner Frau fort und reichte es Blaue Muschel.

Blaue Muschel hörte zu singen auf und sah mit großen Augen zu ihrem Mann, aber Grauer Vogel sagte nichts.

»Wie lange noch, bis dein Kind kommt?« fragte Kayugh.

Blaue Muschel schüttelte den Kopf, sagte dann aber: »Bald.«

»Wird sie genug Milch für zwei haben?« fragte Kayugh Krumme Nase.

»Die meisten Frauen haben genug für zwei.«

»Behalte meinen Sohn«, sagte er zu Blaue Muschel. »Wenn du ihn fütterst, wird er dir und deinem Mann gehören.«

Dann nahm Kayugh seine Tochter mit zum Strand, während die anderen damit fortfuhren, seine Frau zu begraben.

26

Das Kind war mit einer Lederschlinge unter Chagaks *suk* an ihrer Brust festgebunden. Ihre Brüste waren mit jedem Tag ihrer Schwangerschaft schwerer und voller geworden, schienen aber etwas von ihrer Zartheit zu verlieren, wenn Chagak das Kind stillte.

Es war ein starkes, dickes Kind, sein Kopf war mit dunklem Haar bedeckt. Es sieht nicht aus wie sein Vater, dachte Chagak. Hatte sie nicht den Seeotter flüstern hören, daß es wie ihr Bruder Pup oder sogar wie ihr eigener Vater aussah? Vielleicht trug es ihre Geister oder den Geist einer der Männer ihres Dorfes in sich.

Vielleicht trug es aber auch den Geist von Mann-der-tötet in sich. Wer konnte das sagen?

Selbst wenn es nicht so war, hatte ein Sohn die Pflicht, seinen Vater zu rächen, die zu töten, die den Vater getötet hatten. Wie würde sich ein Mann fühlen, wenn er seine Mutter töten mußte, um seinem Vater Ehre zu erweisen?

Chagak bemühte sich, an dem Korb zu arbeiten, den sie gerade flocht, einen feinen, festgewobenen Korb mit gespaltener Weide für den Rahmen und Roggengras für das Geflecht, aber sie konnte ihre Gedanken nicht von ihrem Sohn lösen. Shuganan saß dicht bei einer Öllampe auf der anderen Seite des *ulaq*, glättete mit Sandstein eine Elfenbeinschnitzerei.

In den drei Tagen seit der Geburt hatte er nicht viel mit Chagak gesprochen, obwohl ihn Chagak einmal gefragt hatte, ob er glaubte, daß sie das Kind zu Aka zurückbringen sollte, damit sein Geist zu dem Berg ihres Dorfes gehen konnte. Er hatte ihr keine richtige Antwort gegeben, nur gesagt, daß sie es selbst entscheiden müßte. Es war ihr Kind, nicht seines.

Chagak sah den alten Mann an. Er hatte sich von den Schlägen von Mann-der-tötet nie richtig erholt. Obwohl Shuganan nie über Schmerzen klagte, bewegte er sich vorsichtig, zog die linke Seite nach vorn, und er humpelte auch mehr. Aber wie es schien, hatten ihm die Geister als Ausgleich für das eine etwas anderes gegeben. Shuganans Schnitzarbeiten waren besser, ausgeklügelter, so genau in allen Einzelheiten, daß Chagak an seinem *suk* aus Seifenstein jede einzelne Feder erkennen konnte, und die dünnen Elfenbeinhaare auf dem Kopf eines alten Mannes.

»Shuganan«, sagte Chagak und bemühte sich, leise zu sprechen, aber in der Stille des *ulaq* klangen ihre Worte laut, und sogar das Kind zuckte zusammen, als sie sprach.

Shuganan sah zu ihr hoch und hörte zu arbeiten auf, aber Chagak wußte nicht, was sie sagen sollte. Wie sollte sie dem alten Mann sagen, daß sie einfach nur reden wollte, daß sie im *ulaq* Wörter hören wollte, die sie von ihren Gedanken ablenkten?

Schließlich sagte sie: »Glaubst du, daß uns das Kind töten muß, um den Tod seines Vaters zu rächen?«

Shuganans Augen wurden groß, und er betrachtete Chagaks Gesicht eine lange Zeit. »Niemand kann wissen, was die Geister einem Mann zu tun auftragen«, sagte er, seine Worte kamen langsam heraus, als würde er, während er sprach, an etwas anderes denken. »Aber vergiß nicht, ein Mann, der den Vater rächt, muß auch den Großvater rächen. Wer hat deine Familie getötet? Wenn er dich für den Geist seines Vaters tötet, wen soll er dann für den Geist seines Großvaters töten? Vielleicht bin ich der einzige, den er töten sollte. Aber ich bin alt. Ich werde wahrscheinlich sterben, bevor er alt genug ist, ein eigenes *ikyak* zu haben.«

»Nein«, sagte Chagak. »Wenn du stirbst, wer soll ihm dann beibringen, wie er jagen und das *ikyak* lenken muß?«

»Dann hast du also beschlossen, ihn am Leben zu lassen?«

»Ich habe keine Entscheidung getroffen. Ich weiß nicht, was ich tun soll. Ich weiß nicht genug über das Leben der Geister, um mich entscheiden zu können.«

Shuganan hielt ihren Blick mit seinem fest. »Verspürst du Haß auf ihn?« fragte er.

Die Frage überraschte Chagak. »Was hat er mir denn getan, daß ich ihn hassen soll?« fragte sie. »Aber ich habe seinen Vater gehaßt.«

»Du hast seine Großmutter und seinen Großvater geliebt. Seine Tanten und Onkel.«

»Ja.

Shuganan beugte sich über seine Arbeit, sah Chagak nicht an. »Ich finde, er sollte leben.«

Chagak hielt den Atem an. Etwas in ihr wollte herausschreien, daß das Kind sterben müsse, daß sein Geist bestimmt die Grausamkeit seines Vaters in sich trug. Statt dessen legte sie ihr Webstück auf die Seite und nahm ihren Sohn aus der Trageschlinge. Sie entfernte das gegerbte Fell, das zwischen seinen Beinen steckte, und bestäubte sein Gesäß mit feiner weißer

Asche, die sie aus dem Kochfeuer gelesen und in einem kleinen Korb aufbewahrt hatte.

Dann wickelte sie ihn wieder ein und hob ihn hoch.

»Ich muß wissen, was für ein Mann er sein wird«, sagte Chagak. »Das Volk seines Vaters ist so böse. Welche Chance hat er, gut zu sein?«

Shuganan betrachtete Chagaks Gesicht. Es war Zeit, daß er ihr alles erklärte, aber er hatte noch immer große Angst, sie zu verlieren. Wenn sie es wußte, würde sie vielleicht weggehen.

Er war so viele Jahre allein gewesen, und die Reise, um die Waljäger zu warnen, stand noch bevor. Wer konnte sagen, ob er überleben würde? Aber der Gedanke, daß Chagak ihn verließ, war schrecklich für ihn, und ihm wurde klar, wie sehr ihm die Menschen gefehlt hatten, wie sehr er es brauchte, zu reden und zu lachen.

Wenn er ihr die Wahrheit sagte, würde sie vielleicht beschließen, das Kind zu behalten, es am Leben zu lassen. Die Pläne, die er gemacht hatte, könnten sich vielleicht verwirklichen, und Chagak würde Rache nehmen können.

Und so fing er an: »Es gibt viel, was du nicht weißt über mich. Jetzt ist für mich die Zeit gekommen, es dir zu sagen. Hör zu, und wenn du beschließt, nicht bei mir bleiben zu können, werde ich dir und deinem Sohn helfen, einen anderen Ort zum Leben zu finden. Ich werde hierbleiben und Sieht-weit sagen, daß ihr beide tot seid, du und Mann-der-tötet. Er wird mir glauben. Er wird das *ulaq* der Toten sehen.«

Chagak drückte das Kind fest an sich, und als es zu weinen begann, steckte sie es unter ihren *suk* in die Trageschlinge. Sie hatte sich nach hinten auf die Fersen gesetzt, mit auf die Knie gestützten Ellbogen, ihr Kinn ruhte in ihren Händen, und Shuganan lächelte, während er von Traurigkeit verzehrt wurde. Sie sah aus wie ein Kind, das sich auf den Geschichtenerzähler vorbereitet.

Er räusperte sich und sagte: »Ich kenne die Sprache von Mann-der-tötet und sein Verhalten, weil diese Dinge für mich kein Geheimnis waren, nicht einmal als Kind.« Er machte eine Pause, versuchte zu erkennen, ob Chagak verstand, ob in ihren Augen Furcht oder Haß erschien. Aber sie saß noch immer ganz still da und ließ mit keinem Anzeichen erkennen, was sie dachte.

»Ich wurde in seinem Stamm geboren, in seinem Dorf. Meine Mutter war eine Sklavin, die von dem Walroßvolk erbeutet worden war; mein Vater, oder derjenige, der behauptete, mein Vater zu sein, war der Häuptling des Dorfes. Er war kein schrecklicher Mann, nicht grausam, aber da meine Mutter eine Sklavin war, hatten wir nicht viel. Ich war groß, dünner und schwächer als die anderen Jungen, deshalb durfte ich kein eigenes *ikyak* haben, und es brachte mir auch niemand das Jagen oder den Umgang mit Waffen bei. Aber ich machte mir meine eigenen Waffen, zuerst nur Stöcke, deren Spitzen im Feuer gehärtet waren. Dann lernte ich, indem ich den Waffenmachern im Lager zusah, Harpunenköpfe aus Knochen und Elfenbein herzustellen und Feuerstein und Obsidian zu schlagen.

Die meiste Zeit arbeitete ich heimlich, denn ich wußte nicht, ob mein Vater es gutheißen würde. Aber als die anderen Jungen Jäger wurden, faßte ich den Entschluß, daß ich nicht ewig ein Junge sein wollte, der niemals die Freude und Verantwortung haben würde, ein Mann zu sein, und so begann ich, eine Harpune herzustellen. Ich arbeitete sorgfältig, rief die Geister von Tieren an, daß sie mir halfen. Ich arbeitete den ganzen Sommer daran, den gezackten Kopf zu schnitzen. In den Holzschaft schnitzte ich Otter und Seelöwen, dann glättete ich ihn, bis er so weich war wie Daunen.

Eines Tages, als das Meer zum Jagen zu rauh war und mein Vater auf seinem *ulaq* saß, gab ich ihm die Harpune, und obwohl er nichts sagte, sah ich das Erstaunen in seinen Augen, und später an diesem Tag, und auch am nächsten, sah ich, wie er den anderen Männern die Waffe zeigte.

Drei, vielleicht vier Tage später fing er an, den Rahmen für ein *ikyak* zu bauen, und er trug meiner Mutter auf, eine Verkleidung dafür zu nähen. In diesem Sommer lehrte er mich zu jagen und gab mir eine Harpune, die seinem Vater gehört hatte. Zum ersten Mal hatte ich das Gefühl, daß das Volk meines Vaters auch mein Volk war. Ich strengte mich an, um sie zufriedenzustellen. Ich lernte jagen und machte meine Schnitzarbeiten. Mein Vater füllte unser *ulaq* mit Fellen und schönen Waffen, Dingen, die andere Jäger gegen meine Schnitzereien eintauschten.

Ich war vierzehn Sommer alt, als ich zum ersten Mal bei einem Überfall mitmachte.« Shuganan hielt inne, dann sagte er schnell: »Ich habe niemanden getötet. Wir machten Überfälle, aber meistens nur, um Waffen zu bekommen, vielleicht eine Frau als Braut, und die meisten Frauen kamen bereitwillig mit. Ich brachte nichts zurück, aber es war aufregend, es war etwas, das ich nicht einmal jetzt erklären kann, eine Macht, zu erbeuten, was anderen gehörte. Während dieses Sommers kam manchmal ein Schamane in unser Dorf. Er und mein Vater wurden Freunde. Der Schamane behauptete, der Sohn eines mächtigen Geistes zu sein, und er machte Zeichen mit Feuer, bewirkte, daß Flammen aus dem Sand und dem Wasser kamen. Er kannte Gesänge, die die Männer krank machten, und eine Medizin, die sie wieder heilte. Bald glaubten alle, was er ihnen sagte, und da sein Glaube dem unseren ähnlich war, war es nicht schwer, ihm zu folgen. ›Wenn ein Jäger die Macht der Tiere erwirbt, die er tötet‹, sagte uns der Schamane, ›wird er dann nicht auch die Macht der Menschen erwerben, die er tötet?‹«

Shuganan hörte, wie Chagak die Luft einsog, aber er sprach weiter: »Das habe sogar ich eine Weile geglaubt.«

Er machte eine Pause, aber Chagak schwieg. Ihr Kopf war nach vorn gebeugt, so daß Shuganan ihre Augen nicht sehen konnte.

»Unsere Überfälle wurden tödliche Überfälle«, sagte Shuganan mit leiser Stimme. »Aber obwohl ich fand, daß es nicht schwer war, einen Mann niederzustoßen und ihm seine Waffe oder sein *ikyak* wegzunehmen, hielt ich es für eine schreckliche Sache, ihn zu töten. Und mit jedem Überfall wurde es schlimmer für mich, und nicht nur für mich, sondern auch für andere. Inzwischen war ich alt genug, um mir eine Frau zu nehmen und ein eigenes *ulaq* zu haben, und es gab einige bei uns, die beschlossen, sich eine Frau zu nehmen und unser Dorf zu verlassen, um ein neues Leben ohne das Töten zu beginnen. Man sagte uns, daß wir gehen könnten, daß wir aber keine Frauen bekämen. Manche beschlossen deshalb zu bleiben, andere gingen weg, aber als ich mein *ikyak* packte, kamen die Männer aus dem Dorf zu mir. Der Schamane sagte mir, daß ich nicht weggehen könnte. Daß ich bei unserem Volk bleiben müßte, auch wenn ich mich nicht an den Überfällen zu beteiligen brauchte. Wenn ich nicht bliebe, würde er Gesänge anstimmen, die meine Mutter und alle Männer, die man hatte gehen lassen, töten würden.

Ich blieb allein in einem *ulaq*, jemand bewachte mich, jemand brachte mir zu essen. Mein Ohrläppchen wurde beschnitten, so wie das Ohrläppchen meiner Mutter beschnitten worden war. Ein Zeichen, daß ich ein Sklave war, kein Jäger. Jeden Tag sagte man mir, was ich schnitzen sollte, denn der Schamane glaubte, daß meine Schnitzarbeiten große Macht besäßen. Er sagte, daß ein Mann, der die geschnitzte Figur eines Tieres besaß, den Geist des lebenden Tieres zum Teil auf sich ziehen und die Macht dieses Geistes immer bei sich tragen würde.

Es war eine schreckliche Zeit für mich, Chagak«, sagte Shuganan mit leiser Stimme. »Ich verbrachte zwei Jahre, in denen ich immer nur schnitzte und sonst nichts tat. Bis dahin hatte ich das Gefühl von Elfenbein und Holz immer geliebt, aber ich fing an, es zu hassen. Ich wollte fliehen, aber wer konnte sagen, was der Schamane tun würde, wenn ich wegging? Eines Tages, als mir meine Mutter Essen brachte, sah ich, daß mein Schmerz auch ihr Schmerz war, und ihr Kummer war es, der mir die Macht gab, zu tun, was ich getan habe.

Der Schamane kam oft in mein *ulaq* und sah mir zu, obwohl wir beide nichts sagten. Eines Tages, als er mir wieder zusah, zeigte ich ihm den Zahn eines Wals, den mir mein Bruder gebracht hatte, und sagte ihm, daß ich mir dafür ein Muster ausgedacht hätte und daß ich es ihm zum Geschenk machen würde. Ich schnitzte viele Tiere auf die Oberfläche des Zahnes. Und um die Tiere herum schnitzte ich kleine Menschen, Abbilder eines jeden Mannes, der bei unseren Überfällen getötet hatte. Aus irgendeinem Grund begann mir der Schamane, während er mich all das tun sah, zu vertrauen. Er gab mir mehr Freiheit im Dorf, ließ mich einmal sogar mit den anderen zum Robbenjagen gehen, aber er wußte nicht, daß ich auch in der Nacht, wenn ich an meinem Schlafplatz war, schnitzte. In der Mitte des Zahnes schuf ich Platz für ein Obsidianmesser, das ich als Tausch für eine Schnitzerei erhalten hatte. Ich machte einen Stöpsel aus Elfenbein, um das Loch zu verschließen, und ließ den Schamanen den Zahn nie halten. Am Ende, als ich fertig war, kündigte ich an, daß ich ihm das Geschenk bei einer Zeremonie übergeben würde.

Er tat, was ich ihm gesagt hatte, und kam ganz früh am Morgen, als außer einigen Frauen noch niemand wach war, an das Ufer des Strandes. Ich hatte dem Schamanen gesagt, daß er seine Waffen mitbringen und einen Jagdgesang anstimmen sollte. Er brachte viele Waffen, Harpunen, Speere, Bolas und Speerwerfer. Als er mit dem Gesang begann, legte ich den geschnitzten Zahn in seine Hände und wies ihn an, die Augen zu schließen. Dann zog ich das Messer heraus und stieß es ihm ins Herz. Er gab keinen Laut von sich, öffnete nur die Augen und starb.

Ich stahl seine Waffen und ein *ikyak* und reiste viele Tage, bis ich an diesen Strand kam, dann baute ich ein *ulaq* und lebte allein. Ich sammelte Robben und Seelöwen und lernte, meine Kleider selbst zu nähen.« Shuganan rieb sich mit den Händen die Stirn und räusperte sich. »Ich tauschte Gegenstände mit den Waljägern, und nachdem ich drei Jahre lang allein gelebt hatte, tauschte ich eine Frau ein.« Er machte eine Pause und fügte dann hinzu: »Wir waren glücklich.«

Chagak sah zu ihm hoch. »Ihr habt also allein hier gelebt, ihr zwei«, sagte sie. »Und du hast gejagt und geschnitzt.«

»Nein, lange Zeit habe ich nicht geschnitzt«, sagte Shuganan. Er schüttelte den Kopf. »Es kam mir wie etwas Böses vor. Aber ein Teil von mir hat geweint, als würde ich einen Toten beklagen. Morgens, wenn ich aufwachte, waren meine Hände taub und taten mir weh. Dann hatte meine Frau einen Traum. Eine Frau, die sie nicht kannte, sprach mit ihr und erklärte, daß ich schnitzen sollte, daß es etwas Gutes sein könnte. Eine

Freude für die Augen und eine Hilfe für den Geist. Ich glaube, die Frau war meine Mutter, und ich glaube, daß ihr Geist auf seiner Reise zu den Tanzenden Lichtern zu uns kam. Ich beklagte ihren Tod, aber ich fing wieder zu schnitzen an, und statt der Leere, die ich so viele Jahre gespürt hatte, trat Frieden ein. Da wußte ich, daß meine Schnitzfiguren etwas Gutes waren.«

Shuganan schwieg und rückte dichter zu Chagak. »Jetzt weißt du, daß ich zu dem Stamm von Mann-der-tötet gehört habe«, sagte er. »Wirst du mich jetzt hassen?«

Lange Zeit war sie still, wandte den Blick aber nicht von seinem Gesicht ab. Shuganan fühlte, daß selbst sein Herz still war, während er auf ihre Antwort wartete. Schließlich sagte sie: »Nein. Ich hasse dich nicht. Du bist wie ein Großvater zu mir.«

»Du kannst einen Großvater lieben, aber nicht einen Sohn?« fragte Shuganan ruhig.

Chagak begann sich zu wiegen. Sie legte die Arme über das Kind in ihrem *suk*, fühlte die Wärme seiner Haut auf ihrer Haut. Die Hoffnungslosigkeit, die sie mit sich herumgetragen hatte, seit sie wußte, daß sie schwanger war, verging, und an ihre Stelle trat Freude, die immer größer wurde, fest und stark und leuchtend. »Er wird leben«, flüsterte Chagak.

27

Kayugh stieß sein Paddel ins Meer und ließ sein *ikyak* durch die Wellen gleiten. Er hatte die Schreie seines Sohnes nicht mehr ertragen können, war vorausgepaddelt und hatte schon bald das *ik* der Frauen und sogar die anderen Männer hinter sich gelassen.

Es waren jetzt schon sechs Tage vergangen, und sie hatten die versprochene Bucht, den guten Strand noch immer nicht gefunden. Kleine Ente, deren Traum sich als falsch erwiesen hatte, wagte in seiner Gegenwart nicht den Blick zu heben und setzte sich beim Essen auch nicht zu den Frauen.

Aber der Irrtum, was die Tage betraf, hatte nur wenig zu bedeuten. Es war nicht der Fehler von Kleine Ente, der Kayughs Herz zerriß.

Jeden Abend reichten die Frauen seinen Sohn weiter, von einer zur anderen, jede Frau hatte sich bemüht, ihre Brust zu überreden, Milch zu geben. Frauen, die viele Kinder geboren und viele Jahre gestillt hatten, konnten leicht Milch geben. In Kayughs Dorf war es nicht verwunderlich gewesen, wenn eine Großmutter ihren Enkel gestillt hatte. Aber Kleine Ente hatte noch keine Kinder gehabt, und von den vier Kindern, die Krumme Nase bekommen hatte, waren drei Töchter gewesen, die dem Wind gegeben wurden. Der vierte, ein Sohn, war von der großen Welle, die ihr Dorf nur wenige Monate nach seiner Geburt zerstört hatte, genommen worden. Krumme Nase hatte nicht lange genug gestillt, um Milch für Amgigh zu haben.

Blaue Muschel gab Amgigh die kleine Menge gelber Geistermilch, die sie in ihrer Brust hatte, und Krumme Nase fütterte ihn mit Brühe. Aber das Kind wurde mit jedem Tag dünner, seine Schreie schwächer.

Er wird sterben und niemanden haben, der ihn in die Geisterwelt führt, dachte Kayugh. Ich hätte ihn bei seiner Mutter lassen sollen.

Aber Weißer Fluß hatte dem Kind einen Namen und somit seinen eigenen Geist gegeben, getrennt von ihrem. Die Namensgebung kurz nach der Geburt war ein Brauch in ihrer Familie.

Was hatte der Vater von Weißer Fluß zu Kayugh gesagt? Die frühe Namensgebung war der Grund dafür, daß die Familie immer starke Jäger hervorbrachte. Und wer hätte ihm widersprechen können? Welcher Jäger hatte mehr Fleisch und Felle gebracht als die Brüder und Onkel von Weißer Fluß?

Plötzlich richtete sich der Zorn, den Kayugh auf sich selbst gehabt hatte, gegen seine Frau. Er hatte sie immer gut behandelt, ihr Geschenke mitgebracht, sie vor anderen Männern gelobt. Warum hatte sie beschlossen zu sterben?

Kayughs Zorn wurde immer größer, bis er alles, was er über das Jagen und über das Fahren auf dem Meer gelernt hatte, vergaß, sein Paddel in die Luft warf und seine Ohnmacht herausschrie. Er machte sich keine Gedanken über die Tiere, die er erschrecken würde, über die Robben, die ihn hören würden.

Er schrie, bis seine Kehle vom Schreien brannte und er seinen Zorn in den Himmel entleert hatte.

Dann schloß Kayugh die Augen und sah in der Dunkelheit hinter seinen Augenlidern das Gesicht seines Sohnes. Und Kayugh dachte: Amgigh braucht nicht allein zu gehen. Ich kann mit ihm gehen.

Wer sagt denn, daß es die Mutter sein muß, die ihre Kinder in die Geisterwelt führt? Krumme Nase wird sich um Rote Beere kümmern. Ich habe keine Frau, die mich braucht.

Aber dann dachte er: Soll sich ein Jäger für ein Kind hingeben, einen Säugling, der auch hätte sterben können, wenn seine Mutter gelebt hätte? War es besser, sich für seinen Sohn hinzugeben oder sein Leben für sein Volk zu bewahren?

Vielleicht wählte er den Tod, um dem Leben zu entgehen, um dem Kummer zu entgehen, zwei Frauen und einen Sohn verloren zu haben. Vielleicht beschloß er zu leben, weil er den Tod fürchtete. Wer konnte das sagen?

Kayugh wandte sich von seinen Gedanken ab und sah prüfend über das Meer, dann lenkte er sein *ikyak* nach Süden, auf die dunkle Landlinie zu. Tagelang waren sie an nichts als schmalen Stränden und hohen Klippen vorbeigekommen, Orte, die ohne schützende Buchten ins Meer ragten, ohne Schutz vor dem Wind. Aber jetzt sah Kayugh, als er sein *ikyak* dichter an die Klippenwand lenkte, die Biegung im Felsen, den plötzlichen Schaum der Gischt, der häufig dahinter eine Bucht vermuten ließ. Er paddelte schnell, kam näher zum Land. Plötzlich öffneten sich die Klippen; eine breite Bucht mit einem Strand erstreckte sich in einem Hang bis hinauf zu grasbewachsenen Hügeln. Der Strand war groß genug, um Gezeitenbecken zu haben, und rund um die Klippen breitete sich in dunklen Flächen Seetang aus.

Kayugh warf einen Blick zur Sonne. Es war kurz vor Sonnenuntergang. Inzwischen würden seine Leute, weit zurück, ein Lager auf einem kleinen Strand aufgeschlagen haben.

Kayugh wendete sein *ikyak* und begann zurückzupaddeln. Morgen würde er wiederkommen. Sie würden diesen guten Strand in Besitz nehmen und weit oben in den Hügeln ein Dorf bauen, weit weg von allen Wellen, die kommen könnten.

So werde ich noch einen Tag leben, dachte Kayugh, noch einen Tag, bis ich unser Volk hierhergebracht habe. Danach werde ich für mich und meinen Sohn entscheiden. Vielleicht hat Blaue Muschel bis dahin ihr Kind, und mein Sohn wird leben.

Chagak wachte früh auf, sie fühlte, wie ihr Sohn seinen Mund an ihre Brustwarze preßte, fühlte das Prickeln in ihrer Brust, als sie ihre Milch abgab.

Heute würden sie dem Kind einen Namen geben. Sie würden ein kleines Fest veranstalten, sie und Shuganan, dann, am Tag darauf, würden sie sich auf die Reise zu den Waljägern vorbereiten.

Chagak hatte Angst, daß sich ihr Großvater Großer Wal nicht an sie erinnerte. Wie viele Jahre war es her, seit ihr Großvater das Dorf der Ersten Menschen besucht hatte? Drei? Vier? Und selbst damals hatte ihre Mutter sie immer vor Großer Wal zurückgehalten, hatte Chagak und ihre Schwester losgeschickt, um Wasser zu holen, um Wurzeln zu suchen, um Seeigel zu sammeln.

Selbst wenn er sich an sie erinnerte, würden er und die Männer seines Stammes vielleicht nicht glauben, was sie und Shuganan ihnen erzählten. Dann würden die Kurzen Menschen kommen, und es würde ein großes Gemetzel geben. Chagak zitterte, erinnerte sich dann aber an Shuganans Weisheit. Er würde wissen, was er sagen mußte, um die Waljäger zu überzeugen.

Dann schien die Stimme des Seeotters zu ihr zu kommen, zu flüstern, daß ihr Sohn in Gefahr war, selbst wenn die Waljäger Shuganan glaubten, selbst wenn sie gegen die Kurzen Menschen kämpften und sie besiegten.

Ja, dachte Chagak, wenn sie herausfinden, daß mein Sohn von einem Feind gezeugt wurde, werden sie das Kind töten. Der Gedanke ließ in ihrer Brust eine große Leere entstehen, ein Loch, das böse Geister anziehen konnte, und so sagte sie laut: »Niemand wird es erfahren. Ich werde es nicht sagen, und Shuganan wird es nicht sagen. Das Kind wird in Sicherheit sein.«

Als habe es ihre Worte verstanden, gab das Kind einen kurzen Schrei von sich, und Chagak kroch aus ihrem Schlafplatz. Sie zog es aus ihrem *suk*. Nach einem weiteren Mond würde es groß genug sein, um in der holzgerahmten Wiege zu schlafen, die Shuganan gemacht hatte und die in Chagaks Schlafplatz hängen sollte. Aber jetzt war sie froh, daß sie es in der Nacht so dicht bei sich hatte.

Sie wickelte es aus und legte die beschmutzte Robbenhaut, die es bedeckte, in den Korb mit Meerwasser, der neben dem Kletterstamm stand. Später würde sie die Häute auswringen und über die Dachbalken hängen. Sie würden beim Trocknen steif und hart werden, aber wenn sie sie streckte und mit Zähnen und Fingern bearbeitete, würden sie weich genug sein, um wieder verwendet werden zu können.

Als Chagak das Kind gesäubert hatte, wickelte sie es in frische Häute und schob es wieder unter ihren *suk*. Weil es der Tag der Namensgebung war, mußte sie im *ulaq* bleiben, bis Shuganan am Strand ein Feuer aus Treibholz gemacht hatte. Aber seit Mann-der-tötet ihn geschlagen hatte, stand Shuganan am Morgen nur langsam auf. Chagak, die der abgestandenen Luft im *ulaq* und des Wartens müde war, kletterte am Stamm hinauf und öffnete das Dachloch. Der Morgen war grau, aber hell, und der Wind trug den vollen öligen Geruch der Robben.

Aber welcher Mann hatte Robben gejagt? Nicht Shuganan. Chagak stieg vom *ulaq* und sah zum Meer. Ihre Augen weiteten sich. Sie schlang beide Arme um das Kind, glitt vom *ulaq* und lief zum Strand.

Shuganan wachte auf und lag still, lauschte, um zu hören, ob Chagak schon auf war. Seit Mann-der-tötet ihn geschlagen hatte, taten Shuganan an vielen Morgen die Arm- und Beingelenke so weh, daß er sich nicht von dem Bett aus Gras und Fell erheben konnte. An diesen Tagen bewegte er sich zunächst nur vorsichtig, dann allmählich mehr, bis er aufstehen konnte.

Aber heute war die Zeremonie der Namensgebung. Er konnte nicht in seinem Bett bleiben. Langsam streckte er seine Beine aus. Die Schmerzen brachten Tränen, und da er mit seinen Händen nicht bis ans Gesicht reichte, wischte er sich die Wangen an der Schulter ab.

Wozu bin ich gut? dachte Shuganan. Ich kann noch nicht einmal von meinem Bett aufstehen. Wie soll ich ein *ikyak* paddeln? Wie soll ich Fleisch für Chagak und das Kind besorgen? Sie braucht einen Jäger. Er rief nach Chagak, aber sie antwortete nicht.

Er rief noch einmal, überrascht, daß sie nicht kam. Es war der Namenstag. Was war heiliger als der Namenstag? Chagak hätte im *ulaq* bleiben sollen, bis er für die Zeremonie ein Feuer am Strand vorbereitet hatte.

Ein plötzlicher Angststoß ließ Shuganans Arme erstarren. Er hatte geglaubt, Chagak überzeugt zu haben, das Kind zu behalten, aber vielleicht hatte er sich getäuscht. Wenn sie ihm nun etwas angetan hatte, so daß es keinen Namen bekommen und keinen Geist und keinen Platz in der Geisterwelt verlangen konnte? Shuganans Angst wurde größer, bis sie schmerzte, und er drückte die Hände gegen die Brust, rang zitternd nach Luft.

Sicher verstand Chagak, welche Bedeutung das Leben des Kindes in dem Plan hatte, den sie besprochen hatten. Aber vielleicht wollte sie gar keine Rache. Vielleicht wollte sie nur fliehen. Das war einfacher ohne einen alten Mann, der nicht jagen oder ein *ikyak* paddeln konnte, und ohne ein kleines Kind.

Shuganan achtete nicht mehr auf die Schmerzen, setzte sich auf und rief noch einmal. Wieder keine Antwort.

Sie leert nur die Nachtkörbe, dachte Shuganan, aber dann sah er seinen Korb in der Ecke des Schlafplatzes. Vielleicht hatte sie die Zeremonie der Namensgebung vergessen und war einfach nur nach draußen gegangen. Aber Shuganan merkte, wie dumm dieser Gedanke war, so daß er ihm keinen Trost brachte.

Shuganan bewegte die Schultern, stützte sich auf seinen gesunden Arm und erhob sich von seinem Platz.

Als er auf den Beinen stand, schienen die steifen Knie das einzige zu sein, das ihn hielt, und er ging mit langsamen, schlurfenden Schritten durch das *ulaq*.

Ich hätte mehr von dem Kind reden sollen, dachte er, ich hätte darauf achten müssen, daß Chagak mir ihre wahren Gefühle sagt, anstatt sich zu bemühen, das Kind als einen Segen anzusehen. Was hat mich dazu gebracht, so zu tun ...

»Shuganan!«

Chagak kam den Kletterstamm heruntergestiegen und wäre fast mit Shuganan zusammengestoßen, aber seine Erleichterung war so groß, daß er nur lachte. »Ich habe gerufen«, sagte er schwach, dann lachte er wieder.

Chagak tanzte um ihn herum, wie ein Lied kamen die Worte aus ihrem Mund: »Komm. Du mußt kommen! Warte, bis du es siehst!« Sie half ihm den Kletterstamm hinauf, und als Shuganan oben auf dem *ulaq* war und die Wärme des Windes fühlte, glaubte er, daß Chagak nur die Freude eines warmen Tages gefühlt hatte. Als sie ihm aber vom Dach herunterhalf, sah er den wahren Grund für ihre Aufregung, und seine Überraschung war so groß, daß er auf die Knie fiel.

»Das hat Tugix getan«, flüsterte er ihr zu, als sie auf das Ding starrten, das ihnen in der Nacht geschenkt worden war. Es lag ausgestreckt auf ihrem Strand, die Schwanzflosse noch im Wasser.

»Wir werden niemals Hunger haben«, sagte Chagak. »Wir werden immer Öl für unsere Lampen haben. Und wir werden die Kieferknochen als Balken für unser *ulaq* aufheben, sie sind besser als die Holzbalken, die uns das Meer bringt.«

Shuganan schüttelte den Kopf. Ein Wal. Wer würde glauben, daß ihnen ein solches Geschenk gemacht worden war? Seine dunkle Haut glitzerte noch vom Naß des Meeres, und selbst vom *ulaq* aus konnte Shuganan seinen riesigen Unterkiefer erkennen. Die langen Fischbeinfasern in seinem Maul würden feste, wasserdichte Körbe ergeben, und sein Fleisch würde weich und süß schmecken. Das Öl, das sie aus seinen Knochen kochen könnten, würde brennen, ohne zu rauchen, und der Tran würde ihnen an den kältesten Tagen des Winters Kraft geben.

»Können wir die Zeremonie der Namensgebung noch durchführen?« fragte Chagak zaghaft.

Shuganan lachte. »Hast du je ein besseres Geschenk zur Namensgebung gesehen? Was wird uns gewöhnlich gegeben? Ein paar Robbenfelle, ein Robbenmagen mit Öl? Fleisch für das Fest?«

Und da lachte auch Chagak.

»Wir werden später feiern, zuerst müssen wir uns den Wal holen. Bring meinen Speer und ein Stück Seil. Beeil dich.«

Shuganan ging langsam auf das Tier zu, der Wind wehte den Geruch des Meeres und des Fisches zu ihm, und Shuganan versuchte sich daran zu erinnern, wann zum letzten Mal ein Wal an diesen Strand gespült worden war. Vielleicht, als er noch ein junger Mann war.

Als er seine Frau zu dieser Insel gebracht hatte. Und für einen Augenblick erschien das Gesicht seiner Frau deutlich in Shuganans Gedanken. Er wurde von Kummer ergriffen, als hätten die Jahre den Schmerz nicht gelindert, und Shuganan war sich schmerzhaft seines Alters bewußt. Aber dann sah er, wie Chagak das Seil und den Speer aus dem *ulaq* brachte, mit ihren schlanken Beinen über die Felsen und den Sand sprang, unter ihrem *suk* die Wölbung mit dem Kind. Sein Kummer verflog, und nur die Erinnerung daran, was er zu tun hatte, blieb.

Als Chagak bei ihm angekommen war und ihm den Speer reichte, stieß Shuganan ihn in den Boden. Er befestigte das eine Ende des Seils am Schaft des Speers, das andere Ende an der Schwanzflosse des Wals. Seine Haut begann bereits zu trocknen, und quer über den Körper zogen sich weiße Linien vom Meersalz. Aber die Schwanzflosse lag noch im Wasser, und als die Wellen dagegen schlugen, kehrten sie mit blauen und grünen Kreisen aus Öl, das aus den Seiten des Wals gewaschen wurde, ins Meer zurück, als wollte das Meer dieses Geschenk, das es gebracht hatte, nicht hergeben, ohne etwas dafür zu verlangen.

Shuganan hob die Hände und sprach zu den Wellen. »Hört. Hört«, sagte er, und seine Stimme erhob sich singend über den Wind. »Es ist ein Geschenk. Dieser Mächtige hat beschlossen, sich Shuganan und Chagak zu Ehren des Sohnes und des Enkelsohnes hinzugeben. Respektiert die Wünsche des Wals. Holt ihn nicht zurück ins Meer.«

Er drehte sich in die vier Richtungen des Windes, dann zu Tugix und hob das Gesicht zur Sonne, und bei jedem Mal wiederholte Shuganan seine Worte. Dann sagte er zu Chagak: »Jetzt gehört er uns.« Wenn seine

Macht groß genug war, würde das Meer den Wal nicht von Shuganans Speer nehmen.

An jenem Morgen vollzogen sie die Zeremonie der Namensgebung. Chagak sah zu, wie Shuganan das Treibholz, das sie dicht am hinteren Rand des Strandes aufgehäuft hatte, anzündete. Der Wal versperrte ihnen die Sicht auf das Meer, aber der Himmel schien ein anderes, viel größeres Meer zu sein. Chagaks Welt, von Wasser umgeben, als wären sie und Shuganan, ihr Sohn und der Wal das einzige, das neben der Insel und dem Wasser geschaffen worden war.

Die Zeremonie würde kurz sein, hatte Shuganan gesagt, und das Fest würde an einem anderen Tag abgehalten werden, um die Namensgebung und auch das Geschenk des Wals zu feiern.

Als das Feuer angezündet war, begann Shuganan in der Sprache seines Stammes mit einem Gesang, den Chagak nicht kannte. Das hatte sie nicht gewollt, aber sie hatte keine andere Wahl. Sie kannte die Gesänge, die ihr Volk zur Zeremonie der Namensgebung für einen Jungen sang, nicht. In ihrem Dorf waren nur die Männer und die Mutter des Kindes bei dieser Zeremonie für einen Jungen anwesend, auch wenn zu der Zeremonie für ein Mädchen das ganze Dorf kam, und so sang Shuganan die Gesänge seines eigenen Volkes, die er kannte. Denn wenn die Gesänge nicht durchgeführt wurden, könnten sich böse Geister in der Nähe aufhalten, die den Namen stahlen und ihn für Böses verwendeten, bevor das Kind den Schutz des Namens für sich beanspruchen konnte.

Chagak erinnerte sich an die Geschichten, die der Vater ihr über die erste Zeremonie der Namensgebung erzählt hatte. Damals hatte es nur einen Mann und eine Frau gegeben, aber niemanden, der ihnen einen Namen gab. Und ohne Namen hatten sie keine Geister. Welcher Geist könnte ohne einen Namen existieren?

Dieser Mann und diese Frau sahen, daß sie sich von den Fischen unterschieden, denn sie hatten keine Schuppen und keine Flossen. Sie hatten kein Fell, und so waren sie keine Robben oder Otter. Sie hatten keine Flügel oder Federn wie die Vögel. »Wir sind etwas Neues«, sagte der Mann und begann auf eine heilige Weise zu beten und zu singen, bat um einen Namen. Das tat er, bis die Namen zu ihm kamen, und er zu der Frau sagte: »Ich bin Mann und du bist Frau.« Das war die erste Namensgebung gewesen, und seither wurden Namen voller Dankbarkeit und auf eine heilige Art angenommen.

Chagak spürte, wie sich das Kind an der nackten Haut ihres Bauchs bewegte. Es war noch immer ein Teil von ihr, sein Geist noch immer mit ihr vereint, genau so, als würde es noch in ihrer Gebärmutter festgehalten werden. Aber wenn es einen Namen bekam, war es getrennt von ihr, ein neuer Mensch, mit einem neuen Geist.

Sie hatte aus den Häuten der Eiderenten, die sie im vergangenen Sommer getötet hatte, ein Kleidungsstück mit einer Kapuze gemacht, das war ihr Geschenk für das Kind an seinem Namenstag. Shuganan hatte einen Otter geschnitzt, der an der Wiege des Kindes hing, um die Gunst der Robbengeister auf sich zu ziehen.

Vielleicht war der Wal ein Geschenk ihres Volkes, das es ihnen zur Namensgebung gemacht hatte, dachte Chagak, von all jenen, für deren Beerdigung sie sich so abgemüht hatte. Aber warum sollte irgend jemand von ihrem Volk dem Sohn eines Kurzen Menschen Geschenke machen?

Shuganan hatte zu singen aufgehört. Das Feuer, das

bei den Worten, die er in den Wind gerufen hatte, geflackert hatte, brannte jetzt ruhig, als würden die Flammen darauf warten, das Kind zu sehen. Das Holz knisterte, und ein Funkenschauer stob in den Himmel, verblaßte, als er dem größeren Licht begegnete. Shuganan streckte die Arme aus, und Chagak nahm das Kind aus der Trageschlinge.

Das Kind war nackt. Sein dicker runder Körper glänzte vom Robbenöl. Chagak dachte, daß es weinen würde, wenn es den frostigen Wind spürte, aber es strampelte mit seinen kleinen Beinen und krähte, seine Stimme klang wie das Lachen von Möwen.

Als Shuganan es herumdrehte, damit es in jede der vier Richtungen des Windes sah, hielt es seinen Körper gestreckt, den Kopf erhoben, ohne zu zappeln. Dann sah Chagak zu, wie Shuganan den Jungen zum Wal trug und seine Hand an die schwarze Haut drückte.

Chagak wartete, während der alte Mann über den Kies am Strand wieder zum Feuer ging. Unbehagen rührte ihren Geist. Warum hatte Shuganan ihren Sohn zum Wal getragen? Ihre Leute waren keine Waljäger. Sie hatte nicht versprochen, die Waljäger zu warnen, damit ihr Sohn auf deren Weise aufgezogen werden konnte. Plötzlich wurde sie von Furcht ergriffen. Wenn sie nun ihr Kind haben wollten? Wenn ihr Großvater es behalten wollte? Wie konnte sie es ihnen verweigern, ohne einen Mann?

Aber als Shuganan das Kind zu ihr zurückbrachte, verbannte Chagak die Angst aus ihren Gedanken. Der Wal war ein gutes Zeichen, ein Zeichen für Akas Gunst. Als sie beschlossen hatte, ihren Sohn am Leben zu lassen, hatte sie eine weise Entscheidung getroffen.

Chagak nahm das Kind. Es glitt leicht in ihre Arme, als hätte sie es schon immer gehabt. Als wäre es schon immer ein Teil von ihr gewesen.

»Jetzt mußt du ihm seinen Namen sagen«, wies Shuganan sie an und begann leise zu singen.

Als Mutter wurde Chagak die Ehre zuteil, dem Jungen einen Namen zu geben, und so beugte sie sich dicht über das Kind, ihre Haare hüllten es ein wie ein Vorhang, der aus feinem dunklen Gras gewoben war. »Du bist Samiq«, flüsterte sie, damit das Kind als erstes seinen Namen erfuhr, damit es vor allen Geistern den Schutz des Namens besaß, bevor der Wind oder das Meer seinen Namen kannte. »Du bist Samiq«, flüsterte sie noch einmal, um sicherzugehen, daß es ihn gehört hatte.

Dann hielt sie das Kind hoch in den Wind und wiederholte den Namen, so wie Shuganan es ihr gesagt hatte. »Das Kind ist Samiq«, sagte sie zur Erde und zum Himmel, zum Wind und zum Meer, zu Aka und Tugix, zum Wal und zu Shuganan. »Samiq. Messer. Etwas, das zerstören oder erschaffen kann, etwas, das wie ein Mensch das Gute oder das Böse tun kann.«

Einen Augenblick lang starrte Shuganan sie an, als wäre er über ihre Wahl überrascht, als hätte er nicht verstanden, was sie gesagt hatte, aber dann legte er die Hand auf den Kopf des Kindes. »Samiq«, sagte er, dann erhob er die Stimme und rief, zu Tugix gewandt: »Samiq.«

29

Kayughs Volk hatte die letzte Nacht auf einem schmalen Stück Strand verbracht, einem gefährlichen Ort, der weiter hinten von Steinwänden begrenzt war, die sich zu hohen, graslosen Klippen erhoben. Die

Männer ließen ihre *ikyan* gepackt, und die Frauen deckten ihr *ik* nicht zu. Während der Nacht wechselten sich die Männer ab, das Meer zu beobachten, hofften, die anderen rechtzeitig warnen zu können, falls das Wasser einen höheren Stand erreichte als ihr Lager.

Kayugh war der letzte, der Wache hielt. Mit jeder Welle schickte er seine Gebete zu den Geistern, die den Wind und das Meer beherrschten.

Schließlich ging die Sonne auf, blaß und von Wolken verhangen, und die Frauen standen auf, um das Essen zuzubereiten. Aber noch immer hielt Kayugh die Augen aufs Meer gerichtet. Er hörte einen schwachen Schrei, und der Schmerz über den Hunger seines Sohnes bohrte sich in sein Herz.

Einen Augenblick lang beobachtete er, wie Krumme Nase und Blaue Muschel ihre Hände in Fischbrühe tauchten und das Kind die Tropfen von ihren Fingern lecken ließen, aber dann mußte er wegsehen.

Während der ersten drei Tage nach dem Tod von Weißer Fluß hatte sein Sohn fast ununterbrochen geschrien, und Kayugh hatte befürchtet, daß die Männer ihn dazu bringen würden, das Kind zu töten, damit sein Geschrei die Tiere und Fische nicht verjagte, aber jetzt war das Weinen so leise, daß es fast von den Falten der Häute, in die der Kleine gewickelt war, erstickt wurde.

Deine Mutter wartet auf dich, hatte Kayugh dem Geist des Kindes in Gedanken gesagt. Sie wird dich holen kommen, und dann wirst du keine Schmerzen mehr haben.

Nach der Zeremonie der Namensgebung schwang Shuganan ein Seil über den Wal und befestigte ihn an beiden Seiten an Felsblöcken. Chagak verwendete das Seil dazu, sich hinaufzuziehen, und kletterte auf das Tier, und indem sie vom Kopf bis zur Schwanzflosse ging, durchschnitt sie die dicke kräftige Haut und die Speckschicht in einem langen Schnitt vom Spritzloch bis zur Schräge der Schwanzflosse.

Zweimal war sie während des Schneidens ausgerutscht und hinuntergefallen. Nach dem zweiten Mal nahm sie das Kind aus seiner Schlinge und legte es an eine schattige Stelle an der windgeschützten Seite der Klippe. Dann schlitzte sie das Fleisch eine Armeslänge quer zur ersten Schnittlinie auf, zerteilte die Haut des Wals in zehn Teile. An jedem Teil machte sie oben zwei Löcher, befestigte an jedem ein Seil und schnitt an der Seite des Wals herunter. Dann packten sie und Shuganan ein Seil und lösten die Fettschicht vom Kadaver des Wals und zogen das Fett und die Haut auf das Gras neben dem *ulaq*, wo die Wellen nicht hinkamen.

In der Zeit seit dem Tod des Wals war die Verwesungshitze in der Haut geblieben, die ausreichte, um mit dem Kochen des Fleisches zu beginnen. Während Chagak arbeitete, stieg ihr der Fleischgeruch in die Nase, und ihr Magen knurrte. Aber als sie sah, daß Shuganan weiterzog, sogar mit seiner linken Hand, machte auch sie weiter, obwohl das Seil an den Fingern und in der Handfläche brannte.

Als sie das letzte Stück Fett weggezogen hatten, sagte Shuganan: »Ich werde es nehmen. Schneide etwas Fleisch. Ich habe Hunger.«

Chagak lächelte und warf ihm ihr Seil zu, dann schnitt sie soviel Fleisch ab, wie sie tragen konnte, und brachte es zum *ulaq*.

Mit ihrem Frauenmesser schnitt sie einen Teil des Fleisches in Streifen und hielt es, ein Stück nach dem anderen, über die Flamme einer Öllampe. Dann legte sie das Fleisch in einen Korb und trug ihn zu Shuganan. Sie setzten sich in den Schatten des toten Wals und aßen.

Sie nahmen ihren Vorrat an Treibholz, um zwei große

Feuer zu errichten, jedes an einem Ende des Ufers. Als die Feuer loderten und die Holzkohle genügend Hitze gespeichert hatte, legte Chagak Steine dazwischen. Während sich die Steine erhitzten, benutzte sie, um die Kochgrube zu vergrößern, zum Graben einen Stock, der mit einer Schieferklinge versehen war.

Shuganan brachte große Körbe aus dem *ulaq*, stellte sie in die Kochgrube. Dann füllte Chagak sie mit Wasser und Fettstreifen.

Während Chagak zum Wal zurückging und noch mehr Fleisch abschnitt, trug Shuganan die heißen Steine vom Feuer zu den Körben und ließ sie hineinfallen, bis das Wasser zu kochen begann. Die abgekühlten Steine nahm er mit einer schweren Kelle aus gebogenem Holz heraus und gab so lange immer wieder neue heiße Steine hinein, bis sich auf der Oberfläche eines jeden Korbes eine dicke Schicht aus geschmolzenem Fett gebildet hatte. Diesen Winter werden wir nicht verhungern, dachte Shuganan und begann zu singen.

Kayughs Gruppe war am frühen Morgen aufgebrochen. Kayugh, der mit jedem Schlag seines Paddels seine Sorgen von sich stieß, hatte bald das langsamere Frauenboot weit hinter sich gelassen, und gegen Mittag auch Große Zähne und Grauer Vogel. Während er paddelte, prägte er sich das Land ein, die Lage der Klippen und kleinen Strände, die Farbe der Felsen und die Form der Seetangfelder, die sich vor der Küste erstreckten.

Als er die Klippen und die Bucht sah, die mit großen Felsblöcken markiert war, spürte er plötzlich ein erregendes Gefühl. Das war der Strand, den er am Tag zuvor gefunden hatte, und vielleicht war es der Strand, den Kleine Ente gemeint hatte.

Er bewegte sich schnell, lenkte sein Kanu in die flache Bucht. Dann hielt er still, die Paddel über den Wellen. Quer auf dem Strand lag ein riesiger Wal.

Er kniff die Augen zusammen, lachte und machte den Mund auf, um einen Lobgesang auf das Meer anzustimmen, aber dann merkte er, daß der Wal zum Teil aufgeschnitten war. Sein Herz schlug plötzlich schneller, und seine Enttäuschung ließ ihn bewegungslos im Wasser erstarren. Sein Volk konnte den Strand nicht für sich beanspruchen: Jemand anderes hatte es bereits getan.

Kayughs Sorgen, die schlaflosen Nächte, in denen er dem Weinen seines Sohnes gelauscht hatte, die Suche nach einem guten Strand, drückten ihn nieder, so daß er das Gefühl hatte, von einer riesigen Hand ins Meer gestoßen zu werden.

Aber dann dachte er: Vielleicht erlauben die, denen der Strand gehört, seiner kleinen Gruppe, ein paar Nächte zu bleiben, sich auszuruhen und Seeigel zu sammeln. Kayugh hielt sein Paddel waagrecht im Wasser, hielt sein *ikyak* ruhig in den Wellen.

Ein gestrandeter Wal war ein großes Geschenk, das einem Dorf nur selten zuteil wurde, aber für ein solches Geschenk war es am Strand ziemlich ruhig. Es brannten zwei Feuer, aber gewöhnlich arbeiteten alle Frauen an den Kochgruben, und die Männer schnitten das Fett und das Fleisch herunter.

Je länger er hinsah, desto mehr fragte sich Kayugh, ob der Strand überhaupt jemandem gehörte. Vielleicht hatten nur einige Jäger den Wal gefunden und angehalten, um Fleisch und Fett mitzunehmen. Aber er sah kein *ikyak*, kein Zeichen vorübergehender Behausungen.

Plötzlich kam ein alter Mann über die Anhöhe des Strandes gehumpelt. Seine Schultern waren gebeugt, und er nahm zum Gehen einen Stock zu Hilfe. Er war kein Jäger. Nein. Ein Schamane, der allein lebte? Vielleicht. Und vielleicht hatte er den Wal an seinen Strand gerufen. Kayugh hatte schon von Schamanen gehört, die solche Kräfte besaßen. Wenn dieser Mann einer war, konnte er Kayughs Gruppe mit dem Winken seines Stabes vernichten, konnte ohne Speer oder Harpune Schaden zufügen, konnte ohne Messer töten.

Kann ich also meine Leute hierher bringen? fragte sich Kayugh und hörte irgendwo tief in seinem Innern eine Stimme, die nein sagte. Er konnte es nicht tun. Warum alles riskieren? Aber wenn er jetzt an Land ging, konnte der Schamane ihn töten. Dann würden Große Zähne und die anderen vielleicht an den Strand kommen, ohne etwas zu wissen. Vielleicht würden auch sie an Land gehen und getötet werden.

Mit langsamen leichten Bewegungen lenkte Kayugh sein *ikyak* in ein Wellental, dann blieb er in diesem Tal, bis es ihn hinter die Klippen und weit weg von der Bucht getragen hatte.

Chagak kniete neben ihrer Kochgrube. Der Wal versperrte ihr den Blick aufs Meer. Die schwarze Haut und das dicke gelbweiße Fett waren abgeschält. Oben auf dem Wal thronten Möwen, zogen an dunklen roten Fleischstückchen, aber hier gab es keine kleinen Jungen, die am Strand lebten, um die Vögel mit langen Pfählen und gut gezielten Steinen wegzujagen. Ein Teil des Krills, das den Bauch des Wals gefüllt hatte, war in den Kies am Strand gelaufen, und das Blut sickerte ins Meer.

Chagak hatte alle Grasmatten und Vorhänge aus dem *ulaq* geholt und nähte sie zu Vorratssäcken zusammen. Shuganan schlug Treibholz zu hohen, mehrfach übereinander angeordneten Gestellen, um das Fleisch zu trocknen.

Während der Nacht würden sie abwechselnd auf das Feuer aufpassen und immer wieder heiße Steine für die Kochgrube bereithalten.

Morgen, wenn das Meer noch immer Shuganans Anspruch achtete, würden sie den Rest des Fleisches abschälen und es an den Holzgestellen zum Trocknen aufhängen.

Der Wal war ein wunderbares Geschenk, aber Chagak mußte immer an das Fest denken, das es in ihrem Dorf gegeben hätte, die Tänze, die Lieder, die Freude vieler nächtlicher Feuer entlang des langen Ufers. Auch wenn sie und Shuganan sich gefreut hatten, so war es doch eine stillere Freude, ein Singen des Geistes. Und wer wollte sagen, was besser war? Aber ein merkwürdiges Gefühl in Chagak wünschte sich beides.

»Da ist ein Wal gestrandet«, sagte Kayugh und lenkte sein *ikyak* dicht neben das von Große Zähne. Aber bevor er noch etwas sagen konnte, rief Große Zähne die Neuigkeit Grauer Vogel und den Frauen zu. Kayugh brachte sein *ikyak* zum Stillstand und schüttelte den Kopf. Er versuchte das Geplapper der erregten Stimmen zu durchdringen, und schließlich rief er, nachdem er sein *ikyak* neben das *ik* der Frauen gepaddelt hatte: »Wartet. Da ist ein Wal, ja, aber da ist auch ein alter Mann.«

»Ein alter Mann«, schnaubte Grauer Vogel.

»Er zerlegt den Wal. Er hat Feuer errichtet, um das Fett zu schmelzen.«

»Was macht das schon?« sagte Grauer Vogel. »Was ist ein alter Mann? Unsere Frauen würden allein mit ihm fertig werden.«

»Wenn der Strand ihm gehört, dann gehört er ihm«, erwiderte Kayugh. »Vielleicht erlaubt er uns zu bleiben, aber es könnte auch sein, daß er unser Eintreffen als eine Bedrohung ansieht.«

»Er wird nichts sehen, wenn er tot ist«, sagte Grauer Vogel.

»Und was geschieht, wenn er ein Schamane ist?« fragte Große Zähne. »Wenn er den Wal nun an seinen Strand gerufen hat? Möchtest du gern einen solchen Mann zum Feind haben? Was würde er mit dir machen, wenn er einen Wal töten kann?«

Grauer Vogel antwortete nicht, sondern beugte sich über sein *ikyak*, als habe er einen Riß in der Naht gefunden, und Kayugh sagte: »Laßt mich allein gehen. Schlagt ein Lager am Strand dicht bei der Bucht auf, und wenn ich nicht zurückkehre, so kommt mir nicht nach.« Zu Blaue Muschel sagte er: »Mach dir keine Sorgen wegen meines Sohnes. Wenn ich sterbe, werde ich ihn mit mir in die Geisterwelt nehmen.« Dann sah er Krumme Nase an und sagte: »Ich gebe Große Zähne Rote Beere zur Tochter.« Und er sah, wie Krumme Nase nickte und das Kind auf ihren Schoß zog.

Kayugh wendete sein *ikyak* und fuhr schnell davon, hielt sich auf den Spitzen der Wellen, lenkte sein *ikyak* schnell zu der Bucht.

Es war fast Nacht, und Shuganans Arme und Beine taten ihm weh, aber es war ein guter Schmerz. Chagak hatte Schlafmatten und die Wiege an den Strand gebracht. Sie richteten über der Gezeitenmarke ein Lager im Gras her, dicht bei der Kochgrube. Auch beim Steigen und Brechen der Wellen war der Wal am Strand geblieben, und die Flut war nicht höher als bis zu den Flossen gestiegen.

Jetzt trennte Shuganan mit einer Handaxt und einem Messer die Kieferknochen ab. Es dauerte lange und ging nur langsam voran, und er merkte, daß es ihm nicht gelingen würde, den ganzen Unterkiefer vor Sonnenuntergang abzuschneiden.

Wenn uns das Meer noch sechs oder sieben Tage Zeit läßt, dachte er, werden wir genügend Fleisch und Fett für zwei Winter haben.

Es schien, als wären seine Arme stärker geworden,

während er arbeitete, und er begann zu hoffen, daß ihm Chagak aus der Haut der Walzunge einen *chigadax* machen würde. Er begann zu hoffen, daß er wieder jagen könnte, daß er im Herbst, wenn die kleinen Pelzrobben vorbeischwammen, sein *ikyak* wieder benutzen könnte.

Als er hinter sich ein Geräusch hörte, dachte er, Chagak wäre gekommen, um ihm zu helfen, und sagte: »Bring mir eine Lampe.«

Dann drehte er sich um und sah, daß er nicht mit Chagak sprach, sondern mit einem jungen Mann. Shuganan hielt die Luft an und blieb mit dem Messer in der linken, der Axt in der rechten Hand still stehen.

Der Blick des jungen Mannes glitt zu den Waffen, aber er trat einen Schritt vor, dicht genug, daß Shuganan ihn anfassen konnte, und streckte die Hände mit den Handflächen nach oben aus. »Ich bin ein Freund«, sagte er. »Ich habe kein Messer.«

Einen Augenblick lang bewegte sich Shuganan nicht. Ich war nicht schnell genug, dachte er. Ich habe die Waljäger nicht gewarnt. Aber dann wurde ihm bewußt, daß der Mann die Sprache der Ersten Menschen sprach und daß er den Parka aus Vogelhäuten trug, den alle Jäger der Ersten Menschen trugen.

»Ich bin Kayugh«, sagte der Mann. »Ich suche einen neuen Strand für mein Zuhause. Das steigende Meer hat Wellen gebracht, die mein Dorf zerstört haben.«

Er war groß, gut gebaut, seine Augen waren rund und klar.

Er zeigt seine Seele in seinen Augen, dachte Shuganan und hatte plötzlich keine Angst mehr.

»Sind noch andere bei dir?« fragte Shuganan und beugte sich zur Seite, damit er an dem Mann vorbeisehen konnte, aber es war sonst niemand am Strand.

Der Mann zögerte, sah forschend in Shuganans Gesicht.

»Nicht hier«, sagte er. Wieder machte er eine Pause, und seine Augen schienen Shuganans Augen festzuhalten, als würden ihre Geister einander prüfen. »Sie haben für die Nacht weiter östlich ein Lager aufgeschlagen. Ich habe den Wal gesehen und auch dich. Wir wollen keinen Strand beanspruchen, der einem anderen gehört. Ich bin nur gekommen, um zu fragen, ob wir vielleicht einige Tage hierbleiben und Seeigel und Wurzeln sammeln können.«

»Wie viele seid ihr?«

»Drei Männer, drei Frauen, drei Kinder.«

Shuganan sah den Mann prüfend an. Er schien ein guter Mann zu sein. Wie jemand, den er für Chagak als Mann wählen würde, aber wer konnte das sagen? Manchmal war das Böse als das Gute verkleidet. Vielleicht war er ein Geist, der gekommen war, um den Wal zu stehlen. Vielleicht war er ein Schamane, dem die Geister von Shuganans Schnitzwerken erzählt hatten. Und vielleicht hatte er Frauen und Kinder, aber wenn er sie hatte, warum hatte er sie dann nicht mitgebracht?

Shuganan wollte ihm sagen, daß er gehen sollte, aber dann kam ihm ein Gedanke: Wenn dieser Mann nun ein guter Geist war? Wenn er es gewesen war, der den Wal geschickt hatte und der jetzt sehen wollte, ob Shuganan ein guter Mann war, ein Mann, der bereit war zu teilen?

»Du kannst über Nacht bleiben«, sagte Shuganan. »Wie du siehst, haben wir Fleisch. Iß, soviel du willst, und nimm auch etwas davon für deine Leute mit.«

Chagak nahm Samiq aus seiner Wiege und drückte ihn fest an ihre Brust.

Shuganans Öllampe war wie ein Stern auf dem dunklen Strand, und sie war sicher, daß sie in ihrem Licht zwei Männer gesehen hatte. Sie stand da und beobachtete den Strand, bis sie Shuganan sah. Er zog an den Kieferknochen. Die riesigen gebogenen Knochen waren schon fast völlig von dem Kadaver des Wals getrennt, und ja, da war noch ein anderer Mann neben ihm. Ein Geist, der ihr Shuganan nehmen wollte? Oder Sieht-weit, der zu seinem Volk zurückkehrte?

Chagak überlegte, ob sie weglaufen sollte.

Sie hatte ihr Frauenmesser beim Feuer am Strand gelassen und verspürte jetzt tiefen Kummer über ihre Sorglosigkeit. Wenn sie das Messer holen ging, würde der Mann sie bestimmt sehen. Sie hob ein Stück Treibholz vom Boden auf. Das war besser als gar keine Waffe.

Der Mann schien Shuganan zu helfen. Würde Sieht-weit helfen? Nicht, wenn er sich davon nicht eine Frau für die Nacht versprach. Aber warum arbeitete er, wenn nur ein alter Mann da war, um Chagak zu beschützen? Warum nahm er sich nicht einfach, was er wollte? Wie sollte Shuganan ihn daran hindern?

Und das Kind? Manche Männer hatten keine Freude an dem Kind eines anderen Mannes.

Vielleicht konnte es Chagak in die Schutzhöhle legen, es unter Grasmatten verbergen. Aber wenn es weinte ... Besser, sie steckte es unter ihren *suk*, dann war es wenigstens bei ihr, wenn sie weglief.

»Chagak!«

Shuganan rief nach ihr. Seine Stimme war stark, ohne Angst. Wenn Gefahr bestünde, würde er nicht rufen, dachte Chagak. Sie ließ das Stück Treibholz fallen, stand aber erst auf, als sie Samiq unter ihren *suk* gesteckt hatte. Sie ging zuerst zu dem anderen Feuer und hob das Frauenmesser auf, bevor sie sich langsam den beiden Männern näherte. Sie hielt den Kopf gesenkt und hatte die Arme vor der Brust verschränkt, versuchte das Kind zu verbergen, das sie an ihrer Brust trug.

Shuganan lief ihr eilig entgegen und ergriff ihren Arm, zog sie zu dem Wal. Der Mann wartete auf sie, er hatte die Hände, die vom Blut des Wals dunkel waren, zum Gruß ausgestreckt.

Nicht Sieht-weit, dachte Chagak erleichtert. Und auch keiner der fahrenden Händler, die an den Strand ihres Volkes gekommen waren.

»Meine Enkeltochter«, sagte Shuganan, und er gebrauchte die Sprache der Ersten Menschen.

Der Mann war groß, und Chagak kam sich neben ihm wie ein Kind vor. Ihr Kopf reichte ihm nur bis zur Schulter.

»Kayugh«, sagte Shuganan und sah Chagak an, bis sie merkte, daß sie etwas sagen sollte. Sie sah zu dem Mann hoch und wiederholte seinen Namen.

Es war ein guter Name, ein Name, der von Stärke sprach. Kayugh hatte ein breites eckiges Gesicht, und seine Augen erinnerten Chagak an die Augen ihres Vaters, Augen, die daran gewöhnt waren, über das Meer zu blicken. Er lächelte sie an, aber sie sah, daß sein Lächeln traurig war, so daß sie sich fragte, warum er allein war.

»Wir brauchen Hilfe, um die Kieferknochen höher hinaufzuziehen, damit die Wellen sie nicht erreichen«, sagte Shuganan.

Chagak wünschte, Shuganan hätte sie nicht um Hilfe gebeten. Sie konnte nicht riskieren, das Kind zu verletzen, und so würde sie jetzt zugeben müssen, daß es unter ihrem *suk* war. Sie sah Shuganan an und sagte langsam: »Ich habe das Kind. Ich muß es erst in seine Wiege legen.«

Sie sah das plötzliche Verlangen in Kayughs Augen, und es fuhr ihr kalt über den Rücken, aber Shuganan schien keine Furcht zu verspüren, als er zu Kayugh sagte: »Mein Enkelsohn.«

Chagak lief schnell zum Lager zurück, das sie neben dem Feuer am Strand errichtet hatte. Sie wußte, daß Kayugh sie beobachtete.

»Er wird dich für die Nacht haben wollen«, flüsterte der Seeotter, aber Chagak antwortete nicht, und sie schloß jede Erinnerung an die Nacht, die sie mit Mann-der-tötet zusammengewesen war, die Schmerzen, die der Mann der Frau antat, wenn er sie nahm, aus ihren Gedanken aus.

Sie legte das Kind in die Wiege, achtete darauf, daß sein Gesicht vor dem Wind geschützt war, und kehrte zu den Männern zurück. Sie hatten aus der Schädelkuppel die Kieferknochen herausgeschnitten und sie ein Stückchen vom Rumpf des Wals weggezogen. Zusammen mit Shuganan packte sie den Knochen, der die linke Hälfte des Unterkiefers des Wals bildete. Sie zogen ihn bis zu den Kieselsteinen, Chagak paßte ihre Schritte denen von Shuganan an. Kayugh nahm den rechten Kieferknochen und zog ihn allein bis fast zum *ulaq*, während Chagak und Shuganan noch immer am Ufer waren.

Der Knochen war glitschig vom Fleisch, und Chagaks Hände waren nicht kräftig genug, um ihn mehr als nur einige Schritte lang zu halten. Schließlich drückte sie die äußere Biegung des Knochens gegen ihre Brust, so daß ihre Schultermuskeln die schwere Last zogen. Sie sah Shuganan an, sah, daß er es genauso getan hatte. Dann war plötzlich Kayugh zwischen ihnen und zog so fest, daß er den größten Teil des Gewichts trug.

Als sie die Anhöhe des Ufers erreicht hatten, ließen sie den Knochen auf den Boden fallen. Chagak schnitt eine Handvoll Gras ab und wischte sich die Finger und die Vorderseite ihres *suk* ab.

»Komm«, sagte Shuganan zu Kayugh. »Chagak wird eine Weile auf die Feuer aufpassen. Du bist in meinem *ulaq* willkommen.«

Chagak kehrte zu den Feuern zurück. Ein Teil von ihr war froh, wieder allein zu sein, froh, eine Entschuldigung zu haben, am Strand zu bleiben, aber ein Teil von ihr wünschte, sie könnte hören, was Kayugh zu sagen hatte. Warum er hier war.

Sie kniete sich neben Samiqs Wiege auf den Boden. Er schlief fest, so daß sie ihn nicht heraushob. Shuganan hatte die Wiege aus Treibholz gemacht. Das Fell einer Pelzrobbe bedeckte die gewebte Schlinge, die von dem hohen Rahmen herunterhing. Chagak hatte den Rahmen mit Papageitaucherfedern und flachen Perlen verziert, die sie aus Miesmuschelschalen geschnitten hatte. An einer Ecke, neben der Robbenfigur, hatte Shuganan einen kleinen geschnitzten Wal aufgehängt.

Es war nicht das Tier, das Chagak ausgesucht hätte, aber er hatte ihr erklärt, daß sie es haben mußten, weil es die Waljäger glauben machen würde, daß das Kind doppelt von ihrem Blut abstammte, Enkelsohn von Shuganans Frau und Enkelsohn von Großer Wal. Jetzt überlegte Chagak, ob es die Schnitzarbeit von Shuganan gewesen war, die den Wal an ihren Strand geholt hatte.

Sie legte etwas Treibholz auf die Feuer, kauerte sich dicht an das Licht, das die Geister zu verdrängen schien, die mit der Dunkelheit kamen. Der Himmel behielt die Farben der Sonne, rot und rosafarben, die die Ränder des Horizonts erhellten. Chagak erinnerte sich daran, daß am Strand ihres Volkes, auch ein nach Osten blickender Strand, die Hügel rund um ihr Dorf die Sonnenfarben verborgen gehalten hatten, die mit den kurzen Sommernächten kamen. Aber hier war, wenn sie an das Ende der Bucht ging, zwischen ihr und der Sonne nichts außer dem Meer.

Sie nahm die Holzzange und zog einen Felsbrocken aus dem Kohlebett des Feuers. Sie trug ihn langsam zur Kochgrube, damit sie rechtzeitig stehenbleiben konnte, wenn der Stein herunterfiel, und nicht drauftrat.

Sie ließ den Felsbrocken in die Grube fallen. Das Öl und das Wasser schäumten, und ringsherum stiegen Blasen auf. Wenn sie und Shuganan die ganze Nacht über die Feuer in Gang hielten, würde sich am Morgen auf der Oberfläche eines jeden Korbes eine dicke Ölschicht gebildet haben. Chagak würde es abschöpfen und zum Abkühlen in andere Körbe füllen.

Wenn es abgekühlt war, würden sich der Sand und die Fleischstücke, die das Öl leicht verdarben, in der unteren Schicht befinden. Chagak würde die obere Schicht abschöpfen und sie in einen Behälter aus Robbenmägen gießen.

Das Öl vom Boden des Korbes würde sie schneller verbrauchen, einen Teil zum Kochen, aber das meiste, um Behälter aus Robbenmägen zu ölen, oder um *babiche* und Sehnen zum Nähen einzufetten, und auch, um die Nähte des *ik* und des *ikyak* wasserfest zu machen.

Chagak kehrte zum Feuer zurück, als sie sah, daß sich in der Dunkelheit neben dem *ulaq* etwas bewegte.

Zuerst dachte sie an Nachtgeister und rief sie leise, redete laut mit dem Geist des Seeotters und umklammerte ihr Schamanenamulett, aber dann trat Kayugh ins Licht.

Für einen Augenblick spürte Chagak Erleichterung, dann plötzliche Angst, die Befürchtung, daß Shuganan zugestimmt hatte, sie dem Mann für die Nacht zu geben. Ihre Kehle schnürte sich zusammen, und sie glaubte, keinen Ton herauszubringen.

Sie stand da, hielt die Zange zwischen sich und den Mann, als könnte sie sie beschützen. Er machte keine Bewegung in ihre Richtung, sondern hockte sich auf die Fersen neben das Feuer und starrte in die Flammen. Chagak zog wieder einen Felsbrocken aus der Kohle und trug ihn zur Kochgrube.

Als sie wieder zum Feuer kam, war Kayugh aufgestanden. Chagaks Hände begannen zu zittern, und sie drehte ihm den Rücken zu, tat so, als würde sie nach ihrem Kind sehen.

»Du hast einen Sohn«, sagte Kayugh und trat neben sie. Er hockte sich auf den Boden und zog die Decken aus Robbenhaut, mit denen das Kind zugedeckt war, ein wenig zur Seite. »Er ist dick und gesund.«

»Er wird einmal ein guter Jäger sein«, sagte Chagak. Das war die gebräuchliche Antwort einer Mutter, der ein Kompliment gemacht wurde.

»Und dein Mann?«

»Er ist tot«, sagte Chagak kurz. Shuganan und sie hatten sich für eine Geschichte entschieden, die sie den Waljägern erzählen wollten. Sie hoffte, daß Shuganan diesem Mann dieselbe Geschichte erzählt hatte.

»Das tut mir leid.«

»Sein Name war Robbenfänger«, sagte Chagak und war überrascht, daß ihr Tränen in die Augen traten, denn es war, als würde Robbenfänger durch ihre Worte tatsächlich zu Samiqs Vater. »Er war ein guter Mann.«

Kayugh strich über Samiqs Kopf, seine kräftige, breite Hand blieb auf der pulsierenden Schläfe des Kindes liegen. »Du mußt stolz sein auf deinen Sohn«, sagte er und blickte auf, um Chagak in die Augen zu sehen.

Aber Chagak sah zu Boden. »Ja«, murmelte sie, und wieder schnürte ihr die Angst die Kehle zu.

»Ich habe deinem Großvater gesagt, daß ich für eine

Weile auf die Feuer aufpasse, damit du dich ausruhen kannst.«

Chagak sah ihn überrascht an. Shuganan half ihr mit dem Walfleisch, weil sie wußten, daß das Tier schon bald vom Meer weggespült würde. Wenn noch andere Frauen hier gewesen wären, hätte ihnen Shuganan nur beim Schälen der Haut geholfen und beim Zerschneiden der größten Knochen. Warum bot ihr dieser Jäger seine Hilfe an?

Der Seeotter schien zu sagen: »Vielleicht will er einen Anteil, um ihn in sein Dorf mitzunehmen.«

»Du solltest schlafen«, sagte Chagak. »Du bist schon den ganzen Tag im *ikyak* gewesen. Shuganan wird kommen und meinen Platz einnehmen.«

»Er ist alt. Er braucht mehr Schlaf als du und ich.«

»Ich werde eine Weile schlafen, dann werde ich zurückkommen«, sagte Chagak, aber sie blieb stehen und sah zu, wie der Mann die Zange benutzte, um einen Felsbrocken aus dem Feuer zu ziehen und ihn in die Kochgrube zu werfen. Dann nahm sie Samiq und ging zum *ulaq*.

»Er hat gesagt, ich soll zum *ulaq* gehen und schlafen«, sagte Chagak zu Shuganan. Sie hängte die Wiege an einen Balken über ihrem Schlafplatz und ging dann in den Hauptraum des *ulaq*. Dort setzte sie sich neben den alten Mann. »Hätte ich bei ihm bleiben sollen?«

»Nein«, sagte Shuganan. »Er wollte, daß ich mit dir rede.«

Chagak hatte sich gewundert, daß Shuganan noch wach war, als sie ins *ulaq* kam, aber jetzt faltete sie besorgt die Hände. »Will er mit mir den Schlafplatz teilen?«

Shuganan lachte. »Welcher Mann würde das nicht wollen? Aber nein, das hat er nicht gefragt. Er hat nur nach deinem Sohn und deinem Mann gefragt.«

»Mich hat er auch gefragt«, sagte Chagak. »Ich habe ihm gesagt, was wir auch den Waljägern sagen wollen.«

»Gut. Das wird das beste sein.«

»Was wollte er dann?« Während sie fragte, erinnerte sich Chagak plötzlich, wie sanft er mit Samiq umgegangen war und an die Sehnsucht, die in seinen Augen gelegen hatte, als er das Kind sah. »Er will doch nicht Samiq haben?« sagte sie, und die Angst machte ihre Stimme sehr laut, so schrill wie die Stimme eines Kindes.

»Du hast zuviel Angst«, schalt Shuganan sie.

Chagak preßte die Lippen zusammen und spürte das Brennen dummer Tränen in ihren Augenwinkeln.

»Sein Dorf wurde vom Meer fast völlig zerstört. Von einer großen Welle. Er ist der Häuptling einer kleinen Gruppe. Zwei Männer, drei Frauen und Kinder. Sie wollen an unseren Strand kommen, um bei uns zu bleiben.«

»Sie wollen ein Dorf bauen? Diesen Strand für sich beanspruchen?«

»Nur wenn wir es ihnen erlauben. Sonst werden sie nur für einige Tage hierbleiben, bis die Frauen Fisch getrocknet und Gras für Matten gesammelt haben.«

»Und du hast ihnen gesagt, daß sie kommen sollen?«

»Nur für einige Tage. Wenn es gute Leute sind, können sie bleiben, wenn nicht . . .«

»Wenn nicht, wer soll sie dann dazu bringen, wieder zu gehen?« fragte Chagak. »Es würde den drei Männern nicht schwerfallen, uns zu töten und sich den Strand zu nehmen.«

»Und wer könnte sie daran hindern, es nicht auch jetzt schon zu tun?« fragte Shuganan. »Kayugh wird zu seinen Leuten zurückkehren und ihnen sagen, wo wir sind. Es ist besser für uns, wenn wir sie willkommen heißen. Außerdem werden wir uns bald auf den Weg machen, um zum Dorf der Waljäger zu fahren. Wer weiß, ob wir zurückkommen werden?«

Chagak hob eine Handvoll Gras vom Boden des *ulaq* auf und ließ es zwischen ihren Fingern hindurchgleiten. »Wenn es drei Männer und drei Frauen sind, muß Kayugh eine Frau haben«, sagte sie.

»Er hat von einer Frau gesprochen.«

Dieser Gedanke erfüllte Chagak mit Erleichterung, aber sie wußte, daß viele Männer stark genug waren, um Essen für mehr als eine Frau zu jagen. »Wir hätten ihm sagen sollen, daß ich deine Frau bin«, sagte sie.

»Warum? Vielleicht will er oder einer seiner Männer dich haben. Du brauchst einen guten Mann.«

Chagak schüttelte den Kopf. »Nein«, sagte sie und stand auf. »Ich habe dich und Samiq. Ich brauche keinen Mann. Ich will keinen Mann.« Sie sprach laut, fast im Zorn, und Samiq begann zu weinen, seine klagenden Laute kamen leise und dünn aus den Balken des *ulaq*.

»Wenn Kayugh mich haben will, so sag nein«, forderte sie und ging zu ihrem Schlafplatz, bevor Shuganan etwas antworten konnte.

31

Kayugh lenkte sein *ikyak* um die Felsen, die den kleinen Strand schützten, den sich seine Leute ausgesucht hatten.

Es war kein guter Platz für ein Dorf; Felsbrocken, die aus dem Wasser geschleudert worden waren, versperrten die Sicht aufs Meer. Auch am Ufer lagen große Felsblöcke. Aber für ein vorübergehendes Lager war es ein guter Platz. Es gab eine Höhle, die Schutz gewährte, und einen Strom mit frischem Wasser.

Zwischen den Felsen wuchsen Strandplatterbsen und

das rotstielige Liebstöckel; ausgewachsene Ugyuunstengel, so hoch wie ein Mann, aber die großen Blätter mit den weißen Rücken fehlten, so daß Kayugh wußte, daß die Frauen sie abgezogen hatten. Oft hatte er zugesehen, wie Rotes Bein Ugyuunblätter auf grünen Weidengestellen über einem Feuer erhitzte, bis die Blätter trocken genug waren, um zu Krümeln zu zerfallen, mit denen sie ihr Winterfleisch würzte.

Kayugh hatte eine Nacht und einen Morgen bei Shuganan und Chagak verbracht, und obwohl Shuganan ihn gedrängt hatte, eine weitere Nacht zu bleiben, fürchtete Kayugh, daß Große Zähne und Grauer Vogel glauben könnten, ihm wäre etwas zugestoßen, wenn er noch länger wegbliebe.

Außerdem war er in Gedanken immer bei seinem Sohn, so daß er oft die Dinge, die er als Jäger in seinem *ikyak* bemerken sollte, nicht sah – den Wechsel der Winde, die Stellung der Sonne und der Wolken, die Farbe des Meeres. Lebte sein Kind noch? Hatte ihm Krumme Nase, seit sie das Lager am Strand aufgeschlagen hatten, mehr zu essen geben können als Brühe?

Jetzt gab es, auch wenn Blaue Muschel ihr Kind noch nicht geboren hatte, Hoffnung für Amgigh, wenn Kayugh ihn zu Chagak bringen konnte ...

Kayugh machte die Lukenverkleidung an seinem *ikyak* auf und überließ sich mit dem letzten Schlag seines Paddels einer Welle, die ihn an das flache Ufer trug. Er sprang aus dem *ikyak*, hob es mit jeder Hand an einer Seite der Luke hoch und trug es so weit den Strand hinauf, bis die Wellen es nicht mehr erreichen konnten.

»Kayugh!« Es war die Stimme von Grauer Vogel. Kayugh zuckte zusammen. Grauer Vogel war immer darauf aus, schlechte Nachrichten zu überbringen. Vielleicht war Amgigh gestorben.

Kayugh band seine Waffen und Vorräte von der Außenseite seines *ikyak* los und legte sie am Ufer auf einen Haufen.

Grauer Vogel hockte sich neben ihn. »Hast du den Strand wiedergefunden?« fragte er.

»Ja«, erwiderte Kayugh, zog seinen *chigadax* aus und legte ihn über das *ikyak*, damit er ihn nach Rissen untersuchen konnte.

»War der Wal noch da, und der alte Mann?«

»Ja«, sagte Kayugh.

»Hast du ihn getötet?«

»Warum sollte ich ihn töten? Er hat mich in seinem *ulaq* wohnen lassen. Er hat mir eine Robbenhaut voller Walfisch gegeben, um es euch zu bringen.«

»Ist er allein an dem Strand?«

Kayugh fand keine Risse im *chigadax* und so legte er ihn zu den anderen Sachen. Er würde ihn später einölen, um sicherzugehen, daß sich kein Wasser in den Falten gefangen hatte und er nicht verrottete. Er beugte sich über das *ikyak*, fuhr mit den Händen an den Nähten entlang und über die festgezogene Verkleidung aus Seelöwenfell. Er hatte es plötzlich satt, sich die Fragen von Grauer Vogel anzuhören, und aus irgendeinem Grund zögerte er auch, ihm von der Frau, von Chagak, zu erzählen.

»Der alte Mann ist ein Schamane«, sagte Kayugh, dann fragte er: »Ist mein Sohn noch am Leben?«

Grauer Vogel zuckte mit den Achseln. »Die Frauen haben kein Totenlied gesungen.«

»Und Blaue Muschel? Hat sie dir noch immer keinen Sohn gegeben?«

»Nein.«

Gut und schlecht, dachte Kayugh, aber er spürte, wie die Spannung aus seinen Schultern rann. Er drehte sein *ikyak* um, um sich den Boden anzusehen. Er fand keine Risse, und so nahm er einen Beutel mit Fett aus seinen Vorräten und begann die Nähte einzureiben.

»Wo ist Große Zähne?« fragte er.

»Wir haben eine Höhle gefunden. Weiter oben in den Hügeln. Die Frauen haben dort eine Unterkunft errichtet. Große Zähne und ich haben uns darin abgewechselt, den Strand zu beobachten, um zu sehen, ob du kommst, damit du nicht glaubst, wir wären fort.«

Kayugh fettete sein *ikyak* ein und nahm seine Harpune und seinen *chigadax*. Er schwang sich den Robbenmagen mit Walfleisch über die Schulter. »Bring mich zu der Höhle«, sagte er zu Grauer Vogel. »Ich werde euch erzählen, was ich gefunden habe, und dann werden wir entscheiden, was wir tun wollen.«

»Ich hoffe, er kommt nicht zurück«, sagte Chagak.

»Es ist nicht gut, wenn wir allein hier sind, Chagak«, erwiderte Shuganan. »Was ist, wenn mir etwas zustößt? Was würdest du dann tun? Du kannst nicht jagen und gleichzeitig für Samiq sorgen.«

Chagak schlang die Arme um das Kind unter ihrem *suk* und begann es zu wiegen, während sie dasaß. Ihre Bewegung weckte es auf, und sie fühlte das Ziehen seines Mundes an ihrer Brust.

»Es sind Menschen deines eigenen Stammes«, sagte Shuganan. »Sie sprechen deine Sprache.«

»Ja«, sagte Chagak mit kleiner Stimme. Sie bemühte sich, die Bilder großer Freude heraufzubeschwören, die sie gekannt hatte, als sie im Dorf ihres Volkes gelebt hatte, bemühte sich, zu glauben, daß es nicht anders sein würde, aber irgendein Geist schien Zweifel in ihre Gedanken zu streuen. Würden sie erwarten, in Shuganans *ulaq* leben zu können? Würden ihr die Frauen sagen, was sie tun sollte? Sie war jetzt eine Frau mit einem eigenen Kind. Aber die anderen waren drei, und sie war allein.

»Und was ist mit unserem Plan, zu den Waljägern zu fahren?« fragte Chagak.

»Wir werden trotzdem fahren. Wir werden Kayughs Leute von den Gefahren erzählen, die sie hier erwarten. Dann werden sie selbst entscheiden müssen, ob sie bleiben oder gehen.«

»Vielleicht werden sie dann gehen«, sagte Chagak.

Aber Shuganan erwiderte: »Vielleicht entschließen sie sich, mit uns zu den Waljägern zu gehen.«

»Es sind nur drei«, sagte Kayugh. »Ein alter Mann und seine Enkeltochter. Sie hat ein Kind. Einen Sohn.«

Sie saßen in einem Kreis am Rand der Höhle. In der Mitte des Kreises glühte ein Feuer, und die Kinder saßen bei den Erwachsenen, sogar Kayughs winziger Sohn. Seine Hände und sein Gesicht waren kalt, als Kayugh ihn anfaßte, obwohl ihn Blaue Muschel in Robbenfelle gewikkelt hatte.

Es war noch Tag, aber die Schatten der Höhle und das knisternde Feuer erweckten den Anschein, als wäre es Nacht oder vielleicht ein dunkler Wintertag, eine Zeit zum Geschichtenerzählen.

»Wir können den alten Mann töten, und einer von uns nimmt sich die Frau«, sagte Grauer Vogel.

»Warum sollen wir den alten Mann töten?« fragte Große Zähne und spuckte auf den Boden. »Du bist ein Narr, Grauer Vogel.«

Kayugh beobachtete die beiden Männer, Grauer Vogel, dessen Lippen über den Zähnen zurückgezogen waren, mit geballten Fäusten, und Große Zähne, der den kleineren Mann nicht beachtete, die Augen auf Kayugh gerichtet hatte.

»Wir sind keine Mörder«, sagte Kayugh und begegnete dem Blick von Große Zähne, ließ ihn wissen, daß er ihm zustimmte. »Wenn uns der alte Mann nicht an seinem Strand haben wollte, würden wir wieder gehen. Aber er hat uns eingeladen. Er ist ein Schamane, da bin ich sicher, und er hat große Kraft. Ich habe euch von dem Wal erzählt. Und jetzt will ich euch von seinem *ulaq* erzählen.«

»Was kümmert uns sein *ulaq*?« sagte Grauer Vogel, aber Kayugh sprach weiter, als hätte er nichts gehört.

»Es sind drei *ulas*«, sagte Kayugh. »Zwei sind versiegelt wie *ulas* der Toten; das andere, das kleinste, ist das, in dem der alte Mann wohnt. Innen sind die Wände zu Borden ausgehöhlt, und die Borde sind mit winzigen Nachbildungen von Menschen und Tieren vollgestellt, alle mit Augen und Mündern geschnitzt, mit den Säumen der Kleider und den Zeichen an Fellen und Federn. Zuerst habe ich geglaubt, der alte Mann wäre ein Geist, daß er diese Dinge gemacht hätte, um Tiere an seinen Strand zu bringen, aber als wir zusammensaßen und redeten, hat er die ganze Zeit mit einem Messer gearbeitet, hat an einem Stück Elfenbein gefeilt und geschnitzt, bis es allmählich wie ein Wal aussah. Er hat ihn mir gegeben.«

Kayugh zog die Schnitzarbeit aus seinem Parka. Er hatte zugesehen, wie Shuganan ein Loch in das Elfenbein gebohrt und ein Stück geflochtene Sehne durchgezogen hatte, damit Kayugh die Figur wie ein Amulett um den Hals tragen konnte.

Um das Loch zu bohren, hatte Shuganan ein Stück Obsidian benutzt, das an einem Ende zu einer schmalen Spitze gehauen und dessen anderes Ende wie ein Griff gewölbt war, auf den sich seine Hand stützte. Er hatte einen kleinen Korb mit Meerwasser auf seinen Schoß gestellt und die Schnitzarbeit hineingetaucht, hatte sie mit einer Hand gehalten, während er den Obsidianbohrer mit der anderen langsam bewegte, preßte und drehte, preßte und drehte.

»Das Wasser macht das Elfenbein weich«, hatte Shuganan erklärt, »sonst spaltet sich das Elfenbein, zerbirst manchmal, und der Geist entweicht aus ihm.«

Jetzt beugte sich Kayugh nach vorn, legte die Figur auf seine Hand. Sie war nicht länger als sein kleinster Finger und glühte weiß im Schein des Feuers.

Die Frauen legten die Hand auf den Mund, und sogar Große Zähne hielt die Luft an. Grauer Vogel streckte die Hand aus, berührte die Figur aber nicht.

»Dieser alte Mann«, sagte Große Zähne, »er hatte einen Wal an seinem Strand?«

»Ja. Einen Walfisch. Einen großen.«

Große Zähne schüttelte den Kopf. »Vielleicht hat er ihn mit einem Schnitzwerk gerufen.«

»Ich weiß es nicht«, sagte Kayugh. »Aber in seinem *ulaq* waren noch andere geschnitzte Figuren von Walen, und eine hing an der Wiege des Kindes.«

Krumme Nase veränderte ihre Stellung und bewegte sich näher zum Feuer. Kayugh wußte, das war ein Zeichen, daß sie etwas sagen wollte. Und obwohl die Frauen bei den Zusammenkünften des Dorfes gewöhnlich nicht sprachen, hatte Krumme Nase immer weise Fragen, weise Antworten. Gewöhnlich waren die Männer bereit, ihr zuzuhören. »Ist die Frau seine Enkeltochter oder seine Frau?« fragte sie.

»Enkeltochter. Sie sagte mir, ihr Mann sei tot. Sie ist sehr jung und spricht wie wir, in unserer Sprache. Ihr Großvater ist sehr alt und spricht, als habe er nicht immer unsere Sprache gesprochen.«

»Wir sollten den alten Mann töten und die Frau nehmen«, sagte Grauer Vogel. »Mehr Frauen, mehr Söhne.«

»Wir könnten den Mann nicht töten, selbst wenn wir es wollten«, sagte Große Zähne. »Seine Schnitzwerke beschützen ihn.«

Grauer Vogel zog die Mundwinkel nach unten, und seine Augen wurden schmal. »Ich kenne andere, die auch schnitzen. Was für eine große Gabe soll das sein? Ich habe die Umrisse von Robben auf mein Wurfbrett geschnitzt.«

»Ja«, sagte Krumme Nase. »Und wie wir wissen, hat es dir nichts genutzt beim Jagen.«

Grauer Vogel sprang auf und stürzte sich auf sie, aber Große Zähne, der zwischen ihnen saß, packte Grauer Vogel am Arm und hielt ihn zurück. Dann drehte sich Große Zähne zu seiner Frau um und bellte: »Krumme Nase! Sei still.«

Aber Kayugh, der gern wissen wollte, warum sich Krumme Nase für Chagak interessierte, sagte: »Warum fragst du, ob sie Enkeltochter oder Frau ist?«

Krumme Nase lächelte. »Wenn sie wirklich seine Enkeltochter ist, wie der alte Mann dir gesagt hat«, begann sie, »die einen Sohn aufzieht, vielleicht begrüßt er dann unser Kommen, weil er weiß, daß sie einen Mann braucht. Aber wenn sie seine Frau ist und er gelogen hat, dann will er uns entweder eine Falle stellen, um uns zu töten, oder er besitzt keine Macht und hat Angst, daß du oder ein anderer Mann ihn tötet, um seine Frau zu nehmen.«

»Und was haben wir dann davon?« fragte Grauer Vogel. »Wir wissen nicht, ob sie seine Frau ist oder nicht. Wenn der alte Mann ein Geist ist, wird er uns töten. Wenn er nur alt ist und Angst hat, dann ist sein Strand bestimmt voll von bösen Geistern, die gekommen sind, um ihn zu quälen. Was wird geschehen, wenn diese Geister dort sind, wenn wir kommen? Wie sollen wir unsere Frauen und Kinder beschützen?«

»Es ist ein guter Strand«, sagte Kayugh. »Die Klippen schützen ihn vor dem Meer, und es gibt viele Gezeitenteiche mit Seeigeln. Es gibt dort einen Strom mit frischem Wasser und Vogellöcher in den Klippen. An den Rändern des Strandes wächst Raigras.«

Kayugh verstummte, und der kurze keuchende Schrei seines Sohnes durchschnitt die Stille. Blaue Muschel tauchte ihre Finger in eine Haut mit fetter Brühe und träufelte sie in den Mund des Kindes. Kayugh schlug die Augen nieder und wandte sich ab. Es war grausam von ihm gewesen, die Schmerzen seines Sohnes zu verlängern. Er wäre längst tot, wenn er ihn bei Weißer Fluß gelassen hätte, und Weißer Fluß hätte ihr Zuhause bei den Geistern gefunden. Sie und Amgigh würden jetzt im Nordhimmel tanzen.

»Die Frau hat ein dickes Kind, sagst du?« fragte Grauer Vogel.

Kayugh sah die Arglist in seinen Augen und antwortete nicht.

»Du willst, daß wir unser Leben aufs Spiel setzen, nur damit dein Sohn vielleicht leben kann? Selbst wenn die Frau einwilligt, ihn zu füttern, wird er nicht am Leben bleiben. Sieh ihn dir an. Er ist schon tot; in ihm lebt ein Geist, der nicht sein eigener ist. Was du hörst, sind nur die Schreie einer Möwe oder eines Papageitauchers, um dich in die Irre zu führen.« Grauer Vogel deutete auf die Nachbildung des Wals, die Kayugh noch in der Hand hielt. »Woher sollen wir wissen, daß der alte Mann nicht den Wal geschnitzt und mit einem irreführenden Geist erfüllt hat, um uns in eine Falle zu locken? Du wirst uns alle für ein Kind opfern, das schon seit vielen Tagen tot sein sollte.«

Grauer Vogel stand auf. »Ich sage, wir gehen nicht.« Er stolzierte vom Feuer weg.

Aber Große Zähne sagte zu Kayugh: »Wenn du gehst, werde ich mit meinen Frauen mitkommen.«

Kayugh begegnete dem Blick von Große Zähne, sah die Weisheit und die Kraft in seinen Augen. Grauer Vogel stand unbeweglich mit dem Rücken zum Feuer. Niemand würde ihn zwingen, mit ihnen zu kommen, und vielleicht würde es für sie leichter sein, wenn er es nicht tat, dachte Kayugh, aber er bezweifelte, daß Grauer Vogel den Mut hatte, allein zurückzubleiben.

Kayugh sah hinüber zu seinem Sohn. Das Kind saugte noch immer an den Fingern von Blaue Muschel.

Ich muß mich entscheiden, ohne mich um ihn zu kümmern, dachte Kayugh. Und so sagte er zu seinem Geist, Amgigh ist tot. Selbst Chagaks Milch kann ihn nicht mehr retten. In seinen Gedanken sah Kayugh seinen Sohn tot, sah den kleinen Steinhaufen, der ihn bedecken würde. Kayugh sah sich selbst weit aufs Meer hinauspaddeln, sah, wie er den Boden seines *ikyak* aufschlitzte, und fühlte, wie die Wellen über seinem Kopf zusammenschlugen. Sie würden beide tot sein, und zusammen würden ihre Geister Weißer Fluß und die Tanzenden Lichter finden.

Er sah sich tot, aber dann dachte er an Große Zähne, wie er sich abmühte, mit Grauer Vogel, der mehr Last als Hilfe war, für all die Menschen Nahrung zu beschaffen.

Ich kann nicht sterben, dachte Kayugh. Ich kann mein Volk nicht verlassen. Weißer Fluß wird unseren Sohn holen kommen. Sie war eine gute Mutter. Warum mache ich mir Sorgen, daß sie zusieht, wie sich Amgigh in der Geisterwelt verirrt?

Und so sagte Kayugh noch einmal zu seinem Geist: Amgigh ist tot. Es wird für meinen Sohn keinen Unterschied machen, ob wir zu Shuganans Strand gehen. Die Entscheidung muß sich danach richten, was für uns alle am besten ist.

In seinen Gedanken sah Kayugh die Güte, die aus Shuganans Augen schien, die Macht seiner Schnitzwerke, die Stärke, die in der Frau, in Chagak, lag. Gab es einen Grund, sich zu fürchten?

Er blickte auf, sprach zu den starken Augen von Große Zähne, zu dem schwachen Rücken von Grauer Vogel. »Wir gehen«, sagte Kayugh.

32

Shuganan stand auf dem Dach des *ulaq* und sah hinüber zum Strand. Jeden Morgen, wenn er aufwachte, zog sich sein Magen zusammen, bis er sah, daß der Rumpf des Wals noch am Strand lag, daß die Wellen noch seine Rechte achteten. Und jeden Abend freute er sich. Noch mehr Fleisch gelagert. Noch mehr Öl entnommen.

Der Wal war noch immer da, jetzt nur noch ein Skelett, Knochen und Blut.

Shuganan straffte die Schultern und rief nach unten, nach Chagak. In der vergangenen Nacht hatten sie die beiden Feuer am Strand aufgehäuft, denn sie hatten den Schlaf nötiger als das Öl. Heute würde Chagak die Knochen sortieren. Sie würde die großen für Balken im *ulaq* oder für Stöcke zum Graben aufbewahren und die kleineren, um damit das Fleisch zu würzen.

Chagak kam aus dem *ulaq* herauf, ihr *suk* war vorn, wo sie das Kind festgebunden hatte, gewölbt. »Ist der Wal noch da?« fragte sie und drehte sich um und sah zum Strand.

»Ja.«

Mehr sagte sie nicht, sondern streckte nur schnell die Hand aus, um Shuganans Arm zu drücken, dann sprang sie vom *ulaq* und ging hinunter zum Strand.

Shuganan beobachtete sie, wie sie Kohle aus dem abgedeckten Feuer grub und die Flammen wieder mit Bündeln aus getrocknetem Gras und kleinen Stückchen Treibholz in Gang setzte. Aber seine Augen waren die meiste Zeit auf dem Meer, warteten darauf, zu sehen, ob Kayugh zurückkommen würde. Ob er seine Leute mitbringen würde.

Kayugh stieß sein Paddel ins Wasser, und das *ikyak* schoß an dem von Grauer Vogel vorbei. Er betrachtete die Klippe zu seiner Rechten. Ja, sie war es, die hohe Klippe im Osten von Shuganans Strand.

»Hier!« rief er und zog mit seinem Paddel einen großen Bogen über dem Kopf, dann lenkte er das *ikyak* in die Bucht.

Er sah Shuganan eilig den Strand herunterkommen, und er sah den Rumpf des Wals, jetzt nur noch Knochen. In den Rippenbögen stritten sich Möwen um die Fleischreste.

Kayugh steuerte sein *ikyak* um die Felsblöcke, die über die Bucht verteilt waren, und als er sich dem Strand näherte, machte er die Ränder seiner Luke los, sprang in das flache Wasser und zog das *ikyak* an Land.

Shuganan erwartete ihn und begrüßte ihn mit nach oben gestreckten Handflächen. Dann war Große Zähne neben Kayugh. Auch er begrüßte Shuganan, und die beiden halfen Grauer Vogel aus seinem *ikyak* und den Frauen und Kindern aus ihrem *ik*.

Chagak blieb bei der Schmelzgrube. Kayugh wünschte, er könnte seinen Sohn zu ihr bringen, könnte das Kind aus dem *suk* von Blaue Muschel ziehen, den Strand hinauflaufen und Chagak bitten, ihn zu füttern. Mit jedem Tag, mit dem sein Sohn dem Tod näher kam, fühlte Kayugh seine eigenen Kräfte schwinden. Sie verließen seine Arme und Beine, als würden die Schmerzen des Kindes Kayugh zu einem alten Mann machen.

Das kommt, weil ich so selbstsüchtig bin, dachte Kayugh, als er Shuganan bei der Arbeit zusah. Aber als er beschlossen hatte, das Kind zu behalten, war es ihm zu schwer geworden, dem Verlust zweier Frauen und so vieler anderer seines Volkes einen neuen Kummer hinzuzufügen. Schon jetzt schmerzte es ihn so tief, daß er sich manchmal überlegte, ob in seiner Brust vielleicht etwas zerbrochen war und blutete, seine Arme und Beine schwer werden und seinen Magen die Nahrung verweigern ließ.

Aber das lange Warten, das Hoffen kam ihm noch viel schlimmer vor. Irgendein Geist verstärkte seine Schmerzen und flüsterte: »Es geht ihm besser. Siehst du nicht, daß er schon ein bißchen dicker ist? Hast du gesehen, daß er die Augen aufgemacht hat, daß seine Schreie lauter waren?« Und so konnte sich Kayugh selbst nicht mehr trauen und erkannte die Wahrheit nur, wenn er den Kummer in den Augen von Krumme Nase sah, die Angst in den Augen von Blaue Muschel.

Kayugh war so tief in Gedanken versunken, daß er Grauer Vogel gar nicht bemerkt hatte, der jetzt neben ihm stand und sagte: »Du hast uns nicht gesagt, wie schön sie ist.«

»Hätte es dir deine Entscheidung hierherzukommen erleichtert?« fragte Kayugh.

»Ich dachte, du bist nur gekommen, um deinen Sohn zu retten.«

»Ich habe mich entschlossen hierherzukommen, weil es ein guter Strand ist.«

»Dann macht es dir also nichts aus, wenn ich mir eine zweite Frau nehme«, sagte Grauer Vogel.

Kayughs Brust war von Zorn erfüllt. Er stieg ihm hinauf bis in den Hals und zog an den Sehnen seiner Arme, so daß sich seine Hände zu Fäusten ballten. »Wer wird jagen, um sie zu ernähren?« fragte er, schleuderte seinen Spott wie ein Messer gegen Grauer Vogel.

Aber bevor Grauer Vogel etwas antworten konnte, war Shuganan plötzlich zwischen ihnen.

Der alte Mann hatte die Schultern hochgezogen, und seine Augen funkelten sie wie mit glühenden Kohlen aus ihrer dunklen Mitte an. »Ich biete euch die Gastfreundschaft meines *ulaq* und meines Strandes an, und ihr streitet euch schon um meine Enkeltochter.«

»Sie braucht einen Mann«, sagte Grauer Vogel und trat dichter an Shuganan heran.

»Ich entscheide, wann sie einen Mann braucht«, erwiderte Shuganan, seine Worte waren leise, aber laut genug, daß sie zu den Frauen und Kindern, die das *ik* entluden, drangen.

Kayugh wartete darauf, daß Grauer Vogel etwas sagte, aber er schwieg, und schließlich kam Große Zähne zu ihnen und schob Grauer Vogel zum *ik*.

»Deine Frau braucht Hilfe«, sagte er, und Grauer Vogel wich langsam zurück.

»Niemand wird deine Enkeltochter zur Frau nehmen, bevor du und sie nicht der Heirat zustimmen«, sagte Kayugh. »Wir werden gehen, wenn du willst.«

Bevor Shuganan antworten konnte, sagte Große Zähne: »Kayugh scheint für die Grobheit von Grauer Vogel nur ein kleines Zugeständnis zu machen, aber er bietet mehr, als du ahnen kannst.«

Kayugh umklammerte den Arm von Große Zähne. »Die Probleme, die ein Mann hat, gehen nur ihn etwas an«, sagte er ruhig.

Aber Große Zähne sagte: »Wenn wir alt sind, wird unser Volk neue Jäger brauchen.«

»Vielleicht trägt Blaue Muschel einen Sohn«, erwiderte Kayugh.

Große Zähne lächelte. »Vielleicht, aber vielleicht wird er ein Jäger wie sein Vater.«

»Grauer Vogel geht jagen.«

»Ich mag kein Fleisch von Lemmingen.«

Dann sagte Große Zähne, während er sich zu Shuganan umdrehte: »Kayughs Frau ist nach der Geburt gestorben, und sein Sohn hat nichts zu essen. Alles, worum wir bitten, ist, daß deine Enkeltochter ihm

Milch gibt. Nicht, daß sie die Frau von jemandem wird.«

»Das muß sie selbst entscheiden«, sagte Shuganan. »Wenn ihr eure Boote fertig ausgeladen habt, könnt ihr eure Sachen in mein *ulaq* bringen, dann werde ich sie fragen.«

Chagak hob mit ihrer Weidenzange wieder einen heißen Stein hoch und ließ ihn in die Grube fallen. Sie versuchte zu arbeiten, als wäre sie allein am Strand, als würde sie Shuganan mit den Männern und Frauen aus Kayughs Dorf nicht sehen.

Aber jetzt gingen sie, angeführt von Shuganan, an ihr vorbei zum *ulaq,* die Männer trugen ihre Harpunen und Speere, die Frauen waren mit Bündeln von Fleisch, Fellen und Grasmatten bepackt.

Es waren zwei Kinder dabei, ein Junge von vielleicht acht Sommern, mit einem Robbenfellsack über der Schulter, und ein Mädchen, bestimmt nicht älter als drei Sommer, das eine Grasmatte zog.

Die Erwachsenen sahen nicht zu Chagak, wie es die Höflichkeit verlangte, aber der Junge starrte sie an, als er vorbeiging, und bückte sich, um in die Grube zu sehen.

Das Mädchen hob die Hand und deutete mit ihrem winzigen Finger auf Chagak. Es blieb stehen, als wollte es etwas sagen, aber dann steckte es den Finger in den Mund und lief schnell weiter, hinter den anderen her.

Chagak stellte sich auf die Zehen, um zu sehen, wie sie in Shuganans *ulaq* gingen. Sie wünschte, sie könnte dort sein, um ihnen zu sagen, wo sie ihre Sachen hinlegen sollten, um aufzupassen, daß das Essen und die Felle ordentlich weggelegt wurden, aber sie fuhr mit ihrer Arbeit fort.

Sie verwendete einen angespitzten Stock aus grüner

Weide, um die Kruste herauszuziehen – harte braune Stückchen Fleisch, die übrigblieben, nachdem das Fett ausgelassen war. Sie legte sie auf eine Robbenhaut, damit sie abkühlten. Später würde sie sie in Streifen schneiden, um sie als Fischköder zu verwenden.

Sie zog das letzte Stückchen aus der Grube, als sie Shuganan vom *ulaq* klettern sah. Kayugh und die beiden anderen Männer waren bei ihm. Chagak beugte den Kopf tief hinunter, damit sie nicht sahen, daß sie sie beobachtete.

Sie zog die Robbenhaut über den Haufen mit Kruste, drückte sie mit den Händen nach unten und bewegte sich in einem Kreis um die Haut. Drückte, während sie sich bewegte.

Sie zog das Bündel bis dicht an den Rand der Grube und klappte eine Seite der Robbenhaut herunter, so daß das Fett, das sie ausgedrückt hatte, in einen Korb floß.

Als sie die Robbenhaut wieder flach ausbreitete, die Kruste zum Kühlen in den Wind legte, bemerkte sie, daß Shuganan und die drei Männer neben ihr standen.

»Meine Enkeltochter Chagak«, sagte Shuganan zu den Männern, und dann zu ihr: »Du kennst Kayugh. Dies sind Männer aus seinem Dorf. Große Zähne und Grauer Vogel.«

Chagak wischte sich die Hände an ihrem *suk* ab und stand auf.

Große Zähne war ein Mann mit langen Armen und Beinen. Es sah aus, als wären die Ärmel seines Parkas aus Vogelhaut so lang wie der Parka selbst. Sein Gesicht war dunkel, mit helleren Linien, die von den Augenwinkeln wegführten, und seine Haare standen in alle Richtungen. Er lächelte sie an, zeigte eine Reihe langer weißer Zähne, die zwischen den Lippen vorstanden, selbst wenn sein Mund geschlossen war, aber sein Lächeln war gütig, und Chagak fühlte sich erleichtert.

Der andere Mann, Grauer Vogel, lächelte nicht. Seine Lippen lagen flach über den Zähnen wie die Lippen eines Otters, wenn er wütend war. Von seinem Kinn baumelte eine Haarsträhne, die nicht dicker war als ein Robbenbart, sie war dunkel und reichte bis hinunter auf seinen Parka. Es sah aus, als würde er seine Augen absichtlich zusammenkneifen; seine Stirn hatte Falten und zog sich vor Anstrengung zusammen. Er war kleiner als Kayugh und Große Zähne, aber er stand mit durchgedrückter Brust da, als könnte er durch seinen Willen seinen Körper größer machen.

Er redete als erster, und er redete, ohne eine höfliche Bemerkung über das Wetter oder Chagaks Arbeit zu machen. »Wir wollen deinen Sohn sehen.«

Chagak schlang die Arme um ihren *suk*, hielt das Kind fest an sich gedrückt.

»Er schläft«, sagte sie, obwohl sie das Saugen seines Mundes an ihrer Brustwarze spüren konnte, das Drücken seiner Hände an ihrer Haut.

Aber dann sprach Große Zähne, als hätte Grauer Vogel nichts gesagt, als wäre der Mann nicht einmal da. »Wir waren viele Tage unterwegs. Unsere Frauen sind müde. Dein Großvater hat ihnen in seinem *ulaq* Schutz gewährt. Wenn sie sich ausgeruht haben, werden sie kommen und dir dabei helfen, das Fett aus der Kochgrube zu schöpfen.«

Obwohl diese Worte auch nicht dem üblichen Brauch bei einer Begegnung entsprachen, höfliche Worte über das Wetter und das Meer, war aus der Stimme des Mannes wenigstens Anteilnahme herauszuhören.

»Es wird gut sein, Hilfe zu bekommen«, erwiderte Chagak.

»Kayugh hat auch einen kleinen Sohn, Chagak«, sagte Shuganan.

»Das freut mich für dich«, sagte Chagak zu Kayugh,

aber sobald sie es gesagt hatte, sah sie den Schmerz in seinen Augen, und dieser griff nach ihr und zerrte an dem Schmerz, den Chagak selbst mit sich herumtrug, seit sie ihr Volk verloren hatte.

»Ist das Kind krank?« fragte sie, ohne daran zu denken, daß sie erst sprechen durfte, wenn sie gefragt wurde.

Kayugh schien es nicht zu bemerken. Er ging einen Schritt auf sie zu und sagte: »Meine Frau ist nach der Geburt gestorben, und ich habe beschlossen, das Kind bei mir zu behalten. Aber unsere Frauen haben keine Milch, um ihn zu ernähren.«

Chagak zog ihren Sohn aus der Wärme ihres *suk* und hielt ihn Kayugh hin, damit er ihn sehen konnte. Das Kind war nackt bis auf die gegerbte Haut, die um sein kleines Gesäß gewickelt war. Seine Arme und Beine zuckten in der Kälte, und er begann zu schreien.

»Er ist ein guter, kräftiger Sohn«, lobte Kayugh.

»Alle Kinder sehen kräftig aus, wenn man sie mit deinem Sohn vergleicht«, sagte Grauer Vogel, aber er sah Kayugh dabei nicht an.

»Wo ist dein Sohn?« fragte Chagak.

»Im *ulaq*«, antwortete Kayugh. »Blaue Muschel, die Frau von Grauer Vogel, trägt ihn.«

Chagak nickte, dann hob sie ihren *suk* hoch, als wäre außer ihr und Kayugh niemand sonst am Strand, und umschloß mit der Hand ihre linke Brust. Sie drückte die Warze und spritzte einen dünnen Strom Milch heraus, damit Kayugh es sehen konnte. Dann legte sie Samiq in seinen Tragriemen, steckte die Warze in seinen Mund und drückte seine Wangen, bis sie fühlte, wie er saugte.

Chagak ließ ihren *suk* wieder herunterfallen und zog ihn über ihrem Sohn glatt. »Ich habe genug Milch für zwei«, sagte sie zu Kayugh. »Ich werde deinen Sohn stillen.«

33

Als Chagak das *ulaq* betrat, war es wie ein anderer Ort. Behälter aus Robbenmägen waren neben dem Kletterstamm aufgestapelt; neue Wasserhäute hingen von den Balken. Stöße von Fellen füllten die zusätzlichen Schlafplätze und lagen im Hauptraum.

Obwohl Chagak erwartet hatte, das Geplapper von Frauen zu hören, war es still. Einen Augenblick blieb sie beim Kletterstamm stehen, starrte sie an, so wie die Frauen sie anstarrten.

Sie saßen in der Mitte des *ulaq*, mit dem Rücken zueinander, die Gesichter den Borden zugewandt, auf denen Shuganans Schnitzereien standen. Eine Frau, deren Nase groß und gekrümmt war, hielt das kleine Mädchen auf ihrem Schoß. Der Junge saß neben ihnen. Eine andere Frau mit rundem Gesicht und plumpem Körperbau saß da und blickte auf den Boden, ihr dunkles Haar war nach hinten gezogen und zusammengebunden, aber es war die kleinste Frau, die Chagaks Blick auf sich zog. Sie hatte eine Wölbung unter ihrem *suk*.

Blaue Muschel, die Frau von Grauer Vogel, dachte Chagak, und dann hörte sie die Geisterstimme des Seeotters sagen: »Sie ist wunderschön, diese Frau.«

Ja, dachte Chagak. Jeder würde sich freuen, die winzige Nase und die großen Augen von Blaue Muschel zu sehen, ihre kleinen vollen Lippen. Chagak griff sich an ihr eigenes Gesicht und überlegte, ob irgend jemand Freude daran finden würde, sie anzusehen.

Zuerst wollte Chagak nicht sprechen. Sie wollte schnell zu ihrem Schlafplatz gehen, den Vorhang zwischen sich und den Frauen zuziehen, aber sie hatte Kayugh gesagt, daß sie seinen Sohn stillen würde, und die Männer paßten jetzt auf die Kochgrube auf, damit sie hierherkommen konnte.

283

Schließlich sagte Chagak: »In Shuganans Schnitzarbeiten sind keine bösen Geister. Ihr braucht keine Angst vor ihnen zu haben, ihr werdet euch bald daran gewöhnen, daß ihre Augen euch beobachten.«

Es war, als hätten Chagaks Worte die Frauen zum Leben erweckt. Die Frau mit der großen Nase sprach ruhig mit den anderen, und dann begannen alle drei damit, Grasmatten auszurollen und Essen aus den Vorratssäcken zu ziehen.

Es schien, als würde die Frau mit der großen Nase den anderen sagen, was sie zu tun hatten, und so ging Chagak zu ihr und zeigte ihr die Vorratsnische. Sie zog die Vorhänge zurück und machte sie an den Seiten fest, so daß die Frauen ihr Essen hineinstellen konnten.

»Ich bin Krumme Nase«, sagte die Frau. Dann deutete sie auf das kleine Mädchen, das auf ihrer Hüfte saß. »Das ist Rote Beere, Kayughs Tochter.«

»Ich bin froh, daß du gekommen bist, Rote Beere«, sagte Chagak, aber das Mädchen versteckte ihr Gesicht im *suk* von Krumme Nase.

»Gehört der Junge auch Kayugh?« fragte Chagak.

»Nein«, sagte Krumme Nase. »Erster Schnee ist mein Sohn. Aber Kayugh hat einen Sohn. Blaue Muschel trägt ihn. Er ist sehr krank.«

Als ihre Worte verklangen, sagte Chagak: »Kayugh hat mir von seinem Sohn erzählt.«

Blaue Muschel sah von ihrer Arbeit auf. »Er ist sehr schwach«, sagte sie, »und ich habe keine Milch. Mein Mann ist nicht glücklich darüber, daß ich das Kind trage. Er sagt, es könnte unseren eigenen Kindern Schwäche bringen.«

»Ich habe Milch«, sagte Chagak, aber die Worte von Blaue Muschel vermittelten ihr ein Gefühl des Unbehagens. Würde Kayughs Sohn Samiq Krankheit bringen?

Aber dann flüsterte der Seeotter: »Du hast Kayugh versprochen, das Kind zu stillen.«

Blaue Muschel hob ihren *suk* hoch und zog das Kind aus seiner Trageschlinge.

Zuerst waren Chagaks Augen auf den Bauch von Blaue Muschel gerichtet. Die Frau war schwanger, würde bald niederkommen, aber dann sah Chagak das Kind. Es sah wie ein winziger alter Mann aus, seine Augen und sein Bauch waren zu groß für seine verschrumpelten Arme und Beine. Wie lange war es schon ohne Nahrung?

Blaue Muschel machte die Trageschlinge los und löste ein Päckchen, das sie an ihrer Seite trug. Sie nahm ein sauberes Fell und Häute heraus, um den Riemen zu polstern.

Blaue Muschel reichte Chagak den Riemen. Samiqs Riemen lag über Chagaks rechter Schulter, und so befestigte sie den anderen über ihrer linken. Sie legte Kayughs Sohn in den Riemen und steckte ihre linke Brustwarze in seinen Mund, stieß ängstlich gegen seine Wange, bis sie schließlich ein leichtes Ziehen spürte. Die Augen des Kleinen öffneten sich, als wäre er erstaunt, daß das Saugen seinen Mund gefüllt hatte, und er saugte weiter, hielt sich mit beiden Händen an ihrer Brust fest.

Blaue Muschel ging zur Mitte des *ulaq* und setzte sich neben Krumme Nase. Sie begannen zu reden, ihre Stimmen waren so leise, daß Chagak nicht hören konnte, was sie sagten. Schließlich fühlte sie sich unbehaglich und allein, als wäre sie es, die in diesem *ulaq* nur ein Gast war.

Die Frauen lachten, und selbst die schüchterne hob den Kopf. Chagak hatte plötzlich Angst, daß sie über sie redeten, und so drehte sie ihnen den Rücken zu und beobachtete, wie Kayughs Kind trank. Es war nicht kräftig genug, um ständig zu trinken, aber es saugte, und dann ließ es die Brustwarze aus dem Mund rutschen, suchte mit geschlossenen Augen, bis es sie wiederfand, saugte, holte Luft, saugte.

Chagak ließ ihren *suk* herunter, bedeckte das winzige Kind. Sie sah zu den Frauen und bemerkte, daß Blaue Muschel sie ansah. Chagak sah Erleichterung in ihren Augen, aber es schien, als würde die Erleichterung von Blaue Muschel zu Chagaks Last.

Der Ottergeist flüsterte: »Das Kind wird sterben.«

»Nein«, sagte Chagak so schnell, daß sie plötzlich die Vorstellung hatte, der Otter glitte vom Ufer ins Meer, kehrte Chagaks Unhöflichkeit den Rücken. Und Chagak dachte plötzlich, daß er recht hatte. Das Kind hatte nicht einmal geschrien, als Blaue Muschel es nackt aus ihrem warmen *suk* genommen hatte. Ein Kind ohne die Kraft zu schreien. Würde es leben können?

Chagak behielt ihre Hand unter dem *suk*, bewegte sanft den Kopf des Kleinen, wenn er zu trinken aufhörte, und dann glitt ihre Hand wieder zu Samiq, um zu prüfen, ob seine Arme und Beine noch dick und stark waren, vergewisserte sich, daß Kayughs Sohn ihrem eigenen nicht die Kraft entzog, während er Milch aus Chagaks Brust trank.

Sie hielt den Kopf gesenkt, so daß sie nicht bemerkte, als Blaue Muschel zu ihr kam und fragte: »Trinkt er?«

Die Frage überraschte Chagak, und als sie erstaunt die Luft anhielt, kicherte Blaue Muschel. Aber Chagak sah keinen Grund zum Lächeln, angesichts des *ulaq* voller fremder Frauen und eines sterbenden Säuglings an ihrer Brust. Warum hatte Shuganan eingewilligt, sie hierbleiben zu lassen?

Aber Blaue Muschel kannte ihre Gedanken nicht und fing an, über das Auslassen von Walfett und die Lagerung von Fleisch zu reden.

Chagak wollte nicht, daß sich die Frauen an ihrer Kochgrube zu schaffen machten, ihr mit dem Fleisch halfen. Das war ihre Arbeit, und sie hatte sie immer so getan, wie sie es für richtig hielt. Sie hatte die Entscheidungen getroffen, und jetzt wollte sie nicht, daß andere daran etwas änderten.

Aber da sagte der Seeotter: »Du bist schon zu lange von deinem Dorf fort. Welche Frau würde Hilfe ablehnen? Jetzt läßt du dir von den Männern helfen. Warum nicht von den Frauen? Sie wissen besser über das Auslassen von Fett Bescheid als Männer.«

Und so bemühte sich Chagak, Blaue Muschel freundlicher zuzuhören, versuchte zu lächeln, während sie sprach, aber sie hörte nicht wirklich zu, was Blaue Muschel sagte, bis sie von Kayugh zu reden begann. Da wollte Chagak plötzlich mehr wissen, und sie fragte: »Ist dein Mann, Grauer Vogel, Kayughs Bruder?«

»Nein«, erwiderte Blaue Muschel, »Kayughs Vater und Mutter sind in unser Dorf gekommen, bevor er geboren wurde. Sie gehörten zu den Walroßmenschen. Der Vater kam in unser Dorf, um Sachen zu tauschen. Es gefiel ihm bei uns, und so brachte er seine Frau mit und blieb dort.«

Chagak hatte ihren Vater von dem Tauschhandel mit den Walroßmenschen reden hören. Ein gutes Volk, hatte er gesagt, das gern lachte, große, hellhäutige Menschen. Sie brachten den Tieren, die Hunde hießen, bei, Lasten zu ziehen und ihre Lager zu beschützen. Chagak konnte ihre Frage nicht zurückhalten, eine dumme Frage, die Frage eines Kindes: »Hat er einen Hund?«

Blaue Muschel lachte. »Nein, aber er ist ein großer Jäger, er übertrifft alle. Er wäre der nächste Häuptling geworden, wenn er in unserem Dorf geblieben wäre. Aber es gab keinen anderen Ausweg. Das Meer steigt, und unsere Insel wird mit jedem Jahr kleiner. Kayugh sagt, daß eines Tages alle weggehen müssen. Aber unsere Reise ist, bis wir an diesen Ort kamen, nicht gut verlaufen, vor allem nicht für Kayugh.«

»Ja«, sagte Chagak. »Er hat mir erzählt, daß seine Frau gestorben ist, nachdem sie ein Kind geboren hat.«

»Sie hat geblutet, als das Kind geboren war«, sagte Blaue Muschel. »Sie hat uns nicht gesagt, daß sie so stark blutete. Und zuvor ist auch Kayughs erste Frau gestorben. Sie ist ertrunken, als wir Napfschnecken sammelten. Kayugh ist hinterhergesprungen, aber als er sie ans Ufer brachte, war sie schon tot. Sie war schon alt, vor Kayugh war sie die Frau eines anderen, aber Kayugh nahm sie als erste Frau und ehrte sie, obwohl sie ihm kein Kind gab.«

Chagak fühlte, wie Kayughs Sohn den Griff an ihrer Brust lockerte, und war plötzlich von Angst erfüllt, daß er tot sein könnte. Sie warf einen Blick unter ihren *suk*, sah, daß aus seinem Mund Milch quoll. Er schlief. Sie hob den Blick und sah Blaue Muschel an: »Er schläft. Möchtest du ihn jetzt halten?«

Blaue Muschel wandte den Blick ab. »Nein«, sagte sie. »Ich habe keine Milch. Wenn du ihn behältst, kannst du ihn öfter stillen.«

Chagak mußte wieder an den Schmerz in Kayughs Augen denken, als er von seinem Sohn gesprochen hatte. Kein Wunder, daß Blaue Muschel das Kind nicht behalten wollte. Wer würde gern ein Kind halten, während es stirbt?

Blaue Muschel stand auf. »Ich muß Krumme Nase helfen, unsere Sachen auszupacken«, sagte sie, aber dann fragte sie: »Der alte Mann, Shuganan, ist er dein Mann?«

Chagak hob den Kopf. »Er ist mein Großvater«, sagte sie und fügte, nach Worten ringend, hinzu: »Der Vater meines Sohnes ist tot.« Dann beschäftigte sie sich wieder mit Kayughs Sohn, weckte ihn auf, damit er wieder trank, und blickte nicht auf, um zu sehen, ob Blaue Muschel noch mehr Fragen hatte.

34

Chagak saß, mit einem Kind an jeder Brust, im *ulaq*. Kayugh und seine Leute waren jetzt seit drei Tagen bei ihnen, und in dieser Zeit hatten ihr die Frauen geholfen, das Walfischfleisch zu zerlegen und aufzuhängen und das Öl auszulassen.

Ihre Gestelle erstreckten sich über die ganze Länge des Ufers, von einer Klippe zur anderen, auf jedem Gestell hingen Streifen des dunklen Walfischfleisches, dünner als die Klinge eines Obsidianmessers, so lang wie Chagaks Unterarm.

Im *ulaq* hatte Chagak Bodenmatten als Schlafvorhänge aufgehängt, hatte sogar einen weiten Teil des großen Raumes in Schlafplätze aufgeteilt.

Die Männer hatten angefangen, ein neues *ulaq* zu graben, das für Kayugh und seine Leute groß genug war, und Chagak wünschte sich, daß es bald fertig wäre, denn sie fühlte sich in dem überfüllten geräuschvollen Durcheinander, das jetzt in Shuganans *ulaq* herrschte, unbehaglich. In ihrem eigenen Dorf war der Bau eines neuen *ulaq* eine Zeit der Freude gewesen, aber der Bau dieses *ulaq* wurde durch die ständigen Klagen von Grauer Vogel und seinem gehässigen Benehmen gegenüber Blaue Muschel gestört.

Auch war es nicht leicht, zuzusehen, wie die anderen Frauen ihre Vorräte aufbrauchten, ihre Kochsteine benutzten. An diesem Morgen hatte Krumme Nase an der Kochgrube etwas von dem Walöl verbraucht, um einen

Hering zu kochen, den sie gefangen hatte. Sie hatte den Fisch auf dem großen flachen Stein gekocht, den Chagak zum Klopfen von Samen und getrockneten Beeren benützt hatte, ein Stein, den Chagak immer sorgfältig sauber und ohne eine Spur Öl aufbewahrt hatte, so daß die Beeren und Samenkörner am Schluß noch trocken waren und Chagak sie monatelang aufbewahren konnte, ohne sich Sorgen machen zu müssen, daß sie verdarben. Aber als Chagak bemerkte, daß Krumme Nase das Öl und den Stein erhitzt hatte, war jeder Protest sinnlos, denn der Schaden war schon angerichtet.

Chagak hatte sich zusammengenommen, hatte gedacht, daß sie einen neuen Stein suchen würde, wenn Krumme Nase und die anderen in ihr eigenes *ulaq* zogen. Reisende konnten nicht alles mit sich herumtragen, und vielleicht hatte Krumme Nase ihren Kochstein zurückgelassen.

Chagak hatte sich bemüht, zu allen Zeiten Essen bereit zu haben, zu erklären, wie sie das Essen gern einpackte und lagerte, aber wie es schien, hatte jede Frau ihre eigenen Gewohnheiten, Dinge zu tun, und der Lagerraum quoll über von verschütteten Samenkörnern und zerbrochenen Fischbehältern.

Grauer Vogel hatte die in Öl und Sand gelagerten Eier gefunden, die noch übrig waren, und mehr als die Hälfte davon aufgegessen.

Aber die größten Sorgen machte sich Chagak um Kayughs Sohn. Das Kind aß und schlief, aber sie konnte an den dünnen Armen und Beinen keine Veränderung feststellen. Sein Weinen wurde nicht kräftiger; er machte nur selten die Augen auf, und wenn Chagak den Finger in seine Hand steckte, packte er nicht zu.

Morgens, sobald Chagak auf war, die Nachtkörbe leerte und die Lampen anzündete, war Kayugh schon neben ihr, mit müden, rotgeränderten Augen, als hätte er nicht geschlafen. Dann hob sie ihren *suk* hoch, zeigte ihm die Kinder, das eine, das immer dicker und größer wurde, das andere, als würde es im Sterben liegen. Dann schüttelte er den Kopf, und die Traurigkeit in seinen Augen brach Chagak das Herz.

»Er ißt gut«, sagte Chagak zu Kayugh, und das erste Mal, als sie diese Worte ausgesprochen hatte, schien Hoffnung in seinen Augen aufzuflammen, aber jetzt gab Kayugh, wenn sie ihm das Kind zeigte, wenn sie davon sprach, wie gut es aß, nie eine Antwort.

Chagak sang dem Kind etwas vor, während sie arbeitete, Lieder vom Robbenjagen und von starken Söhnen, und sie betete zu Aka. Sie suchte sogar so lange in Shuganans Schnitzarbeiten, bis sie die Figur eines Vaters mit einem starken Sohn auf den Schultern gefunden hatte, und nachdem sie Shuganan um Erlaubnis gefragt hatte, nähte sie sie an der linken Seite ihres *suk* fest, direkt über Kayughs Sohn.

Chagak hatte den größten Teil des Tages am Strand gearbeitet. Sie hatte zwei Raubmöwen mit braunen Flügeln gefangen, die in der Schmelzgrube herumzappelten und Krustenstücke fraßen, die in den Resten des abgekühlten und verhärteten Trans übriggeblieben waren. Sie hatte Körbe über die Vögel geworfen, um sie zu fangen, ihnen dann den Hals umgedreht und sie auf die Seite gelegt, um sie zu häuten und später zu kochen.

Spät am Nachmittag war sie ins *ulaq* gegangen, hatte gehofft, allein zu sein, aber Blaue Muschel und Kleine Ente, die an Grasmatten für ihr *ulaq* arbeiteten, waren dort. Chagak hatte Samiq in seine Wiege gelegt und Amgigh angestoßen, damit er trank. Dann hatte sie sich hingesetzt, um den Frauen zu helfen. Aber selbst dabei kam sie sich überflüssig vor. Sie redeten von Leuten, die sie nicht kannte, von Stränden, die ihr nicht vertraut waren. Chagak sprach nur, wenn sie etwas brauchte, das für ihre Webarbeit nötig war.

Schließlich ging sie wieder aus dem *ulaq*. Sie nahm zwei große, lose gewebte Vorratsbeutel mit und ging in die Hügel, um Heidekraut zu sammeln. Sie würde das Gras auf dem Boden des *ulaq* mit dem Heidekraut ersetzen. Damit hoffte sie, den Geruch des *ulaq*, der von den vielen Leuten durchdringend geworden war, aufzufrischen.

Als sie die Beutel gefüllt hatte, machte sie sich wieder auf den Weg zum *ulaq*, aber da sah sie Kayugh, der ihr entgegenkam. Einen Augenblick lang machte sie die Augen zu. Sie war durstig und hatte gehofft, Zeit zu haben, ihre Wasserhaut an der Quelle dicht beim *ulaq* auffüllen zu können, Zeit, sich hinzusetzen, ohne auf etwas anderes zu hören als auf den Wind und das Meer, und etwas zu trinken. Doch dann begrüßte sie Kayugh mit einem Lächeln, rief sich ins Gedächtnis, daß die meisten Frauen stolz wären, mit einem starken Jäger wie Kayugh reden zu können.

Sie setzte sich auf den Sack mit Heidekraut auf den Boden und hob ihren *suk* hoch. Der Wind an ihrem Bauch war kalt, und sie zitterte. Kayugh beugte sich vor, und sein Sohn ließ Chagaks Brustwarze los. Zuerst glaubte Chagak, daß der leise Schrei von Samiq kam, daß er sich über den kalten Wind beschwerte, aber dann sah sie Amgighs Mund und hörte Kayughs Lachen, und die beiden Laute des Weinens und Lachens vereinigten sich in einem Ton, wie das stärkende Lied eines Jägers.

Sie sah die Tränen auf Kayughs Wangen, hörte ihn flüstern. »Er weint«, sagte er, und seine Stimme trug den Stolz eines Vaters, der den ersten Robbenfang seines Sohnes verkündet.

Ja, dachte Chagak, und sah hinunter auf das Kind. Es sah ein bißchen kräftiger aus, seine Arme und Beine nicht ganz so dünn, und zum ersten Mal, seit sie angefangen hatte, es zu stillen, schöpfte Chagak Hoffnung, daß es vielleicht doch am Leben blieb. Aber obwohl ihr das Herz in ihrer Brust vor Freude fast hüpfte, verspürte sie auch einen schmerzhaften Stich, die Erkenntnis, daß sie, falls das Kind starb, den Tod nicht leicht würde hinnehmen können.

Sie lächelte Kayugh an, und zu ihrem Erstaunen streckte er die Arme aus und zog ihren *suk* herunter. Dann hob er die Säcke mit Heidekraut auf und ging mit ihr zurück zum *ulaq*.

Am Abend, nachdem die Männer gesättigt waren und auch die Frauen gegessen hatten, setzte sich Chagak mit einer gewebten Matte auf ihrem Schoß auf den Boden. Sie wollte die Ränder fertigstellen, aber sie war zu müde, sie konnte ihre Finger kaum bewegen. Das Geräusch der Stimmen zerrte aus allen Richtungen an ihr, und sie wünschte wieder, daß Kayughs *ulaq* bald fertig wäre, damit sie und Shuganan wieder allein sein konnten, damit sie die Kinder in Ruhe stillen konnte, während die dicken Wände des *ulaq* selbst das Geräusch der Wellen und des Windes abhielten.

Die Männer hatten das *ulaq* nach dem Essen verlassen, aber sie würden bald zurück sein, und Chagak mußte dann Essen und volle Wasserhäute für sie bereithalten. In dieser Nacht würde sich Chagak nicht entschuldigen und früh zu ihrem Schlafplatz gehen können. Sie sah hinunter auf die Kinder, die beide schliefen.

Wenn sie im *ulaq* war, wickelte sie die beiden Kinder in ein Fell und zog ihren *suk* aus. Samiq hatte das Fell nicht nötig, wie sie bald bemerkte, aber Kayughs Sohn trank nicht so gut, wenn er nicht fest eingewickelt war.

Kleine Ente war neben ihr, hatte Rote Beere auf dem Schoß. Krumme Nase hockte sich dicht neben sie. Plötzlich kam Erster Schnee auf dem Kletterstamm in das *ulaq*. Der Junge setzte sich neben Krumme Nase und deutete auf Chagak. »Dein Mann, Shuganan, sagt, daß er heute abend Geschichten erzählen wird.«

Chagak verspürte plötzlich Freude. Es würde kein langer peinlicher Abend werden, an dem sich die Männer über die vielen Kinder in dem kleinen Raum beklagten und Chagak bemüht war, alle zufriedenzustellen und auch noch die Kinder zu füttern. Sie würde für die Männer kein Essen bereithalten oder die Dochte der Lampen putzen und anzünden müssen. Es würden nur Geschichten erzählt und angehört werden. Außer der Stimme des Geschichtenerzählers würde Stille herrschen.

Große Zähne kam zuerst herein. Er setzte sich zwischen Krumme Nase und Kleine Ente. Er zerzauste die Haare von Erster Schnee. Der Junge hielt die Hand von Große Zähne fest und brummte wie ein Otter. Große Zähne wechselte Blicke mit Krumme Nase und lachte. Chagak, die es sah, kam sich wie ein Eindringling vor und beugte den Kopf nach unten, tat so, als würde sie das Webmuster in ihrer Schürze betrachten.

Shuganan und Grauer Vogel kamen ins *ulaq* geklettert. Chagak hatte gehofft, daß Shuganan neben ihr sitzen würde, aber er hockte sich neben Große Zähne, und die beiden Männer redeten vom Bau des neuen *ulaq*.

Kayugh kam als letzter ins *ulaq*. Er setzte sich neben Chagak auf den Boden und sah zu, wie sein Sohn gestillt wurde. Chagak, die wußte, daß in seinen Augen Dankbarkeit liegen würde, konnte ihn nicht ansehen.

Aber bald zog Rote Beere die Aufmerksamkeit ihres Vaters auf sich, kletterte auf seinen Schoß, und Chagak wunderte sich über diesen Mann, einen Mann, der sich um seine Tochter genauso kümmerte, wie sich die meisten Männer um ihre Söhne kümmerten. Ein Mann, der es nicht fertigbrachte, einen neugeborenen Sohn sterben zu lassen.

Chagak saß auf den Fersen, mit hochgezogenen Knien, die Kinder ruhten, jedes in seiner Schlinge, an ihren Schenkeln, während sie sie stillte. Chagak streichelte die kleinen Köpfe. Sie hatten beide viele Haare, dicht und dunkel. Als sie über Samiqs Kopf strich, hörte er zu trinken auf und starrte sie lange an. Amgigh hörte nicht auf zu trinken, sondern klammerte sich noch fester an ihre Brust.

»Bring mir Wasser, Enkeltochter«, sagte Shuganan plötzlich, seine Stimme war laut genug, um die Geräusche der Männer und Frauen, die miteinander redeten, zu durchdringen.

Shuganan verließ seinen Platz neben Große Zähne und setzte sich auf einen Stoß Robbenhäute neben Kayugh. Chagak stand auf, band eine Wasserhaut aus Robbenblase von einem Balken los und reichte sie ihm. Er trank, dann stellte er sie auf den Boden und stützte seine knorrigen Hände auf die Knie.

Zuerst wandte er sich Kayugh zu und sprach zu ihm, als würden die anderen nicht zuhören.

»Du hast mich nach der Geschichte meines Volkes gefragt«, sagte Shuganan, »wie ich hierher, an diesen Ort, gekommen bin. Jetzt werde ich es dir erzählen. Es wird Zeit, sich daran zu erinnern, was war.«

Chagak schloß die Augen. Sie konnte sich entspannen. Niemand würde sich darum kümmern, ob die Öllampen flackerten und ausgingen; niemand würde es bemerken, wenn sie nichts zu essen brachte.

Sie wußte, was Shuganan ihnen erzählen würde, größtenteils die Wahrheit, aber auch, was nicht wahr war, die Geschichte, auf die sie sich geeinigt hatten, die sie den Waljägern erzählen wollten, wenn sie zu ihnen gingen, um sie zu warnen. Sie wußte, daß sie sich merken mußte, was er sagte, um Shuganan und sich und vor allem Samiq zu beschützen. Aber sie würde sich auch der Geschichte überlassen, sich selbst in die Geschichte hineingleiten lassen, so daß sie Zorn und Freude und Staunen spüren würde, während Shuganan in der Stille des *ulaq* seine Geschichte spann.

»Als ich jung war«, begann Shuganan, »war ich für mein Volk unterwegs, um Handel zu treiben.« Er machte eine Pause, und Chagak wußte, daß er auf das Gemurmel wartete, das ihm zeigte, daß alle zuhörten, daß ihn alle hören konnten. Dann sagte er: »Ich bin bis an das Ende der Welt gereist, wo Eiswände die Grenzen der Erde markieren. Ich bin bis weit hinaus aufs Meer gereist, zu Inseln, die nur wenige Menschen gesehen haben. Ich habe die Walroßmenschen gekannt und die Menschen, die den braunen Bären jagen. Aber am besten habe ich die Menschen gekannt, die von manchen Stämmen die Kurzen genannt werden, kleine, kräftige Männer, die als gute Jäger und kluge Handelsleute bekannt waren.

Auf den meisten meiner Reisen war ich mit den Kurzen Menschen zusammen. Wir trieben mit anderen Stämmen Handel, brachten den Walroßmenschen Robbenöl und bekamen von ihnen Walroßfelle und Fleisch, die wir gegen Walfischöl von den Waljägern eintauschten. Ich lernte, die Sprache der Kurzen zu sprechen, und blieb sogar in ihrem Dorf. Aber je länger ich bei ihnen blieb, um so klarer wurde mir, daß sie ein gieriges Volk waren. Sie trieben keinen Handel, um für sich selbst Essen und Kleidung zu beschaffen oder anderen eine Freude zu machen. Sie trieben Handel, damit sie mehr hatten, als sie brauchten. Diese Habgier war es, die den bösen Geistern den Weg in ihren Stamm ebnete.

Einmal kam ein Schamane zu ihnen, einer, der das Böse kannte, nicht das Gute. Er sah die vielen Dinge, die die Kurzen besaßen, und beschloß, daß er alles für sich haben wollte. Er sagte dem Volk, daß er andere Stämme schwächen würde, damit ihnen die Kurzen alles wegnehmen konnten, ohne etwas dafür zu geben. Sie gingen in die Dörfer und taten so, als wollten sie Tauschgeschäfte machen, und spät am Abend nach einem Tauschhandelsfest standen die Kurzen von ihrem Lager auf und versteckten alle Waffen. Dann töteten sie das Volk und nahmen sich, was sie haben wollten. Am Ende taten sie überhaupt nicht mehr so, als wollten sie Handel treiben, sondern kamen bei Nacht in die Dörfer, brannten die *ulas* nieder und töteten das Volk.

So wie jetzt, habe ich auch damals schon geschnitzt«, sagte Shuganan und machte eine Pause, während die anderen zustimmend murmelten. »Die Kurzen legten großen Wert auf meine Schnitzarbeiten. Wenn sie zu einem Dorf der Walroßmenschen gingen, wollten sie Walroßschnitzereien haben, die sie in ihre Amulette stecken konnten. Wenn sie zu den Bärenjägern gingen, wollten sie geschnitzte Bären haben.«

Shuganan senkte die Stimme, sprach nicht mit der Autorität eines Geschichtenerzählers, sondern wie ein Mann, der sich an einen Traum erinnert. »Es ist immer etwas in mir gewesen, irgendein Geist, der in meinem Kopf und meinen Händen wohnt, der mich drängt, etwas zu schnitzen.«

Chagak, die merkte, daß Shuganan von der Geschichte abgewichen war, für die sie sich entschieden hatten, machte die Augen auf und beobachtete den alten Mann. Sie hoffte, daß er nicht vergessen würde, mit Vorsicht von Samiqs Vater zu sprechen.

»Als ich klein war«, sagte Shuganan, »und noch im Schlafplatz meiner Mutter schlief, wachte ich des Nachts immer mit einem Prickeln in den Armen und Händen auf und dem Wunsch, etwas zu schnitzen, das ich tagsüber gesehen hatte. So groß war das Verlangen, daß sich mein Kopf anfühlte, als würde er bersten, wenn ich nicht weitergeben konnte, was meine Augen gesehen hatten.

Der böse Schamane sah große Kraft in meiner Schnitzarbeit, und zuerst fühlte ich mich durch seine Anteilnahme geschmeichelt. Aber dann merkte ich, daß meine Arbeit dazu benutzt wurde, andere zu verletzen. Obwohl sie versuchten, mich zum Bleiben zu bewegen, verließ ich die Kurzen. Ich wußte, daß sie nach mir suchen würden, so daß ich nicht in mein früheres Dorf zurückkehren konnte. Und so fand ich nach vielen Tagen in meinem *ikyak* diesen Strand. Ich baute mir ein *ulaq* und nach einer Reihe von Jahren nahm ich mir eine Frau von den Waljägern. Wir hatten einen Sohn, der eine Frau aus dem Dorf der Ersten Menschen, an der Südseite von Akas Insel, nahm. Sie sind beide gestorben, und viele Jahre später starb auch meine Frau, aber sie ließen mir Robbenfänger, meinen Enkelsohn.«

Obwohl sie ihren Blick auf Shuganan gerichtet hielt, wußte Chagak, daß die anderen sie ansahen. Sie konnte ihre Gedanken fühlen, die um sie herumflatterten. Sie tat so, als würde sie die Riemen der Kinder zurechtrücken.

Die Lampendochte waren bis zum Öl heruntergebrannt und gaben nur noch wenig Licht, aber als Chagak zu Shuganan sah, glühte sein Gesicht, als würde es von vielen Lampen erhellt.

Dann hörte sie den Seeotter sagen: »Ist es schon so lange her, seit du gesehen hast, wie eine Geschichte erzählt wird? Erinnerst du dich nicht an die Macht der Worte? So viele Menschen, die die gleichen Gedanken haben, verlieren sich in denselben Träumen. Hast du vergessen, welche Macht davon ausgeht?«

Aber Chagak wußte, daß Shuganan nun zu dem Teil der Geschichte gekommen war, den sie nicht versäumen durfte, zu dem Teil über sie und Samiq, und so sperrte sie das Flüstern des Otters aus ihren Gedanken aus und lauschte Shuganan.

»Als mein Enkelsohn alt genug war, nahm er sich eine Frau aus dem Dorf seiner Mutter.« Shuganan sah durch das *ulaq* zu Chagak. »Meine Enkeltochter Chagak. Aber eines Tages ging Robbenfänger auf die Jagd und kehrte nicht zu uns zurück. Chagak bereitete sich darauf vor, ihn zu betrauern, eine Witwe zu sein, aber am siebenten Tag kehrte Robbenfänger zurück. Unsere Freude über seine Rückkehr verlor sich schon bald in unserem Kummer, denn er erzählte, daß Chagaks Dorf zerstört, ihre ganze Familie tot war. Er hatte drei Tage damit verbracht, sie zu begraben und die Totenfeiern abzuhalten.

Ich wußte, daß es der Stamm der Kurzen gewesen sein mußte. Später in jenem Sommer kamen zwei Kundschafter von ihnen an unseren Strand. Den einen töteten wir, aber der andere tötete Robbenfänger und flüchtete und ließ Chagak als Witwe mit einem Sohn zurück, der im Frühjahr darauf geboren werden sollte. Bevor er ging, drohte er uns, daß er zurückkommen würde; er würde seine Leute mitbringen, um uns und die Waljäger auf der Insel im Westen zu töten.

Chagaks Mutter und meine Frau stammen beide vom Waljägervolk ab, und so beschlossen Chagak und ich, in diesem Frühjahr zu den Waljägern zu fahren, um sie zu warnen, und wir werden uns bald auf den Weg machen. Wir bitten euch nicht, mitzukommen. Es sind nicht eure Leute, die getötet wurden, und ihr schuldet den Waljägern keine Treue. Aber wir werden gehen.«

Chagak saß, ohne sich zu rühren, in der Stille des *ulaq*. Sie spürte die Überraschung von Kayughs Leuten über das plötzliche Ende der Geschichte. Gewöhnlich dauerten die Geschichten bis tief in die Nacht, und das Ende der einen Geschichte legte den Samen für den Beginn einer anderen.

Glaubten sie Shuganan? Es waren nur wenig Lügen, nur, daß Shuganan keiner der Kurzen war, daß sie die Frau seines Enkelsohnes war, und die Lüge, von der sie sich wünschte, daß sie keine wäre, daß Robbenfänger Samiqs Vater war.

Aber als sie Shuganan die Worte sagen hörte, schien es ihr, als wären sie wahr, als hätte seine Geschichte die Vergangenheit geändert und Samiq zu Robbenfängers Sohn gemacht. Ihre Arme drückten Samiq fester an sich. Was würde geschehen, wenn sie es erfuhren? dachte Chagak. Wenn sie von Mann-der-tötet erfuhren? Sie würden Samiq niemals am Leben lassen. Er würde für sie ein Kurzer sein, ein Feind.

Sie drückte Samiq an ihre Brust, und das Kind begann zu schreien, seine Klagen hallten laut und durchdringend durch die Stille des *ulaq*. Dann fing auch Kayughs Sohn zu schreien an. Chagak kam es vor, als hätten die Kinder das Flüstern von Geistern gehört, als würden sie etwas beklagen, von dem Chagak und Shuganan nichts wußten.

Chagak verließ den Kreis der Geschichtenhörer und ging zu ihrem Schlafplatz. Sie zog die Vorhänge hinter sich zu und wünschte, mit den beiden Kindern in den Armen für immer im *ulaq* bleiben zu können.

35

Chagak saß auf dem nackten Boden des neuen *ulaq* und sortierte zerdrückte und ausgefranste Stengel aus, die Teile der Pflanze, die schnell verrotteten. Den Rest würde sie auf dem Boden des *ulaq* ausbreiten und Grasmatten darüberlegen.

Krumme Nase und Kleine Ente arbeiteten neben ihr,

stellten die letzte der Matten fertig. Das neue *ulaq* war größer als das von Shuganan. Selbst nachdem die Schlafplätze abgetrennt waren, gab es im Hauptraum genügend Platz für alle, um bequem darin arbeiten zu können.

Krumme Nase deutete auf den größten Schlafplatz hinten im *ulaq* und sagte: »Hier wird Große Zähne schlafen.«

Chagak runzelte die Stirn. »Ich dachte, Kayugh wäre der Häuptling dieses *ulaq*.«

»Hat Shuganan es dir nicht gesagt?« erwiderte Krumme Nase. »Kayugh und Rote Beere werden in Shuganans *ulaq* bleiben. Kayugh möchte bei seinem Sohn sein, und da du ihn stillst...«

Chagaks Magen zog sich zusammen. Sie und Shuganan würden nicht allein bleiben, wie sie es gehofft hatte. Aber sie gab sich Mühe, ihre Enttäuschung zu verbergen. Natürlich würde Kayugh bei seinem Sohn sein wollen, dachte sie, und somit beschließen, in Shuganans *ulaq* zu bleiben. Aber würde das *ulaq* dann noch immer Shuganan gehören, oder würde Kayugh jetzt der erste sein? Und was war mit Shuganan? Es wäre demütigend für ihn, wenn er nicht länger das Oberhaupt in seinem eigenen *ulaq* war. Vielleicht sollte Chagak anbieten, in dieses *ulaq* mitzukommen, um Kayugh so zu seinen eigenen Leuten zurückzubringen. Aber wer würde dann für Shuganan sorgen?

»Dein Mann ist tot«, sagte Krumme Nase.

Die Worte erstaunten Chagak, und sie saß mit offenem Mund da, ohne zu antworten.

Aber Krumme Nase wartete nicht auf eine Antwort. »Vielleicht will Kayugh eine Frau«, sagte sie.

Chagak fühlte, wie ihr Gesicht rot wurde. Sie versuchte zuzuhören, als Krumme Nase ihr von Kayughs Fähigkeiten als Jäger erzählte, aber die Angst ließ Chagaks Hände erstarren und ihren Atem schneller gehen.

Sie wußte, daß ihre Mutter eine glückliche Frau gewesen war, und Krumme Nase bekam glänzende Augen und kicherte, wenn sie von der Zeit erzählte, die sie mit ihrem Mann im Schlafplatz verbracht hatte, sie hatte keine Angst. Aber Chagak kannte die Schmerzen, wenn ein Mann in ihr war, und wollte es nicht noch einmal erleben. Sie hatte gesehen, wie oft Große Zähne die Schlafplätze seiner Frauen aufsuchte, selbst in den wenigen Tagen, die sie in Shuganans *ulaq* verbracht hatten, und Chagak hatte zitternd auf ihren Schlafmatten gelegen und daran gedacht, was Mann-der-tötet ihr angetan hatte.

»Nicht alle Männer sind grausam«, flüsterte der Seeotter Nacht für Nacht. Aber Chagak wollte nicht noch einmal Frau eines Mannes sein.

Kayugh glättete den Schaft seiner Harpune mit einem Stück Lavagestein. Es war der erste Abend, nachdem Große Zähne und Grauer Vogel in ihr eigenes *ulaq* gezogen waren, und Kayugh war froh über die Stille in Shuganans *ulaq*.

Shuganan saß neben einer Öllampe und beugte sich zum Licht. Er schnitzte an einem Stück Elfenbein, seine Augen und sein Mund bewegten sich, während er arbeitete, als würde er dem Ding, das er schuf, lautlose Worte zuflüstern.

Chagak stellte gerade einen *chigadax* für Shuganan fertig. Er war aus der Haut der Walzunge gemacht, und nicht aus Streifen von Robbendärmen, und sie hatte nur wenige Abende gebraucht, ihn zu nähen. Rote Beere hatte den Kopf auf Chagaks Schoß gelegt, und die Säuglinge schmiegten sich an sie, jedes an eine Brust. Chagak war so klein, daß Kayugh sie hinter den Kindern kaum sehen konnte.

So müßte es bleiben, dachte Kayugh. In Frieden, in Stille. Er hatte mit Shuganan mehrmals über die geplante Reise zu den Waljägern gesprochen. Kayugh wollte, daß er Chagak hierließ, aber Shuganan hatte ihm nicht zugestimmt.

»Was verstehen Frauen vom Kämpfen?« hatte Kayugh gefragt, aber Shuganan hatte entgegnet: »Du hast gesagt, daß du dich vielleicht entschließt, mitzukommen. Wenn du es tust, werde ich froh sein. Aber was weißt du vom Kämpfen? Hast du jemals gegen andere Männer gekämpft?«

»Nein«, hatte Kayugh gesagt. »Aber ich kann einen Speer werfen. Ich habe gegen Robben und Seelöwen gekämpft. Mit Menschen kann es nicht viel anders sein.«

»Menschen denken«, sagte Shuganan, »und sie hassen. Tiere kämpfen nur, um zu leben, manchmal vielleicht, um ihr Junges zu schützen. Menschen kämpfen aus Haß, um Macht zu erringen, um Dinge zu besitzen. Das ist eine andere Art zu kämpfen, etwas, das böse Geister anzieht.«

Kayugh spielte mit seinem Amulett. Das stille *ulaq* schien so weit entfernt von Kämpfen. Er sah Chagak zu, während sie die Kinder stillte. Sein Sohn war im Vergleich zu Chagaks Sohn noch immer dünn, aber nicht mehr so dünn, daß Kayugh um sein Leben fürchtete.

»Ich will nicht, daß Chagak zu den Waljägern geht«, sagte Kayugh plötzlich, seine Worte hallten durch die Stille des *ulaq*.

»Was ist besser«, sagte Shuganan ruhig, »sie mitzunehmen oder sie hierzulassen? Die Kurzen wissen von diesem Strand. Sie wissen von meinen Schnitzarbeiten. Es waren zwei Kundschafter hier, Kayugh. Einer wollte bei uns bleiben, Chagak zur Frau nehmen und über den Winter hierbleiben. Wir haben ihn getötet, aber der andere ist zu seinem Stamm zurückgekehrt. Er wird wiederkommen. Willst du, daß Chagak bleibt? Daß sie den Kurzen sagt, daß ihr Großvater einen ihrer Jäger getötet hat? Außerdem ist da noch Grauer Vogel. Wenn wir die Frauen verlassen, wird er hierbleiben wollen. Ich habe die Gier in seinen Augen gesehen, wenn er Chagak ansieht.«

Kayugh starrte schweigend vor sich hin, dann sagte er: »Du hast recht. Aber wenn wir gehen, sollten wir bald gehen. Was geschieht, wenn die Kurzen an diesen Strand kommen und wir noch hier sind?«

»Sie sind zuerst Jäger, dann Krieger«, sagte Shuganan, während seine Hände das Elfenbein herumdrehten, an dem er arbeitete. Sein Messer schnitzte weiter, bis Kayugh die Augen und die Nase einer Robbe zwischen Shuganans Fingern hervorspähen sah. »Sie werden nicht kommen, bevor die Robbenjagd zu Ende ist.«

Kayugh nickte, trotzdem fühlte er sich unbehaglich. Es war nicht gut, wenn Chagak mitkam. Und was würden die Waljäger von ihr denken, eine der ihren, eine schöne Frau mit einem Sohn und ohne einen Mann?

Chagak machte mit einer Ahle Löcher in eine Robbenhaut, markierte die Linie, der ihre Nadel beim Nähen einer wasserdichten Naht folgen würde, aber von Zeit zu Zeit hob sie den Kopf, um Kayugh und Shuganan anzusehen.

Shuganan achtete, wie immer, wenn er schnitzte, wenig auf die anderen Dinge um ihn herum, was andere sagten, die Geräusche und Geschehnisse des *ulaq*. Vielleicht war das der Grund, warum er und seine Frau keine Kinder bekommen hatten, dachte Chagak. Vielleicht hatte er seinen Schnitzereien so viel von seinem Geist gegeben, daß für seine Frau nichts übriggeblieben war, nichts, um die Seele eines Kindes zu erzeugen.

Chagak warf einen Blick zu Kayugh und sah schnell wieder weg. Er beobachtete sie. Es störte Chagak, daß dieser Mann so oft in ihren Gedanken war, und einmal, in einer der letzten Nächte war er ihr sogar in ihren Träumen erschienen, war neben ihr gelegen, hatte ihr Gesicht gestreichelt, bis Chagak zitternd aufgewacht war.

Um Trost zu suchen, hatte sie Kayughs Sohn dichter an sich gezogen und Samiq aufgeweckt, der in seiner Wiege über ihrem Kopf schlief. Dann hatte sie beide Kinder gestillt, hatte Samiqs starkes freudiges Trinken gefühlt, und Amgighs sanfteres Ziehen. Sie hatte mit dem Finger über Samiqs Arm gestrichen, gelächelt, als er ihn mit seiner kleinen Hand umklammerte, dann hatte sie das gleiche mit Kayughs Sohn getan. Sie hatte keine Reaktion erwartet; Amgigh nahm selten die Hände von ihrer Brust. Aber als sie seine Hand streichelte, hatte auch er ihren Finger mit einem kräftigen Griff umklammert.

Chagak hatte ihre Wange an Amgighs Kopf gelegt, hatte innerlich vor Freude gesungen. Um Kayughs willen hatte sie gewünscht, daß er am Leben blieb. Kayugh hatte schon genug gelitten, auch ohne den Verlust seines Sohnes. Aber jetzt wußte sie, daß sie selbst auch wollte, daß das Kind lebte. Früher hatte es einen Abstand gegeben, den Chagak zwischen sich und dem Kind hergestellt hatte. Einen Schutz. Es war noch zu kurz, seit sie Pup verloren hatte. Sie konnte den Gedanken nicht ertragen, zu hoffen und zu beten und sich selbst einzureden, daß es dem Kind besser ging, wenn es nur dem Tod näher kam. Hoffnung brachte größere Schmerzen.

Aber obwohl sie sich dagegen gewehrt hatte, war die Zuneigung gekommen, hatte sich in ihre Seele geschlichen, wenn sie mit anderen Dingen beschäftigt war, und jetzt stillte sie das Kind nicht nur um Kayughs willen, sondern auch um ihrer selbst willen.

Während Chagak nähte, stellte sie sich vor, wie Samiq und Amgigh zusammen aufwachsen würden, lernen würden, mit dem *ikyak* zu fahren und zu jagen. Dann plötzlich, als wäre ihr der Gedanke nicht von selbst gekommen, als wäre er etwas, das ihr jemand in den Kopf gesetzt hatte, dachte Chagak: Es wäre für Samiq besser, wenn er einen Vater hätte.

Nein, er hat Shuganan, dachte Chagak, aber dann fielen ihr Shuganans Worte ein: »Ich bin alt«, hatte er gesagt.

Chagak schüttelte den Kopf und stieß ihre Nadel in die Löcher der Ahle. Ich brauche keinen Mann, dachte sie, und mit jedem Stoß ihrer Nadel vertrieb sie Shuganans Worte ein Stückchen weiter aus ihren Gedanken.

Es war früh am Morgen, und Chagak hatte gerade die Nachtkörbe ausgespült. Sie stand auf dem *ulaq* und betrachtete den roten Kreis der Sonne, die sich hinter den Wolken am Himmel versteckte.

Seit ihr Kayugh seinen Sohn gebracht hatte, war es das erste Mal, daß sie die beiden Kinder im *ulaq* ließ, Kayugh hielt Amgigh, Samiq lag in seiner Wiege.

In dem Wind und der Helligkeit des neuen Tages fühlte sie sich plötzlich wieder wie ein junges Mädchen, als würde sie, wenn sie die Augen zumachte und sich Mühe gab, gleich feststellen, daß sie in ihrem Dorf auf dem *ulaq* ihres Vaters stand und das *ikyak* von Robbenfänger in den Wellen sah. Aber dann hörte sie Shuganans langsame Schritte den Kletterstamm heraufkommen, und sie spürte wieder die Schwere der Milch in ihrer Brust und den Druck des Kummers, den sie seit dem Tod ihres Volkes mit sich herumtrug.

»Er bittet, daß du seine Frau wirst«, sagte Shuganan. Er hatte es ausgesprochen, noch bevor er aus dem *ulaq* gekommen war, und Chagak, die sich nicht ganz sicher war, was er gesagt hatte, hockte sich dicht an das Dachloch, damit sie ihn besser hören konnte.

»Kayugh«, sagte Shuganan. »Er will, daß du seine Frau wirst. Er will nicht, daß du ohne einen Mann zu den Waljägern gehst.«

Lange Zeit schwieg Chagak, starrte hinaus aufs Meer, flüchtete sich in die Betrachtung der Wellen. Schließlich beugte sie sich zu dem alten Mann. »Wir sollten jetzt losfahren«, sagte Chagak. »Wir könnten eine neue Insel finden. Noch einmal von vorn anfangen. Wir könnten hierher zurückkommen und Sachen tauschen ...«

Der Zorn in Shuganans Augen brachte Chagak zum Schweigen.

»Und was würdest du mit Amgigh tun?« fragte er. »Würdest du ihn ohne Milch hier zurücklassen, wo er gerade kräftig wird? Oder würdest du ihn mitnehmen, Kayugh die Freude an seinem Sohn nehmen?«

Shuganan zog die Ärmel seines Parkas über die Handgelenke und hielt ihr seine Hände entgegen, streckte die gekrümmten Finger. Seine Hände zitterten.

»Ich bin alt, Chagak«, sagte er. »Wie soll ich den Speer halten? Wie soll ich die Schlinge legen? Ich kann nicht für dich und für Samiq sorgen. Kannst du Mann und Frau zugleich sein? Jäger und Mutter?«

Chagaks Kehle zog sich hart und fest zusammen. »Ich will keine Frau sein«, entgegnete sie Shuganan.

»Chagak«, sagte er, mit fester, aber ruhiger Stimme. »Das kannst du dir nicht aussuchen. Du brauchst einen Mann, und Kayugh ist ein guter Mann. Wenn du Kayugh nicht nimmst, dann wird dich vielleicht ein anderer Mann, jemand, der so schwach ist wie Grauer Vogel, mit Gewalt nehmen. Dann wirst du keine Wahl haben.«

»Ich bin stark genug, um Grauer Vogel zu töten, und ich bin stark genug, allein zu sein.«

Shuganan setzte sich auf das mit Gras bedeckte Dach des *ulaq*. »Ja«, sagte er schließlich. »Du bist stark genug, um allein zu sein.«

Lange Zeit sprach er nicht, und Chagak begann schon zu hoffen, daß er ihr zustimmte, aber dann sagte er: »Du brauchst vielleicht mehr Kraft, um jemandem gehören zu können.«

36

»Ein Sohn!« sagte Grauer Vogel zu Blaue Muschel, als sie das Geburtszelt betrat.

Chagak, die sich an ihre Schmerzen bei Samiqs Geburt erinnerte, verspürte Abscheu für diesen Mann. Dachte er nicht an die Schmerzen und die Angst, die seine Frau haben mußte und die jede Frau befiel, wenn sie gebar? Chagak hätte fast den Mund aufgemacht, um etwas zu sagen, aber sie fing Shuganans Blick auf, sah die Warnung darin und schwieg.

»Komm mit, Grauer Vogel«, sagte Kayugh. »Wir werden Treibholz suchen, um deinem neuen Sohn ein *ikyak* zu bauen.«

Grauer Vogel sah zu dem eilig errichteten Geburtszelt aus Treibholz und Häuten. Krumme Nase zuckte die Achseln und sagte: »Es ist ihr erstes Kind. Es wird lange dauern.«

Grauer Vogel ging mit Kayugh. Shuganan folgte ihnen, und Chagak sah, daß Kayugh zurückblieb, um neben dem alten Mann zu gehen.

Chagak arbeitete weiter. Sie und Krumme Nase bereiteten Häute von Seelöwen als Verkleidung für ein *ikyak* vor. Sie hatten die Häute eingeweicht, geschabt und getrocknet, sie dann gestreckt, bis sie geschmeidig waren. Jetzt konnten sie die Häute schneiden, indem sie die alte Abdeckung eines *ikyak* als Muster für ihre Schnitte verwendeten.

Rote Beere spielte ganz in der Nähe, und Samiq und

Amgigh, die gegen die Kälte des grauen Tages dick eingepackt waren, lagen in ihren Wiegen neben dem *ulaq*. Kayugh hatte Chagak gesagt, daß er im Winter mit beiden Jungen zu arbeiten anfangen, ihre Arme und Beine mit Übungen strecken würde, damit sie gelenkige Jäger wurden.

So jung, dachte Chagak, und schon lernten sie, Männer zu sein. Und obwohl sie stolz war, einem Sohn das Leben gegeben zu haben, verspürte sie plötzlich ein großes und beschämendes Verlangen, eine Tochter zu haben.

Krumme Nase hörte mit ihrer Arbeit auf und setzte sich neben die Kinder. Beide Jungen hatten jetzt eine Wiege. Shuganan hatte noch eine wie die von Samiq als Geschenk für Kayughs Sohn gemacht. An den rechteckigen Rahmen aus Treibholz hingen Matten aus Robbenhautstreifen, die zu schaukeln begannen, wenn sich die Kinder bewegten.

»Zwei feine Söhne!« sagte Krumme Nase.

Chagak lächelte.

Das erste, was Chagak an Krumme Nase aufgefallen war, war ihr einfaches Gesicht, die große Nase, die kleinen, dicht zusammenliegenden Augen, aber jetzt sah Chagak nur die strahlende Güte, das breite Lächeln, das Lachen, das die Kinder dazu brachte, sich an ihr festzuklammern.

»Und jetzt ist dein Sohn, Erster Schnee, schon fast ein Mann.«

»Ja«, sagte Krumme Nase. »Große Zähne übt schon mit ihm im *ikyak*. Bald wird er ein Jäger sein.«

Krumme Nase lächelte, aber Chagak spürte ihren Kummer. Welcher Frau fiel es leicht, ihren Sohn an die Männerwelt zu verlieren?

Krumme Nase nahm eine Haut vom Stoß und legte das Fellmuster darauf. »Ich hatte noch drei Kinder«, sagte sie, dann zog sie ihr Messer mit einem schnellen geraden Schnitt durch die Haut. »Unsere ersten drei waren Töchter, aber wir hatten keine Männer für sie, und so...« Sie winkte mit der Hand zu den Hügeln. »Ich habe oft geweint, auch wenn Große Zähne die Tränen nicht sah. Dann nahm Große Zähne Kleine Ente als zweite Frau und hoffte auf einen Sohn. Aber ich habe ihm einen Sohn gegeben, und Kleine Ente hat ihm in den acht Jahren, in denen sie seine Frau war, keine Kinder gegeben.«

Arme Kleine Ente, dachte Chagak. Kein Wunder, daß sie so still und scheu war. Aber sie hatte Glück, daß Krumme Nase die erste Frau war. Krumme Nase behandelte Kleine Ente wie eine Schwester.

»Er war ein feiner Sohn«, sagte Krumme Nase. »Nach seiner Geburt gab Große Zähne ein Fest für das Dorf. Während des Festes hörten wir ein Donnern. Alle glaubten, daß es nur ein wütender Geist in den Bergen war, aber dann kamen in der Nacht die Wellen, schlugen über unserem Dorf zusammen und töteten viele von uns. Das Wasser riß die Seite unseres *ulaq* auf und zog es ins Meer. Mein Sohn lag in seiner Wiege, und die Wellen spülten ihn von mir fort.«

Die Stimme von Krumme Nase brach, und Chagak fielen keine Worte ein, um sie zu trösten. Chagak zog noch ein Fell vom Stapel und begann zu schneiden, ihre Augen waren auf ihre Arbeit gerichtet, gaben Krumme Nase eine Rechtfertigung, mit dem Reden aufzuhören, aber nach einer Weile des Schweigens sprach sie weiter.

»Ich träume noch immer davon. Ich greife nach der Wiege, aber mein Sohn wird immer weiter fortgetrieben...«

»Es tut mir so leid«, flüsterte Chagak.

»Ja«, sagte Krumme Nase. »Es war eine schreckliche Zeit. Aber die Eltern von Erster Schnee wurden auch getötet, und da habe ich ihn als meinen Sohn genommen.

Wir haben unser *ulaq* wieder aufgebaut. In den nächsten Jahren gab es immer wieder Wellen, aber sie waren nicht mehr so stark. Sie nahmen kein Leben. Dann, im letzten Jahr, als der Schnee sich wieder in Regen verwandelte und wir wußten, daß die Pelzrobben bald an unserem Strand vorbeikommen würden, hörten wir wieder dieses Donnern. Kayugh nahm einige von uns mit in die Berge. Wir waren dort in Sicherheit, aber nicht alle wollten gehen, und als wir in das Dorf zurückkamen, waren viele unserer Leute tot. So folgten wir Kayugh, und jetzt sind wir hier.«

Ein Schrei aus dem Geburtszelt unterbrach Krumme Nase. Kleine Ente rief: »Krumme Nase, das Kind ist bald da.«

Krumme Nase ließ die Seelöwenhäute liegen und ging zu der Unterkunft. Chagak fühlte sich plötzlich allein, und sie wünschte, daß man auch sie gerufen hätte.

Jemand mußte bei den Kindern bleiben, dachte sie und lächelte über ihre eigene Dummheit. Es gab noch immer Zeiten, in denen sie wünschte, Krumme Nase und die anderen wären nicht an diesen Strand gekommen. Warum wünschte sie sich also jetzt, von ihnen einbezogen zu werden?

Aber dann schrie Blaue Muschel, und Krumme Nase rief: »Chagak, komm schnell. Wir brauchen dich.«

Chagak lief zu dem Zelt aus Häuten. Innen lag Blaue Muschel mit angezogenen Knien auf dem Rücken. Kleine Ente hielt die Hände von Blaue Muschel, und Krumme Nase kniete zwischen ihren Beinen.

Warum lag Blaue Muschel? überlegte Chagak. Sie sollte sich besser hinhocken, damit das Kind schneller kam.

Chagak sah, wie Blaue Muschel von neuen Schmerzen erfaßt wurde. Ein winziges Gesäß zwängte sich durch den Geburtsgang und wurde dann wieder nach innen gezogen.

»Wo ist der Kopf?« fragte Chagak.

»Das Kind liegt verkehrt«, erklärte Krumme Nase. »Komm her. Halte die Hände von Blaue Muschel.«

Chagak kniete sich mit dem Gesicht zu Kleine Ente und Krumme Nase neben den Kopf von Blaue Muschel. Sie umklammerte beide Hände von Blaue Muschel. Krumme Nase fuhr mit der Hand den Geburtsgang hinauf. »Versuch, nicht zu stoßen«, sagte sie zu Blaue Muschel. »Warte. Warte. Jetzt, Blaue Muschel!«

Blaue Muschel klammerte sich fest an Chagaks Hände und zog, dann schrie sie, und plötzlich lag das Kind in den Armen von Krumme Nase. Es war ein Mädchen.

Es gab einen kleinen Schrei von sich, und Blaue Muschel versuchte sich aufzurichten, aber Krumme Nase drückte sie nach unten und sagte: »Warte.« Sie drückte fest auf den Bauch von Blaue Muschel, bis die Nachgeburt ausgestoßen wurde.

Krumme Nase reichte Blaue Muschel das Kind, und Chagak zitterte über die plötzliche Stille, die sich im Zelt ausgebreitet hatte.

Blaue Muschel umklammerte ihr Kind und schloß die Augen. Tränen rannen unter ihren Lidern hervor. »Grauer Vogel wird mich zwingen, sie zu töten«, flüsterte sie.

Chagak saß am Eingang von Shuganans *ulaq* und schabte eine Robbenhaut. Samiq und Amgigh tranken unter dem *suk*, und Rote Beere spielte mit gefärbten Steinen am Grasrand des Strandes.

Chagak dachte an Blaue Muschel und das Neugeborene, dann legte sie die Arme über ihren Sohn und Amgigh.

Kayugh hatte seine Frau nicht gezwungen, Rote Beere zu töten, aber vielleicht war Rote Beere schon vor ihrer Geburt die Heirat versprochen worden.

Haß stieg in Chagaks Brust auf, füllte ihre Lungen, bis

sie nicht mehr atmen konnte. Wenn Grauer Vogel so gelitten hätte, wie Blaue Muschel gelitten hatte, wäre er dann auch so versessen darauf, das Kind zu töten? Wußte irgendein Mann, was es eine Frau kostete, Leben zu geben? Aber dann dachte sie an Shuganan. Er war bei Samiqs Geburt bei ihr gewesen, hatte auf sie aufgepaßt. Und ihr kam der Gedanke: Weiß ich denn, was ein Mann durchmacht, um Robbenöl zu bringen? Kenne ich die Gefahren des *ikyak*? Sie schüttelte den Kopf, schloß die Augen und begann die Kinder zu wiegen.

Sie versuchte, ihren Kummer zu beherrschen, ihre Gedanken in ein Muster zu formen, das sie über den Schmerz hinaustrug, so wie Seetang im Meer auf dem Wasser dahintreibt, aber sie konnte die Tränen von Blaue Muschel nicht vergessen.

»Ich habe genug Kummer gehabt«, flüsterte Chagak wütend, richtete ihre Worte über die Meeresenge zu Aka. Aber dann hörte sie andere Stimmen, die im Zorn erhoben waren. Kayugh und Grauer Vogel kamen aus dem *ulaq* von Große Zähne.

Kayugh sah prüfend zum Strand. Dann kam er mit langen, schnellen Schritten und hob seine Tochter hoch, nahm sie in die Arme und drückte sie an seine Brust. Rote Beere klammerte sich an ihn, vor seinem Parka sah ihr Gesicht klein und weiß aus, und in den Armen ihres Vaters sah sie zu, wie Kayughs Worte auf Grauer Vogel einschlugen.

»Wir werden versuchen, ein neues Dorf aufzubauen. Wir haben diesen guten Platz gefunden. Wir haben hier Weisheit und Leben für meinen Sohn gefunden. Willst du dieses Dorf ohne Frauen bewohnen?«

Chagak hielt die Augen auf Kayughs Gesicht gerichtet und war darauf vorbereitet, ihm Rote Beere aus den Armen zu nehmen, wenn Grauer Vogel auf ihn losging.

»Wer wird deine Enkelkinder gebären? Das da?« Kayugh deutete auf einen Felsblock. »Das da?« Er deutete auf ein Gestrüpp aus Heidekraut.

Kayugh faßte Rote Beere um die Taille und hielt sie Grauer Vogel hin. Weine nicht, bat Chagak stumm das Kind. Bitte, weine nicht. Rote Beere blieb steif und starr, ihre Augen wanderten zwischen Grauer Vogel und ihrem Vater hin und her.

»Sie bringt mir Freude«, sagte Kayugh. Dann fügte er mit einer Stimme, die so leise war, daß sich Chagak anstrengen mußte, um die Worte zu verstehen, hinzu: »Ich werde jeden Mann töten, der versucht, ihr weh zu tun.«

Langsam stellte er Rote Beere auf den Boden. Das Mädchen blieb einen Augenblick stehen, um seinen Vater anzusehen. Chagak streckte die Arme aus und Rote Beere kam zu ihr gelaufen und schmiegte sich in ihren Schoß.

Dann sprach Grauer Vogel. »Wenn die Tochter von Blaue Muschel lebt, werde ich drei, vielleicht vier Jahre auf einen Sohn warten müssen. Vielleicht sterbe ich vorher.«

Chagak sah Kayugh an. Würde Grauer Vogel mit seinen Worten Kayughs Entschluß ins Wanken bringen? Aber Kayugh sagte nichts, und Grauer Vogel fuhr mit zorniger Stimme fort: »Jeder Mann bestimmt selbst für seine Familie.«

Kayughs Gesicht wurde hart, und Chagak begann rückwärts zu kriechen, hielt Rote Beere mit dem Arm an sich gedrückt.

»Chagak!«

Chagak zuckte zusammen und erhob sich langsam, ihre Augen waren auf Kayughs Gesicht gerichtet.

»Bring meinen Sohn.«

Sie wollte nicht gehorchen. Amgigh war zu klein, um in einen Kampf zwischen zwei Männern verwickelt zu werden. Sie zögerte, und Kayugh rief noch einmal. Chagak zog das Kind unter ihrem *suk* hervor und wickelte es schnell in das Fell, das sie geschabt hatte.

Sie brachte es Kayugh. Rote Beere folgte ihr, hielt sich mit der Hand an Chagaks *suk* fest.

Chagak reichte Kayugh seinen Sohn, und er hielt ihn Grauer Vogel hin, öffnete das Fell, so daß Grauer Vogel die Arme und Beine des Kindes sehen konnte.

»Ich erhebe für meinen Sohn Anspruch auf die Tochter von Blaue Muschel«, sagte Kayugh, dann drehte er sich um und hielt das Kind Tugix entgegen. »Ich erhebe für meinen Sohn Anspruch auf die Tochter von Blaue Muschel.«

Grauer Vogel kniff die Lippen zusammen, dann drehte er sich um und lief zum Geburtszelt.

Chagak glaubte, Kayugh würde ihm folgen, aber er blieb stehen, wo er war, hielt seinen Sohn, der in dem kalten Wind zu schreien begann. Grauer Vogel kam bald zurück. Er hielt das Neugeborene von Blaue Muschel, das in eine rauhe Grasmatte gewickelt war. Er öffnete die Matte und drehte das Kind in der Luft herum. In dem kalten Wind zog sich die Haut des Kindes zusammen und wurde blau.

»Wickle sie ein«, sagte Kayugh. »Sie wird Amgighs Frau sein.«

Grauer Vogel wickelte das Kind ein, legte es zu schnell an seine Schulter. Der kleine Kopf stieß mit einem Ruck gegen seine Brust.

»Wenn du sie tötest, wirst du meine Enkelsöhne töten«, sagte Kayugh, und seine Augen ließen Grauer Vogel nicht los, bis er zum Geburtszelt zurückging. Dann gab Kayugh Chagak seinen Sohn zurück, hob Rote Beere auf die Schultern und ging zum Strand.

Shuganan war sich nicht sicher, woher er es wußte. Vielleicht war es die Weisheit des hohen Alters. Vielleicht sprachen die Stimmen seiner Schnitzfiguren zu seiner Seele, wie sie es oft zu tun schienen, wenn der Schlaf seinen Körper entspannte und seinem Geist Zeit verschaffte, frei vom störenden Einfluß des Tuns und Handelns. Vielleicht war es Tugix oder irgendein anderer größerer Geist. Aber ob Geist oder Weisheit, Shuganan wußte es.

Er hatte vor vielen Tagen angefangen, die Robbe zu schnitzen. Er hatte dafür den Hauer eines Walrosses verwendet, alt und vergilbt, feinkörnig, aber hart vom Alter. Er hatte ihn lange in abgestandenen Urin gelegt, um ihn weich zu machen, damit sein Messer die Stücke abschaben konnte, die nötig waren, um den Geist im Innern freizulegen.

Er schärfte die Spitze des Hauers, bis sie fast so fein war wie der Widerhaken einer Harpune. Das war die Nase der Robbe. Dann wölbte sich der Körper und verbreiterte sich bis zu den Flossen. Shuganan glättete das stumpfe Ende des Hauers zu einer vorstehenden Leiste, die bequem in seiner Hand lag.

Als die Robbe fertig war, bat er Chagak um gegerbte Felle und Heidekraut. Chagak hatte erstaunt zugesehen, als er Samiq auf ein Robbenfell legte und der Länge nach vom Kopf bis zu den dicken runden Zehen und an den Armen und Beinen des Jungen mit Sehnenstreifen Maß nahm. Aber sie hatte keine Fragen gestellt.

Shuganan benutzte ein Frauenmesser, um die Form eines kleinen Kindes aus dem Robbenfell zu schneiden. Die erste Form verwendete er als Vorlage für eine zweite, und dann nähte er sie zusammen und stopfte sie mit Heidekraut aus.

Aus einem gebogenen Stück Treibholz, das von der Sonne und dem Meer weiß gebleicht war, stellte er eine Maske her, schnitzte die Nase und den Mund und geschlossene Augen. Dann bohrte er Löcher durch die Seiten der Maske und nähte sie am Kopf seines Robbenfellkindes fest.

Eines Abends, als Chagak damit beschäftigt war, das Essen auf die Matten zu stellen, hatte Shuganan sie gebeten, Samiq halten zu dürfen. Er hatte es nicht als Verletzung seiner Männlichkeit angesehen, denn auch Kayugh saß mit seinem Sohn auf dem Arm neben einer Öllampe. Und als niemand zu ihm hinsah, hatte Shuganan ein Büschel Haare von Samiqs Kopf abgeschnitten. Vielleicht barg das Haar irgendeine Verbindung zur Realität, irgendeine Kraft, die einen Mann dazu brachten, zu sehen, was er zu sehen glaubte, anstatt zu sehen, was wirklich war.

Am Abend nähte Shuganan in seinem Schlafplatz das Haar am Kopf seines Robbenhautkindes an.

Jetzt, am frühen Morgen, bevor die Frauen aufgestanden waren, um die Lampendochte zu putzen und die Abfälle der Nacht ins Freie zu bringen, wickelte Shuganan sein Kind in eines der Robbenfelle, die ihm Mann-der-tötet als Chagaks Brautpreis gegeben hatte.

Mit dem Robbenkind in seinem Parka, der geschnitzten Figur aus dem Walroßhauer im Ärmel, wartete er am Strand. Er wartete, bis er eine der Frauen aus dem *ulaq* von Große Zähne kommen sah, dann kehrte er zu seinem *ulaq* zurück und tat, als wäre er nur hinausgegangen, um das Meer nach Anzeichen von Robben abzusuchen.

Am nächsten Morgen ging er wieder nach draußen, und auch am Morgen danach. Am vierten Tag wachte er in der Nacht auf und ging, als er das Drängen eines Geistes spürte, mit seinem Kind und der Elfenbeinrobbe zum Strand.

Er wartete in der dunkelsten Zeit der Nacht, beobachtete das Meer, lauschte den Geräuschen in den Wellen, die nicht von Tieren, sondern von Menschen stammten.

Als sich der Himmel zu lichten begann, glaubte er, das Eintauchen eines Paddels gehört zu haben, etwas, das einen eigenen Rhythmus hatte, nicht den Rhythmus des Meeres.

Shuganan nahm die Elfenbeinrobbe in die Hand, fühlte die Spitze des Hauers, so scharf wie ein Messer, strich über die Leiste, die er seiner Handfläche angepaßt hatte, damit er seinem Stoß Kraft verleihen konnte. Dann steckte er sie unter seinen Ärmel und legte die Arme über das Robbenhautkind, als wäre er eine Mutter, die den Sohn ihres Mannes trug.

Shuganan sah das *ikyak* und den Jäger darin. Er lächelte. Ja. Es war Sieht-weit.

Er beobachtete, wie der Mann sein *ikyak* durch die Felsen ans Ufer lenkte, wie er die Verkleidung seiner Sitzluke aufmachte und aus dem Boot sprang, das *ikyak* an den Strand zog.

Sieht-weit grinste Shuganan an, grüßte ihn aber nicht. Und so grüßte Shuganan ihn auch nicht, sondern sagte nur: »Mann-der-tötet hat mir gesagt, daß du kommst. Ich habe die letzten vier Tage morgens auf dich gewartet.«

»Ich bin gekommen, um Mann-der-tötet wieder das Kämpfen zu lehren«, sagte Sieht-weit und lachte. »Er hat den Winter über zu bequem gelebt. Er muß sich darauf vorbereiten, gegen die Waljäger zu kämpfen. Wir fahren bald los.«

Sieht-weit sah prüfend über den Strand. »Und wo ist er?« fragte er. Aber Shuganan hatte sich vergewissert, daß man das *ikyak* der Männer von hier nicht entdecken konnte, und so wußte er, daß Sieht-weit nichts anderes als Strandkiesel und die Gestelle zum Trocknen des Fleisches sah.

»Er ist im *ulaq*. Seine Frau ist auch im *ulaq*«, antwortete Shuganan. »Sie ist ihm eine gute Frau gewesen. Sie haben einen Sohn.«

»Einen Sohn!« rief Sieht-weit und lachte. »Jetzt, nachdem sie Mann-der-tötet gegeben hat, was er wollte, wird er vielleicht nichts dagegen haben, wenn ich sie mit ihm teile.«

»Ich habe das Kind mitgebracht, damit du es dir ansehen kannst«, sagte Shuganan und hielt den Blick auf das Gesicht von Sieht-weit gerichtet, hoffte zu sehen, wann dem Mann die ersten Zweifel kamen, hoffte zu handeln, bevor Sieht-weit die Wahrheit erkannte.

»Er läßt dich also Frauenarbeit verrichten«, sagte Sieht-weit und lachte.

»Ich kann nicht mehr jagen«, sagte Shuganan und streckte seinen verkrümmten und steifen linken Arm aus.

»Du willst mir also diesen Sohn zeigen?« fragte Sieht-weit und deutete auf die Ausbuchtung unter Shuganans Parka.

»Es ist zu windig hier. Wir sollten zu den Klippen gehen, wo es geschützter ist.«

Aber er hatte die Worte kaum ausgesprochen, da merkte er auch schon, daß Sieht-weit Zweifel kamen, daß er einen schnellen Blick nach oben, zur Spitze der Klippen warf. Und so sagte Shuganan: »Aber der Sohn von Mann-der-tötet ist kräftig, vielleicht schadet ihm der Wind nicht.«

Die Zweifel verschwanden. Shuganan griff in den Parka und holte das Robbenhautkind von seinem Platz an seiner Brust.

Sieht-weit lächelte und beugte sich nach unten, um es sich anzusehen. Shuganan schob die geschnitzte Figur des Walroßhauers an der Innenseite seines Arms entlang, bis die Spitze in seiner Handfläche lag.

Shuganan hielt Sieht-weit das Kind hin, dann tat er so, als würde er stolpern. Er sah das Erstaunen in den Augen von Sieht-weit, die schnelle Bewegung seiner Hände, um das Kind aufzufangen. Während Sieht-weit das Robbenhautbündel packte, streckte Shuganan den rechten Arm nach unten, so daß der Walroßhauer in seine Hand glitt.

Shuganan hatte viele Robben getötet, viele Seelöwen. Er kannte den Platz des Herzens, den geschützten Platz unter den Brustknochen, und so wußte er, wie man einen Mann am schnellsten tötet, mit dem Stoß ins Herz, von der ungeschützten Seite, vom Magen herauf. Er stieß die scharfe Spitze des Walroßhauers von unten in das Herz von Sieht-weit. Während er noch zustieß, sagte Sieht-weit: »Das ist ja gar kein Kind . . .«

Und seine Worte, die er mit lauter Stimme begonnen hatte, endeten in einem Flüstern.

Mit dem Robbenfellkind in den Armen fiel Sieht-weit auf die Knie. Shuganan legte eine Hand auf seine Brust. Das Herz hatte zu schlagen aufgehört, aber Shuganan sah noch den Geist aus den Augen von Sieht-weit starren.

Er zog sein Steinmesser aus der Scheide, die er am linken Arm trug, dann packte er Sieht-weit an den Haaren und schnitt ihm die Kehle durch.

Zischend entwich Luft aus der Luftröhre des Mannes, aus seinem Magen kam Erbrochenes und quoll aus seinem offenen Hals, aber Shuganan schnitt weiter, bis die Sehnen und Muskeln durchgeschnitten waren. Dann riß er den Kopf nach hinten, drückte ihn gegen seine Schenkel und schnitt, bis die kleinen runden Knochen am Hals abgetrennt waren. Der Kopf hing nun lose herunter, und der Geist war aus den Augen verschwunden.

Shuganan ließ die Leiche am Strand liegen. Er wünschte, daß plötzlich Wellen kämen, den Körper wegspülten, bevor die Frauen ihn sahen, aber die Wellen waren schwach, und so zog Shuganan Sieht-weit das Robbenhautkind aus den Armen. Er legte es in sein *ikyak*, dann ging er zurück zum *ulaq*. Er würde Kayugh wecken, ihn bitten, ihm zu helfen, Sieht-weit in sein *ikyak* zu heben. Zusammen konnten sie den Körper an den Gelenken auseinanderschneiden, so daß der Geist machtlos war. Dann konnte Kayugh das *ikyak* an den Klippen vorbei ins Meer hinausziehen, wo es die Ströme davontragen würden bis in die Mitte des Meeres.

Die Geister würden das Robbenhautkind mit Samiqs Haarbüschel auf dem Kopf sehen, und sie würden wissen, daß es Samiqs Haare gewesen waren, die Sieht-weit glauben gemacht hatten, daß es ein richtiges Kind war, vielleicht nur für einen Augenblick, aber lange genug, daß Shuganan mit dem Messer zustoßen konnte. Ja, dachte Shuganan, die Geister würden die Macht eines Kindes verstehen, das noch kein Mann war, und Samiq ehren, einen Jungen, der mitgeholfen hatte, den Tod des Volkes seiner Mutter zu rächen.

Aber dann sah Shuganan auf den Körper des Mannes, und er dachte, Sieht-weit sollte Robben und Seelöwen jagen. Er sollte in seinem *ulaq* sein, langsam von den Geräuschen erwachen, die seine Frau beim Auslegen des morgendlichen Essens machte; er sollte im Schein der Öllampen Waffen richten, während er arbeitete, seine Frau ansehen, den Schimmer des Lichts auf ihrer Haut sehen, die Schatten, die es auf ihr Gesicht und unter ihre Brüste warf. Er sollte seinen Samen tief in den weichen Körper seiner Frau stoßen und über die Monate hinweg beobachten, wie sich ihr Bauch mit dem Kind, das er in sie hineingelegt hat, wölbte. Das waren die Dinge, die Sieht-weit tun sollte.

Statt dessen hatte er beschlossen, Menschen zu töten. Wie ließ sich diese Freude mit der Freude eines jeden Lebenstages vergleichen?

Und so bin ich, der alt ist, am Leben, dachte Shuganan, und er, der jung ist, ist schon tot.

Kayugh hörte Shuganan in der Mitte des Raumes, hörte die langsamen, schlurfenden Schritte des alten Mannes und überlegte, warum Shuganan wach war. Es war noch zu früh am Tag, um wach zu sein, selbst für Chagak. Aber dann hörte er, wie Shuganan ihn rief, und er hörte auch die Schreie eines der Kinder, hörte, wie Chagak es beruhigte, der Schrei durch plötzliche Stille ersetzt wurde, durch die Brust am Mund.

Kayugh kroch aus seinem Schlafplatz und sah erstaunt, daß Shuganans Hände mit Blut bedeckt waren. Kayugh öffnete den Mund, um etwas zu sagen, aber Shuganan schüttelte den Kopf, dann führte er ihn den Kletterstamm hinauf.

»Eine Robbe?« fragte Kayugh, sobald sie draußen waren. Er sah zum Strand, aber im trüben Licht des frühen Morgens, unter dem grauen bewölkten Himmel, konnte er nicht sehen, ob ein Tier am Ufer lag.

»Nein«, sagte Shuganan. »Hol Große Zähne und Grauer Vogel. Wir müssen reden.«

Als Kayugh in seine Augen sah, stellte er keine weiteren Fragen, sondern lief schnell zum *ulaq* von Große Zähne. Er rief die Männer, und sie kamen heraus, zogen ihre Parkas an. Große Zähne brummte, machte aber auch Witze zwischen seinen Klagen. Als Kayugh auf Shuganan deutete, verstummte Große Zähne, unterließ die Späße, war plötzlich still und starrte nur auf Shuganans blutige Hände.

»Eine Robbe?« fragte Grauer Vogel. Aber Shuganan schwieg, während er sie hinunter zum Strand führte.

Als Kayugh das Bündel neben dem *ikyak* entdeckte,

glaubte er zuerst nicht, daß es ein Mann war, aber dann sah er den Parka und die Robbenhautstiefel, schließlich den abgetrennten Kopf, der ein Stück vom Körper entfernt lag.

»Hast du das getan?« fragte Kayugh Shuganan.

»Er ist vom Stamm der Kurzen«, sagte Shuganan. »Einer der Männer, die Chagaks Mann getötet haben.«

Obwohl die Stimme des alten Mannes voller Haß und Zorn war, enthielten seine Worte auch etwas, das zu Kayughs Geist sprach und ihm sagte: Der alte Mann spricht die Wahrheit und die Unwahrheit. Es gab einen Grund, diesen Kurzen Menschen zu töten, aber vielleicht war es nicht der Grund, den Shuganan genannt hatte.

Shuganan hockte sich neben dem Körper auf die Fersen und begann zu sprechen, aber das Rauschen der Wellen auf dem Strandkies übertönte seine Worte, und so hockte sich Kayugh neben ihn und dann Große Zähne und auch Grauer Vogel. Der Körper lag in ihrer Mitte, als würden sich die Männer, so dicht sie wagten, um ein Strandfeuer versammeln, um sich zu wärmen.

»Ich habe euch gesagt, daß Chagak und ich mit Samiq zu den Waljägern fahren werden. Wir wissen, daß die Kurzen den Plan haben, ihr Dorf zu überfallen. Die Waljäger sind das Volk meiner Frau. Ich kann sie nicht sterben lassen. Wir haben diese Entscheidung schon vor langer Zeit getroffen, noch bevor Chagaks Kind geboren wurde. Jetzt, nachdem Blaue Muschel Kayughs Sohn stillen kann, werden wir losfahren. Noch heute. Dieser Mann, den ich getötet habe, war ein Kundschafter. Die gelben Zeichen an seinem *ikyak* teilen es den Eingeweihten mit. Die anderen haben ihn geschickt. Hier hielten sie nur an, um einen ihrer Männer zu holen, von dem sie glaubten, daß er über den Winter hier war. Wir bitten euch nicht, mit uns zu kommen. Ihr habt keinen Grund, die Kurzen zu töten. Dieser Strand gehört jetzt euch. Vielleicht kommen wir zurück, vielleicht nicht. Wenn ich getötet werde, Chagak aber nicht, wird einer der Waljäger sie bestimmt zur Frau nehmen, und sie wird nicht zurückkommen. Wenn wir beide getötet werden, werden wir bei den Tanzenden Lichtern mit eurem Volk sein.«

Kayugh sah den alten Mann an, während er sprach. Wenn Chagak einen Mann gehabt hatte, wo war dann der Rahmen seines *ikyak*? Wo waren seine Waffen? Shuganan hatte nur seine eigenen Waffen und die Waffen des Kurzen, den er im vergangenen Sommer getötet hatte. Sonst keine. Aber warum sollte Shuganan lügen?

Er wartete, hoffte, daß Grauer Vogel in seiner Dummheit oder Große Zähne in seiner Weisheit Fragen stellen würden, etwas, das Shuganan dazu brachte, mehr von der Wahrheit zu sagen, aber das taten sie nicht. So wandte sich Kayugh mit seinen Gedanken der Entscheidung zu, die er treffen mußte. Sollte er mit Shuganan gehen oder an diesem Strand bleiben?

Als Shuganan von einem Mann für Chagak gesprochen hatte, war ihm, als müßte sich ihm der Magen umdrehen. Wenn er mitging, konnte er Chagak vielleicht davon abhalten, die Frau eines Waljägers zu werden. Aber wenn er Shuganan sagte, daß er mitkam, dann käme auch Große Zähne mit. Und wer sollte sich dann um die Frauen kümmern? Waren sie so weit gefahren, um nun Grauer Vogel als Jäger für drei Frauen zurückzulassen, um Kleine Ente, Krumme Nase und Blaue Muschel während des langen Winters verhungern zu lassen?

Wenn er mit Shuganan zu den Waljägern ging, würde er versprechen, Menschen zu töten. Wie machte ein Mensch Jagd auf andere Menschen?

Ich wäre wie ein Junge auf seiner ersten Robbenjagd, dachte Kayugh. Ich wüßte nichts und würde die anderen durch mein Unwissen in Gefahr bringen.

Und was würde mit seinem Geist geschehen, wenn er

tötete? Würde er böse werden wie die Kurzen Menschen?

Aber Menschen, die andere Menschen töteten, sollten getötet werden. Wie sonst ließ sich das Böse aufhalten? Würden Menschen, die andere töteten, auf die Vernunft hören? Konnten Worte sie aufhalten? Würde ein Tauschhandel sie zügeln? Warum Dinge tauschen, wenn sie sich durch Töten alles nehmen konnten, ohne etwas dafür zu geben?

Kayugh sah Shuganan an. Der alte Mann saß mit gebeugtem Kopf am Boden, die Hände, dunkel von getrocknetem Blut, zwischen den Knien. Die Knochen unter der faltigen alten Haut waren zerbrechlich. Kayugh sah, daß der Tod bald zu Shuganan kommen würde, daß sein Geist dicht bei den Geistern war, die ihn zu den Tanzenden Lichtern riefen. Der alte Mann hatte die jungen Jahre hinter sich, die Jahre des Nehmens, und bald auch die alten Jahre, in denen die Seele losläßt, was sie festgehalten hat, in denen die Fäden, die sie am Leben halten, reißen, einer nach dem andern. Jetzt war nur noch Chagak da, die ihn hielt. Chagak ohne einen Mann.

Kayugh sah sie mit einem Waljäger als Mann, mit einem, der sie nur für die Arbeit nahm, die sie verrichten würde, und für die Söhne, die sie ihm geben konnte. Und wenn sie nun einer der Kurzen mitnahm, sie zu seiner Frau machte? Wie konnte sie jemandem dienen, der Samiq lehren würde, Menschen zu töten?

Er sah Shuganans Messer, das noch aus dem Körper des Kurzen ragte, und war nicht überrascht, daß der Griff dieselbe Robbe war, an der Shuganan so viele Abende geschnitzt hatte. Kayugh stieß sein eigenes Messer in den Körper des Mannes und zog Shuganans Walroßhauer heraus, dann gab er ihn Shuganan zurück.

»Ich werde mit dir kommen«, sagte er. So schnell,

wie er sprach, stieß auch Große Zähne sein Messer in den Mann und zog Kayughs Messer heraus.

»Ich werde auch mitkommen.«

Grauer Vogel runzelte die Stirn. »Wir können die Frauen nicht allein zurücklassen«, sagte er.

Aber Große Zähne sagte: »Meine Frauen werden mit mir kommen.«

Wieder runzelte Grauer Vogel die Stirn, aber er stieß sein Messer in den Körper und zog das von Große Zähne heraus und gab es ihm zurück. »Ich werde mitkommen«, sagte Grauer Vogel. »Und meine Frau auch.«

38

Was würde es schon ausmachen? dachte Chagak, als sie ihr Paddel ins Wasser stieß.

Warum sollte sie sich Gedanken machen, ob sie lebte oder starb? Warum sollte sie sich vor dem Tod fürchten? Wenn sie im Kampf gegen die Kurzen Menschen getötet wurde, dann würde sie wieder bei ihrem eigenen Volk sein. Bei Robbenfänger.

Aber der Gedanke an den Tod bereitete ihr Unbehagen. Wer wußte denn wirklich, was nach dem Tod geschah? Vielleicht gab es böse Geister dort, vor denen sie sich nicht schützen konnte. Und wie würde sie den Weg zu den Tanzenden Lichtern finden? Würde es genügen, nach Norden zu gehen?

Chagak und Krumme Nase paddelten. Chagak saß vorn im *ik*, Krumme Nase, die die schwierigere Aufgabe bewältigen mußte, hinten. Kleine Ente und Blaue Muschel saßen mit Rote Beere, Erster Schnee und den Säuglingen in der Mitte.

Blaue Muschel war dünn und weiß, und obwohl sie zu ihrem kleinen Mädchen sehr zärtlich war, sah sie es selten an, auch wenn sie es wickelte. Seit der Geburt hatte Chagak bei Blaue Muschel oft blaue Flecken an der Brust und am Bauch bemerkt.

Grauer Vogel, dachte Chagak und war froh, daß sie keinen Mann hatte.

Möwen zogen Kreise und schrien, stießen ab und zu bis dicht zum *ik* herunter, und zweimal, als sich das *ik* Seetangfeldern näherte, tauchten Seeotter auf und schwammen neben dem Boot her. Die Otter drehten sich auf den Rücken und schwammen mit dem Bauch nach oben, und die Frauen lachten, sogar Blaue Muschel.

Chagak sah, wie sich die Nebel von den Stränden hoben und vor dem Land zurückwichen, und sie versuchte sich alles ins Gedächtnis einzuprägen, das Meer, die Vögel, die Otter, denn sie hatte Angst, daß sie es nicht wiedersehen würde.

Dann begann sie, während sie paddelte, ein Lied zu singen, das sie von ihrer Großmutter gelernt hatte, ein einfaches Lied vom Körbeflechten, und beim Singen mußte sie wieder an ihr Volk denken. An die Rache, die sie für seinen Tod nehmen würde. Aber als sie sich das Gesicht von Robbenfänger vorstellen wollte, tauchte an seiner Stelle Kayughs Gesicht auf. An Stelle von Pup sah sie Samiq und Amgigh, sah, wie die Jungen zusammen aufwuchsen, der eine groß und mit langen Armen wie Kayugh, der den Speer über weite Entfernungen warf, der andere klein und mit dicken Muskeln und mit der Kraft, die nötig war, um lange Jagdausflüge mit dem *ikyak* zu machen. Und die Bilder, die sie sah, riefen ihr zu, in der Welt zu bleiben.

Chagak sagte sich: Es ist wichtig, gegen die Kurzen zu kämpfen. Die Geister meines Volkes werden nicht ruhen, bis ich nicht den Versuch unternommen habe, Rache zu nehmen. Ich bin die einzige, die noch übrig ist, es zu tun, genauso wie ich die einzige war, die übrigblieb, sie zu begraben.

Dann hörte Chagak den Geist des Seeotters mit ruhiger Stimme sagen: »Es ist deine Pflicht, eine Frau zu sein, das Blut deines Dorfes weiterzugeben. Kinder zu gebären, Söhne, die jagen, und Töchter, die wieder Söhne gebären, damit die alten Wege nicht vergessen werden.«

»Nein«, flüsterte Chagak. »Ich kann ihnen nichts anderes geben. Ich kann nicht Frau und Krieger sein. Wenn sie beides brauchten, hätten sie Robbenfänger am Leben lassen sollen. Dann wäre Samiq von seinem Blut und nicht von dem Blut von Mann-der-tötet.«

»Vielleicht ist das Blut von Mann-der-tötet gar nicht wichtig«, sagte der Seeotter. »Vielleicht wird durch Samiq das Gute, das im Volk der Kurzen Menschen ist, weiterleben, ihre Stärke und Furchtlosigkeit, vielleicht sogar Shuganans Fähigkeit, Tiere zu finden, die in den Knochen und im Elfenbein verborgen sind.«

Chagak antwortete nicht, aber der Seeotter sagte: »Und du bringst andere mit, Männer, die keine Rache zu nehmen brauchen.«

Das ist ihre eigene Entscheidung, dachte Chagak. Wenn sie die Kurzen nicht töten, werden vielleicht auch sie getötet. So wie mein Volk getötet wurde.

»Und das ist der Grund, warum Kayugh mit dir geht? Gibt es keinen anderen Grund für ihn?«

Aber Chagak zog kräftig an dem Paddel, bis die Stimme des Seeotters von ihren Anstrengungen ausgelöscht wurde, und als ihr die Schultern wehtaten, war Chagak froh über die Schmerzen. So konnte sie an den Schlaf denken anstatt an das Leben oder den Tod.

Sie verbrachten die Nacht an einem kleinen Strand, einem Ort, der Chagak an den Strand erinnerte, an dem sie im letzten Sommer gewesen war, bevor sie Shuganans Strand gefunden hatte. Mit den Erinnerungen kamen die Schmerzen über den Verlust, so plötzlich und stark, daß es ihr den Atem nahm. Und immer, wenn sie die flüsternde Stimme des Seeotters zu hören glaubte, achtete sie nicht darauf und blieb dicht bei den anderen Frauen, bemühte sich, an ihren Gesprächen teilzunehmen. Aber sie sprachen von den Waljägern, und Chagak konnte die Angst in ihren Stimmen hören, und obwohl niemand etwas sagte, fühlte sie, daß sie ihretwegen in Gefahr waren.

Schließlich setzte sie sich neben die Kohlen des Strandfeuers und begann die Kinder zu stillen. Als sie aufblickte, kam Kayugh zu ihr. Er setzte sich neben sie und stocherte mit einem langen Stück Treibholz im Feuer.

Zuerst schwieg er, brummte nur, als Chagak ihren *suk* hochhob, um ihm seinen Sohn zu zeigen, aber dann sagte er: »Ich weiß nicht, ob Shuganan mit dir gesprochen hat, aber ich habe ihm von meinem Verlangen nach einer Frau erzählt.«

Chagak sah ihn nicht an, und obwohl sie den Mund aufmachte, um etwas zu sagen, schien ihr das schnelle Schlagen ihres Herzens die Kehle zuzuschnüren, und so schwieg sie.

»Wenn wir nach allem noch leben«, fuhr Kayugh fort, »möchte ich gern, daß du meine Frau wirst. Shuganan hat seine Einwilligung gegeben.«

Er wartete eine Weile, dann stand er auf. »Du wärst für jede Frau ein guter Mann«, sagte Chagak, »aber ich beklage noch immer den Tod meines Mannes.«

»Die Waljäger werden dich haben wollen«, sagte Kayugh. »Wähle nicht einen von ihnen vor mir.«

Und Chagak zitterte und sagte: »Das werde ich nicht.«

Dann beugte sich Kayugh über sie, und Chagak fühlte etwas Schweres an ihrem Hals. Als sie nach unten sah, bemerkte sie, daß er ihr eine Kette aus Bärenklauen über den Kopf gestreift hatte, ein schönes und ungewöhnliches Geschenk, das er bei den Stämmen weit im Osten, die den braunen Bären jagten, getauscht haben mußte. Sie hob die Halskette hoch, sie lag weich und schwer in ihrer Hand. Jede der gelben Klauen war poliert, und zwischen den Klauen waren Kreise aus Muschelperlen. Es war ein Geschenk, das sich eine Frau wünschen konnte, wenn sie ihrem Mann schon viele Söhne gegeben hatte.

»Weil du meinen Sohn gerettet hast«, sagte Kayugh und drückte für einen Augenblick seine Hände auf ihre Schultern, dann ging er den Strand hinunter zu den anderen Männern.

Am nächsten Tag kamen sie zur Bucht der Waljäger. Sie sah aus, wie ihre Mutter sie beschrieben hatte: Ein breiter Sandstrand mit einem großen Teich in der Mitte, auf dem sogar jetzt Enten schwammen.

Am Strand waren Frauen und in der Nähe des Teiches auf Gestellen die *ikyan*. Am Rand des Strands spielten Kinder. Die Fleischgestelle waren mit dunklem rotem Fleisch vollgehängt, und Chagak rief nach hinten zu Krumme Nase: »Sie haben schon einen Wal gefangen.«

Ich hätte gleich hierherkommen sollen, als mein Dorf zerstört war, dachte Chagak und stieß ihr Paddel gegen einen Felsblock, um das *ik* ans Ufer zu lenken. Aber dann flüsterte der Seeotter: »Du weißt, daß du das nicht konntest. Pup lag im Sterben. Und außerdem, wenn du zuerst hierhergekommen wärst, wäre Amgigh dann noch am Leben? Hättest du dann Samiq? Und hättest du anbieten können, was du jetzt anzubieten hast? Shuganans Weisheit, Kayughs Stärke und einen Enkelsohn für deinen Großvater?«

Aber vielleicht würde Shuganans Plan nicht gelingen, dachte Chagak. Dann schob sie diese Angst aus ihren Gedanken. Warum Bedenken haben, warum die Kurzen mit ihren Zweifeln stärken?

An der höchsten Stelle des Strandes waren fünf *ulas* errichtet, dort, wo die Wellen sie nicht erreichen konnten, von wo aus aber ein Mann, der auf dem Dach eines *ulaq* saß, das Meer überblicken konnte.

Mehrere Frauen waren vom Strand zu dem mittleren *ulaq* gelaufen, als Kayugh und die anderen Männer begannen, ihre *ikyan* an Land zu ziehen.

»Das mittlere *ulaq* gehört meinem Großvater Großer Wal«, sagte Chagak. »Wenn er noch lebt.«

»Du bist viele Jahre nicht hier gewesen?« fragte Blaue Muschel.

»Ich bin noch nie hier gewesen«, erwiderte Chagak. »Aber meine Mutter hat oft von dem Dorf erzählt, und mein Vater hat es jeden Sommer besucht.«

Kayugh kam zu ihrem *ik* gewatet, und Chagak legte ihr Paddel auf den Boden des Bootes. Sie schlug ihren *suk* hoch und schwang die Beine über den Rand des Bootes.

»Bleib sitzen«, sagte Kayugh. »Du hast die Kinder. Ich werde dich ziehen.«

Aber Chagak sprang in das eisige Wasser, biß die Zähne zusammen, damit sie nicht klapperten. Sie packte den Rand des *ik* und zog zusammen mit Kayugh. »Ich sollte die erste sein, die meinen Großvater sieht. Vielleicht hat er schon von meinem Dorf gehört. Vielleicht glaubt er, ich bin tot. Dann wird er Shuganan nicht glauben und nicht auf seine Vorschläge hören, das Dorf zu schützen.«

Kayugh zuckte mit den Schultern, aber Chagak sah an der Art, wie er das Kinn vorschob, und an dem Aufblitzen seiner Augen, daß er verärgert war. War es so wichtig, daß er sie an Land zog, daß ihr *suk* trocken blieb? Aber ein Teil von ihr wünschte, sie hätte getan, was er ihr gesagt hatte. Als sie das *ik* an Land gezogen hatten, strich sie ihren *suk* glatt, drückte das Wasser aus den unteren Rändern und zog die Kette mit Bärenklauen über ihrer Brust gerade.

Während sie auf die Kette sah, sagte sie Kayugh, wie schön sie war, aber als sie wieder zu ihm hinsah, war er schon gegangen, um Große Zähne und Grauer Vogel zu helfen, ihre *ikyan* ans Ufer zu ziehen.

»Wenigstens werden die Waljäger glauben, du hättest einen Mann«, flüsterte der Seeotter. »Welche unverheiratete Frau hat eine so schöne Halskette?«

Die Worte waren kein Trost. Zum ersten Mal sah sich Chagak als unverheiratete Frau zwischen so vielen Männern, sie, die Enkeltochter ihres Häuptlings. Und sie wurde von Angst ergriffen.

»Was wäre denn an einem Mann vom Volk deiner Mutter so schlimm?« fragte der Otter.

»Ich will keinen Mann.«

»Was wäre denn an Kayugh als deinem Mann so schlimm?« fragte der Otter.

Da erwiderte Chagak mit lauter Stimme: »Sprich nicht von Männern zu mir.« Dann drehte sie sich um und sah, daß Krumme Nase neben ihr stand. Chagak wurde rot, aber Krumme Nase lächelte nur, dann sagte sie: »Shuganan ruft uns«, und deutete auf die anderen, die sich neben den *ikyan* versammelt hatten.

Es waren Waljäger bei ihnen. Einen, der Harter Felsen hieß, erkannte Chagak. Er war nicht viel älter als Chagak, kräftig und mit einem starken Willen. Ein guter Jäger. Er war mehrere Male in ihrem Dorf gewesen, als ihr Großvater zu Besuch gekommen war.

»Harter Felsen«, rief Chagak ihn, ohne auf die erstaunten Blicke von Große Zähne und Grauer Vogel zu achten. Wer kannte diese Leute? Die anderen oder sie selbst? Sollte sie warten, ohne ein Zeichen zu geben? War sie nur die Enkeltochter ihres Häuptlings, damit die Männer die ersten Begrüßungen sprachen? »Ich bin Chagak.«

Harter Felsen drehte sich um, und die anderen mit ihm. Er ergriff sein Amulett und streckte es ihr entgegen. »Chagak?« rief er, und Chagak hörte das Zittern in seiner Stimme.

»Ich bin gekommen und habe Freunde mitgebracht.«

»Wir haben dein Dorf gesehen. Wir dachten, du wärst tot.«

»Ich war in den Hügeln und habe Heidekraut gesammelt, als das Dorf zerstört wurde. Ich bin die einzige, die noch lebt. Ich bin gekommen, um meinen Großvater zu sehen. Um euer Dorf zu warnen.«

Einen Augenblick lang starrte Harter Felsen sie an, dann flüsterte er einem der Männer neben ihm etwas zu. Der Mann lief zum *ulaq* ihres Großvaters, und Chagak wartete, hoffte, ihr Großvater würde kommen, um sie am Strand zu begrüßen, aber der Mann kehrte allein zurück.

»Du sollst zum *ulaq* deines Großvaters gehen«, wies er Chagak an. »Die anderen müssen hier warten. Unsere Frauen werden Essen und Wasser bringen.«

Chagak und Shuganan hatten, schon bevor Kayugh und seine Leute gekommen waren, geplant, was sie sagen würden. Jetzt fragte sich Chagak, ob sie die richtigen Worte finden würde. Und wenn sie nun etwas erzählte, von dem Shuganan nicht wollte, daß sie es erzählte? Er würde nicht dort sein, um es richtigzustellen, um ihre Fehler zu glätten.

Aber Shuganan lächelte ihr zu, und sie fühlte, wie die Kraft seines Geistes in sie hineinströmte. Sie schlang die Arme um die Kinder, die sie unter ihrem *suk* trug, und folgte Harter Felsen zum *ulaq* ihres Großvaters.

Das *ulaq* war höher und länger als die *ulas* ihres Volkes. Anstatt geschnitzter Öllampen aus Seifenstein gab es vom Wasser abgeschliffene Steinlampen. Die Steinblöcke waren so hoch wie Chagaks Hüfte, und jeder hatte oben eine Öffnung, in der Öl und ein Kreis aus Moosdochten waren.

Chagaks Großvater, Großer Wal, saß mitten im *ulaq* auf einer Matte. Er trug einen Parka aus Otterpelzen, der entlang der Nähte mit Fellen und Federn geschmückt war. Er trug auch seinen Waljägerhut. Der Hut war wie ein Kegel geformt, oben spitz und unten zu dem breiten Rand gebogen, so daß er den Regen und die Gischt des Meeres daran hinderte, in den Kragen des Parkas zu rinnen.

Als Kind war Chagak von den Hüten der Waljäger hingerissen gewesen, und sie hatte sich manchmal einen Korb verkehrt herum auf den Kopf gestülpt und so getan, als wäre sie ein Waljäger.

Aber Chagaks Mutter hatte ihr erklärt, daß Frauen keine Jagd auf Wale machten, daß sie aber die herrlichen Hüte für die Waljäger herstellten, und daß sie Chagak eines Tages zeigen würde, wie man einen solchen Hut machte, wie man aus einem gebogenen Treibholzstamm dünne Scheiben schnitt, wie man das Holz erhitzte und in die richtige Form brachte, wie man es dann glättete und den Hut einölte, bis das Holz wie das Innere einer Yoldiaschale glänzte.

Der Hut von Großer Wal mit den langen Barthaaren von Seelöwen, die nach hinten wegstanden, und Federn und Muscheln, die von dem geschwungenen Rand hingen, zeichnete ihn als den Häuptling der Jäger aus.

Neben Großer Wal saß Dicke Frau. Dicke Frau war nicht Chagaks richtige Großmutter, sondern die zweite Frau von Großer Wal, die er genommen hatte, nachdem Chagaks Großmutter gestorben war. Sie war eine kleine dicke Frau, und sie trug ihr Haar straff nach hinten gezogen, weg von dem runden Gesicht, und im Nacken mit einem Otterschwanz zusammengebunden.

Großer Wal hielt sein Amulett mit beiden Händen fest, und als Chagak einen Schritt auf ihn zu machte, hob er den Arm und sagte zu ihr: »Ich habe euer Dorf gesehen. Wie konntest du am Leben bleiben?«

Die straff gestreckten Schultern des alten Mannes, das Singen in seinen Worten erinnerten Chagak an ihre Mutter. Die Befürchtung, die sie gehabt hatte, die Angst, daß er sich nicht an sie erinnern würde, verflog, als wäre der Geist ihrer Mutter neben ihr, und sie sagte: »Ich war in den Hügeln und habe Heidekraut gepflückt. Ich blieb, bis es fast dunkel war, und als ich ins Dorf zurückkam, standen die *ulas* in Flammen.«

Großer Wal machte Chagak ein Zeichen, sich auf die Matten zu setzen, die vor ihm ausgebreitet waren. Chagak setzte sich mit gekreuzten Beinen nach der Art ihres Großvaters. Sie warf schnell einen Blick unter ihren *suk* und zog Samiqs Trageschlinge zurecht. Sie bemerkte das Interesse ihres Großvaters, sagte aber nichts von den Kindern.

»Und von deinem ganzen Volk bist du die einzige, die überlebt hat?« fragte Großer Wal.

»Nein«, sagte Chagak. »Mein Bruder Pup hat auch noch eine Weile gelebt. Ich habe die Toten begraben. Die Zeremonien gehalten und jedes *ulaq* verschlossen. Das hat viele Tage gedauert. Dann habe ich Essen eingepackt und ein *ik* und Pup genommen und mich auf den Weg zu eurem Dorf gemacht, aber vorher bin ich zu Shuganans Strand gekommen.«

»Shuganan?« sagte Dicke Frau. »Wer ist Shuganan?«

Aber Großer Wal sagte: »Ich kenne Shuganan. Er hat vor vielen Jahren eine Frau aus unserem Dorf genommen. Er lebt an einem kleinen Strand, eine Tagesreise von hier. Er tut niemandem etwas, aber die Männer, die an seinem Strand haltgemacht haben, sagen, daß er einen Zauber in sich trägt. Er schnitzt Tiere aus Stein und Elfenbein. Sie sagen, daß seine Schnitzereien große Macht in sich bergen.«

Chagak streifte die geschnitzten Figuren einer Frau, eines Mannes und eines Kindes von ihrem Hals und reichte sie Dicke Frau.

»Diese Schnitzfigur hat die Macht, Söhne zu geben«, sagte Chagak, dann hob sie ihren *suk* hoch. Sie lächelte, als Dicke Frau und auch Großer Wal den Mund aufmachten, um etwas zu sagen, dann aber schwiegen, während beide auf die Kinder starrten, die an Chagaks Brust gebunden waren.

»Jungen«, sagte Chagak und zog ihren *suk* wieder herunter. »Shuganan ist ein guter Mann. Er konnte Pup nicht retten, aber für den Verlust eines Bruders habe ich zwei Söhne.«

»Ist Shuganan dein Mann?« fragte Großer Wal schließlich.

Chagak erinnerte sich daran, was Shuganan ihr zu erzählen aufgetragen hatte, und dachte einen Augenblick nach, dann sah sie ihrem Großvater in die Augen. »Shuganans Enkelsohn war mein Mann«, sagte sie. »Er war ein guter Jäger, brachte viele Robben. Ein starker Mann. Sein Name war Robbenfänger, aber er wurde letzten Sommer von einem der Männer getötet, die mein Dorf überfallen haben.«

Großer Wal nickte und schien etwas sagen zu wollen, als Dicke Frau Chagak die Schnitzerei reichte: »Du sagst, dein Dorf wurde überfallen. Bist du sicher, daß es Menschen und keine Geister waren?«

Diese Frage hatten sich Shuganan und Chagak nie gestellt. Chagak faltete die Hände in ihrem Schoß und versuchte zu überlegen, welche Antwort Shuganan von ihr erwarten würde.

»Shuganan war früher ein Händler und ist viel herumgekommen«, begann sie. »Eine Zeitlang hat er bei einem Volk gelebt, das die Kurzen Menschen genannt wird. Er hat mir erzählt, daß ihre Männer starke und gute Jäger waren, daß sie aber genauso Menschen jagen, wie sie Tiere jagen. Sie haben Dörfer zerstört und die Menschen getötet.«

»Warum sollten sie das tun?« fragte Großer Wal.

»Shuganan sagt, sie glauben, daß mit jedem Menschen, der getötet wird, die Macht des Tötenden größer wird.«

Großer Wal schüttelte den Kopf, und die Barthaare des Seelöwen hinten an seinem Waljägerhut wippten auf und ab, als er sagte: »Ein Jäger gewinnt vielleicht an Macht, wenn er ein Tier tötet, wenn er Achtung hat und die richtigen Waffen benutzt. Aber einen Menschen... Der Geist eines Menschen hat zu große Macht. Er zieht das Böse an.«

»Du hättest schon früher zu uns kommen sollen«, sagte Dicke Frau zu Chagak und beugte sich nach vorn, so daß ihre großen Brüste gegen ihre Knie gedrückt wurden. »Wir haben viele Jäger. Du sagst, dein Mann sei tot. Du kannst dir hier einen neuen Mann aussuchen. Den besten Jäger.«

Aber bevor Chagak antworten konnte, fragte Großer Wal: »Wer sind die Männer und Frauen bei dir?«

»Sie kommen von einem Strand im Osten. Sie sind aus einem Dorf der Ersten Menschen, aber ein Dorf, das mein Vater nicht kannte. Eine Welle hat viele ihres Volkes getötet und ihr *ulakidaq* zerstört, so daß sie sich einen neuen Ort gesucht haben, um dort zu leben. Shuganan hat sie gefragt, ob sie an seinem Strand bleiben wollen. Sie haben sich dort ein *ulaq* gebaut.«

Wieder hob Chagak ihren *suk* hoch. »Dieses Kind ist mein Sohn«, sagte sie und legte eine Hand auf Samiqs

Kopf. »Dieses Kind gehört Kayugh, dem Häuptling dieses Stammes. Die Mutter ist tot, und so stille ich ihn.«

Dicke Frau streckte die Hand nach den Kindern aus, aber Großer Wal ergriff ihr dickes Handgelenk mit seiner knochigen Hand und zog ihren Arm zurück.

»Du bist also gekommen, um meinen Enkelsohn zu bringen, damit er bei uns bleibt«, sagte Großer Wal.

Chagak ließ ihren *suk* wieder herunter, zog ihn über den Kindern glatt. Sie hob den Kopf und sah ihrem Großvater in die Augen. »Nein«, antwortete sie. »Samiq gehört auch Shuganan. Wenn Samiq älter ist, wirst du ihm vielleicht beibringen, Wale zu jagen, aber bis dahin wird er bei mir und Shuganan bleiben. Ich bin gekommen, um dich vor den Kurzen Menschen zu warnen. Zwei von ihren Kriegern waren an unserem Strand. Mein Mann hat einen von ihnen getötet, Shuganan hat den anderen getötet. Es waren Kundschafter, die losgeschickt worden waren, um sich euer Dorf anzusehen. Sie werden euer Dorf zerstören, wenn ihr sie nicht schlagen könnt.«

Großer Wal begann zu lachen. »Unser Dorf. Wer hat die Macht, einen Mann zu schlagen, der den Wal jagt? Wenn ein alter Mann wie Shuganan einen ihrer Krieger töten konnte, wie sollen die Kurzen dann stark genug sein, um meine Jäger zu besiegen?«

»Ich kann dir nicht sagen, woher sie ihre Macht nehmen«, sagte Chagak. »Aber ich weiß, wie sie kommen und wie sie töten. Wir sind hier, um euch zu warnen. Um euch zu helfen, euch auf sie vorzubereiten.«

Wieder lachte Großer Wal, und Chagak fragte sich, wie ihre kleine sanfte Mutter von einem so lauten und prahlerischen Volk abstammen konnte, einem Volk, das zuviel lachte und zuviel jammerte, das bei jeder Arbeit lautes Geschrei und Streit anstimmte.

Schließlich sagte sie: »Willst du es darauf ankommen lassen, einen Enkelsohn an dieselben zu verlieren, die deine Tochter und ihre Kinder getötet haben? Etwas zu wissen, gibt Macht. Was schadet es zuzuhören? Wenn du nichts tust, und die Kurzen kommen, könntest du alles verlieren. Wenn du dich auf sie vorbereitest, und sie kommen nicht, was hast du dann verloren? Einen Tag des Jagens.«

Lange Zeit antwortete Großer Wal nicht, aber dann murmelte er: »Für ein Kind bist du klug.«

Er drehte sich zu Dicke Frau und sagte: »Sag den Frauen, sie sollen ein Fest vorbereiten. Wir werden auf Shuganan hören und ihm und seinen Leuten ein Willkommen geben. Sag Viele Kinder, daß sie für meine Enkeltochter eine Halskette aus Kugeln machen soll. Es soll ein Geschenk sein, und wenn es schön ist, werde ich Viele Kinder zwei Otterhäute dafür geben.«

39

Die Frauen der Waljäger bereiteten ein Fest vor, und die Leute des Dorfes, Männer und Frauen, sogar die Kinder, versammelten sich im *ulaq* von Großer Wal, um zu essen.

Dicke Frau legte zwei Reihen mit Matten in der Mitte des *ulaq* aus, und die Frauen stellten geschnittenes und getrocknetes Walfleisch, getrocknete Fische, frisch gekochte Heringe und Stöße von getrockneten Käferschnecken darauf. In flachen Holzschüsseln waren Goldenzianknollen aufgehäuft, deren saurer Geschmack gut gegen den Talg des Fleisches war.

Chagak bekam einen besonderen Ehrenplatz zwischen den Frauen. Man erlaubte ihr nicht, Essen zu den Männern zu tragen oder bei den Öllampen zu helfen. Sie hielt ihre Kinder in Robbenfelle verpackt auf dem Schoß und lächelte, sagte wenig, wenn sich die Frauen der Waljäger über sie beugten, um sie sich anzusehen.

Die Frauen der Waljäger hatten in dem überfüllten *ulaq* nur ihre Schürzen an. Und selbst Chagak zog nach einer Weile ihren *suk* aus und setzte sich darauf, und sie sah, daß Krumme Nase dasselbe getan hatte.

Die Schürzen der Waljägerfrauen waren kurz, endeten über dem Knie, wo dunkle Tätowierungen ihre Beine zeichneten. Chagaks Mutter hatte ihr erklärt, daß die Tätowierungen ein Zeichen für Schönheit seien. Sie hatte Chagak erzählt, wie sie in der Zeit ihrer ersten Blutungen Nacht für Nacht im Sitzen die langen Stunden des Schmerzes ausgehalten hatte, während ihre Mutter eine Nadel mit einem gerußten Faden durch die Haut ihrer Schenkel zog, um ein Muster aus Vierecken und Dreiecken zu schaffen.

Aber im Unterschied zu Chagaks Mutter waren die meisten Waljägerfrauen groß und schienen ihre eigene Stärke genauso hochzuhalten wie die der Männer. Zweimal sah Chagak, wie Männer ihre Frauen zu sich riefen, aber die Frauen kümmerten sich gar nicht darum. Eine Frau lachte sogar, als ihr junger Mann sie rief. Und Dikke Frau sagte zu Großer Wal: »Hol dir dein Essen selber. Ich muß auch essen.«

Obwohl Chagak zuerst überrascht war, mußte sie dann doch lachen. Das Lachen schüttelte sie am ganzen Körper, so daß sie sich weit über die Kinder beugte, um ihr Gesicht zu verbergen, aber als sie schließlich den Kopf hob, um Luft zu holen, sah sie, daß Kayugh sie mit strengem Gesicht beobachtete. Dann rief ein Mann, der neben Kayugh saß, seine Frau, und als sie sich zu ihm hinunterbeugte, um ihm das Essen zu geben, fügte er noch etwas hinzu. Da stieß die Frau ihrem Mann mit einer schnellen Bewegung der Hand seinen Waljägerhut bis tief über die Augen.

Auch Kayugh mußte nun lachen. Er sah Chagak an, und sein Lachen schien in sie hineinzufließen, schien ihr Freude zu bringen. Chagak war über dieses Gefühl erstaunt und sah schnell weg, tat so, als würde sie die Trageriemen der Kinder festmachen.

Dann stand Großer Wal auf. Er rief so lange, bis er durch den Lärm gehört wurde. »Am Strand sind Feuer angezündet, wenn ihr tanzen wollt.«

Die Männer verließen nach und nach das *ulaq*, und Chagak, die sie beobachtete, merkte, daß sich viele nach ihr umdrehten, als sie weggingen, um sie anzusehen.

Sie wollen, daß ich mit ihnen schlafe, dachte Chagak. Sie werden Shuganan fragen, und sie suchte in der Menge nach Shuganan, hoffte, ihn zu finden, um ihm zu sagen, daß sie keinen Mann in ihrem Bett wollte. Aber als sie ihn schließlich entdeckte, war er schon ganz oben auf dem eingekerbten Baumstamm, kletterte langsam aus dem *ulaq*, gefolgt von anderen Männern.

Dann kam Viele Kinder zu Chagak und streifte eine lange Halskette mit flachen Perlen, die aus Muschelschalen geschnitten waren, über Chagaks Kopf. »Von deinem Großvater«, sagte sie, dann rief sie Blaue Muschel und führte beide Frauen in einen mit einem Vorhang abgetrennten Raum an der Seite des *ulaq*.

»Ihr könnt eure Kinder hierlassen«, sagte sie. Sie deutete auf eine breite Wiege, die mit Fellen ausgelegt war. »Da passen alle drei hinein. Ihr könnt von Zeit zu Zeit zurückkommen, um zu sehen, ob sie nicht schreien.«

Blaue Muschel sah Chagak an, dann legte sie ihre Tochter in die Wiege.

»Ein wunderschönes Kind«, sagte Viele Kinder. »Sohn oder Tochter?«

»Tochter«, erwiderte Blaue Muschel leise.

»Männer wollen Jungen«, sagte Viele Kinder.

»Sie ist Amgigh versprochen«, erklärte Chagak und

legte Amgigh neben das Mädchen von Blaue Muschel. »Also ist sie auch meine Tochter.«

Viele Kinder fügte noch etwas hinzu, und als Chagak Samiq in die Wiege legte, lächelte sie Blaue Muschel an, aber dann merkte Chagak, daß sie Amgigh zu ihrem Sohn erklärt hatte, und war froh, daß Shuganan es nicht gehört hatte.

Am Strand hatten die Männer und Frauen zwei Kreise um das Feuer gebildet, die Männer den inneren Kreis, die Frauen den äußeren.

Krumme Nase und Kleine Ente saßen auf einem großen Felsblock und sahen zu. Chagak und Blaue Muschel setzten sich neben sie. Der Wind vom Meer war kalt. Chagak zog die Hände in die Ärmel ihres *suk* und steckte ihr Kinn tief in den Kragen.

Die Waljäger hatten nur ihre Schürzen an und tanzten mit seitlichen Schritten, aber Kayugh, Große Zähne und Grauer Vogel hüpften und sprangen, beugten Arme und Beine so ruckartig, daß es Chagak an die Flammen erinnerte, die aus den Holzfeuern aufstiegen. Jeder Mann machte Geräusche mit dem Mund, kniff die Lippen fest zusammen und murmelte tief in seiner Kehle Worte, und die alten Männer, unter ihnen Shuganan, bewegten die Füße in dem Rhythmus, der durch das Schlagen von Stöcken entstand.

Die Frauen der Waljäger blieben an ihrem Platz im Kreis stehen, scharrten mit den Füßen und wiegten sich zum Rhythmus des Tanzes. Blaue Muschel und Kleine Ente reihten sich bei den Frauen ein, und kurz darauf zog Krumme Nase Chagak auf die Beine, und dann reihten auch sie sich in den Kreis ein.

Chagak sah eine Weile zu, aber schon bald schien das Schlagen der Stöcke dem Schlag ihres Herzens zu folgen, und sie begann sich hin und her zu wiegen. Sie machte die Augen zu, und das Geräusch des Tanzes drang in ihre Knochen ein, lockerte ihre Muskeln und erwärmte ihre Haut. Als sie die Augen öffnete, sah sie, daß Kayugh zu tanzen aufgehört hatte und sie beobachtete. Seine Augen hielten ihren Blick für eine kurze Zeit fest, so daß sie sein großes Verlangen spürte. Chagak verließ den Kreis der Frauen, setzte sich auf einen Felsblock und zog die Knie unter ihrem *suk* hoch.

Kayugh tanzte weiter, aber jedesmal, wenn Chagak zu ihm hinsah, merkte sie, daß er sie beobachtete. Sie merkte auch, daß einige der Waljäger sie beobachteten, und auch Grauer Vogel, der die Augen zusammenkniff und sich mit der Zungenspitze über die Lippen fuhr.

Als Krumme Nase vom Tanz zurückkam und sich neben sie setzte, lachte Chagak und sagte: »Ich habe zuviel Milch. Ich gehe zum *ulaq* meines Großvaters. Sag Blaue Muschel, wenn sie gern hierbleiben und tanzen möchte, werde ich ihr Kind auch füttern.«

Krumme Nase nickte, sah aber zu den Tanzenden, nicht zu Chagak, und als Chagak schon fast am *ulaq* war, glaubte sie, gehört zu haben, wie Krumme Nase ihren Namen rief, aber sie drehte sich nicht um.

Die dicken Wände des *ulaq* schlossen die meisten Geräusche des Tanzes aus. Es waren nur zwei Lampen angezündet, eine an jeder Seite des Hauptraumes, und im Vergleich zu den Flammen des Strandfeuers war es ein weiches Licht. Chagak ging in den mit einem Vorhang abgetrennten Schlafplatz, in dem die Wiege hing. Sie zog sie vom Balken, vorsichtig, damit die Kinder nicht aufwachten. Sie stellte sie auf den Boden und hockte sich daneben.

Es waren schöne Kinder, dachte Chagak. Amgigh war noch immer dünn, aber neben der Tochter von Blaue Muschel sah er groß aus. Samiq war der größte von den dreien. Er lutschte im Schlaf an seiner Faust. Chagak nahm Amgigh aus der Wiege. Sie sah sich vor, sie wollte die anderen beiden nicht aufwecken.

»Du mußt essen«, flüsterte sie Amgigh zu, als sie seinen Trageriemen über ihrer linken Schulter befestigte und ihn unter ihren *suk* schob. Er schien erst aufzuwachen, als sie ihre Brustwarze dicht an seinen Mund drückte, dann nahm er ihre Brust und begann zu saugen.

Nachdem sie ihn eine Weile gestillt hatte, begann aus der anderen Brust Milch zu tropfen, und Chagak hob die Tochter von Blaue Muschel aus der Wiege. Sie war ein hübsches Kind, mit einem runden Gesicht und zart wie Blaue Muschel. Grauer Vogel hatte sich geweigert, bei den Geistern Anspruch auf ihr Leben zu erheben, indem er ihr einen Namen gab, aber Blaue Muschel nannte sie die Kleine, kein richtiger Name, aber etwas, um sich vor den bösen Geistern zu schützen.

»Kleine«, flüsterte Chagak, »vielleicht ist diese Milch nicht so gut wie die deiner Mutter, aber es ist besser, als nichts zu bekommen.« Chagak befestigte einen Riemen über ihrer anderen Schulter, lehnte sich gegen die Wand des *ulaq* und drückte die Kinder an ihre Brust.

Chagak war schon fast eingeschlafen, die Kinder lagen warm an ihrem Bauch, als sie hörte, wie jemand ins *ulaq* kam. Zuerst glaubte sie, es wäre Blaue Muschel, die nach ihrer Tochter sah. Chagak zog das Kind von ihrer Brust und legte es wieder neben Samiq in die Wiege, aber dann hörte sie Stimmen und wußte, daß Großer Wal und Shuganan ins *ulaq* gekommen waren.

Chagak bedeckte das Kind von Blaue Muschel mit den Fellen, die in der Wiege lagen, dann hob sie Samiq hoch. Er stieß einen kurzen Schrei aus und stemmte sich gegen ihre Brust, bis Chagak ihre Brustwarze in seinen Mund steckte.

Wieder lehnte sie sich gegen die Wand des *ulaq* und

machte die Augen zu, aber die Stimmen der beiden Männer drangen in ihre Träume ein, und sie konnte nicht schlafen.

»Du bist dir also sicher«, hörte Chagak Großer Wal sagen.

»Er hat es mir erzählt, bevor ich ihn getötet habe«, sagte Shuganan, und Chagak wußte, daß er von Siehtweit sprach. Sie mußte wieder an die List denken, die Shuganan angewandt hatte, um ihn zu töten, und die Ehre, die Samiq durch den Tod von Sieht-weit zuteil wurde. Samiq ist noch zu klein, dachte Chagak, was weiß er vom Töten anderer Menschen? Plötzlich wünschte sie sich, daß Samiq immer ein kleines Kind bliebe. Immer an ihrer Brust gestillt würde. Wie konnte sie ihn schützen, wenn sie ihn nicht länger in den Armen halten, mit ihrer Milch trösten konnte.

Aber die Worte von Großer Wal unterbrachen ihre Gedanken. »Schon bald also?« fragte er.

»Ja.«

Lange Zeit sagte keiner etwas, dann hörte Chagak eine andere Stimme. »Gibt es in den Hügeln einen Ort, an dem sich die Frauen verstecken können?« Es war Kayugh.

»Viele Orte, da bin ich sicher«, sagte Großer Wal.

»Nicht an den Stränden«, sagte Shuganan.

Wieder eine Pause.

»Sie kommen in der Nacht, wenn es schon hell wird, aber noch nicht hell genug ist, um gut sehen zu können«, sagte Shuganan. »Dadurch bringen sie die Jäger aus dem Dorf durcheinander, so daß diese im Kampf manchmal sogar ihre eigenen Männer töten.«

»Die Kurzen töten jeden, sogar Kinder. Sie zünden das Dach des *ulaq* an, und wenn die Leute durch das Dachloch herauskommen, werden sie getötet. Einer nach dem anderen.«

»Dann können wir also nicht in unseren *ulas* bleiben«, sagte Großer Wal. »Und wenn sie heute nacht kommen? Wir haben nicht genug Zeit, um unsere Frauen zu verstecken.«

»Sie werden nicht kommen, wenn am Strand die Feuer brennen«, sagte Shuganan. »Dann besteht die Gefahr, daß Jäger am Strand sind und ihre Ankunft nicht unbemerkt bleibt.«

»Dann werden wir Beobachter aufstellen, das Feuer in Gang halten und weitertanzen«, sagte Großer Wal.

»Du hast fünf große *ulas*«, stellte Shuganan fest. »Und wie viele Jäger?«

»Achtzehn«, antwortete Großer Wal. »Und drei alte Männer, die aber noch ganz kräftig sind. Vier Jungen, beinahe schon Männer, einer davon mein Sohn. Sie sind am Aussichtsstand auf dem Hügelkamm hinter dem Dorf. Sie halten nach Walen Ausschau. Sie sind alt genug, um zu kämpfen.«

»Schick die alten Männer mit den Frauen in die Hügel, um sie zu beschützen. Vielleicht suchen die Kurzen auch nach den Frauen. Drei alte Männer und die Frauen gegen einen oder zwei Krieger sollten genügen. Laß die Jungen als Beobachter auf dem Hügelkamm, damit sie uns warnen können, wenn die Kurzen kommen.«

»Und die anderen Männer?« fragte Großer Wal.

»Ein paar Männer sollten sich auf den Hügelkämmen verstecken, die das Dorf umgeben. Die anderen, zehn deiner besten Krieger, sollten sich in den *ulas* verstecken, zwei in jedem. Dann werden unsere Jäger, während die Kurzen oben auf dem Dach warten, mit gezückten Speeren herauskommen, und wenn sie alle kämpfen, laufen unsere Männer von den Hügelkämmen herunter und greifen an.«

»Wie viele Krieger haben die Kurzen?« hörte Chagak Kayugh fragen.

»Als ich noch bei ihnen gelebt habe«, sagte Shuganan, »waren es vielleicht zwanzig.«

»So werden sie vier Männer zu jedem *ulaq* schicken?«

»Zwei, vielleicht drei«, erwiderte Shuganan. »Die anderen warten zwischen den *ulas* auf die, die zu fliehen versuchen.«

»Wenn wir also in jedem *ulaq* zwei Männer bereithalten, werden wir immer nur gegen zwei oder drei kämpfen, jedenfalls zuerst.«

»Ja«, sagte Shuganan.

Einen Augenblick lang herrschte Schweigen, und Chagak glaubte schon, daß die Männer vielleicht nicht mehr weitersprechen würden, in Gedanken versunken waren, aber dann hörte sie Kayugh sagen: »Ich werde zu denen gehören, die in einem *ulaq* warten.«

Bei diesen Worten spürte Chagak ein Schluchzen in ihrer Brust, als würde der Seeotter zu weinen anfangen. Plötzlich schien sie wieder den Rauch zu riechen, die Schreie der Menschen in ihrem Dorf zu hören. Sie wünschte, Kayugh wäre so alt wie Shuganan und könnte mit den Frauen und Kindern auf die Hügel gehen.

40

Die Frauen und Kinder gingen zu den Höhlen in der Mitte der Insel. Die alten Männer außer Shuganan begleiteten sie. Die jungen Männer wurden als Beobachter auf den Hügelkamm geschickt, der hinter dem Dorf lag.

Bevor sie losgingen, hatten die Frauen den größten Teil des Dachstrohs auf den Dächern der *ulas* durch grünes Gras ersetzt, dann Körbe mit Wasser gebracht, um das Gras naß zu machen, damit es nicht so leicht Feuer fing. Sie rollten auch die Matten und das Heidekraut auf, das auf den Böden der *ulas* lag, so daß die blanke Erde übrigblieb, und räumten alle Körbe und Vorhänge in die Lagerplätze, die am weitesten vom Dachloch entfernt waren. So würde sich das Feuer der Fackeln, die in das *ulaq* geworfen wurden, nicht so schnell ausbreiten können.

Die Männer vergrößerten die Dachlöcher, um noch einen zweiten Kletterstamm anzubringen. Dann konnten zwei Männer gleichzeitig hinaufklettern und aus dem *ulaq* auftauchen. Das war die Idee von Blaue Muschel gewesen. Kayugh, der in dem Schlafplatz neben ihrem lag, hatte gehört, wie Blaue Muschel es in der Nacht leise zu Grauer Vogel gesagt hatte, der es am Morgen den anderen Männern weitererzählte, als wäre es seine eigene Idee. Aber Kayugh sagte nichts, als Grauer Vogel sie für sich beanspruchte. Die Idee könnte Leben retten. Das genügte.

Kayugh hatte zugesehen, wie die Frauen, die Weißes Gesicht folgten, und die alten Männer das Dorf verließen. Kayugh hatte in der Nacht zuvor für seinen Sohn ein Amulett gemacht. In den Beutel aus gegerbter Haut legte er einen seiner kleinen spitzen Vogelwurfpfeile, ein Stück Walknochen, das er von dem Wal an Shuganans Strand aufgehoben hatte, und eine Haarlocke. Dann machte er eine geflochtene Schnur aus *babiche*, um den Beutel oben zuzubinden, und hängte ihn dem Kind um den Hals.

Am Abend, bevor die Frauen losgingen, hatte Kayugh Chagak gebeten, ihm seinen Sohn zu geben. Obwohl sie ihn fragend ansah, widersprach Chagak nicht, nahm Amgigh von ihrer Brust und reichte ihn Kayugh. Er trug den Jungen nach draußen, zur windgeschützten Seite des *ulaq*, wo ihm der Wind nicht den Atem vom Mund wehte. Dann sprach er mit dem Kind, erzählte ihm von seiner

Mutter, von seinem Großvater und seinem Urgroßvater. Er sprach vom Jagen und davon, daß er sich eine Frau nehmen würde – von all den Dingen, die er ihm über die Jahre erzählen würde, und während Kayugh sprach, hielt Amgigh seine dunklen Augen auf Kayughs Gesicht gerichtet, als wüßte er, daß er seinen Vater im Gedächtnis behalten mußte.

Bevor Kayugh das Kind an Chagak zurückgab, sagte er: »Amgigh, wenn ich getötet werde, wird Chagak deine Mutter sein. Sie wird einen Mann wählen, und er wird dein Vater sein. Du mußt sie stolz auf dich machen.«

Dann ging er mit Amgigh wieder zurück ins *ulaq* und bat Chagak, auch Samiq halten zu dürfen. Obwohl ihn Chagak erstaunt ansah, gab sie ihm ihren Sohn.

Kayugh nahm Samiq mit nach draußen und sagte zu ihm dasselbe wie zu Amgigh. Er erzählte ihm vom Jagen und von der Ehre des Mannes, von der Wahl einer Frau und vom Bau eines *ikyak*. Und auch Samiq schien ihm zuzuhören, schien sich zu merken, was Kayugh ihm sagte.

Dann brachte Kayugh Samiq wieder zu seiner Mutter, und als sie ihn nahm, sagte Kayugh: »Ich wäre stolz, ihn als meinen Sohn zu nehmen, aber wenn ich nicht zurückkomme, nimm Amgigh als deinen Sohn. Wähle einen Mann, der den beiden Jungen ein guter Vater sein wird.«

Chagak öffnete den Mund, als wollte sie etwas sagen, und Kayugh wartete, hoffte, daß sie ihm einen Grund geben würde, zu glauben, daß sie, wenn er gesund zurückkehrte, seine Frau werden würde, eine Hoffnung, die seine Arme stark machen und seinem Speer im Kampf ein wahres Ziel geben würde. Aber sie sah ihn nicht an, und sie sagte auch nichts zu ihm.

Am nächsten Morgen, als die Frauen, alle in einer Reihe, das Dorf verließen, war Chagak zurückgekehrt, zuerst zu Shuganan, dem sie ein Amulett gab, das wie ein Schamanenbeutel aussah, und dann zu Kayugh, den sie kurz an sich drückte, um ihm etwas in die Hand zu stecken und zu flüstern: »Sie hat mir einmal Kraft gegeben.« Dann war sie schnell wieder zu den Frauen zurückgelaufen. Kayugh öffnete die Hand und sah, daß sie ihm eine dunkle Eiderentenfeder gegeben hatte, und obwohl er nicht wußte, wie die Feder Chagak geholfen hatte, legte er sie in sein Amulett.

Später erzählte Shuganan Kayugh die Geschichte, und der alte Mann lächelte, als er beschrieb, wie Chagak gelernt hatte, die Bola zu schwingen. Als Kayugh jetzt einen Augenblick in seiner Arbeit innehielt, eines der *ikyan* auf die Spitze der Klippe zu schaffen, dachte er an die Frau, die alles verloren hatte und vielleicht bald wieder alles verlieren würde. Er erinnerte sich daran, wie oft er nach dem Tod seiner Frauen an seinen eigenen Tod und an den seines Sohnes gedacht hatte, und er fragte sich, ob Chagak die gleiche Hoffnungslosigkeit verspürt hatte.

Er setzte das *ikyak*, das er hinaufgetragen hatte, neben den anderen ab, die sie versteckt hatten. Ein paar der *ikyan* hatten sie am Strand gelassen, aber die meisten waren auf den Klippen. Wenn die Kurzen kamen, würden sie die zurückgelassenen sehen und glauben, daß in dem Dorf nur wenige Jäger waren. Shuganan sagte, daß die Kundschafter der Kurzen das Dorf im vergangenen Sommer wahrscheinlich mehrere Tage lang beobachtet hatten und wußten, wie viele Männer in den *ulas* waren, aber wenn die *ikyan* nicht da waren, würden die Krieger glauben, die Männer wären zum Jagen auf dem Meer.

Kayugh kehrte an den Strand zurück und half Große Zähne, Kerben in die Treibholzstämme zu hauen, für jedes *ulaq* einen zweiten Kletterstamm zu bauen. Beide Männer benutzten Steinäxte, die an kräftigen Stielen aus Treibholz festgemacht waren.

»Wann, glaubst du, kommen sie?« fragte Große Zähne Kayugh.

Aber Grauer Vogel, der zu ihnen gestoßen war, beantwortete die Frage von Große Zähne, bevor Kayugh etwas sagen konnte. »Shuganan ist ein Narr. Sie werden nicht kommen. Wer würde es wagen, die Waljäger zu überfallen? Sie sind stark genug, um Wale zu töten; sie haben Walfleisch gegessen, seit sie kleine Kinder waren. Wer kann es mit einer solchen Macht aufnehmen?«

Kayugh, der sich über Grauer Vogel ärgerte, sagte: »Shuganan hat bei den Kurzen gelebt. Er weiß, was sie denken und warum sie kämpfen. Wir wissen es nicht.«

Grauer Vogel zuckte die Achseln und hockte sich auf den Strand. »Wenn sie kommen, werde ich kämpfen«, sagte er. »Aber ich glaube nicht, daß sie kommen.«

Aber Kayugh sah, wie die Muskeln am Kinn von Grauer Vogel zuckten, und er spürte, daß er nervös war. Vielleicht redete er nur, um seine Angst loszuwerden. Warum mit ihm streiten?

Kayugh hieb an seinem Ende des Stammes die letzte Kerbe ins Holz und wartete, bis Große Zähne das andere Ende fertiggestellt hatte. Dann hoben sie den Stamm wortlos auf ihre Schultern und trugen ihn zum *ulaq* von Großer Wal.

Als sie noch ein Kind war, hatte sich Chagak manchmal gewünscht, als Junge geboren worden zu sein. Ihr Vater war stolz auf ihre Brüder, und sie wußte, daß er diesen Stolz nicht auch für sie empfand. Erst als sie eine Frau geworden war, Kinder gebären konnte, wollte sie kein Mann mehr sein.

Während sie jetzt mit den anderen Frauen wartete, wünschte sie sich wieder, ein Junge zu sein, wünschte, mehr gegen die Kurzen unternehmen zu können, als nur dazusitzen und Körbe zu flechten und zu beten.

Gelegentlich schickte Dicke Frau, die sich selbst zur Führerin der Frauen ernannt hatte, eines der älteren

Mädchen hinauf auf den Hügelkamm, wo die Jungen Ausschau nach Anzeichen für ein *ikyak* hielten. Aber jedesmal war das Mädchen zurückgekommen und hatte den Kopf geschüttelt. Da war niemand. Nur die Männer aus dem Dorf, die warteten.

Langsam vergingen zwei Tage. Chagak hörte den Frauen der Waljäger zu, die erzählten, wie sie in anderen Sommern aus anderen Gründen zu der Höhle gegangen waren. Sie erzählten von den Salzsümpfen, weniger als einen Morgenspaziergang entfernt, die mit Tauchentennestern gefüllt waren, und daß die grün-braunen Eier, manchmal sogar zehn in einem Nest, in Walöl gebraten oder in Seewasser gekocht, gut schmeckten. Dicht bei den Sümpfen wuchsen reichlich Moosbeeren mit silbrigen Blättern an den Stämmen. Eine Frau hatte Moosbeerenwurzeln gefunden, die eine gute Medizin für die Augen abgaben.

Während sie zuhörte, flocht Chagak Körbe, aber ihre Finger wirkten langsam, als wären sie vom Warten gealtert; und die Körbe waren verformt, so daß die Frauen der Waljäger sie aus den Augenwinkeln heraus betrachteten und Chagak sich schämte, weil sie so ungeschickt war.

Die Höhle war groß und flach. Sie lag an der hinteren Seite des Hügelkamms, so daß jeder, der aus dem Dorf kam, nur den Hügelkamm und nicht die Höhle sah. Sie war tief genug, um Schutz vor dem Wind zu gewähren, aber von dem hohen gewölbten Dach tropfte das Wasser herunter, und am Boden hatten sich spitze Ablagerungen gebildet.

Am ersten Tag hatten die Frauen diese Ablagerungen mit Äxten bearbeitet und den Boden, so gut es ging, geglättet. Krumme Nase, Blaue Muschel, Kleine Ente und Chagak suchten ganz hinten in der Höhle einen Platz für sich aus. Nicht weit vom Hügelkamm entfernt hatte

Krumme Nase mehrere verkümmerte Weiden entdeckt und die biegsamen Zweige als Stützen verwendet, um Seelöwenfelle über ihrem Schlafplatz aufzuhängen, damit das Wasser in der Nacht nicht auf sie heruntertropfte. Shuganan hatte Chagak eine seiner Jagdlampen gegeben. Sie hatte nur drei oder vier Dochte und eine kleine Vertiefung für das Öl, aber sie reichte aus, um ihren Platz zu beleuchten und ein bißchen Wärme zu spenden.

Sie hatten Grasmatten über den Boden gelegt, eine Lage über der anderen, und Robbenfelle darauf ausgebreitet, so daß sich ihr Schlaflager über den ganzen Platz erstreckte. Und Chagak hatte gelacht, hatte zu den anderen gesagt, daß sie noch nie gearbeitet und noch nie gewebt und genäht hatte, während sie in ihrem Schlafplatz saß.

Aber jetzt, am Ende des zweiten Tages, wollte Chagak nur noch wissen, wie es den Männern erging, wollte Shuganan, Kayugh und Große Zähne und sogar Grauer Vogel sehen. Sie wünschte, sie wäre ein Mann, damit sie an ihrer Seite kämpfen könnte.

Der Sohn von Großer Wal kam, wie sie es ihm gesagt hatten, leise wie ein Schatten ins Dorf geschlichen und kroch in das *ulaq* von Großer Wal. Shuganan, Großer Wal und Kayugh saßen dicht bei der Öllampe, jeder machte sich an seinen Waffen zu schaffen, und als der Junge zu sprechen begann, sprangen sie auf.

»Sie kommen«, sagte er. Und Kayugh hörte Angst in seiner Stimme.

»Wie viele?« fragte Großer Wal.

»Zwanzig *ikyan*, vielleicht mehr«, antwortete der Junge, und er schob schnell seine Zunge heraus, um sich die Lippen abzulecken.

»Wissen es die Männer auf den Hügelkämmen?« fragte Großer Wal.

»Die Männer auf dieser Seite wissen es.«
»Und die in den anderen *ulas*?« fragte Shuganan.
»Noch nicht. Ich bin zuerst hierher gekommen.«
»Wie es dir aufgetragen war«, sagte Großer Wal. »Aber du mußt auch die anderen warnen.«

Kayugh sah den Jungen an, mit dem feinen Otterfell seines Parkas und dem neuen Speer in der Hand. Seine Gedanken wanderten für einen Augenblick zu Amgigh, und plötzliche Angst preßte seine Brust zusammen, daß er Amgigh nicht sehen würde, wenn er einmal so alt war, so alt wie der Junge, der fast ein Mann war.

»Geh zur Westklippe und gib ihnen Bescheid«, sagte Kayugh. »Ich werde zu den anderen *ulas* gehen.«

Sie gingen zusammen hinaus, und Shuganan rief Kayugh nach: »Seid vorsichtig. Damit sie euch nicht sehen.«

Der Junge ging um den hinteren Teil des Dorfes herum, und Kayugh kroch zum Dach des nächsten *ulaq*. Er glitt durch das Dachloch und rief seinen Namen, bevor er hinunterkletterte.

Nachdem er die Männer im Dorf gewarnt hatte, kehrte er zum *ulaq* von Großer Wal zurück. Er rief hinunter, daß er auf dem Dach bei dem Einstiegsloch bleiben und den Strand beobachten wolle.

Eine Weile geschah nichts. Der Nebel kam vom Meer herein, ließ die Ränder der Felsen verschwimmen und trübte das schwache Licht der Sonne. Zwischen den *ulas* ließen sich weiße Nebelschwaden nieder und krochen bis hin zu Kayugh. Schließlich sah er Bewegung am Strand, Männer, die ein *ikyak* an Land zogen.

Obwohl der Nebel die Geräusche weitertrug, hörte Kayugh keine Stimmen, und während er die Männer durch den weißen Dunst beobachtete, kam es ihm so vor, als würden sie sich langsamer bewegen, als sie sollten, vorsichtig, leise, so daß sich Kayugh schon zu fragen begann, ob er träumte.

Aber dann kletterte er wieder ins *ulaq* und rief: »Sie sind am Strand.«

Shuganan stützte sich auf, kam auf die Beine und hob seine Harpune hoch.

Noch einmal versuchte Kayugh, mit dem alten Mann zu reden. »Wir brauchen dich, damit du für uns betest«, sagte Kayugh. »Laß mich dich zu den Klippen bringen. Dort kannst du genauso beten wie hier.«

»Wenn ich zu den Klippen gehe«, sagte Shuganan und schloß seine gekrümmten Finger fester um den Schaft seiner Waffe, »dann kann ich nicht mit den Männern kämpfen. Hier kann ich eine Hilfe sein. Ich bin alt, aber ich jage noch.«

»Sei vorsichtig, Großvater«, sagte Kayugh und erwies ihm eine Ehre, indem er ihn so nannte. »Chagak braucht dich.«

Shuganan lächelte. »Nein«, sagte er. »Sie braucht dich.«

Es war, als hätten sie schon Tage gewartet, ohne zu sprechen, um die Kurzen kommen zu hören. Aber sie hatten nichts gehört, und sie warteten noch immer. Kayugh stand auf dem Kletterstamm, hielt durch das Dachloch Ausschau. Er hatte sich entschlossen, seinen Parka nicht anzuziehen, aus Angst, daß er seinen Bewegungen im Kampf hinderlich sein könnte, und so hatte er sich Brust und Schultern eingeölt, um seine Körperwärme zu erhalten und die Haut vor Verletzungen zu schützen.

Der Wind war kühl, und Kayugh wußte, daß es in den Nächten bald Frost geben würde, der das Gras mit Rauhreif überziehen und die Weiden, die in den Hügeln wuchsen, dunkler färben würde.

Shuganan murmelte Gebete. Er sprach mit seinen Vorfahren, Männern, die den Kurzen angehört hatten, die es aber nicht als eine Ehre empfunden hätten, andere

Menschen zu töten. Er sprach mit Tugix und den Geistern im Meer und im Himmel.

Er fragte, ob sie zulassen wollten, daß die bösen Menschen alle anderen töteten, ob sie dem Töten nie Einhalt gebieten wollten, und während er sie anflehte, spürte Shuganan, wie sein Geist vor Zorn bebte. Warum hatte das Töten schon so lange angehalten? Hatten die Geister keine Macht über die Entscheidungen der Menschen?

Shuganan hatte die Augen geschlossen, hielt in jeder Hand ein Amulett, als Kayugh schnell auf den Boden sprang. »Sie kommen zu den *ulas*«, sagte er. »Sie sehen im Nebel wie Geister aus.«

»Es sind keine Geister«, sagte Shuganan. »Es sind Männer ohne besondere Kräfte, ohne große Begabung außer ihrem Mut. Wir sind ihnen ebenbürtig.«

Kayugh straffte die Schultern und hob den Kopf. Seine Finger suchten den geschnitzten Wal, der von seinem Hals hing. Shuganan hatte für alle Männer in den *ulas* gleiche Wale geschnitzt. Er hatte sie schnell gemacht, ohne besondere Einzelheiten, aber Kayugh besaß den Wal, den ihm Shuganan gegeben hatte, bevor sie in das Dorf der Waljäger gekommen waren, und es war eine wunderbare Schnitzarbeit.

Sie warteten, Kayugh am Fuß des Kletterstamms, Großer Wal neben ihm. Shuganan strengte sich an, um Geräusche zu hören, die nicht durch den Wind oder das Meer entstanden. Aber er hörte nichts.

Nichts. Dann flog plötzlich eine Fackel, die in hellen Flammen stand, durch das Loch im Dach. Aber auf der gestampften Erde richtete sie keinen Schaden an.

Kayugh bückte sich, um das rauchende Feuer mit einem gegerbten Fell zu ersticken, aber Shuganan hielt ihn am Arm fest.

»Nein«, sagte Shuganan. »Sie müssen glauben, daß

sie die Bodenmatten angezündet haben. Sie müssen glauben, daß wir nicht wissen, wer die Fackel geworfen hat.«

Er zog einen Vorhang von der Wand und legte ihn mitten auf den Boden. Dann zündete er mit der Fackel mehrere Öllampen und auch den Vorhang an.

»Wenn es zu stark raucht, werden wir das Feuer ersticken«, sagte Shuganan. »Aber zuerst müssen wir schreien.« Er lächelte Großer Wal an. »So tun, als wären wir Frauen.«

Er stieß einen hohen Schrei aus, und Kayugh und Großer Wal machten es ihm nach. Zwischen den Schreien glaubte er, vom Dach des *ulaq* ein Lachen zu hören.

Kayugh sah über die Schulter zu Großer Wal, und als dieser nickte, eilten beide Männer die Kletterstämme hinauf. Sie stiegen mit dem Rücken zueinander, mit den Speeren voran.

Als Kayugh auf halber Höhe war, sah er die beiden Männer, die, jeder an einer Seite des Dachloches, auf sie warteten.

Die Männer trugen kurze Speere, die viel leichter zu handhaben waren als die langschaftigen Speere, die Kayugh und Großer Wal besaßen. Der Mann, dem Großer Wal gegenüberstand, hatte einen Speer und eine Fackel. Aus dem Augenwinkel heraus sah Kayugh, wie ihn der Mann mit der Fackel ablenken wollte und sie dann auf das Dach des *ulaq* warf. Aber in dem nassen Dachstroh sprühte und rauchte sie nur.

Kayugh stieß seinen Speer gegen den anderen Mann, drängte ihn zum Rand des *ulaq*, wo er wegen der Schräge des Daches nicht fest stehen konnte. Der längere Speer war schwieriger unter Kontrolle zu halten, aber Kayugh merkte, daß er den Kurzen mit dem langen Schaft weit genug von sich entfernt halten konnte, so daß er mit seinem kurzen Speer nicht an ihn herankam, außer wenn er ihn warf.

Der Mann hob seinen Speer, schwang ihn wie eine Keule gegen Kayugh, legte dabei aber einen großen Teil seiner Brust frei. Kayugh sprang nach vorn und stieß seinen Speer gegen den Bauch des Mannes. Der sprang plötzlich zur Seite, so daß Kayugh durch den Stoß das Gleichgewicht verlor. Er stolperte in den Speer des Kurzen. Er spürte die scharfe Spitze, die in seinen linken Arm eindrang, das Zertrennen der Haut, die plötzliche Hitze des eigenen Blutes.

Der Kurze stieß noch einmal zu, stieß den Speer in Kayughs Schulter. Wie Wellen überfielen ihn die Schmerzen, zwangen ihn zurückzuweichen, bis er an der Seite des *ulaq* hinunterrutschte.

Kayugh kam auf den Füßen auf und hielt den Speer mit seinem unverletzten Arm. Wenn der Kurze am *ulaq* heruntergerutscht kam, um den Kampf fortzuführen, würde er verwundbar sein, bis er die Füße auf den Boden gesetzt hatte.

Der Kurze hielt seinen Speer, als wollte er ihn werfen, dann drehte er sich plötzlich um und griff Großer Wal von hinten an.

Kayugh hielt den Atem an, erwartete schon zu sehen, wie der Speer Großer Wal in den Rücken gestoßen wurde. Aber Großer Wal machte zwei schnelle Schritte zur Seite und sprang vom Dach des *ulaq*. Er lief an Kayughs Seite, und Kayugh sah, daß aus einer flachen Wunde quer über der Wange von Großer Wal Blut tropfte.

»Sehr schlimm?« fragte Großer Wal und deutete auf Kayughs Arm.

»Nicht gebrochen«, erwiderte Kayugh, aber er nahm seinen Blick nicht von den beiden Kurzen, die oben auf dem *ulaq* standen, zwei verschwommene Gestalten im Nebel. »Sie werden ihre Speere auf uns werfen«, sagte Kayugh.

»Nein«, erwiderte Großer Wal. »Wenn sie es tun, werden sie außer ihren Messern keine Waffen mehr haben. Außerdem können sie uns im Nebel kaum sehen.«

Mit der Spitze seines Speers schnitt Großer Wal einen Streifen von seiner Schürze und band ihn um Kayughs Wunde. Der Druck jagte einen Schmerz durch Kayughs Körper, und in seinem Magen bildete sich ein Knoten, so daß ihm übel wurde.

»Das wird das Blut eindämmen«, beruhigte ihn Großer Wal.

Kayugh, der den Drang, sich übergeben zu müssen, unterdrückte, konnte nichts sagen.

Die Schmerzen schienen sein Gehör zu ersticken und seine Sicht zu verdunkeln. Er fühlte, wie er taumelte. Aus der Ferne hörte er Großer Wal sagen: »Du hast zuviel Blut verloren.« Kayughs Körper sehnte sich danach, in das Raigras neben dem *ulaq* zu sinken. Aber dann dachte er an Amgigh und an Chagak und an Chagaks Sohn Samiq.

Wie konnte er zulassen, daß sie getötet oder als Söhne und Frau von den Kurzen mitgenommen wurden? Kayugh füllte seine Brust mit Luft und richtete sich auf, befahl seinem Körper, stark zu sein.

»Wir müssen wieder nach oben«, sagte er zu Großer Wal.

»Nein«, widersprach Großer Wal. »Sie sind im *ulaq*.«

»Shuganan . . .«

Großer Wal schüttelte den Kopf. »Er ist alt, aber er ist ein Jäger. Wir können ihm nicht helfen; sie würden uns töten, wenn wir hinunterkletterten. Es gibt noch andere, die unsere Hilfe brauchen.«

Ja, es gab noch andere. Kayugh hörte das Stöhnen, das Klirren von Waffen gegen Waffen. Auf jedem *ulaq* kämpften Männer. Aber wo waren die Männer von den Hügelkämmen? Warum waren sie nicht gekommen? Hatte jemand den Plan geändert?

Seine Gedanken wurden von einem gellenden Schrei unterbrochen. Jemand wurde verwundet oder getötet.

»Muschelgräber«, hörte er Großer Wal murmeln. »Einer unserer besten Jäger.«

Kayugh hielt seinen linken Arm an den Körper gepreßt und bemühte sich, nicht an die Schmerzen zu denken, die diesen Schrei verursacht hatten. Seine eigene Wunde schien ihm die Kraft aus dem Körper zu ziehen und die Hoffnung aus seinen Gedanken.

Welche Chance hatten sie gegen diese Menschenjäger? Und dieses Dorf war nicht einmal überrascht worden, wie die meisten anderen Dörfer. Aber wo waren die Männer, die von den Hügelkämmen angreifen sollten? Waren sie Feiglinge, die einfach warteten, bis die Kurzen wieder weg waren, bevor sie zu den *ulas* zurückkehrten?

Wieder hüllte ihn die Dunkelheit der Schmerzen ein, und er lehnte sich schwer gegen das *ulaq*. Großer Wal kroch neben ihn. Kayughs Zorn über seine eigene Schwäche und über die Männer, die nicht zum Kämpfen kamen, wuchs, und er fragte: »Wo sind deine Männer? Sie sollten von den Hügelkämmen angreifen.«

»Sie können uns nicht sehen, können uns nicht hören«, antwortete Großer Wal. »Woher sollen sie wissen, daß der Kampf schon begonnen hat? Und wenn wir sie rufen, werden die Kurzen vor ihrem Angriff gewarnt sein.«

Ja, dachte Kayugh und ärgerte sich, daß die Schmerzen seine Gedanken trübten. Was sollten sie in dem dichten Nebel sehen? Keines der *ulas* stand in Flammen. Die Geräusche des Kämpfens waren gelegentliches Ächzen und das Tappen nackter Füße auf den grasbedeckten Dächern gewesen, nur Muschelgräbers Schrei mußte bis zu den Hügelkämmen gedrungen sein, wo die anderen Waljäger warteten.

Kayugh packte Großer Wal am Arm. »Schrei«, sagte

Kayugh. »Wir müssen schreien. Wenn sie Schreie hören, werden sie wissen, daß wir kämpfen. Jeder Mann kann im Kampf schreien.«

Und er erhob die Stimme zu einem gellenden Schrei. Einmal, zweimal. Dann, als hätten die Waljäger Kayughs Plan plötzlich verstanden, stiegen immer mehr Schreie aus den *ulas* auf.

Großer Wal lachte. »Ja, sie werden kommen«, sagte er. »Jetzt werden sie kommen.«

41

Shuganan wartete im *ulaq* von Großer Wal, verfolgte den Kampf auf dem Dach, beobachtete das Herabrieseln von Erde von den Dachsparren. Großer Wal hatte auf dem Fußboden einen Kreis aus Shuganans Schnitzfiguren angeordnet. Ein starkes Tier für jedes der fünf *ulas*, hatte er gesagt. Aber Shuganan achtete nicht auf die Schnitzereien. Er hielt sein Amulett in einer Hand und das Schamanenamulett, das Chagak ihm gegeben hatte, in der anderen, und betete. Der Kampf auf dem Dach des *ulaq* schien beendet, und Shuganan hielt die Luft an. Dann hörte er Männer am Dachloch.

Seine Arme zitterten. Kayugh und Großer Wal würden nicht herunterkommen, wenn sie nicht so schwer verwundet waren, daß sie nicht weiterkämpfen konnten. Shuganan packte den Speer, der neben ihm lag, und stützte sich darauf, um aufzustehen. Er kroch hinter die Kletterstämme, wo es dunkel war, und wartete, während seine Gedanken ständig nach einem Grund suchten, warum Kayugh oder Großer Wal ins *ulaq* kommen müßten: ein Fellstreifen, um eine Wunde zu bedecken, oder eine

Waffe, um eine andere zu ersetzen, die gebrochen war. Aber als Shuganan dann die Füße auf dem Kletterstamm sah, Zehen, Sohlen und den Spann, schwarz angemalt, wußte er es.

In seiner Brust breitete sich Kälte aus, drückte seine Kehle zusammen und erwürgte ihn fast.

Großer Wal hatte ein langes Leben gehabt, aber Kayugh ... Und Chagak? Wer würde sich um sie kümmern?

Die beiden Kurzen sprangen die letzten Kerben des Kletterstamms herunter. Einer der beiden Männer stieß mit dem Fuß gegen die Fackel, die am Boden lag.

»Sie hat nicht gebrannt«, sagte er. Er war groß, sein Kopf war mit dicken schwarzen Haaren bedeckt, die mit Fett und Erde verschmiert waren.

»Es war jemand hier, um sie zu löschen«, sagte der andere Mann und deutete auf die Vorhänge am anderen Ende des *ulaq*.

Shuganan beobachtete sie, während sie auf die Schlafplätze zukrochen. Ich hätte sie angreifen sollen, als sie ins *ulaq* geklettert kamen, dachte Shuganan. Ich hätte nicht beide töten können, aber vielleicht einen. Wenn sie in den Schlafplätzen nichts finden, werden sie den Hauptraum durchsuchen, und wie stehen dann meine Chancen, ein alter Mann gegen zwei junge Krieger?

Aber dann hielten die beiden Männer vor dem Kreis der geschnitzten Tiere an.

»Shuganan«, sagte einer.

Mann-der-tötet hatte also nicht gelogen, dachte Shuganan. Die Kurzen glaubten noch immer an die Macht seiner Schnitzfiguren.

Und wenn es eine Macht gibt, dachte er, dann bei mir. Er schlich sich aus dem Schatten hinter den Kletterstämmen an. Er machte zwei schnelle Schritte nach vorn und warf seinen Speer, ohne auf die Schmerzen in den alten Gelenken und Muskeln zu achten.

Der Speer traf den Rücken des großen Mannes mit einem harten, festen Laut, als würden Wurzeln aus nasser Erde gerissen. Der Mann fiel langsam nach vorn, und genauso langsam drehte sich sein Gefährte nach Shuganan um.

Shuganan warf einen Blick zu den Kletterstämmen, aber er wußte, daß seine Beine zu alt waren, um ihn schnell nach oben zu tragen, und so zog er sein Messer aus der Scheide an seinem Arm und sagte zu dem vor ihm stehenden Krieger: »Ich bin Shuganan.«

»Du bist tot«, sagte der Krieger.

»Vielleicht.«

»Du bist tot«, wiederholte der Mann mit sich überschlagender Stimme, »und ich werde deine Macht erhalten, weil ich dich töten werde.«

»Nein«, sagte Shuganan und bewegte sich ein Stück weiter, um sich einen Vorteil zu verschaffen, um im Schatten zu bleiben, während der junge Mann im Licht stand. »Wahre Macht ist verdient, nicht genommen.«

Aber der Krieger lachte. »Speer gegen Messer«, sagte er.

»Wirf ihn«, forderte ihn Shuganan auf.

Wieder lachte der Mann.

Shuganan drehte das Messer in seiner Hand herum, faßte es an der Spitze und hob den Arm zum Wurf. Der Krieger hob seinen Speer.

Die Messerspitze verließ Shuganans Finger, und dann fühlte er das plötzliche Gewicht des Speeres in seiner Seite. Zuerst hatte er keine Schmerzen, spürte nur einen Stoß, der ihn umwarf, aber zugleich sah er, wie sich der junge Mann an die Brust griff, sah den Griff seines Messers aus der Brust des Kriegers ragen. Auf dem Boden liegend, sah Shuganan, wie er umfiel.

Wieder tauchte aus dem Nebel ein Kurzer auf, und Kayugh vergaß die Schmerzen in seiner linken Schulter; er packte seinen Speer und machte einen Schritt nach vorn, aber Großer Wal zog ihn zurück und stellte sich dem Angriff des Kurzen. Sie kämpften zwischen den *ulas,* wo der Nebel am dichtesten war.

Kayugh beobachtete sie, beide Männer stießen mit dem Speer in der einen und dem Messer in der anderen Hand zu. Großer Wal benutzte den Schaft des Speeres, um die Stöße abzufangen. Kayugh bemühte sich, durch den Nebel zu sehen, um andere ablenken zu können, die dem Kurzen vielleicht zu Hilfe kamen. Dann merkte er, daß Großer Wal den Kurzen in seine Richtung manövrierte, der Rücken des Kriegers war nur wenige Schritte von der Stelle entfernt, an der Kayugh kauerte.

Kayugh wartete, bis der Mann ganz dicht bei ihm war, dann packte er seinen Speer mit beiden Händen und machte einen schnellen Schritt nach vorn. Großer Wal sprang zurück, und einen Augenblick lang hielt der Kurze in der Bewegung inne und starrte ihn an. Dann traf ihn Kayughs Speer. Er rammte ihn mit seiner ganzen Kraft in den Körper des Mannes, stieß ihn unter dem Brustkorb hinein und vorn an der Brust wieder heraus.

Der Mann drehte sich um sich selbst, sein Mund stand offen. Er sah Kayugh an, dann knickten seine Knie ein, und er fiel zu Boden.

Kayugh packte seinen Speer am Schaft und zog vorsichtig daran, damit seine Hand nicht an dem Blut in das scharfe, mit Widerhaken besetzte Ende glitt.

Aber dann erhob sich plötzlich ein Rauschen des Windes, ein Krachen von Speeren gegen Speere. Ein Mann stürzte sich auf Kayugh und riß ihn zu Boden. Kayugh lag auf dem Bauch und versuchte von dem Mann wegzurollen, während er die Klinge eines Messers an seinem Oberarm fühlte. Keine tiefe Wunde, aber schmerzhaft.

Kayugh rollte sich auf den Rücken. Großer Wal ging

auf den Kurzen los, der plötzlich taumelte und hinfiel. Aus seinem Rücken ragte ein Speer.

Großer Wal ging einen Schritt nach vorn und stemmte den Fuß gegen den Rücken des toten Mannes, als er den Speer herauszog. Er betrachtete die Speerspitze. Dann lachte er und rief: »Wo bist du?«

»Ich bin hier oben«, antwortete eine Stimme vom Dach des *ulaq*.

Kayugh sah hinauf, sah einen Mann am Rand des schrägen Daches stehen.

»Harter Felsen«, rief Großer Wal. »Komm und hol dir deinen Speer, oder soll ich ihn dir raufwerfen?« Er lachte wieder, dann drehte er sich zu Kayugh um. »Sie haben uns auf den Hügelkämmen gehört. Sie sind gekommen!«

Im *ulaq* lag Shuganan mit geschlossenen Augen am Boden, seine Hände drückten auf die Wunde in seiner Seite. Er fühlte kaum Schmerzen, nur eine tiefe Müdigkeit, eine Schwere, die ihn zu Boden drückte, so daß ihn auch die kleinste Bewegung seine ganze Kraft kostete.

Dann hörte er wieder jemanden am Dachloch. Er richtete sich auf, und bei der Bewegung schoß ein neuer Blutstrahl aus seiner Wunde. Dann waren Füße auf dem Kletterstamm, die Sohlen waren nicht schwarz angemalt, vielleicht ein Waljäger.

Shuganan drückte die Hände gegen seine Hüfte, um das Blut zu stoppen. Als er wieder nach oben sah, erkannte er Grauer Vogel, der am Fuß des Kletterstamms stand.

»Ist der Kampf vorbei?« fragte Shuganan, die Worte kamen zischend zwischen den Atemzügen.

»Nein«, sagte Grauer Vogel. »Sie kämpfen noch. Einige wurden getötet.«

»Kayugh?«

»Das weiß ich nicht.«

»Warum bist du hier?«

»Ich bin verwundet.« Grauer Vogel humpelte zu Shuganan, zeigte auf eine offene Wunde an seiner Wade.

Für einen Augenblick machte Shuganan die Augen zu, kämpfte gegen die Schmerzen seiner eigenen Wunde an, dann schüttelte er den Kopf und sagte: »Deine Wunde ... ist nichts. Kämpfe ... Geh und kämpfe.«

Das Weiße in den Augen von Grauer Vogel glitzerte, und er kniete sich neben Shuganan auf den Boden. »Du bist selbst hier im *ulaq* geblieben«, sagte er, und Shuganan hörte den Zorn in seiner Stimme. »Wie kannst du mir sagen, daß ich kämpfen soll?« Und dann, als sähe er sie erst jetzt, blickte Grauer Vogel auf die beiden Kurzen, die am Boden lagen.

»Diese Männer«, sagte Grauer Vogel, »hast du sie getötet?«

Shuganan schloß die Augen und senkte den Kopf. Warum antworten? Warum sich vor Grauer Vogel brüsten? Sollte der Mann doch denken, was er wollte.

Grauer Vogel beugte sich über ihn, hob ihn auf einen Packen Felle und drückte einen in Wasser getränkten Lappen auf seine Wunde.

Shuganan entspannte seinen Körper auf den weichen Fellen.

»Du wirst sterben«, sagte Grauer Vogel. »Ich werde bei dir bleiben.«

»Geh ... und hilf den anderen«, sagte Shuganan. »Laß mich allein.«

Grauer Vogel lachte. »Du wirst sterben«, sagte er noch einmal. »Ja, du wirst tot sein, aber ich werde geehrt werden. Habe ich etwa nicht die beiden Kurzen getötet, als ich versuchte, dich zu retten? Wurde ich nicht verwundet, als ich dich beschützt habe? Aus Dankbarkeit wird Chagak als Frau zu mir kommen, und du wirst sie nicht daran hindern können.«

Shuganan sah den Mann an, sah in die schmalen, harten Augen. Er versuchte zu sprechen, aber es kamen keine Worte. Seine Augen fielen zu, und als er sie schließlich wieder aufmachte, sah er das Gesicht von Grauer Vogel und noch ein anderes Gesicht, wie den Nebel, der vor dem Regen kommt, das Gesicht eines Geistes, der neben Grauer Vogel kauerte.

Das Geistergesicht bewegte sich hin und her, setzte sich wie Rauch zusammen und formte Augen, Nase, Mund. Es war Mann-der-tötet, sein Geist.

Ich war nicht stark genug, dachte Shuganan. Jetzt ist er hier, wartet darauf, daß ich sterbe. Dann hörte er eine Stimme: »Du dachtest, du könntest mich vernichten, alter Mann.« Ein Lachen.

Shuganan sah Grauer Vogel an, aber Grauer Vogel schien die Stimme nicht zu hören, den Geist nicht zu sehen.

Ich träume, dachte Shuganan, ich träume im Sterben.

»Du glaubst, du hast Macht«, sagte Mann-der-tötet. »Du glaubst, du kannst mich vernichten.« Wieder lachte er. »Dein Kreis aus Tieren, sie schützen dich?« Er stieß mit dem Fuß gegen mehrere Figuren, aber die Elfenbeintiere rührten sich nicht.

Mann-der-tötet hat also noch immer Macht, dachte Shuganan, aber nicht genug, um meine Tiere zu berühren. Kann er Chagak etwas antun, oder Samiq?

Schmerzen. Plötzlich hüllten sie Shuganan ein, drückten ihn fest zusammen, zerrissen seine Gedanken in dünne Fäden.

»Ich habe dich beobachtet«, sagte Mann-der-tötet. »All die Monate. Dich und Chagak. Ich weiß, daß ich einen Sohn habe.«

»Mann-der-tötet, tu Chagak nicht weh«, flüsterte Shuganan. »Tu dem Kind nicht weh. Samiq ist einer von deinem Volk, ein Kurzer. Du darfst ihn nicht töten.«

Mann-der-tötet lachte, und dann verschwand sein Gesicht. Shuganans Schmerzen ließen nach. Dann war der, der sich über ihn beugte, nicht mehr Mann-der-tötet, sondern Grauer Vogel. Und es war Grauer Vogel, der lachte.

»Du sprichst also mit den Geistern, alter Mann«, sagte Grauer Vogel. »Hast du vergessen, daß du auch mit mir sprichst? Jetzt weiß auch ich, daß ihr gelogen habt, du und Chagak. Und Chagak, was wird sie mir für das Leben ihres Sohnes geben?«

Wie viele Männer? dachte Kayugh. Wie viele noch? Was hatte Shuganan gesagt? Zwanzig? Dreißig? Er, Großer Wal und Harter Felsen kämpften gemeinsam, nahmen sich neue Männer vor, wie sie kamen. Kayugh versteckte sich in der Dunkelheit zwischen den *ulas*, bereit, mit dem Speer zuzustoßen, wenn ihm ein Feind den Rücken zudrehte. So hatten sie schon drei Männer getötet, und noch immer kamen neue. Die Schmerzen seiner Erschöpfung waren fast so groß wie die Schmerzen seiner Wunde in der Schulter.

Aus dem Nebel kam eine dunkle Gestalt auf Kayugh zugetaumelt. Kayugh hob sein Messer, aber der Mann rief: »Ich bin Runder Bauch«, und Kayugh erinnerte sich an den Mann, einen Waljäger, einen kleinen, dicken Mann, der viel lachte und in einer Scheide an seinem Bein immer drei Messer mit langen Klingen stecken hatte. Jetzt hielt er zwei davon hoch, eins in jeder Faust, und sein Gesicht war mit Blut und Schmutz verschmiert.

»Zum letzten *ulaq* kommen keine mehr.« Seine Stimme verriet seine Müdigkeit.

Kayugh zog ihn auf die Seite des *ulaq*, wo er seinen Körper gegen die Mauer fallen ließ. Während der Kämpfe war die Sonne untergegangen, aber jetzt wurde der Himmel wieder heller, das Schwarz wurde purpurrot und grau.

»Vielleicht haben sie aufgehört zu kämpfen, weil es Morgen ist«, sagte Runder Bauch.

»Vielleicht haben sie aufgehört zu kämpfen, weil sie tot sind«, sagte Großer Wal.

»Nein«, sagte Kayugh. »Die beiden ersten, die kamen, sind ins *ulaq* gegangen.«

»Ich habe sie gesehen«, erwiderte Großer Wal. »Sie sind nicht herausgekommen.«

»Shuganan ist tot«, sagte Kayugh; die Worte schienen leer, und er fühlte nichts, nur den Schrecken des Tötens und den Zorn über die Dummheit der Männer, die immer nur kämpften.

»Vielleicht hat Shuganan sie getötet.«

»Er ist ein alter Mann«, sagte Kayugh und war überrascht, als das letzte Wort in Schluchzen unterging.

»Er ist alt, aber er hat große Macht. Macht ist mehr als Stärke.«

Einen Augenblick lang lehnte Kayugh seinen Kopf nach hinten gegen das *ulaq*. Er wünschte, er könnte die Augen schließen, tat es aber nicht. Wer konnte sagen, was in dem kurzen Augenblick der Dunkelheit mit geschlossenen Augen geschah? Die Geräusche des Kämpfens hatten aufgehört, und in dieser Stille war sein Kopf nicht länger mit Gedanken an den nächsten Krieger, den nächsten Kampf, erfüllt. Seine Schulter begann zu schmerzen. Das Klopfen dröhnte in seinem Kopf und dann in seinem ganzen Körper. Er dachte an Shuganan, wahrscheinlich war der alte Mann tot, und er dachte an Chagaks Kummer.

Was hatte sie Böses getan, womit hatte sie die Schmerzen verdient, die die Geister in ihr Leben gelassen hatten? Sie war keine Frau der Kurzen, sie würde keinen Mann zu Hause willkommen heißen, der Menschen getötet hatte. Sie würde keine Halskette entgegennehmen, die einer toten Frau entrissen war, um sie dann selbst zu tragen. Sie hatte ihr Volk nicht gehaßt, nicht mehr gegessen, als ihr zukam. Sie war nicht faul.

Kayugh sah auf die Wunde an seiner Schulter, sah, daß sich eine Kruste gebildet hatte und nicht mehr blutete. Er stieß sich von der Wand des *ulaq* ab und kletterte aufs Dach. Wenn die Kurzen innen warteten, würden sie wissen, daß er kam. Von dem Gewicht seines Körpers würde Staub vom Dach rieseln, aber er konnte nicht warten, nicht überlegen.

Kayugh kletterte den Kletterstamm mehrere Kerben hinunter, erwartete bei jedem Schritt den Stoß eines Speeres. Schließlich drehte er sich um und sprang, landete so am Boden, daß sein Gesicht zum großen Hauptraum gewandt war. Eine Walöllampe glühte und sprühte Funken, ihr Kreis aus Dochten war schon fast im Öl ertränkt. Shuganan lag auf einem Haufen mit Fellen; neben ihm saß Grauer Vogel.

Zwei von den Kurzen Menschen lagen zusammengekrümmt in ihrem Blut daneben.

»Hat Shuganan sie getötet?« fragte Kayugh Grauer Vogel.

Grauer Vogel stieß ein falsches Lachen aus. »Glaub, was du willst«, sagte er, dann beugte er sich über Shuganan und fügte hinzu: »Ich habe versucht, ihn vor ihnen zu beschützen, aber . . .« Seine Stimme brach ab, dann flüsterte er: »Er ist schwer verwundet.«

Kayugh zog die Stirn in Falten. Er sah den blutigen Lappen neben Shuganan, die Wunde am Bein von Grauer Vogel. Grauer Vogel hatte nicht versucht, Shuganan zu beschützen, er würde nur sich selbst beschützen. Kayugh hockte sich neben Shuganan, legte seine Hand sanft auf Shuganans Stirn.

Der alte Mann machte die Augen auf, blinzelte. »Kayugh«, sagte er. »Du lebst.«

»Sie sind geschlagen, Shuganan«, sagte Kayugh. »Sie werden nicht zurückkommen.«

Shuganan schloß die Augen und nickte. »Dann mußt du Chagak holen. Ich muß mit ihr reden.«

»Ich hole sie. Schlaf, wenn du kannst. Ich werde sie zu dir bringen.«

Grauer Vogel hielt Kayughs Arm fest, zog ihn von Shuganan weg. »Du bist müde. Ich habe mich ausgeruht. Ich werde Chagak holen.«

»Nein –«

»Er stirbt, und du bist verwundet und müde. Du wirst nicht rechtzeitig bei ihr sein. Shuganan wird sterben, bevor du sie zurückbringst.«

Kayugh sah in die Augen von Grauer Vogel, sah, daß er die Wahrheit sagte. »Dann geh«, sagte er. »Beeil dich.«

Es war noch früh am Morgen, und die anderen Frauen schliefen, aber Chagak hatte unruhig geschlafen, und jetzt war sie von Rastlosigkeit erfüllt. Die Kinder lagen in ihren Wiegen, und sie störte sie nicht, als sie von ihrer Schlafmatte aufstand und aus der Höhle schlüpfte.

Draußen war das Heidekraut naß vom Tau, unten im Tal breitete sich Nebel aus, der aber nicht bis hinauf zur Höhle reichte. Die Sonne war hinter hohen grauen Wolken verborgen, aber im Westen konnte Chagak Stücke des blauen Himmels sehen. Sie setzte sich neben dem breiten flachen Eingang der Höhle auf die Fersen und stützte die Arme auf ihre hochgezogenen Knie.

Obwohl sie wußte, daß sie zu weit vom Dorf entfernt war, um die Schreie der Männer oder ihre Waffen zu hören, kam es ihr vor, als wäre die Nacht von seltsamen Geräuschen erfüllt, die sich über das Rauschen des Windes erhoben. Am Abend waren die anderen Frauen so still gewesen, als hätten auch sie den Unterschied bemerkt.

Die Stimme des Seeotters hatte nicht zu Chagak gesprochen, hatte keine Bemerkungen über das Benehmen von Dicke Frau gemacht, hatte Chagaks Angst nicht beschwichtigt, die sie jedesmal erfaßte, wenn sie an die Kurzen dachte.

Chagak hatte versucht, mit dem Otter zu reden. Sie erzählte ihm flüsternd von dem Parka, den sie für Shuganan machen würde, wenn sie auf ihre Insel zurückgekehrt waren, und von den Robbenhautstiefeln, die sie für Kayugh machen würde, aber der Seeotter antwortete noch immer nicht, und jetzt, am Morgen, stieg Angst in Chagaks Kehle auf, und sie biß die Zähne zusammen, bis ihre Kieferknochen schmerzten.

»Chagak«, hörte sie eine Stimme rufen, die aus dem Tal kam. Ein Mann stieg aus dem Nebel auf.

Es war Grauer Vogel, und für einen Augenblick wurde Chagaks Angst von Freude verdrängt, aber dann sah sie die Müdigkeit in seinem Gesicht, den Schmutz und das Blut auf seinen Wangen, Zeichen der Schlacht, und sie überlegte, ob Grauer Vogel vielleicht vor den Kämpfen geflohen war.

Fragen schossen ihr durch den Kopf, aber als Grauer Vogel vor ihr stand, konnte sie nur seinen zerrissenen Parka anstarren, die klaffende Wunde an seiner rechten Ferse, einen blutgetränkten Streifen Grasmatte, der um seine linke Hand gewickelt war.

»Sie sind gekommen«, sagte er, und dieses eine Mal war seine Stimme leise und müde, nicht prahlerisch. Die dünne Haarsträhne an seinem Kinn zitterte. »Ein paar von den Waljägern wurden bei den Kämpfen getötet, aber die Kurzen sind alle tot.« Er wischte sich mit dem Ärmel das Gesicht ab, dann sagte er: »Sogar die, die weglaufen wollten, sind tot. Einige der Jungen, die Wache hielten, sind während der Kämpfe hinuntergekrochen und haben die Böden ihrer *ikyan* zerschnitten. Die Kurzen, die zu fliehen versuchten, sind ertrunken.«

Grauer Vogel stöhnte, zog seinen Parka über die Knie und setzte sich mit gekreuzten Beinen auf Chagaks Matte. Chagak sah, daß die Wunde an der Ferse von Grauer Vogel bis hinauf zur Wade reichte. Die Wunde klaffte über dem Muskel weit auf, und Grauer Vogel drückte die Ränder mit den Händen zusammen.

»Es blutet nicht stark, aber es muß genäht werden«, sagte Chagak.

Grauer Vogel zog die Lippen zurück und runzelte die Stirn. »Sag Blaue Muschel, sie soll mir Essen und Wasser bringen«, befahl er.

Es ärgerte Chagak, daß Grauer Vogel weder Shuganan noch Kayugh oder Große Zähne erwähnt hatte, und als Frau stand es ihr nicht zu, Fragen zu stellen, aber die Fragen klopften so hart in ihrem Kopf, daß sie sich, bevor sie in die Höhle ging, umdrehte: »Und Shuganan? Er ist doch nicht verletzt?«

»Du solltest dich lieber nach Große Zähne erkundigen«, sagte Grauer Vogel. »Er hat vier Männer getötet und nur einen kleinen Kratzer am Daumen abgekriegt, der von seinen Kämpfen berichtet.«

Chagaks Kehle schnürte sich zusammen. Die Angst und Furcht, die sie so lange zurückgehalten hatte, strömte in ihren Mund und zwang ihr Worte heraus. »Willst du mir sagen, daß Shuganan und Kayugh tot sind?« fragte sie.

»Das habe ich nicht gesagt«, erwiderte Grauer Vogel. »Aber mit welchem Recht fragst du? Ich bin ein Jäger, und du bist nur eine Frau.«

»Ich frage mit dem Recht der Sorge«, sagte Chagak, und ihre Angst wurde von Zorn verdrängt. »Und wenn du Essen haben willst, wirst du mir antworten müssen.«

»Du willst mir nichts zu essen geben?« fragte Grauer Vogel.

Plötzlich sagte eine Stimme hinter Chagak: »Wir werden dir alle nichts zu essen geben.«

Chagak drehte sich um. Es war Dicke Frau. Sie stand im Eingang der Höhle und hatte nur ihre Schürze an. Sie hatte die Arme über ihren schwingenden Brüsten gekreuzt und die Füße wie ein Jäger gespreizt.

»Du wurdest geschickt, um uns zu warnen oder um uns wieder ins Dorf zu bringen«, sagte sie. »Aber du sitzt da und drohst uns. Ist mein Mann tot, oder lebt er?«

»Dein Mann lebt, unverletzt«, sagte Grauer Vogel. »Aber er hat mich nicht geschickt. Shuganan hat mich geschickt.«

Chagaks Brust war von Freude erfüllt. Shuganan lebte. Aber dann sagte Grauer Vogel: »Er ist schwer verwundet. Er wird sterben. Er will mit Chagak reden.«

Die Hoffnung, die sie in den Tagen in der Höhle aufrechterhalten hatte, verschwand, und Chagak fühlte sich leer wie eine Wasserhaut, leer und flach.

Dann dachte sie: Warum hat Shuganan Grauer Vogel geschickt und nicht Kayugh? Bestimmt wußte er, daß Grauer Vogel Schwierigkeiten machen würde.

»Und Kayugh?« flüsterte Chagak, die Worte erstickten in ihrer Kehle. »Er ist auch verwundet«, sagte Grauer Vogel und warf schnell einen Blick nach hinten zu Dicke Frau.

»Wird er sterben?«

Grauer Vogel zuckte die Achseln. »Das weiß ich nicht. Er war zu schwach, um zu kommen und dich zu holen.«

Chagak preßte die Lippen zusammen, um ihren Kummer zurückzuhalten. »Ich werde jetzt gehen«, sagte sie zu Dicke Frau, aber Dicke Frau schien sie nicht zu hören.

»Und mein Sohn?« fragte Dicke Frau.

»Er gehörte zu denen, die den Kurzen die Böden der *ikyan* aufgeschlitzt haben«, sagte Grauer Vogel, und Chagak hörte Dicke Frau leise kichern. »Die Kurzen haben ihn getötet, bevor sie losfuhren und ertranken.«

Das Lachen von Dicke Frau wurde immer höher, bis es

in einem gellenden Schrei endete, dann stimmte sie das Klagegeschrei an. Sie warf sich auf die Knie. Chagak wollte zu ihr gehen, aber da kamen schon die Frauen aus der Höhle, und alle fielen in das Klagegeschrei ein, noch bevor man ihnen gesagt hatte, was geschehen war, wer gestorben war.

»Die Kurzen sind tot«, rief Grauer Vogel. »Sie sind alle tot.« Aber da das Klagelied immer lauter anschwoll, konnte Chagak nicht mehr hören, was er sagte, und dann begann auch sie, das Klagelied zu singen und um Shuganan und den Sohn von Dicke Frau und die Männer, die sie nicht kannte, zu trauern.

42

Chagak bahnte sich einen Weg zwischen den Frauen und ging in die Höhle. Ihre beiden Kinder weinten. In ihrer Brust war etwas, das auch weinen und schreien wollte, als könnten Zorn und Schmerzen Shuganan zu ihr zurückbringen. Sie begann ihre wenigen Habseligkeiten, die sie mitgebracht hatte, zusammenzusuchen, aber ihre Hände waren kalt und unbeholfen und langsam.

»Sei still«, hörte sie den Otter flüstern. »Es besteht kein Grund zur Eile. Grauer Vogel geht nicht zurück, bevor er gegessen hat.«

Ich werde ohne ihn gehen, dachte Chagak. Ich kenne den Weg. Aber wieder sagte der Otter: »Sei still.«

Chagak beugte den Kopf nach vorn und legte die Hände in den Schoß, befahl ihrem klopfenden Herzen, langsamer zu schlagen. Sie fühlte die heißen Tränen auf ihren Wangen.

»Er ist ein alter Mann«, sagte der Otter. »Er hatte ein langes Leben.«

»Das ist mir egal«, erwiderte Chagak. »Ich will nicht, daß er stirbt. Ich brauche ihn.«

»Vielleicht möchte er sich ausruhen. Vielleicht möchte er zu seiner Frau, zu den Tanzenden Lichtern. Sein Körper ist alt, und er ist müde. Du hast andere, die sich um dich kümmern: Kayugh und seine Leute. Dein Großvater Großer Wal.«

»Ja«, sagte Chagak, »aber Grauer Vogel hat gesagt, daß Kayugh verwundet wurde. Und wenn er nun stirbt?«

»Dann wirst du seinen Sohn aufziehen.«

Chagak folgte Grauer Vogel zurück ins Dorf. Sie trug die Kinder in ihren Schlingen und einen Korb mit ihren Sachen auf dem Rücken. Grauer Vogel hatte ihr nicht angeboten, etwas zu tragen, aber das erwartete Chagak auch nicht von ihm.

Grauer Vogel stützte sein verletztes Bein mit einem Stock, mit dem er langsam bergab ging. Zuerst wollte Chagak vorauslaufen, und sie fühlte, wie sich ihre Ungeduld zu einem großen schweren Klumpen in ihrer Brust verhärtete. Je länger sie gingen, um so größer wurde ihre Angst, daß beide, sowohl Shuganan als auch Kayugh, tot sein könnten, und ihre Füße schienen immer schwerer und unbeholfener zu werden, so daß sie schließlich hinter Grauer Vogel hertrottete. Chagak senkte den Kopf und sah auf den Weg, dachte an nichts anderes als an den nächsten Schritt, den sie tun würde.

Als Grauer Vogel plötzlich stehenblieb, stolperte Chagak fast über ihn. Sie sah auf, blinzelte. »Was ist?« fragte sie. »Warum bleibst du stehen?«

»Wir sind gleich im Dorf«, sagte er. »Es gibt etwas, das du wissen mußt, bevor wir dort sind.«

Chagak hob den Kopf, begegnete seinem Blick. Sie sah Haß in seinen Augen, Haß, der von seinem Körper ausging wie Hitze, die sich um ein Feuer ausbreitete. Die

Muskeln an ihren Armen und Beinen strafften sich, aber sie blieb ganz still. Sie würde vor einem Mann wie Grauer Vogel nicht zittern. Sie faltete die Hände über den Kindern, und Grauer Vogel lächelte.

»Ein Sohn gehört Kayugh«, sagte er. »Er wird ein Jäger sein. Aber der andere Sohn...« Die Lippen von Grauer Vogel zogen sich über den Zähnen zurück. »Mann-der-tötet...«

Chagak rang nach Luft, und Grauer Vogel lachte.

»Im Sterben hat Shuganan zu den Geistern gesprochen«, fuhr Grauer Vogel fort.

Chagak richtete sich auf, atmete tief. »Es ist für ihn nichts Ungewöhnliches, daß er mit Geistern spricht«, sagte sie.

»Nein, das ist es nicht«, erwiderte Grauer Vogel. »Aber vielleicht ist es merkwürdig, daß Samiqs Vater ein Kurzer ist.«

»Nein«, sagte Chagak. »Samiqs Vater ist Shuganans Sohn.«

Grauer Vogel machte einen Schritt auf sie zu und packte sie an den Armen. »Du lügst. Jeder kann sehen, daß du lügst. Und ich werde ihnen die Wahrheit sagen. Sie werden deinen Samiq töten, bevor er ein Krieger werden kann, ein Mörder wie sein Vater.«

Chagak riß sich los und drängte sich an Grauer Vogel vorbei.

»Ich werde es ihnen sagen«, rief Grauer Vogel ihr nach, »wenn du nicht meine Frau wirst. Dann würde ich es vielleicht begrüßen, so einen Sohn zu haben, einen Mörder wie sein Vater.«

Chagak sah sich nicht nach ihm um. Sie ging weiter. Ihr Herz klopfte laut in ihrer Brust, Tränen schossen ihr in die Augen. Sie betete zu Tugix, zu Aka, betete, daß sie ihren Sohn vor Grauer Vogel retteten, betete, daß sie Shuganan am Leben ließen.

Aber nur die Stimme des Otters flüsterte ihr zu: »Wenn Shuganan mit dem Geist von Mann-der-tötet gesprochen hat, so muß er sterben. Aber Shuganan wird Mann-der-tötet in der Geisterwelt besiegen, wenn er zu den Tanzenden Lichtern kommt. Du selbst mußt Grauer Vogel besiegen.«

Chagak ging weiter, ihre Augen waren nach vorn gerichtet, auf das Dorf. Grauer Vogel holte sie ein, ging neben ihr her, aber sie sah ihn nicht an.

Sie erreichten zusammen den Kamm eines Hügels, Chagak links, Grauer Vogel rechts, und in diesem Augenblick schien Chagaks Herz stehenzubleiben.

Einer der Kurzen stand am Fuß des Hügels, seine Kleider waren zerrissen, seine Haare voll Blut. Er war größer als Mann-der-tötet, seine Schultern eckig und breit. Er hob seinen Speer.

Grauer Vogel schnappte nach Luft und stellte sich hinter Chagak.

Der Kurze lachte.

Chagak konnte nichts denken, konnte außer dem Schlagen ihres Herzens nichts fühlen. Aber dann bewegte sich Samiq unter ihrem *suk*, und durch die Notwendigkeit, ihren Sohn zu beschützen, schien sie plötzlich einen klaren Kopf zu bekommen.

»Deine Leute sind besiegt«, rief Chagak dem Mann zu.

Er rief etwas zurück, aber in der Sprache der Kurzen, so daß sie nicht verstand, was er sagte.

»Wo ist dein Speer?« sagte sie leise zu Grauer Vogel, aber der antwortete nicht. Chagak fühlte unter ihrem *suk*, wie sich Samiq bewegte, sie hörte den Beginn eines schwachen Schreis. Sie ließ den Korb von ihrem Rücken fallen, griff hinein, um ihre Bola herauszuholen. Die Steine waren klein, dafür gedacht, Vögel zu töten.

»Was sollen sie gegen einen Mann ausrichten?« flüsterte ihr ein Geist zu. Chagak spürte, wie die Zweifel ihre Hände betäubten. Aber Samiq und Amgigh bewegten sich unter ihrem *suk*, und Chagak hörte den Otter sagen: »Wer ist stärker, ein Mann, der andere Menschen tötet, oder eine Frau mit zwei Söhnen? Wer hat mehr Kraft? Wer besitzt am Ende mehr Macht?«

Chagak packte den geflochtenen Griff der Bola und schwang die Steine über ihrem Kopf. Der Mann am Fuß des Hügels ließ seinen Speer sinken und begann zu lachen, lachte, bis seine Augen vom Lachen fest zusammengekniffen waren.

Dann ließ Chagak die Bola fliegen, sah, wie sich die Steine in weiten zuckenden Kreisen drehten, sah, wie der Kurze die Augen aufmachte, dann die Arme hochriß, um seinen Kopf zu bedecken.

Die Seile wickelten sich um seine Arme und seinen Kopf, die Steine schlugen gegen seinen Mund und seinen Hals. Er ließ den Speer fallen und brüllte auf, zwischen den gebrochenen Zähnen quoll Blut hervor.

Chagak bückte sich, um ihr Messer aus dem Korb zu ziehen, dann lief sie zu dem Mann. Sie stieß es ihm in den Bauch. Er trat nach ihr, so daß sie nicht an ihn herankam. Aber dann, während er sie trat, fiel er hin, und Chagak, die seinen kurzen Speer neben dem Weg im Gras liegen sah, ergriff ihn schnell und stieß ihn dem Mann, bevor er sich wegdrehen konnte, ins Herz. Wieder brüllte er auf, und Chagak warf ihr ganzes Gewicht auf den Speer. Der Mann begann zu zittern, aber Chagak ließ den Speer erst wieder los, als der Kurze sich nicht mehr rührte.

Dann war Grauer Vogel neben ihr; er nahm ihr das Messer aus der Hand und schnitt dem Kurzen die Kehle durch.

Chagak sah Grauer Vogel an, sah, wie er die Augen zusammenkniff. Sie spuckte neben dem Kurzen ins Gras. »Du, der du dich wie ein Kind hinter einer Frau versteckst«, sagte sie zu Grauer Vogel, »wer, sagtest du, ist Samiqs Vater?«

Grauer Vogel verzog die Lippen und sah sie nicht an. »Shuganans Sohn«, antwortete er schließlich.

»Ja«, sagte Chagak. »Robbenfänger, Shuganans Sohn.«

Chagak hatte erwartet, verbrannte *ulas* und aufgeblähte Körper zu sehen, aber der einzige Beweis für die Kämpfe waren die Zahl der *ikyan* am Strand und die zerbrochenen Waffen, die in den schmalen Tälern zwischen den *ulas* herumlagen.

»Wo sind die Toten?« fragte Chagak Grauer Vogel, es war das erste, das sie zu ihm sagte, seit sie von dem Kurzen weggegangen waren. Grauer Vogel deutete auf eine Gruppe Männer am Strand. Sie waren um ein *ik* versammelt, das mit etwas vollgeladen war, das wie Fleisch und Haut aussah. Aber dann merkte Chagak, daß es die Leichen vieler Männer waren, die sie sah, deren Arme und Beine an den Gelenken auseinandergeschnitten waren, um sie von der Macht der Geister zu lösen.

»Sie ziehen das *ik* aufs Meer und versenken es dort«, sagte Grauer Vogel. »Ich werde ihnen von dem Mann erzählen, den wir getötet haben.«

»Ich habe ihn getötet«, widersprach Chagak. »Ich und meine Söhne.«

Grauer Vogel richtete sich auf, sah Chagak in die Augen, aber dann sah er wieder weg und sagte: »Frauen töten keine Männer.«

»Ich habe gesehen, wie du Männer tötest«, sagte Chagak. »Aber das wissen nur du und ich.«

Grauer Vogel starrte sie einen Augenblick lang an, dann deutete er auf das *ulaq* von Großer Wal. »Dort ist Shuganan.«

Chagak nickte, dann stellte sie ihren Korb ab und kletterte an der Seite des *ulaq* hinauf. Als sie oben war, sah sie zu Aka. Sie konnte den Berg nicht sehen, aber sie flüsterte ihre Worte in den Wind. »Laß ihn leben«, bat sie. »Laß Shuganan leben, und auch Kayugh. Ich habe dir den Geist eines Kurzen gegeben. Gib mir ihre Geister für den Geist, den ich dir gegeben habe.«

Sie holte zitternd Luft und kletterte auf dem eingekerbten Stamm in das *ulaq*. Großer Wal saß in der Mitte des *ulaq*, Kayugh war in der hinteren Ecke bei Shuganan, beugte sich über ihn.

»Du bist willkommen, hierzubleiben und deinen Sohn bei uns aufzuziehen«, sagte Großer Wal, als Chagak am Fuß des Kletterstamms stand. »Ich werde ihn lehren, den Wal zu jagen.«

Seine Stimme klang weich, und Chagak sah schwarze Asche auf seinen Wangen, das Zeichen von Trauer. »Es tut mir leid um deinen Sohn«, sagte sie.

»Er ist eines mutigen Todes gestorben«, erwiderte Großer Wal.

»Ja«, murmelte Chagak, dann sagte sie: »Ob ich beschließe, hierzubleiben, oder ob ich zu Shuganans Strand zurückkehre, du wirst immer einen Enkelsohn haben. Immer wird er dich kennen, und du wirst ihn kennen.«

Großer Wal nickte. Chagak ging nach hinten und stellte sich neben Kayugh. Er sah zu ihr hoch, und sie sah den Schmerz in seinen Augen.

»Grauer Vogel sagte, du wärst verwundet«, flüsterte Chagak und streckte die Hand nach ihm aus, aber bevor sie sein Gesicht berührte, hielt sie inne.

Kayugh nahm ihre Hand und hielt sie fest. »Die Wunde ist in meiner Schulter«, sagte er. »Nur im Fleisch des Muskels.«

Chagak entzog ihm ihre Hand und drückte die Finger leicht an seinen Hals und seine Stirn. Er war nicht heiß, es waren keine bösen Geister in seine Wunde gefahren.

Kayugh nahm wieder ihre Hand, aber Shuganan, der unbeweglich und bleich auf den Matten neben Kayugh lag, zog Chagaks Blick auf sich.

»Ist er tot?« fragte sie mit erstickter Stimme.

Da öffnete Shuganan langsam die Augen. »Ich würde nicht gehen, ohne dir Lebewohl gesagt zu haben«, flüsterte er, seine Stimme war leise und von schwachen Atemzügen durchbrochen. »Aber da ist noch jemand, der nach dir sucht . . . ein Feind . . .«

Shuganan versuchte den Kopf zu heben, zuckte aber zusammen und schloß die Augen. Chagak kniete neben ihm nieder. »Mach dir keine Sorgen, Großvater«, sagte sie. »Grauer Vogel wird uns nichts tun. Er hat Angst. Vor dir und vor mir.«

Sie legte ihre Hände über seine Hände, fühlte, wie sich seine Finger entspannten.

»Dein Großvater hat zwei der Kurzen getötet«, sagte Kayugh.

Aber Chagak hörte ihn nicht. Sie beugte sich dicht zu Shuganan. Plötzlich fühlte sie sich nicht mehr mutig und stark. »Großvater«, flüsterte sie, »Großvater, was werde ich tun, wenn du mich verläßt? Wessen Essen werde ich kochen? Wessen Parka werde ich flicken? Sag den Geistern, daß du gesund werden mußt. Sag ihnen, daß du eine Tochter hast, die dich braucht.«

»Nein, Chagak, nein. Ich bin alt. Es ist Zeit für mich zu gehen.« Er machte eine Pause, öffnete die Augen und lächelte sie an. »Du hast mir Freude gebracht, und ein Teil von mir möchte bei dir bleiben, aber ich muß gehen. Du hast einen Sohn aufzuziehen. Er braucht einen Vater. Robbenfänger, dein Mann, würde wollen, daß sein Sohn einen Vater hat. Kayugh wird Samiq ein guter Vater sein.«

»Nein«, sagte Chagak. »Bitte mich nicht, eine Frau zu sein. Wie soll ich den Kummer ertragen, wenn mein Mann stirbt? Ich mußte schon zu viele Tote beklagen.«

»Ist der Kummer über meinen Tod größer als die Freude, die wir im Leben geteilt haben?« fragte Shuganan. »Wenn du dich an deinen Vater und deine Mutter erinnerst, an Robbenfänger und Pup, erinnerst du dich dann an ihren Tod oder an das, was du im Leben mit ihnen geteilt hast?«

Und es war, als würde Shuganans Geist die Antwort aus ihr herausziehen. »Ich erinnere mich an unser gemeinsames Leben«, flüsterte Chagak.

Shuganan lächelte und schloß die Augen. In der Stille des *ulaq* beobachtete Chagak das Heben und Senken seiner Brust beim Atmen, die Atemzüge wurden kürzer und flacher, aber dann machte der alte Mann die Augen wieder auf. »Als ich meine Augen geschlossen habe, waren dort Dunkelheit und Träume«, sagte er. »Jetzt ist dort Licht. Halte am Leben fest, Chagak, aber fürchte dich nicht vor dem Tod.«

Dann wurden seine Augen plötzlich trüb, das Licht seines Geistes verschwand, und Chagak kämpfte gegen ihre Tränen. Einen Augenblick lang wünschte sie, mit Shuganan gehen zu können, die Freiheit des Todes erfahren zu können. Aber dann spürte sie, wie sich Samiq unter ihrem *suk* bewegte, und der Seeotter flüsterte: »Es gibt viele, die dich hier brauchen. Würdest du Samiq und Amgigh verlassen, sogar Kayugh?«

Chagak, die hoffte, daß Shuganans Geist noch in der Nähe war, sagte zu Kayugh: »Wenn du Samiq als deinen Sohn aufziehst, werde ich deine Frau sein.«

Während der Bestattungen und Todeszeremonien, während der Tage des Trauerns blieben sie bei den Waljägern. Großer Wal gab Shuganan einen Ehrenplatz im *ulaq* der Toten, aber Kayugh beobachtete Großer Wal genau, sah das Verlangen in seinen Augen, wenn er Chagaks Sohn hielt.

Es gab viele Waljäger, die Chagak gern zur Frau genommen hätten. Kayugh hörte, wie zwei Männer Großer Wal nach dem Brautpreis fragten, und Kayughs Herz begann stärker in seiner Brust zu klopfen. Was konnte er Großer Wal nach den monatelangen Reisen für seine Enkeltochter anbieten? Er hatte keine Robbenhäute, kein Walöl. Ein Waljäger konnte den Brautpreis bezahlen, und Großer Wal würde seinen Enkelsohn in seinem eigenen Dorf aufziehen können, vielleicht sogar in seinem eigenen *ulaq*. Welche Hoffnung konnte sich Kayugh machen?

Einige Tage nach den Bestattungen ging er zu Großer Wal, unterbrach dessen Trauern. Dicke Frau saß in einer dunklen Ecke des *ulaq*. Sie schien kleiner, stiller seit dem Tod ihres Sohnes, und obwohl Kayugh sie grüßte, konnte er ihr nicht ins Gesicht sehen.

Großer Wal hatte seinen Körper mit Holzkohle angemalt, an seiner Seite lag der Speer eines Jungen, die Harpune eines Mannes. »Sie gehören meinem Sohn«, sagte er zu Kayugh. »Eines Tages werden sie meinem Enkelsohn gehören.«

Kayugh wurde in den Schmerz einbezogen, der die Augen von Großer Wal verdunkelte, und einen Augenblick konnte er nicht sprechen, aber schließlich sagte er: »Ich bin gekommen, um nach dem Brautpreis für deine Enkeltochter, für Chagak, zu fragen.«

Lange Zeit gab Großer Wal keine Antwort. Kayugh dachte: Welches Recht habe ich zu fragen? Welches Recht habe ich, ihm einen Enkelsohn und eine Enkeltochter zu nehmen?

»Es haben schon andere nach ihr gefragt«, sagte Großer Wal.

»Ich bin ein starker Jäger«, sagte Kayugh, aber die Worte klangen wie Prahlerei und nicht wie ein Versprechen, Chagak glücklich zu machen.

Aber Großer Wal sprach weiter, als hätte Kayugh

nichts gesagt. »Es haben schon andere gefragt«, wiederholte er. »Ich habe ihnen nicht geantwortet. Aber für dich habe ich einen Preis. Einen gerechten Preis.« Er seufzte und sah Kayugh lange an. »Einen Wal.«

Kayugh hielt die Luft an, fühlte, wie die Enttäuschung die Muskeln in seinem verwundeten Arm spannte.

Großer Wal deutete auf die Nachbildung des Wals, der an Kayughs Brust lag. »Den Wal, den Shuganan für dich geschnitzt hat.«

Kayugh machte den Mund auf, wußte aber nicht, was er sagen sollte.

»Wäre es gerecht von mir, mehr zu verlangen?« sagte Großer Wal. »Chagak gehört zu dir. Versprich mir nur, daß ich meinen Enkelsohn sehen kann.«

»Ja«, sagte Kayugh. »Du wirst deinen Enkelsohn sehen.«

Kayughs Schulter tat weh, aber die Wunde heilte. Er würde wieder jagen, würde die Harpune werfen. Die Schmerzen waren nichts.

Er tauchte sein Paddel ins Wasser und sah nach hinten zu dem *ik* der Frauen. Chagak saß im Bug, Krumme Nase im Heck.

Kayugh hatte noch immer Fragen, die Chagaks ersten Mann und seinen Tod betrafen. Grauer Vogel ging Chagak aus dem Weg, aber wenn sie Samiq bei Kayugh ließ, setzte sich Grauer Vogel neben Kayugh, sprach vom Jagen, von den *ikyan* oder von dem Mann, den er getötet hatte, als er Chagak ins Dorf zurückgebracht hatte. Und obwohl er von etwas anderem sprach, waren die Augen von Grauer Vogel immer auf Samiq gerichtet, musterten das Gesicht des Jungen, seine Hände und Füße.

Aber Chagaks Kummer, der ein Teil von ihr zu sein schien, ein Schatten, der vom Licht ihres Geistes geworfen wurde, hielt Kayugh davon ab, ihr von dem Interesse, das Grauer Vogel an Samiq zeigte, zu erzählen, und so wagte er auch nicht, ihr seine eigenen Fragen zu stellen.

Obwohl Chagak versprochen hatte, daß sie seine Frau werden würde, hatte Kayugh sorgfältig darauf geachtet, daß sie selbst entschied, ob sie mit ihm gehen oder bei den Waljägern bleiben wollte. Sie hatte sich entschlossen mitzukommen, und für den Augenblick war das genug.

Kayugh wußte, daß sie noch vor Einbruch der Nacht an Shuganans Strand sein würden, daß sie in dieser Nacht zu seinem Schlafplatz kommen würde, und er fühlte sein Herz vor Freude höher schlagen und das Blut in seine Lenden strömen.

Große Zähne hatte den ganzen Tag über Späße gemacht. Er lenkte sein *ikyak* dicht neben das von Kayugh, machte eine Bemerkung über Heiraten und Frauen und stieß sein *ikyak* schnell wieder ab, und sein Gelächter rollte über die Meereswellen zurück.

Aber das letzte Mal, als Große Zähne nähergekommen war, hatte ihm Kayugh lachend zugerufen: »Du bist nur neidisch, weil ich zwei Söhne haben werde.«

»Ja«, hatte Große Zähne noch immer lächelnd geantwortet. »Aber ohne Chagak hättest du gar keinen. Sei ihr ein guter Mann.«

»Ja, ich werde ihr ein guter Mann sein«, hatte Kayugh geantwortet, und für den Rest des Tages hatte Große Zähne keine Späße mehr gemacht.

Chagak straffte ihre Schultern wegen der schmerzenden Muskeln. Als sie an Shuganans Strand angekommen waren, hatten die Frauen das *ik* ausgeladen, und jetzt machten sie ihre *ulas* sauber.

Chagak hatte den Staub von Shuganans vielen Schnitzereien gewischt und wünschte sich noch einmal, daß sie seinen Körper mit zurückgebracht hätten, damit er neben den Knochen seiner Frau im *ulaq* der Toten liegen konnte. Während sie arbeitete, fing Chagak zu weinen an, wischte sich die Tränen aber schnell wieder ab. »Du hast genug geweint«, sagte sie laut. »Hör auf zu trauern, und kümmere dich um deine Kinder.«

Sie stillte die Kinder und legte sie in die Wiegen über ihrem Schlafplatz, dann setzte sie sich neben eine Öllampe und zog ihren Nähkorb hervor. Sie knotete einen dicken Faden aus Sehnen an das Ende ihrer Nadel und versuchte dann, an den Robbenhautstiefeln zu arbeiten, die sie für Kayugh machte, aber ihre Nadel verfing sich in den Löchern der Ahle, und die Sehne rutschte aus dem Ende der Nadel, bis Chagak schließlich die Hände faltete und in den Schoß legte und nur dasaß.

Selbst ihre Sorgen wegen Grauer Vogel und der wissenden Blicke in seinen kleinen schwarzen Augen, mit denen er Samiq ansah, beschäftigten ihre Gedanken nur am Rande. Sie wußte, daß Kayugh bald kommen würde, und ihre Finger umklammerten die Halskette, die er ihr gegeben hatte. Ein Teil von ihr konnte die Augen nicht von ihm abwenden, wenn er den Parka ausgezogen hatte und mit glänzenden Muskeln im Schein der Lampe saß, ein Teil von ihr lachte über die Scherze, die Krumme Nase über Männer und Frauen machte, aber sie mußte immer an die Nacht mit Mann-der-tötet denken, an die Schmerzen.

Dann hörte Chagak Schritte auf dem Dach des *ulaq*, und sie packte ihr Nähzeug zusammen und legte es in den Korb.

»Wenigstens wird er Rote Beere mitbringen«, flüsterte der Seeotter, und Chagak nickte, dachte voller Erleichterung, daß ihnen das Kind etwas zu reden geben würde, etwas, um von dem Augenblick abzulenken, in dem sie Mann und Frau sein würden.

Aber Kayugh war allein, als er ins *ulaq* kletterte. »Krumme Nase hat Rote Beere für die Nacht genommen«, sagte Kayugh und lächelte Chagak an, und Chagak bemühte sich, auch zu lächeln.

»Dein Sohn schläft«, sagte sie.

Amgigh war jetzt kräftig. Er trank immer, klammerte sich sogar, wenn er schlief, an ihrer Brust fest, während aus seinen Mundwinkeln Milch quoll. Chagak war sehr stolz auf seine Stärke. Sie hatte Pup nicht retten können, aber vielleicht war sie in ihren Schmerzen, in ihrem Kampf mit Mann-der-tötet, stärker geworden, fähig, anderen zu helfen, ein Kind zu retten, das zu schwach war, um zu leben.

»Amgighs Wiege hängt dort, über meinem Schlafplatz«, sagte sie.

Aber Kayugh nickte nur und machte keine Anstalten, zu seinem Sohn zu gehen. Er zog seinen Parka aus und stand, nur mit seiner Schürze bekleidet, vor Chagak.

Chagak, die das Bedürfnis spürte, sich zu bedecken, hatte ihren *suk* anbehalten, aber ihre leeren Hände fühlten sich unbeholfen an in ihrem Schoß, und sie wünschte, sie hätte ihr Nähzeug nicht weggeräumt.

»Hast du Hunger? Ich kann dir etwas zu essen machen«, sagte Chagak.

Aber Kayugh schüttelte den Kopf und sprach die Anfangsworte der Heiratszeremonie: »Einer sagt, daß du meine Frau sein wirst.«

»Ja«, erwiderte Chagak, besorgt dem Brauch folgend, den Krumme Nase ihr erklärt hatte, die Worte, die Kayughs Volk vor einer Heirat sprach. »Das hat einer gesagt.«

Kayugh setzte sich neben sie. »Einer hat gesagt, daß dein Mann, Vater von Samiq, tot ist.«

Chagak sah ängstlich zum Schlafplatz. Warum hatte sie die Kinder so gut gefüttert? Sie könnten jetzt wach sein und schreien, damit sie gefüttert wurden, und ihr mehr Zeit verschaffen, um ihren Geist zu ordnen, bevor sie eine Frau war.

»Chagak?«

Dann fiel ihr ein, daß sie antworten mußte, und sie sagte: »Ja, er ist tot.« Und einen Augenblick lang waren ihre Gedanken nicht bei Mann-der-tötet oder Kayugh, sondern bei Robbenfänger, der ihr Mann hatte werden sollen, und sie spürte eine große Traurigkeit. Dann sah sie Kayugh an und merkte, daß in seinen Augen Fragen standen.

»Möchtest du einem anderen gehören?« fragte er ruhig, ohne Zorn. »Einem Waljäger oder Große Zähne oder Grauer Vogel?«

»Nein«, sagte Chagak schnell und senkte verlegen den Blick.

»Ich werde dieses *ulaq* immer mit Fleisch füllen. Ich werde Robbenöl bringen und unsere Söhne das Jagen lehren.«

Chagak fühlte Tränen in ihren Augen aufsteigen, und sie konnte ihm nicht antworten. Sie bedeckte mit den Händen ihr Gesicht. Was würde er denken, wenn er die dummen Tränen sah?

»Du willst mich nicht«, sagte Kayugh mit flacher, harter Stimme.

Chagak wischte sich die Tränen von den Wangen. Einen Augenblick saß sie still da und bemühte sich, ihre Stimme zu finden. »Ich habe Angst«, sagte sie schließlich.

Kayughs Gesicht wurde wieder weich, und er lächelte. »Du hattest doch schon einen Mann, Chagak. Warum hast du Angst?«

»Ich bin so dumm«, sagte sie und versuchte zu lächeln.

Da setzte er sich neben sie, so wie ein Mann in einem *ikyak* sitzt, mit ausgestreckten Beinen flach am Boden, und zog sie auf seinen Schoß, drückte sie fest an seine Brust und strich über den Rücken ihres *suk* – genau so, wie sie Samiq oder Amgigh immer tröstete, wenn sie weinten.

Sie saß ganz still. Warum Angst haben? Es war Kayugh, ein freundlicher Mann, ein guter Mann. Für Mann-der-tötet war sie keine richtige Frau gewesen. Sie war eine Sklavin gewesen. So gingen Männer nicht mit ihren Frauen um.

Chagak drückte sich fester an Kayugh, und er schob seine Hände unter den *suk*, strich über die nackte Haut ihres Rückens. Aber dann hatte sie plötzlich wieder das Bild von Mann-der-tötet vor Augen, das Messer, mit dem er in die Rundung ihrer Brüste geschnitten hatte, und sie mußte an die schmerzhaften Stöße seines Körpers denken, an den Fischgeruch seines Atems, an sein Gewicht, das sich auf ihre Brust legte, bis sie nichts anderes mehr tun konnte, als die Schmerzen zu ertragen.

Aber nein, dachte Chagak. Es ist Kayugh. Es ist Kayugh. Sein Körper war warm, weich wie Robbenöl. Sie berührte die rosig glänzende Narbe seiner Wunde und freute sich, weil die Schulter gut verheilt war.

Sollte sie ihm von Mann-der-tötet erzählen? Nein, warum sich der Gefahr aussetzen, daß es alle erfuhren? Warum sich der Gefahr aussetzen, daß Samiq Zorn, wenn nicht der Tod erwartete. Trotzdem mußte sie Kayugh eine Erklärung geben. Einen Teil der Wahrheit.

Chagak beugte sich von Kayughs Brust weg und sah ihm in die Augen. »Samiqs Vater hat mir weh getan«, flüsterte sie leise, und sie sah die Überraschung in seinem Gesicht, dann den Zorn.

»Er kann froh sein, daß er tot ist«, sagte Kayugh, dann zog er ihr den *suk* aus und legte ihn neben sie. Er schob die Hand unter Chagaks Kinn und hob ihr Gesicht näher an sein eigenes. »Ich werde dir nicht weh tun, Chagak«, sagte er. Er drückte sie an seine Brust, die Wärme seiner Haut brannte an Chagaks Brüsten.

Chagak schlang die Arme um seinen Hals, fühlte die Freude über seine Nähe. Kayugh stand auf, hob sie hoch und trug sie zum Schlafplatz.

Er legte sie auf die Felle und setzte sich neben sie. »Ich werde dir ein guter Mann sein, Chagak«, flüsterte Kayugh. »Ich werde dir niemals weh tun.« Er strich mit den Händen über Chagaks Arme, schlang seine Finger fest um ihre Finger.

Chagak spürte ein Zittern in ihrem Körper, spürte etwas, das sie zu ihm hinzog, aber ihre Angst war noch nicht verflogen, und so streckte sie in der Dunkelheit die Hand aus, um sein Gesicht zu berühren, als wollte sie sich vergewissern, daß es Kayugh war, der bei ihr war, Kayugh, der sie berührte.

Er streichelte ihre Arme und Beine, dann glitten seine Hände zu ihrem Bauch, berührten sie an denselben Stellen, an denen sie auch Mann-der-tötet berührt hatte, aber ganz sanft, mit langsam tastenden Fingern.

Das wollte mir Shuganan sagen, dachte Chagak. Daß es einen neuen Anfang geben würde. Immer wieder. Für jedes Ende einen Beginn. Für jeden Tod neues Leben.

Und als sich Kayugh schließlich über ihr erhob und sich der Länge nach auf sie legte, hatte Chagak keine Angst.

GLOSSAR DER EINGEBORENENSPRACHE

AKA: (Aleut.) Oben; geradewegs dort draußen.

AMGIGH: (Aleut. – Aussprache mit unbestimmter Tonsilbe zwischen »m« und »g« und stimmloser Endung) Blut.

BABICHE: Band aus ungegerbter Schlachthaut. Wahrscheinlich von dem Kri-Wort »assababish«, die Verkleinerung von »assabab«, Faden.

CHAGAK: (Aleut. – auch chagagh) Obsidian. (Im aleutisch-atkanischen Dialekt: Rote Zeder.)

CHIGADAX: (Aleut. – stimmlose Endung) Ein wasserdichter Parka aus Seelöwen- oder Bärendärmen, aus Speiseröhren von Robben oder Seelöwen oder aus der Zungenhaut eines Wals. Die Kapuze hatte eine Schnur zum Zuziehen, und die Ärmel wurden bei Seefahrten an den Handgelenken befestigt. Diese knielangen Kleidungsstücke waren oft mit Federn und farbigen Speiseröhrenstücken geschmückt.

IK: (Aleut.) Offenes Boot aus Häuten.

IKYAK, PL. IKYAN: (Aleut. – auch iqyax, Pl. iqyas) In der Form eines Kanus gebautes Boot aus Häuten, die auf einen Holzrahmen gespannt waren, an der Oberseite mit einer Sitzöffnung ausgestattet; ein Kajak.

KAYUGH:	(Aleut. – auch kayux) Muskelkraft; Stärke.
SAMIQ:	(Aleut.) Steindolch oder Messer.
SHUGANAN:	(Ursprüngliche und genaue Bedeutung unbekannt) Verwandtschaft mit einem alten Volk.
SUK:	(Aleut. – auch sugh; tonlose Endung) Ein Parka ohne Kapuze mit hochgestelltem Kragen. Diese Kleidungsstücke waren oft aus Vogelhäuten und konnten als Schutz gegen die Kälte auch mit der Innenseite nach außen getragen werden (also mit den Federn nach innen).
TUGIX:	(Aleut.) Aorta, großes Blutgefäß.
ULAKIDAQ:	(Aleut.) Eine Ansammlung von Behausungen; eine Häusergruppe.
ULAQ, PL. ULAS:	(Aleut. – auch ulax) Eine Behausung, die in einen Hügel gegraben war. Die Dachsparren waren aus Treibholz und/oder Walknochen, das Dach war mit Grasnarben und Gras bedeckt.

Die Wörter der Eingeborenensprache, die hier aufgeführt sind, wurden nach ihrer Verwendung in *Vater Himmel, Mutter Erde* definiert. Wie bei vielen Eingeborenensprachen, die von Europäern aufgezeichnet wurden, gibt es für nahezu jedes Wort eine Vielzahl von Schreibweisen, die sich auch von Dialekt zu Dialekt unterscheiden können.

DANKSAGUNG

Vater Himmel, Mutter Erde ist nicht allein mein Buch. Es gehört all denen, die mir Mut gemacht und ihr Wissen mit mir geteilt, ihre ganz speziellen Fähigkeiten und Kenntnisse eingebracht haben. Ich habe mich bemüht, in *Vater Himmel, Mutter Erde* auf größte Genauigkeit zu achten. So gehen eventuelle Irrtümer nicht auf die unten angeführten oder andere Personen zurück, sondern sind die Folge meiner eigenen Interpretation der mir verfügbaren Informationen.

Meine Anerkennung und mein Dank gilt zuerst meinem Mann Neil Harrison, mein Partner und engster Freund. Ohne seine Ermunterung hätte ich nicht den Mut gehabt, weiter an mich und meine Arbeit zu glauben. Mein herzlicher Dank gilt auch unseren Kindern Neil und Krystal, weil sie auf meine Arbeit so stolz sind und die verspäteten Abendessen nachsichtig ertragen haben, obwohl ihre Mutter, auch wenn sie neben ihnen saß, oft neuntausend Jahre von ihnen entfernt war.

Mein Dank gilt meinen Eltern Bob und Pat McHaney, die mir viele hilfreiche Anregungen für das Manuskript gegeben haben und mich gelehrt haben, Bücher und das Leben der Wildnis zu lieben. Meinem Großvater Bob McHaney sr., dessen Weisheit mein Leben bereichert hat, meine Liebe und mein Dank.

Herzlich danke ich Dr. Williams S. Laughlin, Autor von *Aleuts, Survivors of the Bering Land Bridge,* dessen Grabungsstelle auf Anangula Island die Grundlage für das fiktive Dorf in meinem Roman war. Ich danke ihm für seine Freundlichkeit, mir Informationen zu schicken und meine Fragen, die seine Arbeit und seine Entdekkungen betrafen, zu beantworten.

Mein Dank gilt auch Mark McDonald, der Forschungsgeologe bei Tenneco Oil war und jetzt bei der Scripps Institution of Oceanography ist. Mark hat viele Stunden damit verbracht, meine Fragen über Geologie, Topographie und Klimatologie zu beantworten. Mein Dank und meine große Anerkennung gilt auch allen anderen, die mir ihre Zeit geopfert und Interesse an meinem Projekt bezeugt haben:

− Dr. David Knowles für seine Hilfe bei der Erklärung topographischer Karten;

− Joan Harrison Morton und Linda Shelby, beide Krankenschwestern, die mir medizinische Fragen beantwortet haben;

− Jack McDonald, der meinen Mann und mich auf Exkursionen mitgenommen hat, um Feuersteine zu sammeln;

− Ruth Neveu, die viel Zeit damit verbracht hat, in der Bibliothek der Lake Superior State University Forschungsmaterial zu besorgen;

− Tom Harrison, meinem Schwager, einem meisterhaften Schnitzer;

− Linda Hudson, die ebenfalls Schriftstellerin ist, für ihre Anregungen zu dem Manuskript und für ihre Ermutigung;

− Forbes McDonald, Dick und Carol Beemer, Dick und Jan Johnson, Dennis und Jodie Harrison sowie Jaynce und Gerry Leach, die mir Forschungsmaterial geliehen haben;

− den Schriftstellern und Mitarbeitern der Schriftstellertagungen von Bay de Knoc.

Schließlich gilt meine tiefe Bewunderung und mein Dank meiner Agentin Rhoda Weyr und meiner Lektorin Loretta Barrett von Doubleday. Ohne sie würde *Vater*

Himmel, Mutter Erde noch immer in einer Schreibtischschublade liegen, ein bißchen peinlich für die Autorin, ein Buch, das von so vielen Leuten so viele Male abgelehnt wurde. Jeder hat Tage, die ihm etwas Besonderes bedeuten und an die er sich jedes Jahr von neuem erinnert. Im vergangenen Jahr habe ich zwei neue Tage in meinem Kalender angestrichen, den 16. Januar, der Tag, an dem mich Rhoda anrief und mir sagte, daß sie mich als Agentin betreuen würde, und den 26. April, der Tag, an dem Loretta für Doubleday die Rechte an *Vater Himmel, Mutter Erde* erworben hat.

Band 12050

Josef Nyáry
LUGAL

Ein farbenprächtiger Roman über das Weltreich Mesopotamien

Sargon von Sumer und Akkad herrschte im Jahr 2400 v. Chr. über eines der ersten Weltreiche. Er trug den Titel LUGAL und ernannte sich selbst zum Gott.
Daramas, oberster Feldherr des Landes, erzählt Sargons Geschichte. Ränke und blutige Racheakte begleiten seinen Weg zur Macht. Frauen buhlen um die Gunst des Herrschers. Doch mitsamt seinem Hofstaat erweist er sich des hohen Amtes unwürdig. Geblendet von Machtgier, getrieben von Leidenschaft und Gewalt, steuern alle auf ihr unausweichliches Schicksal zu...

HISTORISCHER ROMAN

Lebendige Vergangenheit -

HISTORISCHER ROMAN

Spannung und Abenteuer – Ein Streifzug durch die Geschichte

Band 11979

James A. Michener
**Der Adler
und der Rabe**

Der »Adler«: Antonio López de Santa Anna, General der Kavallerie, Sieger von Alamo, mehrfacher Präsident von Mexiko.

Der »Rabe«: Sam Houston, geboren in Virginia, aufgewachsen in Tennessee, Politiker, Anwalt, Indianerfreund und Patriot.

Nur ein einziges Mal sollten sich die Kreise von Adler und Rabe schneiden: 1836 bei San Jacinto. Die Begegnung dauerte achtzehn Minuten, kostete sechshundert Mexikanern das Leben und war die Geburtsstunde des Staates Texas.

*Packende Unterhaltung
und historische Realität verbinden
sich zu fesselndem Lesegenuß*